中西同情

——冯梦龙"三言"传入西方之考析

Common Sentiments
—— A Textual Study and Analysis of "Sanyan" in Western Countries

李新庭　庄群英　著

图书在版编目（CIP）数据

中西同情：冯梦龙"三言"传入西方之考析 / 李新庭，庄群英著. -- 厦门：厦门大学出版社，2024.5
ISBN 978-7-5615-9386-8

Ⅰ．①中… Ⅱ．①李… ②庄… Ⅲ．①话本小说-小说研究-中国-明代 Ⅳ．①I207.419

中国国家版本馆CIP数据核字(2024)第100157号

责任编辑　王扬帆
责任校对　郑鸿杰
美术编辑　李嘉彬
技术编辑　许克华

出版发行　*厦门大学出版社*
社　　址　厦门市软件园二期望海路39号
邮政编码　361008
总　　机　0592-2181111　0592-2181406(传真)
营销中心　0592-2184458　0592-2181365
网　　址　http://www.xmupress.com
邮　　箱　xmup@xmupress.com
印　　刷　厦门市明亮彩印有限公司

开本　720 mm×1 020 mm　1/16
印张　15
字数　270 千字
版次　2024 年 5 月第 1 版
印次　2024 年 5 月第 1 次印刷
定价　69.00 元

本书如有印装质量问题请直接寄承印厂调换

厦门大学出版社
微信二维码

厦门大学出版社
微博二维码

目 录

第一章　绪　论 /001/
　第一节　引言 /001/
　第二节　冯梦龙以及"三言"研究回顾 /010/
　第三节　多维视角下的"三言"外译研究 /013/

第二章　冯梦龙生平与晚明社会思潮 /016/
　第一节　畸人情种：冯梦龙生平以及"三言"概况 /016/
　第二节　流行于世："三言"刊本和选本概况 /019/
　第三节　天理人欲：晚明社会思潮与冯梦龙的文学观 /020/

第三章　"三言"传入西方之滥觞 /027/
　第一节　天与天主：明清传教士与"三言" /027/
　第二节　心皆同理："三言"与欧洲思想启蒙 /037/
　第三节　瞭华之窗：西方外交官与"三言" /044/

第四章　"三言"西译之流变 /055/
　第一节　东瀛采石：日本汉学家与"三言" /055/
　第二节　英才辈出：法国、德国汉学家与"三言" /069/
　第三节　新的标杆：英国汉学家与"三言" /077/
　第四节　情有独钟：美国汉学家韩南与"三言" /101/
　第五节　走向成熟：俄苏汉学家与"三言" /106/

第五章　中西合璧之杰作 /117/
　第一节　白圭之玷：王际真与《中国传统故事集》 /118/
　第二节　崭新风貌：林语堂与《寡妇·尼姑·妓女》 /124/

第三节	比较融合：夏志清与《中国古典小说》	/ 127 /
第四节	炉火纯青：张心沧与《中国文学：通俗小说与戏剧》	/ 130 /
第五节	业余爱好：王惠民、陈陈等与《卖油郎独占花魁：明代短篇小说选》	/ 135 /
第六节	天作之合：杨宪益、戴乃迭与《宋明平话选》	/ 140 /
第七节	完美句号：杨曙辉、杨韵琴与"三言"全译本	/ 157 /

第六章　余论：人之同心，情之同种　　　　　　　　　　／ 168 ／

参考文献　　　　　　　　　　／ 174 ／

附　录　　　　　　　　　　／ 186 ／

附录一	"三言"译本之封面、扉页、插图	/ 186 /
附录二	"三言"中文刊本或选本在国外之收藏	/ 196 /
附录三	"三言"译文篇目	/ 198 /
附录四	国外对"三言"之评论	/ 221 /
附录五	旅行家、传教士、外交官以及职业汉学家名录及著作	/ 225 /

第一章　绪　论

第一节　引言

　　人类历史的长河孕育着两大古老而又伟大的文明——东方中华文明与西方基督教文明,为人类社会的繁荣发展做出巨大贡献,产生重大影响。自古以来,对于周边的国家来说,中华文明是旗帜,是榜样,是其汲取先进思想和文化的源泉,是推动其社会进步的强大动力;而对于西方国家来说,中华文明与他们迥然不同,神奇无比,富有活力和吸引力。

　　文化没有围墙,也没有国界,总是相互交流,互相促进。人类文化的进步,一方面靠批判继承本国固有的文化遗产;另一方面靠吸收外国的优秀文化,博采众长,推陈出新。中华文化自古至今就不断从印度文化、阿拉伯文化以及西方基督教文化中汲取有益的营养,从而发展到如今这般灿烂辉煌;现代强盛的西方文明也从中华文明中得到过非常有益的帮助。数千年的中外文化交流,其总体趋势是参与交流的各方互相促进、共同提高。尽管在一定时间范围内,先进的文化总是向后进的文化施加影响,后进的文化也总是学习模仿先进的文化。然而,先进的文化也往往吸纳对方文化的精华和自己所不曾有过的东西,进一步丰富并提升自己。

　　文化的传播与交流具有一定的规律,必须遵守传播学的相关理论。传播学理论认为:"传播是社会信息的传递或社会信息系统的运行。"[①]因此,首先,传播是一种信息的共享活动,具有信息交流、交换和扩散的性质;其次,传播是

[①] 郭庆光:《传播学教程》,中国人民大学出版社,1999年,第5页。

一种双向的社会互动行为,信息的传递总是在传播者和传播对象之间进行;再次,传播成立的前提是传播方和接收方必须有共通的意义空间。最后,信息的传播必须以符号为中介,传播者将所要表达的意义转换成其他的语言、文字或其他形式的符号,使信息的接收者得以理解其意义。[①]

中国文学是中华文化精髓,是中华文化的重要组成部分,真实表现了该民族的内在特征,深刻反映了中华民族的精神面貌。中国文学一旦传播至海外,其殊姿奇趣就立即为许多国外启蒙思想家、文学家所追慕并模仿,加深了世界各国对中国的了解。中国文学在国外传播的历史,就是中华文明反复呈现于他国的历史,也是他国人民不断探求中华文明的历史。冯梦龙的"三言"不仅在中国文学史上具有重要地位,在中外文化交流中也发挥着重要作用。1735年法国耶稣会传教士殷弘绪第一个将"三言"翻译成法语,其译作被收录在《中华帝国全志》中,出版后引起强烈反响。此后,许多明清传教士、驻华外交官、职业汉学家以及一些华裔学者开始了传播和研究"三言"的热潮,对"三言"进行大量的翻译与研究,深化了国外人士对中国风俗习惯、伦理道德以及文化心理的认知,使他们充分领略到儒家思想的"仁义礼智信"。伦理、道德、理想、信念不仅是中国文学的灵魂,也是中华文化的灵魂。几个世纪以来,国外人士致力于探索中国文学的这种灵魂,欣赏中国文学张扬人性、抒发纯真情感、肯定人生价值的人文主义精神。

本书题为《中西同情——冯梦龙"三言"传入西方之考析》,为了突出选题的缘起和意义,必须对许多概念加以说明。其一,所谓"西方"并非仅从地理位置而言,方豪先生在《中西交通史》中指出,"盖其主体为中国。旧时所称'欧亚交通史'或日人所用'东西交通史',亦以中国为主";又说"但以方位(西)作研究范围,本不妥适";还说"中西交通史研究之兴起,溯其渊源及所以兴起之原因之一,似不能不归于日本学者对于中国之研究"。[②] 另外,人们常说的东西方国家划分通常有三个标准:地理位置、文化背景和政治经济体制。日本在地理位置上属于东方;在文化背景上曾经也属于东方,然而明治维新后,日本不断致力于"脱亚入欧",积极向西方靠拢,已经难分彼此了;在政治经济体制上,日本也早已是西方模式。日本已经是西方八国集团的成员,被公认为西方国家。因此,本书探讨"冯梦龙'三言'传入西方之考评",当然包含"三言"在日本的传播和影响。

---

① 郭庆光:《传播学教程》,中国人民大学出版社,1999年,第8~9页。
② 方豪:《中西交通史》,上海人民出版社,2008年,第1~13页。

其二,冯梦龙(1574—1646)是中国第一位通俗文学的编辑家、研究家与理论家。[1] 从1621年至1627年,冯梦龙分别编辑出版了《喻世明言》《警世通言》与《醒世恒言》,俗称"三言"。从主题上看,"三言"充分展现了作者"情真"说与"情教"说,为反对程朱理学的"理"与"法"提供了强大的思想武器。冯梦龙明确指出:"借男女之真情,发名教之伪药""我欲立情教,教诲诸众生"。[2] 冯梦龙在"三言"里分别以绿天馆主人、无碍居士、陇西可一居士的身份写了一篇序言,强调小说可以与经、史、子、集同样重要,对社会具有重大作用。他说:"明者,取其可以导愚也。通者,取其可以适俗也。恒者,则习之而不厌,传之而可久。三刻殊名,其义一也。"[3]冯梦龙希望读者能够通过作品所表现的真、善、美与假、恶、丑的比较,明白做人的道理,从而遵守道德规范;希望读者能够"说孝而孝,说忠而忠,说节义而节义,触性性能,导情情出";[4]希望读者不仅满足于涉猎故事情节,更应该自觉地接受教育,把文学作品当作一面镜子,经常反复鉴照自己,时时检查自己的思想言行,产生"怯者勇,淫者贞,薄者敦,顽钝者汗下"[5]的社会效果。

冯梦龙极为赞赏男女之私情,认为男女私情符合人性,符合自然之理。他巧妙地把"情"与封建正统思想的支柱"六经"合而为一。冯梦龙说:"六经皆以情教也。《易》尊夫妇,《诗》首《关雎》,《书》序嫔虞之文,《礼》谨聘奔之别,《春秋》于姬、姜之际详然言之。"[6]他进而锋芒犀利地指出"情始于男女,流注于君臣、父子、兄弟、朋友之间"[7]。冯梦龙猛烈抨击程朱理学"欲人鳏旷以求清净"的禁欲主义,认为其才是真正的"异端之学"。冯梦龙指出情跟圣贤之道不但不相悖,而且一致。他认为情不但符合人性,而且与万物相通。"故人而无情,虽曰生人,吾直谓之死矣!人而无情,草木羞之矣!"[8]冯梦龙的"泛情"论洋溢着资产阶级人道主义的思想,主张用"情"来取代"理",将之作为伦理道德的最高准则,具有反对封建名教、批判程朱理学的现实意义。以王阳明、李贽以及冯梦龙为代表的晚明思潮具有蔑视礼教、弘扬人生、倡导平等、强调人性和现

---

[1] 李万钧:《中西文学类型比较史》,海峡文艺出版社,1995年,第13页。
[2] 冯梦龙:《山歌·序》,上海古籍出版社,1993年。
[3] 冯梦龙:《醒世恒言·序》,沈阳出版社,1995年。
[4] 冯梦龙:《警世通言·序》,沈阳出版社,1995年。
[5] 冯梦龙:《全像古今小说·序》,福建人民出版社,1980年。
[6] 冯梦龙:《情史·序》,上海古籍出版社,1993年。
[7] 冯梦龙:《情史·序》,上海古籍出版社,1993年。
[8] 王祥云:《中西方传统文化比较》,河南人民出版社2006年版,第133页。

世生活、追求美好社会的人文主义精神,充分显示了早期启蒙思想所特有的光辉。他们是具有深邃洞察力和犀利战斗风格并以批判程朱理学为己任的启蒙思想家,他们的思想与西方自文艺复兴以来所包含的思想以及基督教伦理道德具有许多相似或相同之处。

其三,乔万尼·薄伽丘(Giovanni Boccaccio,1313—1375)是杰出的思想家、文学家、意大利文艺复兴运动的杰出先驱之一。薄伽丘出生于意大利佛罗伦萨一个富商家庭,在严父继母的冷酷家庭中度过童年,早年随父经商,游历四方,对社会各阶层都有较深刻的了解。青年时期,薄伽丘受到那不勒斯国王的赏识而成为宫廷常客,他大力结交贵族和文人雅士,过着放荡不羁的生活。在此期间,他刻苦攻读,认真学习维吉尔、奥维德、西塞罗等人的作品,尤其崇拜具有意大利"诗圣"之称的著名诗人彼特拉克,把他视为自己的老师和精神导师。[1] 薄伽丘成立了一个研究古典文学的社团,以复兴古代文化为名,探讨文艺复兴的道路,促进人文主义思想的产生。晚年时期,薄伽丘在教会谋得一个卑微的职位,积极参加各项政治活动,从事外交工作。1375年,溘然长逝。与冯梦龙一样,薄伽丘也是一位才华横溢、勤勉多产的作家,他既以短篇小说、传奇小说蜚声文坛,又擅长写作叙事诗、十四行诗等。

《十日谈》(The Decameron)[2]又称《加莱奥托王子》(Prince Galeotto),是薄伽丘的不朽巨著,更是文艺复兴的扛鼎之作,开创了西方短篇小说的先河,在艺术性和思想内容上都达到文艺复兴时期文学的巅峰。这些故事各自独立,彼此之间没有有机的联系,但整部作品融贯着反封建、反教会、歌颂爱情、宣扬人类平等的思想主线。作品的主要内容是:其一,揭露和抨击教会僧侣的

---

[1] 冯梦龙:《情史·序》,上海古籍出版社,1993年。
[2] 《十日谈》的开头有一个楔子,叙说1348年佛罗伦萨鼠疫流行,全城恐慌,有三男七女一起出城去一所乡村别墅避难。为了消磨时间,他们一边欣赏美景,一边欢宴歌舞,每人每天讲一个故事。十天一共一百个故事,故名《十日谈》。故事来源广泛,或取材于历史事件,或取材于中世纪传说,或取材于东方民间故事。奇闻轶事和街谈巷议兼收并蓄,融民间文学和古典文学于一炉。十天故事中,每天各有一个主题,体现了作者的创作思想和写作动机。第一天,作者以讽刺的手法透视了人类的罪恶,特别是上流社会人们的罪恶。第二天,作者描述了命运驾驭人类的力量,认为人类无法摆脱命运的主宰和束缚。第三天,作者讲述人类的意志和努力与命运抗争的故事,而爱情和智慧是战胜命运的重要因素。第四天和第五天,作者强调爱情的悲欢离合,先是痛苦,后是欢乐。第六天,作者强调了智慧和理性的重要性,认为急中生智,随机应变,保持理性能够使人在不利的环境中应付自如,巧渡难关。第七天和第八天,故事侧重叙述男人和女人互相作弄的情况。第九天,没有固定的主题。第十天,着重宣扬宽容与忍耐等人类应有的道德品质。

罪恶,他们道貌岸然,荒淫无度,诱奸女性,敲诈钱财,与基督教宗旨背道而驰,其锋芒直指封建社会与天主教会,提倡"人性",反对"神性"。其二,热情讴歌男女爱情,提倡"理性",反对"迷狂";提倡"个性解放",反对"宗教桎梏"与"禁欲主义"。其三,反对封建等级制度,宣扬"人生来平等"的观念。

《十日谈》是欧洲第一部现实主义小说,在很大程度上推动了意大利文艺复兴的发展。薄伽丘宣扬人文主义,歌颂友谊,赞美爱情,尊重女性,维护妇女权利,提倡男女平等,与冯梦龙的思想极为相似。不仅如此,薄伽丘与冯梦龙也有着类似的人生经历,一样过着既不得志又荒诞不经的生活,在他们死后,作品都难逃被查禁销毁的共同命运。欧洲天主教会将《十日谈》视为洪水猛兽,将它付之一炬。"三言"也为清政权所不容,被视为异端并销毁。冯梦龙因此被后世尊称为中国的"薄伽丘"。

由于冯梦龙的"三言"与《十日谈》具有许多共同的特性,文化的交流与传播使得双方有了共通的意义空间,从而引起在华的明清传教士、驻华外交官以及职业汉学家的广泛兴趣。他们意识到要想了解中国人的风俗习惯、伦理道德以及文化心理等,单靠对"四书五经"的研究是不够的,必须从"纯文学"的作品中寻找材料,以深化对中国文化的认知。在这种探索过程中,逐渐形成了一个共同的审美倾向,也就是重视通俗小说。因此,明清传教士、驻华外交官、职业汉学家以及华裔学者注意到冯梦龙的"三言",并开始选择翻译"三言"中能够反映这种人文主义思想的作品,把它们作为了解中国文明的窗口,将它们当作研究对象,就再自然不过了。

尤其重要的是,冯梦龙与福建有着不解之缘。从 1634 年到 1638 年,冯梦龙担任福建寿宁知县,恪尽职守,为民办事,深受福建人民喜爱。1645 年冯梦龙再次入闽,从事反清复明的活动。可以说,福建是冯梦龙的第二故乡。因此,国内知名学者将"三言"在国外的传播与影响看作福建对外文化交流的重要组成部分。[①]

---

① 林金水:《福建对外文化交流史》,福建教育出版社,1997 年,第 359~373 页。

中西同情——冯梦龙"三言"传入西方之考析

世界各国对冯梦龙以及"三言"的研究,是国际汉学的一个组成部分。"汉学"[①]一词源于西方,法文是 Sinologie,英文是 Sinology,是国外学者对中国"精神和物质文明的认识"[②]的一个概括与总结。所谓国外学者除了传教士、外交官和职业汉学家等外国人,还应该包括那些出生或久居国外、深受所在国文化影响的华裔学者。"汉学"的研究主体是包括华裔在内的外国学者,由于所受的教育和当地文化的熏陶,自觉或不自觉地受制于外国文化的影响,他们在思维方式、研究方法、视角以及得出的结论方面与中国学者自然不甚相同。汉学的发展和繁荣是中国文化域外影响的一种表现形式,是外国人认识中国、研究中国的一种手段,是中外文化交流的产物。汉学作为一门学科,虽然是外国人对中国人的认识,但从学术层面上说,和中国人研究中国一样,西方学者的汉学研究对于中国同行来说也非常具有学术价值。汉学在本质上是一种跨文化的对话。西方汉学的发展与中国西学的发展是不同文明与不同文化相互交流的重要表现。"东学西渐"与"西学东传"成为文化关系史交流研究的重要组成部分。

中外文化交往的历史源远流长,最早记录中国的是希腊人——公元前404年的克泰夏斯(Ktesias)。[③] 此后,欧洲的商人、传教士以及旅行家纷纷来华,他们倾慕中国的物质文明,积极向西方传播中国的物质文化。16世纪,欧洲发生了马丁·路德领导的宗教改革运动,造就新教势力与天主教旧势力的抗衡,并随着"地理大发现"[④]和殖民掠夺而愈演愈烈。尤其是16世纪后,西

---

① 为了避免术语在概念上的混淆,必须分清"汉学"与"国学"的概念。"国学"是中国学者对中国传统文化包括哲学、历史、考古、文学、语言学等的研究。"汉学"与"国学"既有联系,又有区别。它们的相同之处在于研究的客体是一致的,都是对中国语言、文字、文学、历史、哲学等文化的研究。不同之处在于主体不同,包括华裔在内的外国学者由于所受的教育和当地文化的熏陶,自觉或不自觉地受制于外国文化的影响,他们在思维方式、研究方法、视角以及得出的结论方向与中国学者自然不甚相同。"汉学"在思想和理论体系方面仍然属于"西学"的范畴。"国学"的概念起源于19世纪末20世纪初,伴随着滚滚而来的西学浪潮而诞生,是国人感受到一种外来压力的情况下做出的自然回应。正是研究主体的不同,导致"西学"与"国学"、"汉学"与"国学"的区别和联系。

② 何寅、许光华:《国外汉学史》,上海外语教育出版社,2002年,第1页。

③ Yule, Henry. Cathay and the Way Thither, New Edition by H. Cordier, Vol.1: Preliminary Essay on the Intercourse between China and the Western Nations previous to the Discovery of the Cape Route, London, 1915.

④ "地理大发现"的标志是1492年哥伦布发现"新大陆";1498年达伽马开辟通往东方的新航路;1519年麦哲伦环球航行。

方殖民势力日益强大,逐渐进入西太平洋沿岸。当天主教势力与殖民势力相互依附,于16世纪中后期与中国传统势力正面相遇时,中西文化交往便进入一个在经济、政治和文化领域进行大规模、直接的实质性交往的新时期。

此时,传教与贸易已然成为西方在华的核心利益。西方之所以对传播宗教有狂热情绪,主要原因是殖民者需要利用基督教作为征服和统治广大殖民地的有力工具。正如英国著名历史学家阿诺德·汤因比指出:"葡萄牙人和西班牙人首先掀起西方征服世界的浪潮,他们不只是为了寻求财宝和权力,而是一心要传扬征服者先辈的西方基督教。"[1]基督教是一神论,具有不容异己的宗教排他精神。但是在传播过程中如果碰到像中国文化这样历史悠久、内涵精神博大的文化传统时,追求博爱、良好道德伦理的宗教情感就比较容易发挥作用。只有在较为平等的基础上中西文化才有可能展开平等互利的文化交流。[2]为此,大批西方传教士来到中国,成为文化交流的媒介。他们人数众多,且属于不同的宗教组织,除了耶稣会,派遣来华的传教士,还有属于多明我会、方济各会、奥斯定会、遣使会、巴黎外方传教会、教廷传信部、冉森派和嘉布遣派等天主教组织。[3]耶稣会原名"耶稣军"(Societas Jesus),1534年成立,其宗旨是振兴罗马教会,重树教皇的绝对权威。许多耶稣会传教士来到中国[4],当他们秉承教会的使命踏上中国土地时,一方面心怀对天国与上帝的崇敬,另一方面身披文艺复兴以来人文主义的光环。他们企图征服并改造东方异教的精神世界,而一旦接触古老而又充满活力的中华文化又不禁由衷赞叹。他们在移植西方文明的同时又深受同样伟大的中华文明的影响,为文化的双向传播赢得重要的契机和开端。他们依据中国情况而制定的适应性的传教策略,客观上促进了中西文化交流在启蒙时期的顺利开展。西方传教士具有较高的教育水平和科学文化素养,为中西文化交流的深入发展创造了良好条件。传教士向欧洲发回大量关于中国的各种报告,进一步证实了《马可·波罗游记》的真实可靠。"这些人的身份和才智足以保证他们的论述符合实际情况,而且

---

[1] 阿诺德·汤因比著,晏可佳等译:《一个历史学家的宗教观》,四川人民出版社,1990年,第173页。
[2] 沈定平:《明清之际中西文化交流史》,商务印书馆,2007年,第79页。
[3] 沈定平:《明清之际中西文化交流史》,商务印书馆,2007年,第115页。
[4] 根据法国耶稣会士荣振华(Joseph Dehergne)的《在华耶稣会士列传及书目补编》记载,共16个国家的耶稣会士来到中国,该书为975个来华耶稣会士做了传记。

许多人的论述相互一致,令人信服。于是怀疑化为相信,伴随而来的是惊奇和羡慕。"[1]在这种赞赏和倾慕的基础上,逐渐形成了适应中国传统文化和风俗的传教路线。这一传教路线在本质上已经"涉及文化史上一个根本性的问题,即如何调和两种不同背景的历史文化的问题,一种历史文化应该怎样才能够移植到另一种上面来的问题,两种不同的历史文化怎样才能不仅是接触而且是融合贯通,合为一体的问题"[2]。

为了维护商业方面的利益,更多的传教士和外交人员(包括公使、领事、通译生、海关工作人员)纷纷来到中国。鸦片战争后,他们以不平等条约为护身符,肩负官方使命,为所欲为,从不顾忌中国统治者的脸色,亲身接触并实地考察中国国情,逐渐成为近代中国社会的一股特殊势力,更成为近代中西文化交流的主力军。在各国派遣来华的外交官中,有许多是中国文化的爱好者。与同时代的职业汉学家相比,他们研究中国文化在主观上有服务于外交的意图,他们的汉学研究视野也时时伴随着商业利益的考虑,带有更多的政治色彩,但在客观上却促进中西文化的交往,成为文化交流的媒介。这些商人、外交官和传教士在建立中西文化之间新型的交流关系,确立中国古代思想文化与欧洲18世纪启蒙运动的联系方面承担了媒介的作用,促进了不同思想体系和文化传统的调适和融合,使得中西文化交流从最初对物质文明的倾慕,进入到思想、政治和文化制度层面上的相互吸收和借鉴。

明清来华传教士与外交官寄回欧洲的各种关于中国的报道以及出版的各种著作引起了许多国外学者对中国的关注和研究热情,并为各种研究提供了资料准备和研究基础。在这种非常有利的环境中,职业汉学家应运而生,纷纷致力于中国文化的研究与传播,开设汉学机构,培养汉学人才,成为知名的职业汉学大师。他们人数众多,业务精湛,很快成为汉学研究的中坚力量,引领汉学研究向深度和广度发展,其成就超过同时代的传教士和外交官,甚至不亚于海外华裔或中国学者。

20世纪之前的汉学研究几乎全部由外国人完成,西方传教士、外交官以及职业汉学家笔下的中国形象在欧洲不同的人眼里产生了不同的色彩,而作为输出这种形象的中国在20世纪到来之前始终作为一个失语者,默默无语地

---

[1] 弗朗斯瓦·魁奈著,谈敏译:《中华帝国的专制制度》,商务印书馆,1992年,第25页。

[2] 何兆武、何高济译:《〈利玛窦中国札记〉译者序言》,《利玛窦中国札记》(上册),中华书局,1983年,第25页。

安坐在那里,等待着四方八国评头论足。20世纪初,大批中国留学生前往海外,他们在刻苦学习西方先进文化的同时也积极传播优秀的中华文化,成为中外文化交流的媒介。尽管这些华裔或中国学者起步晚,但是经过自近代以来的西学浸润,他们已经满腹经纶,学贯中西,很快赶上西方同行,甚至后来居上。许多海外华裔学者或以向中国传播西学为己任,或以向西方介绍汉学为主要目标。由于具备精深的学术功底,在把中国文化介绍给西方的过程中,他们取得突出成就。如果说传教士与外交官翻译或研究中国文化多出于宗教、政治、商业或外交的目的,那么国外职业汉学家、华裔以及中国学者对中国文化的研究或传播则出于本身的兴趣,致力于向海外介绍中国古典文学,培养汉学人才,传播中国文化。从职业或者身份来划分,"三言"的传播者可以分为四类,分别是:明清传教士、西方外交官、职业汉学家、华裔或国内学者;从传播者的彼此关系来划分,他们中的许多人又可以划分为四种关系,分别是:师生关系、朋友关系、夫妻关系、兄妹关系。

中华文化早已深深地渗透到世界其他国家的文化之中,成为推动世界文化发展的重要推动力。关于中国的研究也早就成为世界学术思想发展史的一个重要组成部分。旅行家、商人、传教士、外交官、职业汉学家、海外华裔以及各国思想家都曾对中国的成就和不足做过深入的研究。西方学者在研究过程中由于所处的文化语境、价值观念、意识形态和学术背景与中国同行不同,在把中国文化语境化的过程中,西方学者容易以自己本土的文化为背景,在他们日益形成的中国形象中难免越来越多地出现"本体文化"观念。他们独特的研究视野、研究方法以及研究成果至今仍富于启迪,具有重要意义。因此,对国外的汉学情况进行研究具有十分重要的意义。

研究文学的翻译、评论、借鉴、影响,有助于在不同的文化背景下,发展文学的国际交流,对不同国家的文学进行宏观的观察,提高对外国文学的深刻理解和融会贯通,促进本民族文学的进步与完善。针对冯梦龙及其著作对于中国文学乃至中国文化的意义,中国学者已经做了大量研究。然而,迄今为止,中国学者在国际汉学越来越热的背景下,对冯梦龙及其"三言"在国外的传播及影响却研究不足,缺乏系统、完整以及深入的研究,缺乏历史学、哲学以及文学上的跨学科研究。尤其缺乏对国外传播"三言"的动机、过程以及影响的综合研究。

因此,本书的意图是通过对"三言"在西方的传播以及影响的研究,填补国人在这一领域研究之不足,从明清传教士、外交官、职业汉学家以及海外华裔学者对冯梦龙"三言"的收藏、翻译与研究以及所产生的影响入手,见微知著,揭示中国文化在世界的影响力,揭示"三言"在西方的传播对于中外文化交流的意义。

近三百年的"三言"外传史证明:中国文化在世界范围的影响力不仅取决于国外汉学的发展水平,更取决于自身的发展和提高,比如像冯梦龙那样需要世界研究、更经得起研究的文坛巨子。中国文学无须迎合西方人的趣味以抬高身价,无须越过汉学家的龙门以获得世界的认可,而是要有立足于艺术上的崇高追求,加强文化上的自我反省,写出具有"中国灵魂"的文学著作。任何一个时代,任何一个民族的伟大作家最终极的关怀都是一致的,那就是人的价值。正像王蒙说的那样,"最关键的要素是要写得深刻。写得深刻,其作品就会具有民族的特性、地方的特性、人的特性,也会同时具有一种普遍性,一种共同性。一个为人类,不仅仅是今天的人类,也为未来的人类所理解的可能性"①。是为选题的缘起和意义。

第二节 冯梦龙以及"三言"研究回顾

关于冯梦龙及其著作的研究,国内学者中最早进行研究的是清末民初的董康,他是清末进士,曾留学日本,著有《书舶庸谭》。书中记录了日本内阁文库收藏的《古今小说》、《醒世恒言》和《警世通言》的详细目录。继董康之后,鲁迅对日本汉学家盐谷温在《关于明代小说"三言"》一文中提到"三言"非常兴奋,认为"'三言'在日本被发现,在小说史上实为大事"②。此后,叶德辉、马隅卿、孙楷第、郑振铎、赵景深、容肇祖、谭正璧等人或整理原著,或收集考据有关冯梦龙及"三言"的材料,做了许多最基础的工作。孙楷第先生著有《三言两拍源流考》,考证"三言"的版刻源流;郑振铎著有《明清二代的平话集》,从风格与语言等方面考察"三言"各篇的写作时代,并著有《中国俗文学史》,着重探讨冯梦龙在俗曲方面的贡献和地位;赵景深著有《〈警世通言〉的来源和影响》、《〈醒世恒言〉的来源和影响》和《〈喻世明言〉的来源和影响》;谭正璧著有《三言二拍资料》,考证了"三言"与"二拍"的资料来源。

新中国成立后至"文革"前,冯梦龙研究取得新的进步,由专家注释的"三

---

① 王蒙:《文学·社会·民族·世界》,载于《文艺报》1988年9月10日。
② 鲁迅:《中国小说史略·题记》,上海古籍出版社,2019年。

言"普及本,《古今谭概》《墨憨斋定本传奇》《桂枝儿》以及《山歌》等冯梦龙著作得到详细考订和出版。研究论文着重探讨了冯氏及其著作的历史评价,可是由于"左"的思想影响,许多研究生搬硬套,概念化的东西太多,而对其中蕴含的文学史意义和文化史意义探究不够。

进入20世纪80年代后,伴随文学研究热潮的出现,"三言"研究呈现出蓬勃发展的趋势。研究论文繁多,涉及冯梦龙生平、思想、角色分析、作品的艺术性以及历史评价,其中,谭耀炬著有《三言二拍语言研究》,程国斌著有《三言二拍传播研究》,勾勒出"三言二拍"在明末至清代的刊刻情况,并对"三言二拍"的改编现象进行研究。

关于"三言"在国外的传播和影响,一些中国学者也做了一些研究,李明滨在《中国文学在俄苏》一书里指出:"冯梦龙的'三言'(选)及《今古奇观》等已译成俄文出版,而且译文都是经过认真推敲,译本是有质量的。但研究这些作品的专论性著作则尚未出现。目前大多是这些作品的俄译者结合翻译写的一些前言、后记或评介文字,其中当然含有他们的研究心得。不过,总的看来,仍以评介性为主。"[①]他的寥寥数语的评论虽然恰如其分,但作者未能够从文学史的角度考据出"三言"在俄苏的传播时间、流传方式、分别有哪些俄苏汉学家做过何种研究和翻译、译文的篇目是什么、译文有什么样的风格以及产生什么样的影响。

施建业著有《中国文学在世界的传播与影响》,他在书里指出:"'三言'在国外广泛流传,现已有日、法、英、德、意、俄、波、匈、荷兰、丹麦、南斯拉夫等多种文字译本。"[②]他简要介绍了"三言"在日本、法国、德国、英国以及苏联的翻译情况。篇幅不长,区区几百字,未能详细考订出版日期、译者姓名以及篇目,研究得不全面、不系统。

王丽娜著有《中国古典小说戏曲名著在国外》,它是迄今为止考证"三言"在国外流传方式最全面的一本书。该书参考了孙楷第、郑振铎、刘修业、王古鲁、柳存仁的有关材料,特别是根据亨利·考狄(Henri Cordier)的《汉学书目》(*China in Western Literature*)以及《汉学书目补遗》(*China in Western Literature, a Continuation of Cordier's Bibliotheca*)中关于"三言"在国外流传情况的介绍,该书于20世纪80年代出版。王丽娜的研究非常重要,具有文学史的意义与参考价值,只可惜还有许多遗漏,未能考据从改革开放一直延续到今

---

① 李明滨:《中国文学在俄苏》,花城出版社,1990年,第175页。
② 施建业:《中国文学在世界的传播与影响》,黄河出版社,1993年,第39页。

天的国外翻译与研究"三言"的情况,许多篇目的考订有误,也未能对翻译者、译文的质量以及国外关于"三言"的论文进行研究,留下了许多缺憾。

关于"三言"在日本的传播和影响,王若茜写有《"浮世草子"和"三言二拍"中的果报论与天命观》,从中日古代市民的宗教意识角度对作品进行比较分析,指出佛教的果报论对中日市民的道德意识具有极有效的约束力,同时也成为中日市民阶层不思进取的落后意识。马兴国著有《"三言两拍"在日本的流传及影响》,对数冈白驹、近江蓼世子、石川雅望等人对"三言"的翻译作了简单的文学史式的介绍,可惜不够全面,未能从日本各界对"三言"的中文刊本或选本的收藏,以及日本汉学家对"三言"的评论这两个方面做出探讨。虽然在内容上对都贺庭钟及上田秋成等的翻改小说与"三言"进行一些比较,但深度与广度不够,未能对翻改的方式与技巧、主题上的探索与创新展开研究。陆坚、王勇主编的《中国典籍在日本的流传与影响》也没有涉及"三言"在日本的流传及影响研究。著名学者严绍璗著有《中国文学在日本》,书中有两个章节分别讨论了"都贺庭钟'三谈'中冯梦龙'三言'的折影",以及《蛇性之淫》的创作与《白蛇传》的蜕变"。确实是好文章,列举了都贺庭钟《英草纸》源出于"三言"的作品以及《英草纸》在中日文学交流史上的意义。但是,该书同样未能论述日本一些图书馆收藏"三言"的史实,日本文学评论家对"三言"的研究成果,也未能考订日本汉学家翻译"三言"的概况。

钱林森著有《中国文学在法国》,书中第四章论述中国古典小说在法国的流传情况,作者着重论述了《水浒传》、《红楼梦》和《金瓶梅》的相关情况,对"三言"的论述非常简单,指出:"最早把中国小说介绍到法国的可能是昂特尔科尔神父(耶稣会士殷弘绪),他从《今古奇观》中选取了《庄子休鼓盆成大道》、《吕大郎还金完骨肉》和《怀私怨狠仆告主》三个故事,以概述故事情节的形式,编译成法文,发表在杜哈德主编的《中国通志》第三卷。这也是第一次介绍到欧洲的中国小说。"[①]然后,简要介绍了《庄子休鼓盆成大道》对伏尔泰哲理小说《查第格》的影响。该书未能考订"三言"在法国的传播情况,未能描述有关法国汉学家的研究成果。法国是最早接受"三言"的西方国家,从耶稣会士殷弘绪第一次译介"三言"以来,许多著名法国汉学家纷纷翻译介绍,"三言"在西方世界产生了重要影响,可惜迄今为止得不到系统、完整的研究。

关于"三言"在英语世界的传播及影响,黄鸣奋著有《英语世界中国古典文学之传播》,在其中的一节"明代小说之传播"中,作者简单考订了14位翻译家

---

① 钱林森:《中国文学在法国》,花城出版社,1990年,第124页。

对"三言"的翻译情况,8位文学评论家对"三言"的研究目录,但是都没有涉及相关的内容与评论。张弘著有《中国文学在英国》,书中列举了一些英国汉学家对"三言"的选译情况,论述有一定深度,只可惜考订得不够全面,未能系统、全面考订"三言"在英语世界的传播情况,未能指出不同的传播动机、不同的译文风格,也未能考据英语世界汉学家对"三言"的研究与评论。

总之,针对冯梦龙及其著作对于中国文学乃至中国文化的意义,中国学者已经做了大量研究。然而,迄今为止,中国学者在国际汉学越来越热的背景下,对冯梦龙及其"三言"在国外的传播及影响却研究不足,缺乏系统、完整以及深入的研究,缺乏历史学、哲学以及文学上的跨学科研究,尤其缺乏对"三言"外语译本的文本分析;缺乏对译文质量、翻译技巧的分析;缺乏对译文得失的分析;缺乏国外传播"三言"的动机、过程以及影响的综合研究。

第三节 多维视角下的"三言"外译研究

本书的研究方法有以下几种:第一,历史学、传播学以及文学的跨学科研究法。由于本书的内容涉及历史学、传播学、哲学与比较文学,因此必须运用各学科的相关理论作为理论基础,提供方法指导,并适当借鉴各学科相关的研究成果,进行跨学科的立体研究。比如,传播学的理论对于探讨传教士、外交官、职业汉学家以及华裔学者传播"三言"的动机、过程以及产生的影响,具有重要理论指导意义。第二,解读法。"三言"在国外的传播过程中时间跨度大,从1735年《中华帝国全志》法文版本出版至今,时间跨度长达286年。笔者在香港大学和香港浸会大学图书馆分别查阅到1736年和1738年出版的《中华帝国全志》两个英文版本的缩微胶卷,以及明清传教士、外交官的各种汉学著作,由于年代久远,更因为缩微胶卷固有的许多不足,字迹异常模糊,研读起来相当艰辛。另外,在早期的译文中,由于200多年前的英文与当代的英文有许多显著的不同,更增添了研读难度。但是,这大大丰富了本研究的资料。第三,比较文学的方法,即影响研究法与平行研究法。运用影响研究的方法,可以探讨一种体裁、文体如何流传到他国,以及在流传过程中的种种变异,即探究其渊源、传播、接受、模仿、影响、演变等。从平行研究着手,可以研究同一类体裁在不同民族文学中的不同发展过程,探究其相同点和不同之处;也可以研究不同民族的文学之间不同体裁的美学关系。运用这两种方法研究"三言"在国外的传播及影响是非常适当的。第四,考据法。"三言"开始外传至今历史悠久,许多传教士、外交官以及职业汉学家纷纷翻译、介绍并研究"三言",由于时间跨度大,涉及人员多,译文版本多,资料异常丰富,却又分散地保存在各大图书馆,零星分布在许多文学史之中,幸运的是在香港大学图书馆、香港中文大学图书馆、香港浸会大学图书馆、香港科技大学图书馆,以及内地许多图书馆,笔者查阅到大量相关的中英文资料,内容涉及"三言"的英语译文以及关于"三言"的研究评论,并一一加以考证,从而使得本研究有了大量的可靠的资料来源和研究基础。第五,翻译法。本书的许多关键资料为英文,比如《中华帝国全志》、《耶稣会士书简集》、亨利·考狄的《汉学书目》和《汉学书目补遗》以及"三言"的各种英文译本和研究论文等。在研究过程中,翻译始终都是重要的手段。第六,综合分析与逻辑推理法。在全面占有资料并采取上述诸多研究方法的基础上,为了能在研究的广度和深度上有所突破,采取了综合分析以及逻辑推理的方法,得出想要的结论。

本书分六个章节。第一章讲述选题的缘起和意义,冯梦龙及"三言"的研究回顾,介绍"三言"外传的汉学背景及本书的研究方法、结构和写作意义。

第二章描述冯梦龙生平与晚明社会思潮,通过对他的生平、与晚明社会思想家的交往、晚明社会思潮对冯梦龙文学观的影响以及"三言"概况等的描述,为研究"三言"在国外的传播奠定理论基础。

第三章运用跨学科研究法,论述了明清传教士、西方外交官对"三言"的传播做出的贡献,分析他们的传播动机、传播过程、传播效果以及对西方政治、文学或社会生活产生的影响。

第四章运用比较文学与传播学的研究方法,考订、分析并评论西方各国汉学家翻译传播"三言"的过程、途径、方式、特点、译文的质量以及所产生的影响。

第五章评论华裔和国内学者对于"三言"的翻译,分析他们的英语译文,评价译文得失,揭示他们在传播中华文化过程中的杰出成就。

第六章总结"三言"外传的动机、方式、途径、影响及其对于中外文化交流可提供的经验。

如上所述,国内学术界迄今尚无对冯梦龙及"三言"在海外传播及影响的系统完整的研究,尤其缺乏历史学、哲学以及文学上的跨学科研究,本书弥补了国内学术界的不足。这种研究无疑具有学术理论上的意义,同时也可以在全球化的今天,在中外文化交流日益频繁、经济关系更加密切的历史时期,为如何更好地传播中国文学提供可借鉴的经验,帮助国人了解不同历史时期国外人士如何看待和研究中国文化。

附录一详细列举了"三言"译本的封面、扉页、插图的照片,展示"三言"外传的实物资料;附录二详细考订了"三言"中文刊本或选本在国外的收藏情况;附录三详细考据了"三言"的各种外语译文篇目;附录四考订了国外对"三言"的评论;附录五列举了旅行家、商人、明清传教士、西方职业汉学家、华裔或国内学者的人名,以及各种汉学著作的中西文对照。

总而言之,中国文化海外传播研究是一面镜子,它有三个方面的作用:首先,中国人可以通过它看到自身的影子;其次,西方民族以及其他东方民族也可以通过它达到鉴照自身文化并认识中国文化的目的;最后,中国人可以再一次通过它看到自己给外国人留下的印象,看到自己被改造之后的影子。对"三言"在国外的传播及影响的研究无疑就是这样的镜子。

第二章　冯梦龙生平与晚明社会思潮

第一节　畸人情种：冯梦龙生平以及"三言"概况

　　冯梦龙生于公元1574年,卒于1646年,苏州人,字犹龙、子犹、耳犹等,又以书斋名自号墨憨斋主人,别号龙子犹、顾曲散人、张无咎、豫章无碍居士、绿天馆主人、陇西可一居士、茂苑野史、词奴、詹詹外史、香月居主人等。冯梦龙多才多艺,诗文书画、词曲戏剧、琴棋牌艺无所不通。

　　冯梦龙从小接受正规系统的封建教育,父亲与苏州大儒王仁孝关系密切,兄长冯梦桂是有名的画家,弟弟冯梦熊是太学生兼诗人。兄弟三人合称"吴下三冯"。冯梦龙富有同情心,是个"情种",他说:"情史,余志也。余少负情痴,遇朋侪必倾赤相与,吉凶同患。闻人有奇穷奇枉,虽不相识,求为之地,或力所不及,则嗟叹累日;中夜辗转不寐。见一有情人,辄欲下拜;或无情者,志言相忤,必委曲以情导之,万万不从乃已。"[①]

　　1594年冯梦龙二十岁时考中秀才,但长期考不中举人。科举失意令青年冯梦龙对现实不满,并从此过着"逍遥艳冶场,游戏烟花里"[②]的放荡不羁生活。他接触大量妓女,与苏州名妓侯慧卿更是倾心相爱。他同情妓女,提倡男女平等,追求"情真",主张男女应"相悦为婚"。在"三言"中他以赞美的笔调,描写了风尘女子漂亮的外表、不屈的性格和美丽纯真的心灵。《杜十娘怒沉百宝箱》、《卖油郎独占花魁》和《玉堂春落难逢夫》更是不朽的名篇,尤为扣人心弦。

[①]　冯梦龙:《情史·序》,上海古籍出版社,1993年。
[②]　转引自王凌:《畸人·情种·七品官》,海峡文艺出版社,1992年,第23页。

第二章　冯梦龙生平与晚明社会思潮

青年冯梦龙利用与都市下层人民广泛接触的机会,大量收集民歌、民谣、民间故事、话本和拟话本小说等文学作品,从而为"三言"的创作积累了大量素材。这一时期的冯梦龙开始广交朋友,虚心学习。他拜"吴江派"首领沈璟(字伯英,号词隐)为师,并与袁无涯、杨定见、袁中道、袁宏道、袁宗道、梅之焕等过从甚密,就连与熊廷弼也有师生情谊。1613—1620 年,冯梦龙在麻城活动频繁,在此期间更是受了李贽思想的影响。李贽晚年定居麻城,与侍郎梅国桢交往深厚。而梅国桢的侄儿梅之焕是冯梦龙旅居麻城时的好友。另外,冯梦龙的朋友杨定见与李贽也是好朋友。所以,冯梦龙在《古今谭概》中大量引用李贽的《初谭集》摘录的资料,其中不少地方一字不漏地引用,连李贽的批语也照抄不误,用来阐述自己的思想,并且大加赞赏。李贽是利玛窦在南京时结交的好友,《利玛窦日记》说:"在一位状元家里,住着一众人皆晓的和尚,他已经弃官致仕,薙发出家,由儒林而入禅林。这个显要人物极为推崇利玛窦,这对中国士大夫来说是百费不解的。人们对他居然会去拜谒外国神父感到莫大的惊讶……他赠给利玛窦一把纸折扇,上填有他写的两首诗。利玛窦照中国的习惯把这两首诗收入他制作的,与折扇规格大小一样的盒中。"①不容置疑,利玛窦所说的"和尚"即李贽。李贽在《赠利西泰》诗中写道:"逍遥下北溟,迤逦向南征。刹刹标名姓,仙山纪水程。回头十万里,举目九重城。观国之光未?中天日正明。"②李贽高度评价利玛窦,他说:"承公问及利西泰,西泰大域人也,……及抵广州南海,然后知我大明国土先有尧、舜,后有周、孔。住南海肇庆几二十载,凡我国书籍无不读,请先辈与订音释,请明于《四书》性理者解其大义,又请明于《六经》疏义者通其解说,今尽能言我此间之言,作此间之文字,行此间之礼仪,是一极标致人也。中极玲珑,外极朴实……我所见人未有其比,非过亢则过谄,非露聪明则太闷闷聩聩者,皆让之矣。"③可以看出,李贽是明清传教士与冯梦龙之间的交往媒介之一,尽管目前尚无冯梦龙与耶稣会士直接交往的证据。

青年时期的冯梦龙以"龙子犹"为笔名,创作了大量散曲,结集为《太霞新奏》。公元 1604 年冯梦龙三十岁时创作了传奇《双雄记》。1609 年出版《挂枝儿》,并怂恿书商出版《金瓶梅》。1611 年因为出版《挂枝儿》惹上官司,幸得恩师熊廷弼保护而脱罪。1613 年冯梦龙与袁无涯、杨定见等共同校对出版李贽

---

① 林金水:《利玛窦与中国》,中国社会科学出版社,1996 年,第 65 页。
② 李贽:《赠利西泰》,《焚书》卷六,岳麓书社,1990 年,第 250 页。
③ 李贽:《与友人书》,《续焚书》卷一,岳麓书社,1990 年,第 315 页。

评点的《水浒传》,并赴湖北麻城讲《春秋》。

步入中年时期后,冯梦龙的文学创作逐渐进入顶峰状态,1620年冯梦龙46岁时出版《麟经指月》,在此期间冯梦龙以"墨憨斋主人"为笔名出版了《笑府》《宛转歌》;以"龙子犹"为笔名出版了《情史类略》、《古今笑》和《平妖传》。1621年,冯梦龙出版了《全像古今小说》四十卷,笔名为"茂苑野史""绿天馆主人",后又由衍庆堂出版,改名为《喻世明言》。1624年冯梦龙50岁时《警世通言》出版,冯梦龙化名"无碍居士"为这本书作序。1626年他编辑的《太平广记钞》出版。1627年冯梦龙53岁时出版《醒世恒言》,冯梦龙化名"陇西可一居士"作序。1627年,冯梦龙还编辑出版《太霞新奏》和《承天寺代化大悲象疏》。公元1630年冯梦龙56岁时入国子监为贡生并以岁贡为丹徒(镇江)训导。

老年的冯梦龙终于迎来了事业的转机,因为在丹徒(镇江)训导任上工作出色,终于获得了升迁,1634年60岁时升任福建寿宁知县。他恪尽职守,为民办事,实地勘察全县22图229甲,带头捐俸禄重建学门,颁发课本亲自授课。他严禁以巫代医误人性命。闽俗重男轻女,并有溺杀女婴之恶俗,冯梦龙亲自撰写并公布《禁溺女告示》,严禁此风。闽地名士徐渤在《寿宁冯父母诗序》中称"计闽中57邑,今之闲无逾先生,而今之才亦无逾先生者。顾先生虽耽于诗,而百端苦心,政平讼理,又超乎57邑之殿最也"①。1637年冯梦龙作《寿宁待志》,全书分上下卷,内容涉及疆域、县治、学宫、土田、户口、升科、赋税、兵壮、狱讼、物产以及风俗等等。在寿宁任上还作传奇《万事足》。1638年冯梦龙四年任满,返回苏州。后人对他的评价是:"政简刑清,首尚文学,遇民以恩,待士有礼。"②1638年后相当一段时间冯梦龙在家乡过着安稳的退隐生活。

晚年的冯梦龙老骥伏枥,1644年冯梦龙70周岁时,李自成攻入北京,明朝灭亡。不久清兵入关,占领北京。各地民众踊跃抗清,明福王朱由崧在南京建立政权。冯梦龙既反对李自成又痛惜大明王朝腐朽,更痛恨清兵入关。从1644年至1645年,冯梦龙著《甲申纪事》、《中兴实录》和《中兴伟略》,记录自己复杂的反清复明思想,系统总结了大明王朝灭亡的教训。1645年冯梦龙再次入闽,开始从事反清复明活动。1646年冯梦龙在忧国忧民中去世,享年72岁。

---

① 杨晓东:《冯梦龙研究资料汇编》,广陵书社,2007年,第2页。
② 王凌:《畸人·情种·七品官》,海峡文艺出版社,1992年,第135页。

第二节　流行于世："三言"刊本和选本概况

"三言"成书后产生广泛的影响，人们争相传看，出现了许多不同的刊本和版本。[①] 1621年，天许斋刊本《全像古今小说》四十卷出版，书中附有插图80幅，笔名为"茂苑野史"，目录前题有"古今小说一刻"，冯梦龙以"绿天馆主人"的身份写了一篇序言。该刊本流传到日本后"由日本内阁文库与日本前田侯家尊经阁文库收藏"。[②] 后来，《全像古今小说》又由衍庆堂出版，改名为《喻世明言》。冯梦龙署名"可一居士评""墨浪主人校"。冯氏在序言里写道："取其明白显易，可以开人心，相劝于善，未必非世道之一助也。"[③] 该刊本流传到日本后由日本内阁文库收藏。

1624年冯梦龙50岁时《警世通言》出版，该书有三个版本：金陵兼善堂本、衍庆堂本以及三桂堂本。在金陵兼善堂刊本中冯梦龙署名"可一主人评""无碍居士校"，并化名"无碍居士"为这本书作序，该刊本流传到日本后由日本东京大学东洋文化研究所仓石文库与日本名古屋蓬左文库收藏。在衍庆堂刊本中，冯梦龙署名"可一居士评""墨浪主人较"和"豫章无碍居士序"。该刊本流传到日本后由日本天理大学图书馆收藏。

1627年冯梦龙53岁时出版《醒世恒言》，该书也有三个版本系统：金阊叶敬池刊本、衍庆堂本以及金阊叶敬溪刊本。冯梦龙化名"陇西可一居士"作序。序言中说道："本坊重价购求古今通俗演义一百六十种。初刻为《喻世明言》，二刻为《警世通言》，海内均奉为邺架珍玩矣。兹三刻为《醒世恒言》，种种曲实，事事奇观，总取木铎醒世之意。并前刻共成完璧云。"[④]《醒世恒言》有多种

[①] 本节主要参考以下几种著述：
　　孙楷第：《日本东京所见小说目录》，人民文学出版社，1958年；
　　孙楷第：《戏曲小说书录解题》，人民文学出版社，1990年；
　　孙楷第：《中国通俗小说书目》，人民文学出版社，1982年；
　　郑振铎：《中国文学研究》，人民文学出版社，2000年；
　　胡士莹：《话本小说概论》，中华书局，1980年。
[②] 程国赋：《三言二拍传播研究》，中国社会科学出版社，2006年，第3页。
[③] 冯梦龙：《喻世明言·序》，沈阳出版社，1995年。
[④] 冯梦龙：《醒世恒言·序》，沈阳出版社，1995年。

刊本,金阊叶敬池刊本传到日本后收藏于日本内阁文库;衍庆堂四十卷刊本则由传教士带到欧洲,现收藏于巴黎国家图书馆和英国博物院;金阊叶敬溪刊本被英国博物院收藏;衍庆堂刊足本传到日本后被日本内阁文库藏;衍庆堂刊删本则由日本东京文理科大学收藏。

除了上述刊本,"三言"还有许多选本。所谓选本,是指按照一定的取舍标准进行选择,并对原作的篇目顺序加以重新编排而形成新的文本,并以作品集的形式出版。胡士莹在《话本小说概论》中介绍了10种"三言"选本,分别是:《今古奇观》、《觉世雅言》、《警世奇观》、《今古传奇》、《再团圆》、《幻觉奇遇》、《西湖拾遗》、《二奇合传》、《今古奇闻》以及《续今古奇观》。这些小说中有许多传播至海外,被国外图书馆争相收藏,其中法国巴黎国家图书馆收藏有明吴郡宝翰楼刊本《今古奇观》,扉页题"喻世明言二刻"和"觉世雅言";英国博物院收藏有清初同文堂刊本《今古奇观》,封面题"绣像今古奇观",墨憨斋手定,姑苏笑花主人漫题(序),正文前署姑苏抱瓮老人辑,笑花主人阅;日本汉学家长泽规矩也收藏有《警世奇观》;日本内阁文库收藏有清泉州尚志堂刊本《再团圆》,封面署步月主人辑;日本著名汉学家长泽规矩也收藏有清代叶岑翁袖珍刊本的《警世奇观》,卷首自序署名"龙钟道人"。

大量不同的"三言"刊本和选本的出现,说明"三言"在明末出版时"海内均奉为邺架珍玩矣"[①]的事实,表明"三言"流行于世的非凡成就。这些收藏于国外图书馆的"三言"刊本和选本,是中外文化交往的实物见证,为西方汉学家翻译和研究"三言"提供了第一手资料。

第三节　天理人欲:晚明社会思潮与冯梦龙的文学观

明朝中晚期,中国的封建社会逐渐进入晚期,日益腐朽没落,各种矛盾异常尖锐,土地兼并加剧,大量农民破产,失去土地的农民大批流入城市,社会秩序动荡不安。为了维护自己的统治,统治阶级便将自诩为儒家正宗的程朱理学作为禁锢人们的思想武器。可是此时的意识形态领域呈现出错综复杂的状况。一方面,程朱理学大行其道,"存天理,灭人欲"成为伦理道德的最高标准;另一方面,资本主义生产关系已经开始萌芽,手工业迅速发展,商品经济日益

---

① 冯梦龙:《醒世恒言·序》,沈阳出版社,1995年。

繁荣,社会奢靡享乐成风,激化了封建社会的基本矛盾,逐渐成为与封建团体相对抗的因素。人们的道德观念骤然更新,价值取向也急剧变化,力图从封建名教和禁欲主义的长期束缚中挣脱出来,享受人生欢乐的愿望强烈。自古以来,统治阶级及其封建卫道士总是把人的情欲看成危及封建礼防的祸害,试图从精神上和制度上予以遏制。而当人性在长期压抑下苏醒的时候,寻求享乐的情绪便一发不可收拾,对封建礼防造成强有力的冲击。"伦教荡然,纲常已矣"[①]只能成为社会的真实写照。这样一来,一方面,人的自我意识突破封建名教和禁欲主义的长期禁锢而逐渐觉醒,人性获得一定程度的解放,社会已经透露出微微的春意;另一方面,人心流于佚荡,生活失之放纵,社会道德下降,出现了许多丑恶现象。总之,天理与人欲矛盾激烈,美与丑并存,互相混杂,形成晚明时代光怪陆离的社会景象。[②] 全新的生产关系的萌芽反映到思想领域,使得具有个性解放的民主主义新思想开始形成,并孕育出一些"异端邪说"。

一、王守仁

王守仁(1472—1529),字伯安,人称阳明先生,是宋明时期心学的突出代表。王阳明在继承陆九渊"吾心即是宇宙"的基础上提出"心外无理,心外无物"[③]、"心之本体即是天理"[④]的观点。在他看来,伦理纲常是人们心中所固有的先验的"良知",所以要认识伦理纲常之"理"即所谓"致良知",其途径不是通过外在的实践获得,而是到心中去体认,从而把"天理"与"人欲"进行协调,强调人应该是"天理"的主宰者而不是顺应者。程朱的"存天理灭人欲"此时已经成为肃杀而僵硬的教条,不可能有效钳制世俗的欲望和人性追求。如何规范人们的思想和行为?如何才能有效建立新的封建伦理道德?如何才能突破程朱理学对人性的禁锢,从而有效维护封建伦理道德?王阳明提出"致良知"之说。他认为人天生有"良知",要实现道德的自我完善,必要大力挖掘个人"良知",如此"人人皆可为尧舜"。[⑤] 他认为否定人欲,便不是真正的儒学。

---

① 夏威淳:《晚明士风与文学》,中国社会科学出版社,1994年,第32~37页。
② 夏威淳:《晚明士风与文学》,中国社会科学出版社,1994年,第32~37页。
③ 王守仁:《王文成公全书》卷一《传习录》上,中华书局,2015年。
④ 王守仁:《王文成公全书》卷一《传习录》上,中华书局,2015年。
⑤ 王守仁:《王文成公全书》卷一《传习录》上,中华书局,2015年。

二、王艮

王阳明的继承人、泰州学派的王艮(1483—1541),字汝止,号心斋。他进一步扩大和丰富世俗人欲的内容,继承王阳明的"致良知"之说,把"良知"看作人们固有的"不虑而知,不学而能"的先验道德观念,并在这一基础之上提出:"知不善之动而复之,乃所谓致良知而复其初也。"[①]他提出著名的"明哲保身"论,他说"身安而天下,国家可保"[②],强调通过强化自身的儒家道德修养来约束自我。王艮明确指出:"百姓日用是道""圣人之道无异于百姓日用,凡有异者,皆谓之异端"[③]。他承认一切日常欲望不仅不离经叛道,而且是"道"的体现,结束了"天理"与"人欲"的对立。他的学说不仅容易为下层人民接受,而且为突破宋明程朱理学的禁欲主义打开缺口,非常具有进步意义。

三、李贽

李贽(1527—1602),号宏甫,又号卓吾,别号温陵居士,福建泉州人氏,明末文化界著名的反封建、反理学的斗士。李贽师承王学左派的思路,深入浅出地解释传统理学中的性与情、天理与人欲的关系。他说"穿衣吃饭即是人伦物理""人皆有私""食色性也"[④]。他说:"夫童心者,真心也。若以童心为不可,是以真心为不可也。夫童心者,绝假纯真,最初一念之本心也。若失却童心,便失却真心;失却真心,便失却真人。人而非真,全不复有初矣。"[⑤]李贽提出的"童心",其实质是有关人性的理论命题。他崇尚人性的"纯真",痛恨程朱理学教条对人性的残杀和个性的束缚,主张个性解放。他一生"率性而为",自言"平生不爱属人管"。其为人"强力任性,不强其意之所欲"[⑥]。他以为人的内心世界应当像童心那样天真无邪、单纯洁净,永葆"赤子之心",突出了对程朱理学的"性命义理"这一套虚伪教条以及假道学的抨击与批判。当李贽把崇尚自然人性的观点带进文学理论时,在艺术审美标准上也相应地表现出"贵真"

---

① 王艮:《王心斋先生遗集》卷一《复初说》,江苏教育出版社,2001年。
② 王艮:《王心斋先生遗集》卷一《答问补遗》,江苏教育出版社,2001年。
③ 王艮:《王心斋先生遗集》卷三《年谱》,江苏教育出版社,2001年。
④ 李贽:《焚书》卷一,上海古籍出版社,1993年。
⑤ 李贽:《焚书》卷三《童心说》,上海古籍出版社,1993年。
⑥ 袁中道:《珂雪斋集》,上海古籍出版社,2019年。

和"以自然之美为美"[①]的鲜明倾向。他认为"天下之至文,未有不出于童心焉者也"[②]。李贽的观点得到意大利耶稣会传教士利玛窦的赞赏,两人反对程朱理学的立场是一致的。

四、冯梦龙

冯梦龙深受李贽等晚明思想家的影响,是明末文化界另一名反理学斗士。冯梦龙"酷嗜李氏之学,奉为耆蔡"[③],他尊称李贽为"李卓老"。他也表现出进步思想家的特质,勇敢提出"情"的理论,以"情真"说和"情教"说反抗着程朱理学的"理"与"法"。他的"情"包括两个层次:第一个层次为男女之私情;第二个层次是由男女私情所生发的一切人类的正常情感。[④]

冯梦龙极为赞赏男女之私情,认为男女私情符合人性,符合自然之理。他巧妙地把"情"与封建正统思想的支柱"六经"合而为一。冯梦龙说:"六经皆以情教也。《易》尊夫妇,《诗》首《关雎》,《书》序嫔虞之文,《礼》谨聘奔之别,《春秋》于姬姜之际,详然言之。"[⑤]他进而锋芒犀利地指出"情始于男女,流注于君臣、父子、兄弟、朋友之间"[⑥]。冯梦龙猛烈抨击程朱理学"欲人鳏旷,以求清净"的禁欲主义才是真正的"异端之学"。冯梦龙指出情跟圣贤之道不但不相悖,而且一致。他认为情不但符合人性,而且与万物相通。"故人而无情,虽曰生人,吾直谓之死矣!人而无情,草木羞之矣!"[⑦]冯梦龙还说:"人性寂而情萌,情者,怒生不可遏之物,如何其可私也。持以两情自喻,不可闻,不可见,亦惟恐人见,惟恐人闻,故谓之私耳,私而终遂也,雷雨之动,满盈。不遂而为蝉哀,为恐怨,为盍旦之求明,为杜宇之啼春,有能终人耳目者乎!"[⑧]冯梦龙通过"三言"中的许多爱情故事热情歌颂爱情,认为只要有情,哪怕严重违背封建礼法,亦合理。《范鳅儿双镜重圆》就是这样的一个例子。女主人公顺哥不顾社会偏见与参加起义军的范希周结合,患难见真情。尽管冯梦龙屡次以为范希

[①] 李贽:《焚书》卷三《童心说》,上海古籍出版社,1993年。
[②] 李贽:《焚书》卷三《童心说》,上海古籍出版社,1993年。
[③] 许自昌:《樗斋漫录》卷六,上海古籍出版社,1996年。
[④] 游友基:《冯梦龙论》,西南师范大学出版社,1996年,第4~6页。
[⑤] 冯梦龙:《情史·序》,上海古籍出版社,1993年。
[⑥] 冯梦龙:《情史·序》,上海古籍出版社,1993年。
[⑦] 冯梦龙,《太霞新奏》,上海古籍出版社,1993年。
[⑧] 冯梦龙,《太霞新奏》,上海古籍出版社,1993年。

周是"反贼""逆党"等,但是因为他们对爱情忠贞专一,终于"天亦怜其贞"。"三言"中另有一篇爱情故事《杜十娘怒沉百宝箱》,其中杜十娘为情而死,为情抗争,宁为玉碎,不为瓦全,是冯梦龙热情称赞的女性,也是他对美丽女性的要求。他赞扬杜十娘不仅勇于为情而死,而且敢于捍卫"情"。"女不死不侠,不痴不情,于十娘女何憾焉!"认为"志,匹夫不可夺,匹妇亦然"。[①]

冯梦龙不仅歌颂男女爱情,还将之推广至社会关系的各个方面,以之作为维系社会关系的伦理和道德规范。"君臣、父子、兄弟、朋友皆有情。臣有情于君,子有情于父,推之种种相,皆作如是观。"他希望建立一个"蔼然以情相与"的真诚、平等、互利的人际关系。[②]"三言"中有许多作品反映出冯梦龙这种美好的人道主义思想,如《俞伯牙摔琴谢知音》、《滕大尹鬼断家私》、《刘小官雌雄兄弟》、《裴晋公义还原配》、《三孝廉让产立高名》、《吴保安弃家赎友》和《蔡瑞虹忍辱报仇》等。

冯梦龙还歌颂除男女爱情之外的其他美好情感,可称之为"泛情"论。冯梦龙提出"泛情"论的目的是与程朱理学相抗衡。程朱理学妄图用"理"来扼杀"情",遭到许多进步文人的反对,比如王阳明、李贽、汤显祖等人。冯梦龙继承并发扬了这种思想,颠覆了程朱理学中关于"理"与"情"的关系,指出"世儒但知理为情之范,孰知情为理之维乎"[③]。冯梦龙用"情"来取代"理",将之作为伦理道德的最高准则,具有反对封建名教、批判程朱理学的现实意义。冯梦龙的立场引起在华耶稣会士的广泛兴趣。冯梦龙的"泛情"论洋溢着资产阶级人道主义的思想,在某种程度上与耶稣会士所极力倡导的基督教伦理道德相符合。因此耶稣会士注意到冯梦龙的"三言",并开始选择"三言"中能够反映这种人文主义思想的作品介绍到西方就再自然不过了。

"情"是冯梦龙的思想核心,当他的"情"辐射到文学领域的时候便产生了"情真"说。他认为"情真"是衡量文学作品优劣的重要标准,认为文学作品的价值首先在于表现"真情","情真而不可废"、"事真而理不赝,即事赝而理亦真"、"触性性通,导情情出"。[④] 当冯梦龙将表达"情真"的文学作品辐射到社会关系上的时候,"情真"就具备了改造社会的力量。"有情者勇,无情则怯",

---

[①] 冯梦龙,《太霞新奏》,上海古籍出版社,1993年。
[②] 冯梦龙,《太霞新奏》,上海古籍出版社,1993年。
[③] 冯梦龙,《太霞新奏》,上海古籍出版社,1993年;游友基:《冯梦龙论》,西南师范大学出版社,1996年,第18页。
[④] 冯梦龙:《警世通言·序》,沈阳出版社,1995年。

"无情者能勇乎哉？"，"夫情之所钟，性命有则乎可捐"。[1]

冯梦龙明确指出"借男女之真情，发名教之伪药"，"我欲立情教，教诲诸众生"。[2] 中国文人士大夫历来十分重视文学对于社会的认识、影响以及改造作用。孔子说："诗可以兴，可以观，可以群，可以怨，迩之事父，远之事君，多识于鸟兽草木之名。"[3] 曹丕也说："盖文章，经国之大业，不朽之盛事。"[4] 随着元代杂剧的繁荣，明清小说的勃兴，文学的社会地位和作用也日益明显。冯梦龙在"三言"里分别以绿天馆主人、无碍居士、陇西可一居士的身份写了序言，强调小说可以与经、史、子、集同样重要，对社会具有重大作用。他说："'三言'虽与《康衢》《击壤》之歌并传不朽可矣……以《明言》《通言》《恒言》为六经国史之辅，不亦可乎。"[5] "三言"的书名分别为《喻世明言》《警世通言》《醒世恒言》，冯梦龙说："明者可以导愚也。通者，取其可以适俗也。恒则习之而不厌，传之而可久。三刻殊名，其义一也。"[6] 冯梦龙创作"三言"的目的是教育读者从作品所表现的真、善、美与假、恶、丑的比较中明白做人的道理，从而遵守道德规范，"说孝而孝，说忠而忠，说节义而节义，触性性能，导情情出"。[7] 他认为作家不能"淫谭亵语，取快一时，贻秽百世"[8]，而是以教育世人为己任。冯梦龙希望读者不能仅仅满足于涉猎故事情节，而应该把它当作一面镜子，反复鉴照自己，产生"怯者勇，淫者贞，薄者敦，顽钝者汗下"[9]的社会效果。显然，冯梦龙"三言"的创作目的很明确，一是教化，二是娱乐。这与西方文艺复兴以降的小说集很相似。

总之，冯梦龙的"泛情"论洋溢着资产阶级人道主义的思想，主张用"情"来取代"理"，将之作为伦理道德的最高准则，具有反对封建名教、批判程朱理学的现实意义。以王阳明、王艮、李贽以及冯梦龙为代表的晚明思潮具有蔑视礼教、弘扬人生、倡导平等、强调人性和现世生活、追求美好社会的人文主义精神，充分显示了早期启蒙思想所特有的光辉。他们是具有深邃洞察力和犀利

---

[1] 冯梦龙：《警世通言·序》，沈阳出版社，1995年。
[2] 冯梦龙：《山歌·序》，上海古籍出版社，1993年。
[3] 孔丘、孟轲等：《四书·五经》，北京出版社，2006年。
[4] 曹丕：《魏文帝集全译》，贵州人民出版社，2009年。
[5] 冯梦龙：《醒世恒言·序》，沈阳出版社，1995年。
[6] 冯梦龙：《醒世恒言·序》，沈阳出版社，1995年。
[7] 冯梦龙：《警世通言·序》，沈阳出版社，1995年。
[8] 冯梦龙：《醒世恒言·序》，沈阳出版社，1995年。
[9] 冯梦龙：《全像古今小说·序》，沈阳出版社，1995年。

战斗风格并以批判程朱理学为己任的启蒙思想家,与西方自文艺复兴以来所包含的思想以及基督教伦理道德具有许多相似之处。

《十日谈》是意大利著名人文主义作家薄伽丘的不朽巨著,更是文艺复兴的扛鼎之作。其锋芒直指封建社会与天主教会,提倡"人性"反对"神性",提倡"个性解放"反对"宗教桎梏"与"禁欲主义"。正因为"三言"与《十日谈》有如此多的相似之处,才使得东西双方的文化交往有了共通意义的空间。传播学理论认为:"传播是社会信息的传递或社会信息系统的运行。"[①]首先,传播是一种信息的共享活动,具有信息交流、交换和扩散的性质;其次,传播是一种双向的社会互动行为,信息的传递总是在传播者和传播对象之间进行;再次,传播成立的前提是传播方和接收方必须有共通的意义空间;最后,信息的传播必须以符号为中介,传播者将所要表达的意义转换成其他的语言、文字或其他形式的符号,使信息的接收者得以理解其意义。[②]

冯梦龙的"三言"与《十日谈》的许多共同特点,自然引起在华的明清传教士、驻华外交官以及职业汉学家的广泛兴趣。他们意识到要想了解中国人的风俗习惯、伦理道德以及文化心理等,单靠对四书五经的研究是不能深刻了解的。必须从"纯文学"的作品中寻找材料,以深化对中国文化的认知。在这种探索过程中,逐渐形成了一个共同的审美倾向,也就是重视通俗小说。因此,明清传教士、各国驻华外交官、职业汉学家以及华裔学者注意到冯梦龙的"三言",并开始选择翻译"三言"中能够反映这种人文主义思想的作品,把这些作品作为他们的研究对象,作为了解中国文明的窗口,就再自然不过了。

---

① 郭庆光:《传播学教程》,中国人民大学出版社,1999年,第5页。
② 郭庆光:《传播学教程》,中国人民大学出版社,1999年,第8~9页。

第三章 "三言"传入西方之滥觞

第一节 天与天主：明清传教士与"三言"[①]

一、明清传教士与"三言"传播的背景

传播学理论认为："传播是社会信息的传递或社会信息系统的运行。"[②]因此，首先，传播是一种信息的共享活动，具有信息交流、交换和扩散的性质；其次，传播是一种双向的社会互动行为，信息的传递总是在传播者和传播对象之间进行；再次，传播成立的前提是传播方和接收方必须有共通的意义空间，最后信息的传播必须以符号为中介，传播者将所要表达的意义转换成其他语言、文字或其他形式的符号，使信息的接收者得以理解其意义。[③]

明清传教士是"三言"西传的最早传播者，当他们踏上中国土地时，心怀对天国与上帝的崇敬，身披文艺复兴时期形成的人文主义光环，企图征服并改造东方异教的精神世界。可是，一旦接触古老又充满活力的中华文明又不禁由衷赞叹，在传播基督文明的同时深受中华文明的影响，并在这种欣赏与倾慕的基础上，逐渐形成了适应中国传统文化和风俗的传教路线。鉴于中华文明的优越性，西方宗教的传播便无法像在其他国家那样发挥取代或抹杀当地文明

[①] 该部分引自《明清传教士与冯梦龙"三言"在西方的传播》一文，原载于《福建师范大学学报（哲学社会科学版）》2010年第6期，第64～76页。作者：李新庭。有改动。

[②] 郭庆光：《传播学教程》，中国人民出版社，1999年，第5页。

[③] 郭庆光：《传播学教程》，中国人民出版社，1999年，第8～9页。

的作用。只有通过道德规范的相互效仿,通过基督教帮助中华文明,才能使基督教更加完善并最终达到使中国民众皈依的目的。

为了顺利实行适应性的传教策略,利玛窦、殷弘绪等传教士注意搜集各种书籍。一方面多次在书信中向欧洲的上司和朋友呼吁,请求寄送欧洲的著作;另一方面大力搜集研究中国经典及文学作品,包括"四书""五经",还有冯梦龙的"三言"。传教士力求贯通基督文化和儒家文化,努力寻求相似或相同之处,为文化的传播创造前提条件。利玛窦曾经按照自己所熟知的中国人的心理和口味选择并加工西方哲人的至理名言。在寄往欧洲的书信中,他称其中文著作《交友论》是"我们会院书籍中找出的西洋格言或哲人的名句,加以修饰,适合中国人的心理而编写的"[①]。利玛窦敏锐地感觉到中国的古代先儒相信有一位神在维护和管理着世上的一切事物,而以程朱理学为代表的新儒学则肯定整个宇宙是由一种共同的物质构成的。在《天主实义》中,利玛窦引用儒家经典《诗》《书》《礼》《易》中的有关论述得出结论:"吾天主,乃古经书所称上帝","历观古书,而知上帝与天主,特异以名也"[②]。从基督教人文主义者的倾向和实际需要出发,传教士特别钟情于与基督教可以相互沟通的古代先儒思想,反对以程朱理学为代表的新儒学。这样的立场与李贽、冯梦龙反对程朱理学的晚明社会思潮是一致的。

1611年,为了争夺在华传教的主导权,来华的各派传教士之间暴发了"礼仪之争"[③]。"礼仪之争"给中西文化交流留下了深远影响,加速了中国思想文化的西传。为了维护其在华传教方式与策略的正确性,耶稣会士不遗余力地收集资料,翻译中国文献古籍,介绍中国情况,内容涉及历史、地理、哲学、生物、医学、文学、艺术、风土、人情等,包括选译冯梦龙的"三言"中的作品。通过翻译和介绍中国文献典籍,耶稣会士向西方证明:中国传统儒家文化与西方基督教文化具有许多共通、互补之处,值得彼此沟通与相互借鉴。中国具备传播基督宗教的基础和条件,适应性的传播策略是正确无疑的,西方人应该借此打消对于在中国传教的种种疑虑。

鸦片战争后传教士继续来华,他们以不平等条约为护身符,肩负传教任务

[①] 利玛窦著,罗渔译:《利玛窦书信集》下册,辅仁大学出版社,1986年,第258页。

[②] 利玛窦、金尼阁著,何兆武、何高济译:《利玛窦中国札记》,中华书局,1983年,第485页。

[③] 在"礼仪之争"中,耶稣会士为了吸引中国人信仰天主教,竭力融合中西文化,允许中国教徒祀孔敬天,将"造物主"翻译成汉语的"上帝""天"等。其他会派的传教士认为这些都是异端,于是挑起争端。

或官方使命，亲身接触并实地考察中国。他们为所欲为，逐渐成为近代中国社会的一股特殊势力。与利玛窦和殷弘绪等前辈不同的是，他们已经不用顾虑中国统治者的脸色了，除了适应性传教路线，还可以大胆尝试不同的传教策略。他们翻译中国文献的目的除了传教，还以之为教材，培养懂汉语、了解中国的各种人才。另外，他们希望这些中国小说能够成为"西人了解中国和中国人最生动有效的方式"。[①] 此种翻译目的决定了在"三言"翻译过程中必须兼顾意义传达和文化传播这两方面的效果，而文学本身的美学价值则在其次。在这种原则指导下，译者将自己定位在文化传播者的身份上，翻译过程中采取直译加意译的方法，将中国的许多文化现象一一介绍到西方。这种翻译观与传统翻译研究中注重翻译的等值效用和将艺术表现力作为标准的观念有很大不同。

二、明清传教士对"三言"的传播过程

传教士以翻译、出版以及教育为手段，成为"三言"在西方的最早传播者。他们以综合类书籍（《中华帝国全志》）、汉学教材（《中国文化教程》《汉语入门》）或者外文报刊（《崇实学报》）为载体从事"三言"的传播工作。"三言"在中国的成书时间分别为1621年、1624年和1627年，并于17世纪下半叶随商船被传播至海外，尽管到1735年才第一次被翻译成法语介绍到西方，但这已经是最早的外文译本，比日本汉学家数冈白驹的日语译本早8年。另外，传教士传播"三言"的时间跨度大，从1735年持续到1922年，将近200年。历史上对传播"三言"做出突出贡献的6名明清传教士按来华时间或传播动机可以分成两类：鸦片战争前的杜赫德与殷弘绪，鸦片战争后的晁德莅、戴遂良、瞿雅各以及卫礼贤。

（一）鸦片战争前传教士对"三言"的译介

杜赫德（Du Halde,1674—1743）是法国耶稣会传教士，尽管他从未到过中国，却因为主编《耶稣会士书简集》与《中华帝国全志》[②]而声名远播。《中华帝国全志》于1735年由巴黎勒梅尔西埃出版社出版（图3-1），1736年由巴黎

[①] 宋丽娟、孙逊：《"中学西传"与中国古典小说的早期翻译（1735—1911）——以英语世界为中心》，《中国社会科学》2009年第6期，第186页。

[②] 《中华帝国全志》是一部百科全书式的著作，内容涉及中国的地理、历史、政治、宗教、经济、民俗、物产、科技、教育、语言、文学，几乎是应有尽有，是18世纪上半叶欧洲关于中国知识的总汇，涉及27位在华耶稣会士的作品。

舒尔利尔拉埃出版社再版。该书出版后引起轰动,西方各国竞相翻译。该书的英文版本有两种,第一个版本于1736年由伦敦约翰瓦茨出版社出版,译者为爱德华·凯夫(Edward Cave);第二个版本于1741年由伦敦佳德纳公司出版,译者为布鲁克斯(Brooks)。布鲁克斯的译文经过英国文坛领袖塞缪尔·约翰逊(Samuel,Johnson)[①]与在华32年并精通中国语言和文化的耶稣会士龚当信(Cyr,Contancin)的悉心校阅,译文质量明显高于第一版。《中华帝国全志》的德语版本于1747年由塔伦罗斯托克出版社出版,俄语版本于1774年由北京俄国传教会出版。

 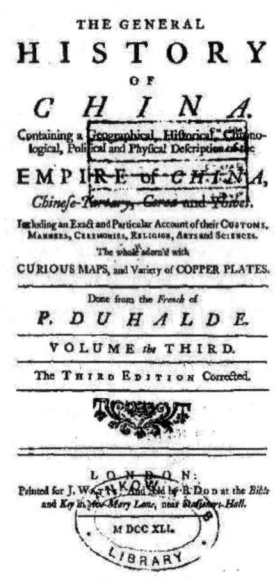

图3-1　1736年英文版《中华帝国全志》封面　　　图3-2　1736年英文版《中华帝国全志》扉页

《中华帝国全志》是一部重要的文献,设法捍卫耶稣会士自"礼仪之争"以来始终坚持的思想立场,强调"中国人从最古老的甚至是中华民族发祥的时候起就是信仰人格化的唯灵论者,而且至今仍是"[②]。杜赫德写了一个长篇序言,他非常自信地写道:"我要用较长的篇幅对这个国家做简要的介绍。论述她的风俗习惯、政府、宗教以及道德学说,还有科学上的进步。所有的这些内容我都将

[①] 塞缪尔·约翰逊在《全集》中说"世界上没有哪个民族,像中国人那样被我们谈论得最多,知道的却最少"。

[②] 张国刚:《明清传教士与欧洲汉学》,中国社会科学出版社,2001年,第115页。

用准确和翔实的资料加以叙述。"①《中华帝国全志》第三卷对中国古典文学做了精彩介绍,杜赫德认为中国的小说成就惊人,非常关注历史事件以及社会现实,记叙了许多值得流传于后世的重大事件。杜赫德指出:"尽管中国小说在受欢迎程度方面与欧洲的小说毫无二致,但欧洲的小说却只不过是浪漫爱情的机巧虚构,着迷于激情与肉欲,虽然迎合了读者却严重腐蚀了社会青年。相反,中国的小说却充满人生智慧与格言警句,循循善诱,导人向上。"②杜赫德注意到中国小说往往附带着诗词,这使得小说的叙事显得鲜活而生动。为了让读者对中国小说有更好的认识,他收录了耶稣会士殷弘绪翻译的四篇中国小说,分别是《吕大郎还金完骨肉》《怀私怨狠仆告主》中的两个故事以及《庄子休鼓盆成大道》。

殷弘绪(Père d'Entrecolles,1662—1741)是法国耶稣会士。1698 年来华,在华 42 年,其间在景德镇传教 20 年。1706 年被任命为法国省耶稣会会长。③ 殷弘绪与龚当信(Contancin)等其他耶稣会士一道慷慨地给杜赫德提供帮助,为扩大《耶稣会士书简集》的篇幅做出过贡献,后来又帮助他陆续出版《中华帝国全志》。殷弘绪是第一个将"三言"介绍给西方的人,在中西文化交流过程中发挥了重要作用,让欧洲人充分领略了中国人的精神文明。他翻译了冯梦龙"三言"中的四篇故事,在欧洲产生了广泛的影响,成为欧洲人最早接触的中国文学作品之一。

由于中西文化存在差异,中国小说与西方小说在结构、修辞与审美旨趣等方面各有不同。中国的话本小说往往由两个故事组成,第一个故事为"入话"部分,第二个故事为正文,是作者真正要讲述的故事。在艺术结构上,"入话"起着重要的作用,它不仅是一个完整的小故事,更重要的是要引出故事的主线,说明故事的主题。殷弘绪在翻译四篇"三言"故事时,并未完全遵循中国小说的传统,而是根据西方小说的传统对"三言"故事进行改编。他省略原著中的"入话"部分,直接从第二个故事,也就是正文部分开始翻译。省略"入话"的好处在于使故事结构更加严谨、统一,脉络线索更加清晰。殷弘绪的翻译风格迎合了西方读者的审美情趣,他的译文相当忠实于原著,翻译了原著中所有的诗词。由于《全志》的其他译文版本全部由法文版转译过来,法语译文的质量

---

① Du Halde. *The General History of China*. Vol. I, "The Preface". London: John Watts, 1741.

② Du Halde. *A Description of the Empire of China and Chinese Tartary, together with the Kingdom of Korea*. Vol. III. London: T Gardner, 1741, P147.

③ 徐宗泽:《明清间耶稣会士译著提要》,上海书店出版社,2006 年,第 304 页。

便显得非常重要,直接关系着其他译文的好坏。

殷弘绪翻译的第一篇故事为《吕大郎还金完骨肉》(见第34页图3-3),殷弘绪并未翻译故事的标题,只在正文的前面注明"这是一个关于家庭善有善报的典范"①。殷弘绪看重该作品劝人为善的道德力量,向西方人展示中国人具有高尚的品德。冯梦龙的原著由两个短篇故事组成,第一篇为"入话"部分,讲述恶有恶报的故事,第二篇是善有善报的故事。殷弘绪的法语译文省略掉原著中的"入话"部分,直接从第二篇关于"善有善报"的故事开始翻译。为了让西方读者了解译文背后的文化含义,殷弘绪在译文中添加了大量的批注。比如,在"善恶相形,祸福自见。戒人作恶,劝人为善"的译文旁边,他批注道:"此诗词放在故事的开端,起到格言警句的作用。"②单单在这一篇故事中,这样的批注就有27处,不仅对作品中具有中国特色的事物或文化一一做了解释,还将故事的主要情节做了简单介绍。这样的翻译风格一直贯穿于四篇小说译文,方便西方读者阅读。

殷弘绪翻译的第二篇和第三篇故事为《怀私怨狠仆告主》中的两个故事。前一个讲述杀人终偿命的故事,后一个讲述含冤终得雪的故事。在中国话本或拟话本小说的开头,说书艺人往往针对故事的主题发表一番议论,殷弘绪的译本都非常忠实地翻译出来。译者注意到在中国漫长的封建社会中,中国的司法系统除了奉行儒家的"人治",还奉行"天治"。案情是否水落石出,除了取决于断案者道德修养的高低、智谋的多寡、能力的大小之外,还取决于"上天"的力量。译文多次提到"天",比如:"到底天理不容"(The righteous Tien seems at first to wink at the Calumny; but he will not suffer you to think under it, the Villainy will at length be discovered and confounded)③、"湛湛青天不可欺"(Heaven is supreme knowing. We can not deceive it)④、"皇天报应,自然不爽"(The Almighty Tien treats Mankind as they deserve. Let them not therefore think to escape his justice)⑤,以及"天网恢恢,疏而不漏"(The net in

---

① Du Halde. *A Description of the Empire of China and Chinese Tartary*, together with the Kingdom of Korea. Vol.Ⅲ. London: T Gardner, 1741, P147.

② Du Halde. *A Description of the Empire of China and Chinese Tartary*, together with the Kingdom of Korea. Vol.Ⅲ. London: T Gardner, 1741, P147.

③ Du Halde. *The General History of China*. Vol.Ⅲ. London: John Watts, 1741, P155.

④ Du Halde. *A Description of the Empire of China and Chinese Tartary*, together with the Kingdom of Korea. Vol.Ⅲ. London: T Gardner, 1741, P155.

⑤ Du Halde. *A Description of the Empire of China and Chinese Tartary*, together with the Kingdom of Korea. Vol.Ⅲ. London: T Gardner, 1741, P133.

which Heaven holds all mankind is vastly spacious. It seems as if it did not see them. Nevertheless, there is no way to escape it)①。殷弘绪注意到上天在中国人心中的分量,特别是作品中关于"天"的描述与西方人"造物主"的形象是极为一致的。因此,他们将"天"翻译成"Tien""Supreme Tien""the Righteous Tien""the Almighty Tien""Heaven""The Ancient Ruler who is over our Heads""The Ancient Lord who is over our Heads"。② 殷弘绪精心挑选了"三言"中关于因果报应、扬善惩恶的作品,特别是其中关于"天""上天""天理"的描述,让西方人相信中国人的"天"就是基督宗教的 Lord 或 God,进而解决"礼仪之争"中关于"造物主"的译名争论。

殷弘绪翻译的第四篇故事为《庄子休鼓盆成大道》(图 3-4),该篇小说在西方广泛流传,成为当时最具影响力的中国短篇小说。该小说的主题是佛道虚空无为的思想,主张抛却一切,清心寡欲,六根清净。译文相当精确地传递了这种思想。译者除了大量使用注释,还在正文中增加对细节的描写或者添加相关中国文化知识的介绍。比如"原来是老苍头吃醉了,直挺挺的卧于灵座桌上,婆娘又不敢嗔责他,又不敢声唤他,只好回房"③的译文是"When she found the old dome stick stretched along the table(placed before the Coffin for burning the perfumes and letting the offerings at certain hours)sleeping himself sober, after the wine which she had given him. Any other woman would have resented such irreverence to the Dead; but she did not complain, nor even awaken the drunken set. She therefore lay down to rest."。④ 在英语中括号"()"属于特殊标点符号,它对其中的内容起着补充说明的作用,用于解释前文的内容。译者借此向西方读者解释了灵座的作用及其在中国文化中的意义,借此说明老苍头睡在灵座上对死者及其家属来说是一种不敬行为。

---

① Du Halde. A Description of the Empire of China and Chinese Tartary, together with the Kingdom of Korea. Vol.Ⅲ. London:T Gardner,1741,P156.
② Du Halde. A Description of the Empire of China and Chinese Tartary, together with the Kingdom of Korea. Vol.Ⅲ. London:T Gardner,1741,P155.
③ 冯梦龙:《警世通言》,沈阳出版社,1995 年,第 16 页。
④ Du Halde. A Description of the Empire of China and Chinese Tartary, together with the Kingdom of Korea. Vol.Ⅲ. London:T Gardner,1741,P171.

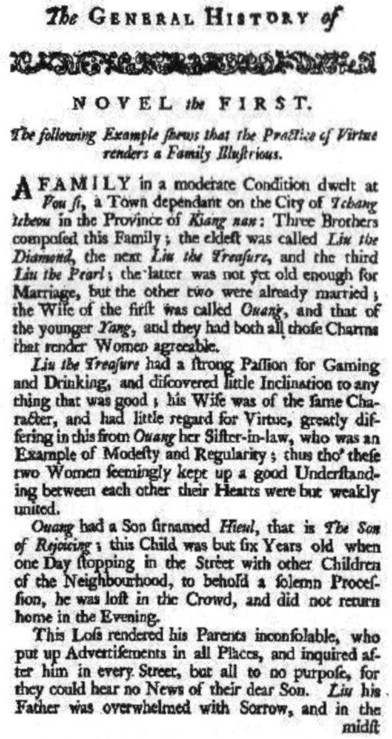
The GENERAL HISTORY *of*

NOVEL *the* FIRST.

The following Example shews that the Practice of Virtue renders a Family Illustrious.

A FAMILY in a moderate Condition dwelt at *Vou si*, a Town dependant on the City of *Tchang tcheou* in the Province of *Kiang nan*: Three Brothers composed this Family; the eldest was called *Liu the Diamond*, the next *Liu the Treasure*, and the third *Liu the Pearl*; the latter was not yet old enough for Marriage, but the other two were already married; the Wife of the first was called *Ouang*, and that of the younger *Yang*, and they had both all those Charms that render Women agreeable.

Liu the Treasure had a strong Passion for Gaming and Drinking, and discovered little Inclination to any thing that was good; his Wife was of the same Character, and had little regard for Virtue, greatly differing in this from *Ouang* her Sister-in-law, who was an Example of Modesty and Regularity; thus tho' these two Women seemingly kept up a good Understanding between each other their Hearts were but weakly united.

Ouang had a Son sirnamed *Hieul*, that is *The Son of Rejoicing*; this Child was but six Years old when one Day stopping in the Street with other Children of the Neighbourhood, to behold a solemn Procession, he was lost in the Crowd, and did not return home in the Evening.

This Loss rendered his Parents inconsolable, who put up Advertisements in all Places, and inquired after him in every Street, but all to no purpose, for they could hear no News of their dear Son. *Liu* his Father was overwhelmed with Sorrow, and in the midst

图 3-3 《中华帝国全志》之《吕大郎还金完骨肉》译文

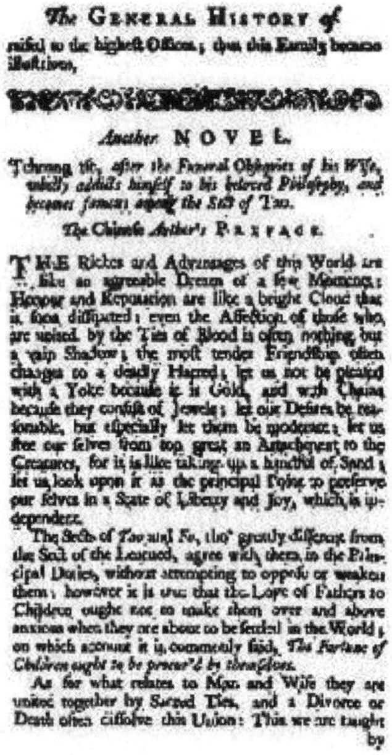
The GENERAL HISTORY *of*

raised to the highest Offices; thus this Family became illustrious.

Another NOVEL.

Tchoang tse, after the Funeral Obsequies of his Wife, wholly addicts himself to his beloved Philosophy, and becomes famous among the Sect of Tao.

The Chinese Author's PREFACE.

THE Riches and Advantages of this World are like an agreeable Dream of a few Moments; Honour and Reputation are like a bright Cloud that is soon dissipated; even the Affection of those who are united by the Ties of Blood is often nothing but a vain Shadow; the most tender Friendship often changes to a deadly Hatred; let us not be pleased with a Yoke because it is Gold, and with Chains because they consist of Jewels; let our Desires be reasonable, but especially let them be moderate; let us free our selves from too great an Attachment to the Creatures, for it is like taking up a handful of Sand; let us look upon it as the principal Point to preserve our selves in a State of Liberty and Joy, which is independent.

The Sects of *Tao* and *Fo*, tho' greatly different from the Sect of the Learned, agree with them in the Principal Duties, without attempting to oppose or weaken them; however it is true that the Love of Fathers to Children ought not to make them over and above anxious when they are about to be settled in the World; on which account it is commonly said, *The Fortune of Children ought to be procur'd by themselves.*

As for what relates to Man and Wife they are united together by Sacred Ties, and a Divorce or Death often dissolve this Union: Thus we are taught by

图 3-4 《中华帝国全志》之《庄子休鼓盆成大道》译文

(二)鸦片战争后传教士对“三言”的译介

从 1723 年“礼仪之争”导致雍正下令驱逐西方传教士,到 1846 年禁教令废除,西方传教士在沉寂 123 年之后,随着鸦片战争的隆隆炮声再次东来,他们以不平等条约为护身符,肩负传教任务或官方使命,亲身接触并实地考察中国国情。他们为所欲为,逐渐成为近代中国社会的一股特殊势力,更成为近代中西文化交往的主力军。据研究,从鸦片战争至 1933 年,来华的修会数量达到 79 个之多,其中女修会数量达到 47 个。[①] 新教传教士来华人数,至 1874 年有 436 人;于 1842 年重新来华的耶稣会士在 1870 年已有 250 人;美国来华传教士在 19 世纪末已多达 1 500 人。[②] 与启蒙时期的先辈一样,为了顺利实现“用十字架征服中国”,传教士们努力学习中国的语言文字,研习中国典籍,了解中国社会习俗,并继续向西方介绍有关中国的信息。他们利用科学与教育为传教服务,在中国创办大小修道院,培养神职人员;兴办学校,创办报纸杂志,建立教会医院,同时对中国进行全方位研究,内容涉及广泛,包括文学、历

① 王治心:《中国基督教史纲》,上海古籍出版社,2004 年,第 157～161 页。

② 何寅、许光华:《国外汉学史》,上海外语教育出版社,2002 年,第 150 页。

史、思想、哲学、生态资源等自然科学,多次填补前辈们留下的空白。客观上充当文化交往的桥梁和媒介,推动国外汉学的进一步发展。与启蒙时期的先辈不同的是,此时的传教士已经不用顾虑中国统治者的脸色了,除了适应性传教路线,还可以大胆尝试不同的传教策略。他们翻译中国文献的目的除了传教,还以之为教材,培养懂汉语、了解中国的各种人才。

如果说鸦片战争前的法国耶稣会士是"三言"西译滥觞时期的开拓者,那么鸦片战争后来华的西方传教士则是拓展者,在他们的努力下涉及更多主题的"三言"作品被译介到西方。晁德莅(Zottoli, Angelo, 1826—1902)原为意大利耶稣会传教士,后加入法国耶稣会。1848 年来华,在上海传教。晁德莅刻苦钻研汉语,熟读儒家经典,1852—1874 年任圣伊纳爵公学(今徐汇中学)校长。他在传授西方文学与自然科学的同时也向西方介绍中国语言和文学,著有《中国文化教程》第一卷,其中收有"三言"译文四篇,分别为《三孝廉让产立高名》、《吴保安弃家赎友》、《金玉奴棒打薄情郎》和《崔俊臣巧会芙蓉屏》。《中国文化教程》共五卷,1879—1883 年在上海出版,1909 年再版,为拉丁文与汉文对照本。

戴遂良(Leon Wieger, 1856—1933)是法国耶稣会士,1881 年来华。戴氏以医师为身份从事传教活动,致力于汉学研究,对中国文学、历史、哲学、风俗等方面均有浓厚兴趣,并从事中国典籍的翻译。他编写《近代中国风俗志》、《中国宗教信仰和哲学思潮史》和《汉语入门》,翻译《庄子》、《淮南子》等中国典籍。尤其重要的是在他编著的《汉语入门》中,他节译了冯梦龙"三言"中的五篇作品,分别是《滕大尹鬼断家私》、《李汧公穷邸遇侠客》、《宋金郎团圆破毡笠》、《吕大郎还金完骨肉》和《怀私怨狠仆告主》。1903 年由上海长老会印刷所出版,为法汉对照本。

瞿雅各(Jackson, James, 1851—1918),美国美以美会传教士,1877 年来华,1899 年脱离美以美会,加入圣公会。在九江、武昌等地传教。1906 年创办《崇实学报》,1905—1917 年任武昌文华大学校长。瞿雅各翻译《醒世恒言》中的《李汧公穷邸遇侠客》,1922 年在上海出版,为英汉对照本。

卫礼贤(Richard Wihelm, 1873—1930),德国新教传教士,1899 年来华。在青岛传教 22 年,1921—1929 年任北大名誉教授,1924 年任德国法兰克福大学教授并创办了《中国学社》,翻译中国典籍,致力于传播中国文化。卫礼贤翻译了《论语》、《孟子》、《仪礼》、《道德经》、《吕氏春秋》以及《易经》等。卫礼贤撰写关于中国宗教与民俗的专著有《中国童话》、《中国心》与《人与存在》;关于中国文学史的专著有《中国文学》。在其编译的《中国民间小说》中,收有自己翻译的两篇冯梦龙"三言"小说,分别为《庄子休鼓盆成大道》和《金玉奴棒打薄情郎》,1919年由耶纳迪德里希出版社出版。另外,卫礼贤还翻译有《杜十娘怒沉百宝箱》,载《中国科学与艺术》。卫礼贤的中国研究和翻译深受德国文化人的赞赏,改变了德国人眼中的中国形象。在第一次世界大战中饱受精神创伤的德国人希望借助中国文化智慧恢复和振兴本国文化。作为中德文化交流的使者,卫礼贤为促进中西文化的相互理解做出了巨大的贡献,成为与理雅各、顾赛芬齐名的"汉籍欧译三大师"。

戴遂良、晁德莅与瞿雅各于鸦片战争后来到中国,来华前就接受过良好的汉学教育,熟读前辈们关于中国的著作,熟练掌握汉语,他们的译文相当忠实与通顺,在翻译过程中依然省略"入话"部分和少数含义深奥难以理解的诗词。与前辈殷弘绪不同之处是他们选译"三言"时,除了考虑传教的需要,更多的是以之为教材,培养更多懂汉语、了解中国的各种人才。晁德莅的译文为拉丁语和汉语对照本,收录在教材《中国文化教程》中;戴遂良的译文为法语和汉语对照本,收录在教材《汉语入门》中;瞿雅各的译文为英语和汉语对照本,收录在学术刊物《崇实学报》中,以上就是最好的例子。

"三言"共120篇作品,按主题划分有5类:宣扬忠孝节义或者仁义礼智信等传统儒家伦理道德的主题;宣扬因果报应、扬善除恶的主题;反封建反理学的主题;神仙志怪以及市民喜剧。传教士在选译"三言"时,是有其一套标准的,即"故事内容应与基督教的伦理道德相符,宣扬谦让、忍辱、行善和拒恶的精神,对教徒起到教育作用"[①]。殷弘绪等5名明清传教士一共翻译了11篇"三言"作品,如表3-1所列。

表3-1 明清传教士与"三言"翻译一览

序号	译者姓名	译文篇目	语言	出版物名称	出版年份
1	殷弘绪	《吕太郎还金完骨肉》《怀私怨狠仆告主》《庄子休鼓盆成大道》	法语	《中华帝国全志》	1735年
2	晁德莅	《三孝廉让产立高名》《吴保安弃家赎友》《金玉奴棒打薄情郎》《崔俊臣巧会芙蓉屏》	拉丁语与汉语对照本	《中国文化教程》	1879年
3	戴遂良	《滕大尹鬼断家私》《李岘公穷邸遇侠客》《宋金郎团圆破毡笠》《吕大郎还金完骨肉》《怀私怨狠仆告主》	法语与汉语对照本	《汉语入门》	1903年

---

① 林金水、谢必震:《福建对外文化交流史》,福建教育出版社,1997年,第372页。

续表

序号	译者姓名	译文篇目	语言	出版物名称	出版年份
4	卫礼贤	《庄子休鼓盆成大道》《金玉奴棒打薄情郎》《杜十娘怒沉百宝箱》	德语	《中国民间小说》《中国科学与艺术》	1919 年
5	翟雅各	《李岇公穷邸遇侠客》	英语与汉语对照本	《崇实学报》	1922 年

明清传教士翻译的 11 篇"三言"作品,从主题上看,全部都是宣扬儒家忠孝节义、因果报应、扬善除恶思想等带有明显道德训诫作用的作品,也是与基督教伦理相符的主题。其中《庄子休鼓盆成大道》被翻译了两次,法语和德语译文各一种;《李岇公穷邸遇侠客》也被翻译两次,法语和英语译文各一种;《吕太郎还金完骨肉》和《怀私怨狠仆告主》更是两次被翻译成法语。

殷弘绪翻译的 4 篇作品是"三言"西传的开山之作。法语版《中华帝国全志》的出版引起西方世界的轰动与响应,随着其他译文版本的《中华帝国全志》的出版,4 篇"三言"作品也迅速被转译、传播开来。首先是英文的两个版本,分别于 1736 年和 1741 年出版。德语版本紧随其后于 1747 年出版,4 篇译文均转译自法语版本。俄语版本转译自英文版本,于 1774—1777 年由北京俄国传教会出版。从汉语版本转译到法语版本,再转译到英文版本,最后转译为俄语版本,3 次转译使得情节、主题,甚至故事发生的地点、人名都发生改变,再加上俄语译者有意识地按照俄国的实际情况进行改编,所谓的"忠实"原则已无从说起。由于各种语言间的转译,造成文化的误读,因此引起各种始料未及的传播效果就在所难免。

第二节 心皆同理:"三言"与欧洲思想启蒙[①]

传播效果指的是传播这一行为所引起的客观结果,包括对他人和周围世界实际发生作用的一切后果。[②] 比较而言,殷弘绪的译文所产生的传播效果

[①] 该部分引自《明清传教士与冯梦龙"三言"在西方的传播》一文,原载于《福建师范大学学报(哲学社会科学版)》2010 年第 6 期,第 64~76 页。作者:李新庭。有改动。

[②] 郭庆光:《传播学教程》,中国人民大学出版社,1999 年,第 188 页。

远远超过后世的传教士,随着《中华帝国全志》英、德、俄等各种语言译本的流行,其影响也深入西方世界的各个层面。相反,戴遂良的译文仅限于法语,瞿雅各的译文仅限于英语,晁德莅的译文也仅限于拉丁语,更重要的是由于其主要用途是教材,相对于当时的汉学规模,其影响的范围和程度相对也就小。

传播效果又可以分成三个层面,分别是:认知层面上的效果、心理和态度层面上的效果以及行动层面上的效果。[①] 传教士的"三言"译文出版后帮助欧洲的普通人认识中国,了解中国小说的面貌和特点,并引起他们对中国的热情和异国情调的感觉,这属于认知层面上的效果。当教皇、传教士、启蒙思想家和其他专业人士阅读后对中国文化油然而生敬佩之情或反感之情时,心理和态度层面上的传播效果就已经得到实现。当教皇于1645年与1704年两次禁止中国礼仪,于1656年支持中国礼仪,1669年宣布之前两个禁令同时有效,又于1939年收回以往所有禁令,禁止随意讨论"礼仪之争"时;当启蒙思想家以传教士所传播的中国思想为武器,启蒙欧洲反封建反教权运动时,行动层面上的效果也实现了。

从传播者意图的关联上,传播效果可以分为预期效果和非预期效果。[②] 明清传教士翻译"三言"等文学的核心目的并不是要启蒙欧洲,而是向欧洲展示中国传统的儒家道德与基督教的道德伦理相同。他们精心挑选并传播"三言"中以忠孝节义、扬善惩恶为主题的作品,这是带有说服动机的传播行为,希望通过宣传或劝说使西方各界,尤其是教皇相信中国人具有基督教的宗教潜力,即在古代有过纯洁的信仰,其基本精神保留在孔子的儒家体系中,从而世世代代在中国人的心灵里留下了一定的痕迹。耶稣会士运用中国文学,证明中国人的这种宗教潜质,论证孔子哲学是"维系中国社会良好运转和长期发展的根本,是中国社会在没有'福音'的情况下仍有较高道德

[①] 认知层面上的效果指的是外部信息作用于人们的知觉和记忆系统,引起人们知识量的增加和知识构成的变化;心理和态度层面上的效果指的是作用于人们的观念或价值体系而引起情绪或感情的变化;认知层面上的效果与心理和态度层面上的效果通过人们的言行表现出来,即成为行动层面上的效果。

[②] 预期效果指的是传播者为了达成特定的目标而开展说服性宣传活动,实现了预期的目标。非预期效果指的是传播者为了达成特定的目标而开展说服性宣传活动,却获得意想不到的其他结果。

水平的原因"。① 利用这些丰富多彩的中国故事强化自己在中国传教方式的正当性和合理性。传教士的预期效果获得了部分的成功,在"礼仪之争"的特定阶段获得了教皇的支持与肯定。

但是,18世纪的欧洲社会动荡,人心凋敝,风俗颓废,正处在鄙视甚至颠覆神权的社会转型期。如何建立独立于宗教之外又能有效维系社会秩序的伦理道德体系成为当务之急。此时的欧洲正在孕育着思想启蒙运动。包括"三言"在内的中国知识让欧洲人大开眼界,可是不可能所有的读者都能像耶稣会士所期待的那样达成对中国形象的统一认识。面对着传教士新发现的中国素材,欧洲的地主贵族、政治人物、知识分子以及普通百姓却发现了关于中国形象的不同色彩。他们有不同的价值取向,凭借遥远的中国故事谈天说地,各取所需,随意加工。启蒙思想的知识分子更是利用中国故事反映出来的以及自己加工过的形象指摘时事或指桑骂槐,巧妙地规避了各种政治迫害,利用并通过中国文学所反映的优秀的伦理道德训诫欧洲民众,实现思想启蒙。中国表面上是他们热衷的认识对象,实际上是思想以及政治论争中的绝妙工具,对于普通的知识分子或一般民众来说,使用来自中国的风物,谈论来自中国的故事,不但非常时尚,而且极具异国情调。于是在16—18世纪,西方人对中国形象的看法和态度一直伴随自身的精神状态和心理需求的改变而改变着,随着时代的变化而变化着。这种对中国文化的理解和需求也总是服从于他们自身的文化特质和历史要求。传教士原本为了护教而精心组织的各种文献,意想不到地为欧洲的启蒙思想家提供了反封建、反专制、反教权的思想武器。不论解读得是否准确,其产生的作用都是传教士所始料未及的非预期效果。

"三言"的外传产生了巨大影响,这些中国故事除了成为一般欧洲人显示时尚、附庸风雅的谈论话题,更大的影响出现在政治上、宗教信仰上以及思想启蒙上。由中国文学所展示出来的理性与智慧的儒家道德自然成为欧洲急需的救世良药。欧洲各类知识分子利用中国故事指摘欧洲时弊,使其成为英国党派斗争的工具、欧洲宗教宽容的思想模范、西方人的道德楷模。② 18世纪30年代以来,英国社会政党斗争非常激烈,由罗伯特·沃尔波(Robort Wal-

---

① 张国刚、吴莉苇:《启蒙时代欧洲的中国观:一个历史的巡礼与反思》,上海古籍出版社,2006年,第15～16页。

② Qian Zhongshu. A Collection of Qian Zhongshu's English Essays. Beijing: Foreign Language Teaching and Research Press,2005,P83.

pole)为首席大臣的辉格党执政,腐败异常,利用贿赂、分赃拉拢人心,与在野的托利党矛盾尖锐。两大政党无论是在议会里还是在舆论上都展开激烈的斗争。在野党经常印发小册子或利用各种报刊谈论中国风俗人情与政治面貌,借以讽刺、攻击执政党。此时的中国无疑是舆论界的明星,成为在野党攻击执政党的强有力武器,为思想的启蒙发挥了重要作用。焕发出理性与智慧光芒的"三言"也因为哥尔德斯密司和伏尔泰的生花妙笔登上了英国政党斗争、欧洲思想启蒙的舞台。

一、哥尔德斯密司与"三言"

哥尔德斯密司(Oliver Goldsmith,1730—1774)是英国著名诗人、小说家、散文家、思想家和社会活动家,是众多利用中国故事全方位批评英国的知识分子之一。面对18世纪英国政党斗争的乱象,哥尔德斯密司作为一个雇佣作家和社会活动家自然不会错过这些政治斗争和发财机会。于是,自1760年1月12日开始,在《公簿报》(*Public Ledger*)上连载《中国人信札》,共119封信,1762年结集出版,并增补四封,最终合订成《世界公民》。这是一部讽刺现实、批评社会的作品。哥尔德斯密司利用中国的资料为政党斗争添油加醋,影响巨大。他运用理想的中国形象反衬英国的社会现象,发表感想和议论。批评的对象涉及英国社会的方方面面,包括政治、法律、宗教、道德以及社会风尚。哥尔德斯密司在《世界公民》的序言中说道:"人们把中国的家具、烟火以及其他玩艺当作时尚潮流好久了,我也想用舶来的一小点中国道德试一试好运气;假如中国人在破坏英国人的趣味上做出过重要贡献,我倒想试一试他们在帮助我们提高理性方面有多大的能力。"[1]

哥尔德斯密司很早就注意到了《庄子休鼓盆成大道》所传递出来的"虚空无为、理性以及清心寡欲"的思想。《世界公民》第18封信札讲述了《庄子休鼓盆成大道》的故事,资料的来源就是《中华帝国全志》,哥尔德斯密司对庄周的

---

[1] Goldsmith, Oliver. *The Works*. ed. by J. Gibbs. 5 vols. "Preface". London: George Bell, 1886.

故事进行了大胆的加工和修改。[1] 他在信中专门谈到不同国家的丈夫对待自己妻子的态度：英国人充满激情地爱着自己的妻子；荷兰人理智地爱着妻子。他指出恋爱源自激情，而当激情开始冷却时，双方就会失去信任，相互误解，互不忠诚。他借用庄周戏妻的故事讽刺英国人对待婚姻极不严肃，"追求的是一时的疯狂，而忽视终身的幸福"[2]。哥尔德斯密司有心地改译了刊登在《中华帝国全志》上的"三言"作品，经过比较不难发现哥氏版相对《全志》版的《庄子休鼓盆成大道》已经有了许多改变：第一，故事的地点由中国改成了朝鲜。第二，人名发生了变化，田氏变成了韩氏，楚王孙变成了无名氏。第三，故事情节发生很大改动，庄周的许多神通没有了，他并没有做法帮助扇坟女子弄干泥土，他将女子带回家，又在寒冷的夜里被妻子赶走；学生也不是用神通变化来的，学生在他生前就登门拜访，而不是死后才来；救人的良药也从脑髓变成了心脏；妻子的死亡方式也由上吊改成刺心脏而死；最重要的是对故事的结尾做了根本性的改变，庄周火烧一切并随老子游历天下改成庄周娶了扇坟女子，过上平静生活。第四，《中华帝国全志》中的故事所传递出来的道佛无为虚空、看破红尘、清心寡欲的主题不见了，取而代之的是强调理性、反对狂热的迷情。哥尔德斯密司就这样利用"三言"为武器，参与18世纪英国政坛斗争，产生了重大影响。

---

[1] 哥尔德斯密司改译的《庄子休鼓盆成大道》的内容是：庄周是朝鲜国最模范的丈夫，妻子韩氏是全国最迷人的女子，两人海誓山盟、柔情蜜意，令人羡慕。他们都认为自己绝对经得起考验。一天，庄周散步时，遇见一披麻戴孝妇人，手持一把大扇子，用力扇一新坟堆上的湿土，精通道家智慧的庄周对此疑惑不解，上前询问。女子哀诉失去丈夫的痛苦以及与丈夫的约定，不等到坟上的泥土干透绝不改嫁。该女子谨遵遗训，奋力扇土，已经扇了两天，再过两天就可大功告成了。庄周尽管着迷该女子的美貌，还是忍不住笑话她的心急并把她带回家。回家后庄周向妻子诉说事情的经过，表达了对妻子不忠的担心。韩氏遭此怀疑，愤怒之余，声称自己对丈夫一往情深，决不能与该女子相提并论，将寡妇赶走。不久，庄周的学生登门拜访，而庄周却忽然病死。韩氏痛苦万分，可是不久就移情别恋，与学生谈婚论嫁。庄周的尸体被随意地放入棺木，丢弃在一个简陋的屋子里。同时，韩氏与年轻的新郎已经花团锦簇般地打扮起来，迫不及待地要成婚了。突然间，年轻的新郎生起病来，奄奄一息，除非能得到刚刚死去之人的心脏做药引。韩氏当机立断，操起斧头砍开了棺盖，却看见庄周复活了。韩氏用刀刺进了心脏，含羞自尽。庄周当晚就与扇坟的女子结婚。

[2] Goldsmith, Oliver. *The Citizen of the World*. London: J. M. Dent and Sons LTD., 1886, P45.

二、伏尔泰与"三言"

文学的借鉴和影响,是通过处于一定历史环境和阶级地位的、具有复杂思想和高度智慧的人来实现的。[①] 伏尔泰(Voltaire,1694—1778)正是这样的人,他是法国著名哲学家、文学家、早期启蒙运动的杰出代表,是耶稣会士所塑造的良好中国形象的坚决拥护者,是中国古老文明的真正发现者和发掘者。他从政治思想到伦理道德,从历史、哲学到科学技术乃至风俗民情,全面发现中国。[②] 他一生勤于创作,发表了80多部作品,涉及哲学、小说和切中时弊的政论文、小册子和专论,并在200多封信中提到中国。[③] 伏尔泰十分欣赏中国的政治与道德,认为中国人具有智慧,非常理性,道德高尚。18世纪的法国人是通过伏尔泰才知道中国的,伏尔泰使法国人爱中国,就像爱自由的学说与和平的哲学。[④] 在中西文化碰撞交融的历史大潮中,伏尔泰无疑是开拓航向的先驱者。他以哲学家的深刻追寻中华民族的精魂,以历史学家的开放视野探索中国古代文明,以开放的文化视野和崭新的东方意识从耶稣会士的著作中发现了"一个新的道德的和物质的世界"[⑤]。

伏尔泰从未到过中国,但他拜访过"二十多个曾游历中国的人",而且自认为"读过所有讨论这个国家的书"。他"专心致志地阅读了这些书籍,同时做了不少笔记"[⑥]。根据他顺笔提到或翔实引证的参考书目可以看出,《耶稣会士书简集》、《中国现状新志》与《中华帝国全志》是他了解中国的主要资料来源。

伏尔泰是"礼仪之争"的热情参与者,通过阅读《中华帝国全志》中收录的"三言"小说,特别是殷弘绪翻译的《怀私怨狠仆告主》中关于"天"的译文后,他结合所有来自中国资料进行研究。最后,他得出结论:中国人的"天"含有统治万物的"主""上帝"之意味。而"天"与"上帝"或"主"无疑是一名之异称。他说

[①] 王晓平:《日本中国学述闻》,中华书局,2008年,第270页。
[②] 艾田蒲著,许钧、钱林森译:《中国之欧洲》下卷,广西师范大学出版社,2008年,第196~207页。
[③] 钱林森:《法国作家与中国》,福建教育出版社,1995年,第77页;孟华:《伏尔泰与中国》(提要),《中国比较文学通讯》1989年第3期,第14页。
[④] 钱林森:《法国作家与中国》,福建教育出版社,1995年,第74页。
[⑤] 朱谦之:《中国哲学对欧洲的影响》,上海世纪出版集团,2005年,第293页。
[⑥] 艾田蒲著,许钧、钱林森译:《中国之欧洲》下卷,广西师范大学出版社,2008年,第150页。

第三章 "三言"传入西方之滥觞

"中国两千年来,就保存真神的知识,在欧洲陷于迷信腐败的时候,中国人已经就具有最有道德的纯粹宗教了"。①《全志》中关于中国文学的内容极大地启发了伏尔泰的文学创作,他以《赵氏孤儿》为蓝本创作了《中国孤儿》,以《庄子休鼓盆成大道》为蓝本创作了中篇哲理小说《查第格》。②《查第格》是一篇最能反映他的哲学观、体现他反封建民主运动先锋形象的文学作品,也是一部真正将讽刺艺术与异国情调③结合得天衣无缝的小说。

如果说哥尔德斯密司是有心改译《庄子休鼓盆成大道》,那么哲学小说《查第格》则是《庄子休鼓盆成大道》的成功仿作。在《查第格》中,伏尔泰把寓哲理于批判、融批判于异国情调的独特风格发展到一个新的境界。比较《中华帝国全志》和《查第格》,不难发现伏尔泰尽管以庄周的故事为蓝本,却大胆地加工和修改了故事情节和主题。首先,伏尔泰移花接木地把发生在中国的故事移植到了巴比伦。其次,人物发生改变,庄周被改成了查第格,田氏改成了阿佐拉,欲拜庄周为师的楚王孙被改成了好朋友加多。再次,情节发生了重大的改变:在庄子故事中,庄子出游遇见一寡妇手持扇子,不断扇坟,巴望坟土早日干透以便早获自由,得以改嫁。在《查第格》中,查第格的妻子阿佐拉去看望替夫守墓的寡妇加斯罗,发现这位曾经发誓"只要溪水在坟旁流一天,就守墓一天"④的人正忙碌着将溪水引到别处去;割鼻子取代了挖脑髓;在庄子故事中庄子运用道家法术假死来试探妻子,在《查第格》中查第格与朋友合谋以假死试探妻子;在庄子故事中田氏破棺挖取庄子脑髓,在《查第格》中阿佐拉要割查

---

① Voltaire.*Ancient and Modern History*.Chapter Ⅱ The Religion of China.*Works of Voltaire*.Volume.XⅢ.New York:E.R.DuMont,1901,P653.

② 在这部作品里,伏尔泰把主人公查第格塑造成一个富有的青年才俊,妻子名叫阿佐拉。一天,阿佐拉告诉查第格,两天前加斯罗的丈夫去世,埋在小溪边上,寡妇很悲痛,发誓只要溪水在旁边流一天,就在坟上守一天。可是今天当她看见加斯罗时,加斯罗正把溪水引到别处去。阿佐拉不断抨击那寡妇,可查第格却不以为意。他请好朋友加多帮忙试探妻子。阿佐拉外出归来时得知查第格暴病死了,很伤心。不久,加多来了,两人很快相爱并决定结婚。结婚时,加多忽然说脾脏痛得厉害。阿佐拉急坏了。加多说只要在胸口放一个死人的鼻子就能痊愈。阿佐拉立刻拿起一把刀来到丈夫坟前,准备割他的鼻子。查第格却爬了起来,说道:"别再批评年轻的寡妇了,割我鼻子和改道溪水其实一样。"查第格于是把她休了,自己则在对大自然的研究中寻找到快乐。

③ 所谓"文学的异国情调"从比较文学的角度看就是异样的地理和生态特征挤进了或被结合进了文学世界,道德家或哲学家可以利用这些素材进行道德说教;小说家或诗人则容易被这些素材产生的幻象所迷住。

④ 伏尔泰著,曹德明等译:《伏尔泰短篇小说集》,译林出版社,2000年,第87页。

第格的鼻子;在庄子故事中田氏上吊,庄周火烧一切,看破红尘,跟随老子得道升仙,《查第格》中查第格休妻,在对大自然的研究中寻求幸福。最后,小说的主题也发生了改变。庄周的故事反映了佛道无为虚空,主张抛却一切尘俗的主题;而查第格的故事却主要强调理性以及清心寡欲。伏尔泰有意避开道佛虚空无为的主题,而强调以道德和理性为主旨的儒教伦理。他所看中的并非庄周虚空无为、看破红尘的循世哲理,而是运用中国先哲的这一古训揭露当时法国社会人情险恶、毫无伦理信守的男女关系,针砭时弊,张扬理性。

三、小结

各个民族、各个国家总是从本民族或本国实际出发,运用本民族文化审视和选择外来文化。在利用过程中往往摄取某些有用的细节并与本民族原有的审美取向相结合,创造出与原型完全不同的作品。明清传教士开启了"三言"在西方的传播历史,使"三言"成为西方人最早接触的中国小说,在不同时期都产生了重大影响。特别是哥尔德斯密司与伏尔泰以"三言"为蓝本进行的再创作,开创了中国与西方文学交流的历史,创造了西方作家通过中国文学瞭望中国文明、接受中国文化的经典先例。他们的成功启发、推动了更多作家、汉学家关注中国、致力于中国小说的介绍与研究,并逐步发展成通过文化视角评价中国文学的传统和艺术趣味,同时也深化了国外人士对中国文学张扬人性、抒发纯真情感、肯定人生价值的认知。在他们的影响下,各国著名外交官或汉学家纷纷致力于"三言"的翻译与介绍,为中西文化交流做出了重要贡献。

第三节　瞭华之窗:西方外交官与"三言"

一、西方外交官与"三言"传播的背景

所谓外交人员包括公使、领事、通译生、海关工作人员。明清传教士与职业汉学家对"三言"的传播引起了英国资深外交官托马斯·斯当东(George Thomas Staunton,1781—1859)与德庇时(John Francis Davis,1795—1890)的关注。他们意识到要想顺利地在中国进行传教活动,实现巨大的商业利益,

必须加强对中国的研究,培养懂汉语、了解中国的专门人才。面对着英国的汉学研究远远地落后于法国这一现实,他们觉得必须尽快赶上。他们加入了传播"三言"的步伐,成为最早将"三言"作品翻译成外文的西方外交官。托马斯·斯当东将他的"三言"译文发表在《中国与英国商业关系杂评》(*The Review of Commercial Relationship between the UK and China*)上并将其作为教材,方便英国人学习汉语;德庇时将中国文学作为了解中国国情的窗口。因此,与同时代的职业汉学家相比,外交人员的汉学研究带有更多的政治色彩,他们的汉学研究视野里时时伴随着商业和外交方面的考虑。

二、鸦片战争前西方外交官与"三言"的译介

托马斯·斯当东堪称"英国外交官从事汉学研究的先驱"[①],其父亲是1793年马嘎尔尼勋爵率领使团来华时的使团副使乔治·斯当东爵士。当时小斯当东刚刚12岁,具有非凡的语言天赋,随同使团来华不久就开始研习汉语,不久便具有充当使团翻译官的能力,替马嘎尔尼起草汉文国书。此后其汉语水平更日益精进,1810年译《大清律例》,使其流传到欧洲,方便了英国人与大清的交往。1815年托马斯·斯当东翻译了冯梦龙"三言"中的《范西周》(*Fan hy cheu*,即《范鳅儿双镜重圆》),收入其所著《中国与英国商业关系杂评》第二部,1828年出版。该译本为英汉对照本,英译本有两种,一种直译,另一种意译,并附有许多注释和中国语法讲解。显然斯当东翻译的目的是方便英国人学习中文,进而方便中英商业的往来。1816年阿美士德率英国第二个使团访华时,斯当东仍是使团翻译官。1823年斯当东参与创办了皇家亚洲学会,开始了有计划大规模的对华研究。

德庇时于1813年来华,就职于东印度公司,在华期间对历史悠久的中国文化产生了浓厚的兴趣,阅读了许多中国的诗歌、戏剧以及小说,并认真研究中国的政治制度和风土人情,汉语水平得到很大的提高,成为西方当时有名的中国通。1816年,他作为翻译官与托马斯·斯当东一道随同以阿美士德为首的第二个使团到达北京。1833年任英国驻华商务监督,1844年到1848年任香港总督,并兼任英国驻华公使,晚年潜心研究中国文化,著有《中国见闻与鸦片战争的观察和思考》、《鸦片战争时期及媾和以来的中国》和《中国札记》。德庇时对中国文学怀有浓厚的兴趣,翻译过许多作品,在1822年出版的《中国小

---

① 何寅、许光华:《国外汉学史》,上海外语教育出版社,2002年,第200页。

说选》(*Chinese Novels*)(图 3-5)中收入自己翻译的《好逑传》("The Shadow in the Water")、《悭吝人》("Three Dedicated Chambers")以及"三言"中的《刘小官雌雄兄弟》("The Twin Sisters")三篇明清小说,还写有《中国诗歌评论》。与同时代的汉学家相比,德庇时的汉学研究带有更多的政治意味。在他的汉学研究视野里时时伴随着英国商业和外交方面的考虑。他承认当时英国人对中国的了解在许多方面获得长足的进步,但是在中国的语言与文学方面,英国人一无所知。而近邻法国则早在 100 多年前就已经有过成效卓著的研究。[①] 他呼吁英国人为了本国在华利益重视中国、重视中国文化,包括中国的文学。在《中国小说选》的序言里,他说:"自己不是出于文学的目的进行译介",并且说获得中国内情的最有效办法之一就是翻译中国的通俗小说,主要是戏剧和小说。[②] 在西方外交官中,德庇时的看法很有代表性,他认为:中国的通俗小说是他们瞭望中国的窗口。

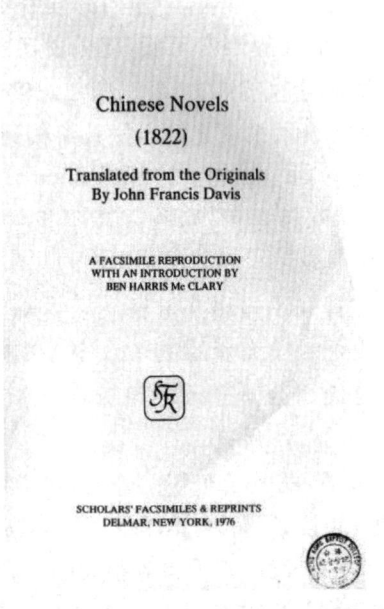

图 3-5　德庇时所译《中国小说选》封面

[①] Davis, John Francis. *Observations on the Language & Literature of China, Scholars' Facsimiles & Reprints Delmar*. New York: Delmar, 1976, P1.
[②] Davis, John Francis. *Chinese Novels*. London: John Murry, 1822, P3-4.

三、鸦片战争后西方外交官与"三言"的传播

鸦片战争后,大批外交人员陆续来华,与这个时期来华的传教士一样,他们以不平等条约为护身符,肩负官方使命,亲身接触并实地考察中国国情。他们为所欲为,从不顾忌中国统治者的脸色,逐渐成为近代中国社会的一股特殊势力,更成为近代中西文化交往的主力军。在各国派遣来华的外交官中,有许多是中国文化的爱好者。与同时代的职业汉学家相比,他们研究中国文化在主观上有服务于外交的意图,他们的汉学研究视野也时时伴随着商业利益的考虑,带有更多的政治色彩,但在客观上却促进中西文化的交往。英国外交官嘉托玛、贾禄、道格拉斯以及翟理斯,法国的沙畹还有荷兰的施古德等等就是其中的主要代表。他们翻译或出版"三言"中的许多作品,为传播"三言"做出应有的贡献。

(一)道格拉斯[①]

道格拉斯(R. K. Douglas,1838—1913)是伦敦大学国王学院高才生,在语言、文学、历史、宗教、政治和经济等方面对中国传统文化都有较为深入的研究。其代表作有《中国的语言与文学》(*The Language and Literature of China*,1875),《成吉思汗》(*Genghis Khan*,1877),《儒教与道教》(*Confucianism and Taouism*,1877),《中国》(*China*,1882),《汉语语法手册》(*A Chinese Manual*,1889),《中国故事》(*Chinese Stories*,1893),《中国社会》(*The Society of China*,1894),《李鸿章传》(*Li Hungchang*,1895),《欧洲与远东》(*Europe and the Far East*,1899)等。

《中国故事》1893 年由威廉·布莱克伍德父子出版社出版,收入小说 10 篇、民谣 1 首、爱情诗 1 首,书中配有插图 62 幅、五线谱 1 张。1990 年由新加坡格雷厄姆布拉什出版社再版,收入的作品仅剩 5 篇小说,插图 25 幅,乐谱 1 张。新版的故事中,4 篇编译自《今古奇观》,1 篇是道格拉斯本人的文学创作,每篇故事都附上若干插图,插图设计惟妙惟肖,与故事情节紧密相连。道格拉斯对《今古奇观》情有独钟,他的《中国故事》收录的 4 篇故事大都保留主要故事情节。为符合西方读者的审美需求,道格拉斯对故事进行修剪式改编或者

[①] 该部分引自《道格拉斯与〈中国故事〉》一文。本文原载于《中国社会科学报》2020 年 12 月 2 日学林版。作者:李新庭。有改动。

编译。在《今古奇观》原作中,《乔太守乱点鸳鸯谱》和《金玉奴棒打薄情郎》是发生在宋朝的故事,《女秀才移花接木》和《怀私怨狠仆告主》则是发生在明朝的故事。但在《中国故事》中,道格拉斯将这些故事发生的时间全部安排在清朝,其原因在于他对这一时期的中国更为熟悉,也是他亲身经历和耳闻目睹过的中国。为使《中国故事》中的故事更具代表性,道格拉斯还特意将主人公改成李姓、王姓或张姓。

在引言中,道格拉斯提到,中国小说一直广受欢迎,中国人有非凡的想象力,想象力对于中国人来说犹如香槟酒对于英国人。他把中国小说分为两类:历史小说和世情小说。最有名的历史小说是《三国演义》和《水浒传》,以历史人物和事件为题材,反映特定历史时期的生活面貌。世情小说的代表作是《好逑传》和《今古奇观》,描摹人情世故,叙述悲欢离合。道格拉斯认为中国长篇小说的缺点是主题过于追求道德良知,读者和作者都慢条斯理地等待着冗长的细节铺垫,而短篇小说则避免了这方面的不足。人们较为热衷的娱乐项目就是听一段《聊斋志异》或者《今古奇观》中的故事。他认为《今古奇观》情节构思精巧,富有想象力,故事充满智慧,极具幽默感,令人愉快,具有历史意义,反映了中国通俗小说的面貌。他在引言中还提到,这些小说成为照鉴中国人生活的一面镜子,也让我们注意到一个事实:无论是居住在长江流域还是居住在泰晤士河两岸,人们都可以从故事中体会到相同的情感和激情。

《中国故事》中的《骗婚记》,配有6幅插图,根据《今古奇观》第三十四卷《女秀才移花接木》进行改编。《今古奇观》是明代话本或拟话本小说,主要表现市民阶层的思想意识和道德观念。原作由两个故事组成,第一是"入话"部分,相当于引子,多为诗词或者小故事,是说书艺人为了候客、垫场或引入正题的开场白。第二部分是"正话",情节简单,人物不多,讲述女主人公闻蜚娥女扮男装,入学读书,结识两个同窗好友杜子中和魏撰之,无法决定要嫁给谁,在进京救父过程中遇见景小姐,阴差阳错中巧设移花接木之计,成全了自己与杜子中、景小姐与魏撰之的婚事。道格拉斯在编译过程中为了迎合西方读者的审美情趣省略"入话"部分,对原作的改编幅度很大,除了移花接木情节之外其他情节均被改写,最重要的改编是没有主人公女扮男装的情节。他编译的《骗婚记》人物众多:梅花、丫鬟紫罗兰、铁公子(进士,梅花的意中人)、王先生、王公子(梅花的追求者)、梅花的叔叔婶婶、秋叶(梅花堂妹)。故事讲述女主人公梅花的父亲在边关带兵打仗,梅花在家与丫鬟紫罗兰相依为伴,无意中搭救了落难的铁公子并互相爱慕。纨绔子弟王公子看中梅花,其父母与梅花叔叔婶婶合谋试图强娶梅花,独占家产。梅花假意答应,暗地里巧设移花接木之计,将堂妹秋叶嫁给王公子,最终等到得胜归来的父亲与中了进士的铁公子,一家团聚。

《你的生死掌握在他的手里》这一篇名节选自莎士比亚《威尼斯商人》中的经典台词"你的生死掌握在他的手里,不是吗",译文配有 6 幅插图,编译自《今古奇观》第 29 卷《怀私怨恨仆告主》。与原作相比,译者将故事地点从温州永嘉转移到杭州西湖,保留绝大部分情节,只是结局略有不同:原作中谋财害命和忘恩负义的两个坏人在案件审理中被当场打死,译作中则分别被重打 100 和 50 大板后发配边疆 5 年。道格拉斯还增加了两个角色:杭州知府和忠厚长者曹先生,通过两人的聊天内容介绍主人公张先生的家世背景和性格特征。译文详细且生动地介绍了美不胜收的西湖等场景,这是原著不曾有或者描述不足的地方。译者还在第三人称的叙事中穿插了自己的道德评判。

《双胞胎》,配有 8 幅插图,根据《今古奇观》第 28 卷《乔太守乱点鸳鸯谱》编译而成。译者通过文学向西方人详细且生动地介绍了中国传统的婚姻文化。对汉语成语、俗谚语等的翻译,展示出他对中国文化的了解。比如,"to direct his jeweled chariot to the mean abode of the writer"(大驾光临蓬荜生辉),"have grown up amid their sordid surroundings free from every contamination of evil"(出淤泥而不染),"may your excellency live for ten thousand years and may descendants of countless generations cheer your old age."(长命百岁,百子千孙),"to communicate mentally by speechless message"(心有灵犀)。在翻译时采用直译法,相当传神,忠实通顺。另外,该篇译文以西方人熟悉的第三人称叙事为主,故事中也时常穿插第一人称的评论。故事中的"我"作为主人公的邻居和朋友参与故事的叙述和评论,不仅丰富故事情节还能反映译者理性的声音或看法。原作更突出太守乱点鸳鸯谱的随意性,而译作《双胞胎》中的太守则思虑周全,充满理性。

《破镜重圆》根据《今古奇观》第 32 卷《金玉奴棒打薄情郎》编译而成,配有 5 幅插图。译文继续展示出道格拉斯深厚的汉学功底,出现八仙(eight immortals)、关羽卖豆腐(Kwan Ti, a seller of beancurd)、韩信漂母(Han Sin was obliged to obtain sustenance by angling for fish in a castle moat)、孟母(the mother of Mencius)、月老(the Red Cords of Destiny)、凤求凰(if he would play the part of Feng, she would be willing to take the role of a Hwang)等典故。

《李明的科举》配有 2 幅插图和 1 张五线谱,该故事是道格拉斯本人的创作,开篇详细介绍中国科举,指出在大约比犹太人祖先亚伯拉罕早两个世纪的中国,舜开创了每三年一次的考试,举贤任能,在大臣中选拔人才管理国家。

大禹去世后战争经常发生，武将取代博学贤明的文官，协助国王统治国家，舜开创的考试制度中止了，直到隋炀帝建立科举制度。《李明的科举》讲述主人公李明参加科举的经历，他家境富裕，天资聪慧，勤奋好学，熟读《三字经》、"四书五经"，精通六艺，对科举志在必得。考试前他拒绝了同窗好友郊游野餐的邀请，还有考试作弊的诱惑。邻居林小姐对他暗送秋波，他也佯装不知，埋头复习《易经》。李明连闯三关——院试、乡试和会试，从秀才到举人再到进士，他成功了，家中高朋满座春风得意。文中关于儒家经典的引用，对科举的描述、典故的解释和翻译都很准确。比如：子曰："学而时习之不亦说乎。"（The Master said, "Is it not pleasant to learn with a constant perseverance and application?"）、子曰："弟子入则孝，出则弟，泛爱众，而亲仁。"（The Master said, "A youth, when at home, should be filial, and abroad, respectful to his elders. He should overflow in love to all, and cultivate the friendship of the good."）、考棚子（Kaopeng-tsze, or examination-hall）、乌纱帽（a buttoned cap, official position）、鹿鸣宴（the Feast of the Blowing of the Deer）、蔡邕听琴（rotten T'ung tree delighted Tsai Yuang with their melody）。

道格拉斯以西方人的眼光对中国小说、中国的传统文化和文人百姓的心态进行了解析。《中国故事集》和他的其他汉学著作成为西方人了解中国文化的重要渠道（图3-6至3-9）。这些中国故事的西译促进了西方世界对中国文化特别是小说文化的介绍和传播，也为西方读者了解那个年代的中国打开了一扇妙趣横生的窗户。

图3-6 《中国故事集》封面　　图3-7 《中国故事集》之《危险之中》插图

图 3-8 《中国故事集》之《双胞胎》插图

图 3-9 《中国故事集》之《结婚两次的夫妻》封面

(二)其他外交官

英国驻福州副领事贾禄(Charles Carroll,1829—1900)译《蒋兴哥重会珍珠衫》("The Pearl-Embroidered Garment: A Cure for Jealousy"),1870 年 9 月载《凤凰》杂志(*The Phoenix*)第 3 期上。

施古德(Gustar Schlegel,1840—1903),曾担任荷属东印度公司事务部官员,年轻时跟荷兰莱顿大学汉学教授霍夫曼学汉语,来华后在厦门接受过语言实践训练。施古德对翻译和研究中国古典文学有强烈的兴趣和爱好,他翻译有《醒世恒言》中的《卖油郎独占花魁》,1877 年分别由荷兰莱顿布里尔与巴黎梅松纳术出版社出版。该书为法语和汉语对照的单行本,附有汉语拼音,作为学习汉语的教材。1875 年施古德开始担任莱顿大学汉学教授,著有《天地会》《中国天文学》等。他另一项重要贡献是与法国汉学家亨利·考狄(Henri Cordier)创办西方汉学史上最早的学术刊物《通报》(*Toung Pao*)。

嘉托玛(C. T. Gardner,1842—1914),英国驻宁波领事,对中国文学有相当的兴趣,撰写了多篇研究中国社会的文章。他翻译冯梦龙"三言"中的《两县令竞义婚孤女》,载 1868 年 10 月 17 日的《华北捷报》。《两县令竞义婚孤女》

的法语译文摘自他于1868年10月9日在宁波所做的题为《短篇小说翻译》的学术研讨会论文。

翟理斯(Herbert Allen Giles,1845—1935)1867年来华,任英国使馆翻译生,后历任汕头、厦门、宁波、上海等地副领事或领事,游历了大半个中国,广泛接触中国的风土人情,对中国文化怀有深厚的感情。后脱离外交界,进入剑桥大学,成为继承威妥玛的中文教授。他的研究涉及面广,遍及中国历史、文学、宗教、绘画、哲学、语言等领域,因其显赫的汉学成就,成为与理雅各、德庇时比肩的又一汉学名流。他著作等身,在译介与研究中国历史、语言和文学,特别在诗歌与白话小说等方面贡献突出,著有《中国概要》、《历史上的中国及其他概要》、《汉英字典》、《古今姓氏族谱》、《中国绘画史导论》、《中国的文明》和《中国文学史》,并有译著《聊斋志异》和《佛国记》。在《中国文学史》中,翟理斯对中国历代小说进行评介,包括冯梦龙的"三言"。在中国文学向英国传播的过程中,《中国文学史》发挥了独特的作用,占有非常重要的历史地位。它第一次以文学史的形式,向英国读者展现了中国文学在悠久的发展过程中的全貌,呈现了一个富有东方异国情调的文学长廊。[①] 作者在序言里写道:"在任何一种语言里,包括中文,该著作都是第一部有关于中国文学历史的最早尝试。"[②]《中国文学史》是19世纪以来英国汉学家翻译、介绍与研究中国文学的一个总结,在某种程度上代表了整个西方对中国文学总体面貌的最早概观。无论在翻译还是在评论中国文学的过程中,翟理斯最可贵之处在于他写下了许多题注和脚注。他以简练的语言写下许多能经受时间考验的注释,反映了他对当时社会和文化的深刻观察和独到的见解,非常有利于西方读者更好地了解中国文学。

沙畹(Edouard Chavannes,1865—1918),1889年来华,任法国驻华使馆翻译。沙畹才华横溢,爱好广泛,致力于中国历史、佛学、哲学、文学、艺术的研究。他的"著作数量之大,范围之广令人惊奇"。[③] 他选择并出版五卷本《史记》,收录47篇汉语《史记》的内容。书中附有序言、注释,译文相当精确,考据相当精细,评论颇有创见。沙畹接替德理文任法兰西学院汉学教授,并与亨

---

① 张弘:《中国文学在英国》,花城出版社,1991年,第83页。

② Giles, H.A. *A History of Chinese Literature*. London, William Heineman, 1901, P4.

③ Giles, H.A. *A History of Chinese Literature*. London, William Heineman, 1901, P30.

利·考狄合作编写汉学权威刊物《通报》,收录冯梦龙"三言"的译文和评论文章。比如,1925年第1号曾刊登法国汉学家伯希和(Palu Pelliot,1878—1945)发表的论文,评论汉学家豪威尔(E.B.Howell)译介的《今古奇观:归还新娘及其他故事》;1939年1月142号刊登有宋美龄女士翻译的《俞伯牙摔琴谢知音》(The Legend of Lute)。沙畹培养了许多有影响的汉学家,如伯希和、谢阁兰、马伯乐、葛兰言等,在整个汉学史上有重大影响。苏运鸣(Michel Soymie)评价说:"沙畹在有生之年,以其耀眼的光芒而显赫一世,他所培养的'学识渊博'的学生,继承他的衣钵,使巴黎成为西方汉学之都。"[①]

四、小结

西方传教士是"三言"翻译的发轫者与滥觞者,紧接其后的则是西方外交官。近现代以来的英国外交官继承了前辈外交官德庇时与斯当东透过文学了解中国国情的传统,是"三言"真诚的爱好者。托马斯·斯当东是第一个从事"三言"翻译与传播的西方外交官,此后共有5名西方外交官加入"三言"的翻译,一共翻译11篇。他们的翻译篇目见表3-2。

表3-2　西方外交官与"三言"翻译一览表

序号	译者姓名	译文篇目	语言	出版物名称	出版年份
1	托马斯·斯当东	《范鳅儿双镜重圆》	英汉对照本、英译本	《中国与英国商业关系杂评》	1815年
2	德庇时	《刘小官雌雄兄弟》	英语	《中国小说选》	1822年
3	嘉托玛	《两县令竞义婚孤女》	法语	《华北捷报》	1868年
	贾禄	《蒋兴哥重会珍珠衫》	英语	《凤凰》	1870年
5	施古德	《卖油郎独占花魁》	法汉语照本,附汉语拼音	单行本	1877年
6	道格拉斯	《怀私怨狠仆告主》《庄子休鼓盆成大道》《女秀才移花接木》《乔太守乱点鸳鸯谱》《金玉奴棒打薄情郎》《夸妙术丹客提金》	英语	《中国故事》	1893年

[①] 苏运鸣:《法国汉学50年》,载戴仁主编,耿昇译:《法国当代中国学》,中国社会科学出版社,1998年。

这些西方外交官在选译"三言"时依然热衷于宣扬儒家忠孝节义,同时内容也与基督教伦理相符的作品。嘉托玛翻译《两县令竞义孤女》;道格拉斯翻译《怀私怨狠仆告主》、《庄子休鼓盆成大道》、《女秀才移花接木》和《夸妙术丹客提金》;施古德翻译了《卖油郎独占花魁》;贾禄翻译了《蒋兴哥重会珍珠衫》,这些作品都反映了儒家忠孝节义的思想。但是,除了反映忠孝节义、因果报应、扬善除恶等,带有明显道德训诫的作品,翻译作品的主题还延伸到反封建理学上,并包括市民喜剧。外交官的传播动机除了传教的因素,更多的是出于外交或商业利益的缘故,试图通过"三言"等白话小说了解中国百态,特别是普通民众的生活方式、思想感情和伦理道德,以便更好地服务于传教、外交或商业目的。

在 6 名参与传播"三言"的外交官中,英国外交官占 5 人,无疑具有重要地位。尤其重要的是这些外交官已经有了培养汉学人才的意识,托马斯·斯当东翻译的《范鳅儿双镜重圆》为英汉对照本,英译本有两种,一种直译,另一种意译,并附有许多注释和中国语法讲解。施古德 1875 年开始担任莱顿大学汉学教授。他翻译的《卖油郎独占花魁》为法语和汉语对照的单行本,附有汉语拼音,以便将其作为学习汉语的教材,教育学生,培养人才。显然,他们的目的是方便西方人学习中文,进而方便外交和商业的往来。

第四章 "三言"西译之流变

第一节 东瀛采石：日本汉学家与"三言"

一、"三言"在日本的传播背景

东瀛采石有玄机，寻找"三言"在日本的传播情况，对于了解中日文化交流具有重要意义。"三言"在日本的传播是江户时期（1603—1867）[①]中日文化关系的重要内容。日本江户时期的文学观沿袭中国宋代理学家"文以载道"的学说，主张"道外无文，文外无道"[②]，认为文学是阐发义理的工具，否认文学有独立的艺术价值。到了江户中期，"经世致用"的论调逐渐流行起来，空谈理性的风气也逐渐衰颓下去，文学也终于挣脱了理学的压抑，重新获得解放，人文主义思潮勃兴，市民文学也悄然出现。

17世纪后期，包括"三言"在内的明代中国小说和戏曲开始经由商人之手随

[①] 江户时期，德川家族发动政变推翻了丰臣秀吉，上台后又将天皇搁置一边，为了获得各地大名的支持，江户幕府希望能有一种理论来支持自己的统治。朱子学的"天命论"正好迎合了这种需求。朱子学强调重法度、重秩序、重上下尊卑的思想，又为巩固政权提供了理论保障。日本儒学的发展也因此得到德川幕府的扶持，新儒学或朱子学被尊为"官学"，逐渐成为主流思想，并在实践层次上主导着日本人的价值观念。以林罗山为代表的日本儒学家对以朱子学为主的新儒学进行了日本式的阐述或解释。此时的日本儒学实际上就是研习二程和朱熹学说为主的新儒学或宋学了。朝鲜李朝的大思想家李退溪在日本被尊为"东方百世之师"，极大地影响了日本朱子学派儒学家藤原惺窝和林罗山。除了朱子学，江户时期的日本儒学还有古学派与阳明学派在传播，在日本社会也具有广泛的影响。

[②] 严绍璗、王晓平：《中国文学在日本》，花城出版社，1990年，第99页。

055

着商船传入日本,中国儒家的伦理道德从此以日本化的方式影响了日本各个阶层,儒家的忠孝节义理念开始深入他们的心灵。传入日本的汉语典籍成为中日贸易中的大宗货物,九州的长崎也成为中国文献典籍东传日本的主要基地。根据日本国会图书馆收藏的《商舶载来书目》介绍,自1693年至1803年110年间共有43艘中国商船在日本长崎与日商进行汉籍贸易,共运进中国文献典籍4 781种。① 传入日本的白话小说种类繁多,为了使读者能够较方便读懂这些中国文学作品,大阪书林曾为"初读舶来小说者"编辑了一部俗语辞书——《小说字汇》,征引流传于市巷的、以白话小说为主的中国各类文学作品达159种。包括《水浒传》、《金瓶梅》、《三国志演义》、《今古奇观》、《醒世恒言》、《警世通言》、《古今小说》(《喻世明言》)、《西厢记》等。② 以上这些历史演义小说、公案小说和才子佳人小说随着商船来到日本并广为流传,其中不少被改写、改编成以日本为背景,以日本的历史或现实生活中的人物为主人公的读物。

江户时期涌现出许多杰出的汉学家,为"三言"在日本的传播做出重要贡献,他们是冈白驹、泽田一斋、盐谷温、都贺庭钟、上田秋成、西田维则、石川雅望、青木正儿以及长泽规矩也等等。

二、日本汉学家与"三言"的评介与翻译

冈白驹是日本著名汉学家,从1743年开始至1758年,分别从"三言"中选择刊行了《小说精言》③、《小说奇言》④和《小说粹言》。⑤ 《小说精言》、《小说粹

---

① 陆坚、王勇主编:《中国典籍在日本的流传与影响》,杭州大学出版社,1990年,第26页。

② 陆坚、王勇主编:《中国典籍在日本的流传与影响》,杭州大学出版社,1990年,第29~30页。

③ 《小说精言》共4卷,内容包括《十五贯戏言成巧祸》(《醒世恒言》卷33)、《乔太守乱点鸳鸯谱》(《醒世恒言》卷8)、《张淑儿巧智脱杨生》(《醒世恒言》卷21)、《陈多寿生死夫妻》(《醒世恒言》卷9)。

④ 《小说奇言》共5卷,内容包括《唐解元一笑姻缘》(《警世通言》卷26)、《刘小官雌雄兄弟》(《醒世恒言》卷10)、《滕大尹鬼断家私》(《喻世明言》卷10)、《钱秀才错占凤凰俦》(《醒世恒言》卷7)、《梅屿恨迹》(《西湖佳话》卷14)。

⑤ 《小说粹言》共7卷,内容包括《王安石三难苏学士》(《警世通言》卷3)、《吕大郎还金完骨肉》(《警世通言》卷5)、《拗相公饮恨半山堂》(《警世通言》卷4)、《两县令竞义婚孤女》(《醒世恒言》卷1)、《宋小官团圆破毡笠》(《警世通言》卷22)、《杜十娘怒沉百宝箱》(《警世通言》卷32)、《白娘子永镇雷峰塔》(《警世通言》卷28)。

言》与《小说奇言》合称日本的"小说三言",冈白驹与另一个汉学家泽田一斋对故事加以精心训点和注释。此后,日本掀起了"三言"热,为读本小说①的出现创造了条件。一般而言,读本小说可分为传奇类、劝惩类以及实录类。日本著名汉学家、读本小说研究家山口刚在1933年出版的《江户文学研究》中指出读本小说的第一条件是以某种形式模仿中国,也就是说读本小说的读者多半接受了中国小说的素材、结构以及表现手法,从而开阔了创作者的眼界和思路。②

盐谷温③(1878—1962)是著名中国文学研究学者。他的代表作《中国文学概论讲话》分上下两篇,上篇涉及中国的语言、诗、词、歌、赋,下篇涉及小说和戏曲。盐谷温叙述了中国小说从神话一直到《红楼梦》的发展演变史。他认为:"(中国)小说起于汉代,自六朝经唐代而逐渐发达,但只不过是文人雅士的余业,其文体则是浓艳绮丽的文言体。真正国民意义上的小说,始于宋代。"④他积极参加善本戏曲小说的影印出版工作,20世纪20年代,他从日本内阁文库中发现了来自中国的原刊本白话小说,其中包括《古今小说》明泰昌以及天启年间的天许斋刊本、《喻世明言》明衍庆堂刊本、《全像古今小说》明叶敬池刊本以及明衍庆堂刊本和《再团圆》⑤清泉州尚志堂刊本。清朝时期的中国统治者吸取明朝灭亡的经验教训,实行文字狱,加强思想统治,将"三言"列为禁书加以销毁,禁止传播,于是"三言"在中国几乎销声匿迹。盐谷温的发现引起鲁

---

① 所谓读本小说指的是日本江户时期的一种新类型小说,在介绍中国白话小说时,为了使读者容易接受,往往绘成图文并茂,以图为主的画本,后来逐渐演变成凭文字就足以吸引读者,以文为主的读本。它不同于以图画为主和供妇孺阅读的假名草子,以及草双子,而是以文章为主;也不同于以现实为主的浮世草子,而是以历史传说为主的传奇体小说。
② 转引自严绍璗:《中日古代文学关系史稿》,湖南文艺出版社,1987年,第350页。
③ 盐谷温出生于汉学世家,曾留学中国与欧洲,家学的影响加上留学的经历造就了他深厚的学术功底,融会贯通了他中西方的学术思想和治学方法。他对中国文化的态度非常矛盾,一方面他对中国文化怀有友好的感情,反对全盘否定中国文化;另一方面他又大力支持"大东亚共荣圈"的构想,对中国怀有敌对的态度。他的主要著作有《关于明代小说"三言"》、《中国文学概论》、《中国文学概论讲话》、《汉文新编》、《孝经、大学、中庸新译》、《唐诗三百首新译》、《左传新抄》以及《汉诗和日本精神》等等。盐谷温还致力于中国小说、戏曲作品的翻译,先后翻译了《琵琶记》、《桃花扇》、《长生殿》和《剪灯新话》等作品。
④ 盐谷温:《关于明代小说"三言"》,载《斯文》第八篇五一七号,弘文堂出版,1926年,又见李庆:《日本汉学史:成熟和迷途》,上海外语教育出版社,2004年,第444页。
⑤ 《再团圆》是清朝乾隆年间的刊本,由无名氏编辑,封面署名步月主人。选编《古今小说》以及《警世通言》中的许多故事,藏于日本内阁文库。

迅、郑振铎等中国学者重新研究并评价"三言"的兴趣，推动了中国学者"三言"研究的热潮。

青木正儿①（1887—1964）是著名中国文学研究学者，对汉学研究的主要贡献集中在中国文学的概观研究、中国文学批评史的研究、中国戏曲史的研究、中国文化和器物的研究以及《楚辞》研究。青木正儿对冯梦龙的《今古奇观》很感兴趣，对该书在日本所产生的影响进行深入的研究，1926年，青木正儿出版了《今古奇观与英草纸和蝴蝶梦》，分析了日本翻案小说家都贺庭钟以及他的作品《古今奇谈英草纸》与冯梦龙《今古奇观》之间的师承关系。作为日本对中国文学研究的主要代表人物，青木正儿的成果不仅对日本，而且对中国在这一领域的研究，都具有非常重大的影响。

长泽规矩也②（1902—1980）是日本著名汉学家，中国文学研究学者，收藏有"三言"的一个主要选本——《警世奇观》清代叶岑翁袖珍刊本，共十八帙，残存八帙。③ 长泽规矩也在研究"三言二拍"时发现了内阁文库藏有15篇。其中11篇署有"清平山堂"的名号，于是发表了《京本通俗小说和清平山堂》一文。长泽规矩也著有《论三言二拍》、《三言版本续考》、《影响日本文学的中国小说——以江户时代为主》以及《中国文学对江户文学的影响》等等，以广阔的视野讨论了中国文学和中国戏曲小说对日本文学的影响。

另外，西田维则、石川雅望、佐藤春夫、井上冬梅、鱼返善雄以及驹田信二等等汉学家也分别选译了"三言"中的部分作品。除了《醒世恒言》与《今古奇观》全译本，10名日本汉学家一共翻译了24篇"三言"作品。与欧洲的同行一样，这些日本汉学家在选译"三言"作品时，依然偏好反映忠孝节义、扬善除恶等带有明显道德训诫的儒家思想主题，比如《乔太守乱点鸳鸯谱》《陈多寿生死夫妻》《张淑儿巧智脱杨生》《刘小官雌雄兄弟》《滕大尹鬼断家私》《钱秀才错占

---

① 青木正儿字君雅，号迷阳，著名中国文学研究学者，师从著名汉学家狩野直喜、铃木虎雄、内藤湖南等，与中国学者胡适、周作人、王国维、马衡、沈尹默等人交往甚密。他的主要著作有《中国文艺论数》、《中国文学概说》、《中国文学艺术考》、《中国文学思想史》、《清代文学评论史》、《中国近代戏曲史》以及《历代画论》等。

② 长泽规矩也出生于汉学世家，多次来华求学，受到系统的汉学教育，与中国学者张元济、胡适、郑振铎、郭沫若以及孙楷第等交往甚密。他的主要汉学著作有《书志学序说》、《日本书志学史》、《图书学参考图录》、《未刊诸文库古书分类目录》、《和刻本汉籍分类目录》、《长泽规矩也著作集》以及《关于"三言两拍"》。长泽规矩也致力于中国文学的研究和中国戏曲小说的收集整理，编有《日本现存戏曲小说类目录》《家藏旧钞曲本目录》《家藏中国小说书目》等，为中国戏曲小说的研究提供了非常重要的线索。

③ 王丽娜：《中国古典小说戏曲名著在国外》，学林出版社，1988年，第166页。

凤凰俦》《吕大郎还金完骨肉》《两县令竞义婚孤女》《宋小官团圆破毡笠》《吴衙内邻舟赴约》《施润泽滩阙遇友》《卖油郎独占花魁》12篇。以因果报应为主题的作品3篇,分别是《小水湾天狐诒书》、《一文钱小隙造奇冤》和《吕大郎还金完骨肉》。反封建反理学的作品4篇,分别是《十五贯戏言成巧祸》、《白娘子永镇雷峰塔》、《庄子休鼓盆成大道》和《杜十娘怒沉百宝箱》。市民喜剧作品6篇,分别是《唐解元一笑姻缘》、《乔太守乱点鸳鸯谱》、《李谪仙醉草吓蛮书》、《苏小妹三难新郎》、《王安石三难苏学士》和《张淑儿巧智脱杨生》。神仙志怪作品2篇,分别是《小水湾天狐诒书》和《赵县君乔送黄柑》。当然,在翻译的过程中,他们也会注意到与日本本民族文化的结合,为后世的日本小说家的读本小说创作奠定了必要的基础。他们对"三言"的翻译绝大部分在新中国成立以前完成,具体译文篇目见表4-1。

表4-1 日本汉学家与"三言"翻译一览

序号	译者姓名	译文篇目	出版物名称	出版年份
1	冈白驹	《十五贯戏言成巧祸》《乔太守乱点鸳鸯谱》《张淑儿巧智脱杨生》《陈多寿生死夫妻》	《小说精言》	1743年
		《唐解元一笑姻缘》《刘小官雌雄兄弟》《滕大尹鬼断家私》《钱秀才错占凤凰俦》	《小说奇言》	1753年
		《王安石三难苏学士》《吕大郎还金完骨肉》《拗相公饮恨半山堂》《两县令竞义婚孤女》《宋小官团圆破毡笠》《杜十娘怒沉百宝箱》《白娘子永镇雷峰塔》	《小说粹言》	1758年
2	西田维则	《卖油郎独占花魁》	《通俗赤绳奇缘》	1761年
3	石川雅望	《小水湾天狐诒书》《吴衙内邻舟赴约》《一文钱小隙造奇冤》《施润泽滩阙遇友》	《通俗醒世恒言》	1789年
4	淡斋主人	《庄子休鼓盆成大道》《赵县君乔送黄柑》、《卖油郎独占花魁》	《通俗古今奇观》	1814年
5	井上冬梅	《今古奇观》	《今古奇观》	1942年
6	奥野信太郎	《庄子休鼓盆成大道》	《世界小说》	1948年
7	鱼返善雄	《李谪仙醉草吓蛮书》《苏小妹三难新郎》	《桃源》	1948年

续表

序号	译者姓名	译文篇目	出版物名称	出版年份
8	千田九一、驹田信二	《今古奇观》	《今古奇观:明短篇小说集》	1958年
9	竹内繁	《醒世恒言》	《醒世恒言》	1990年

三、"三言"与日本"读本"小说

他山之石,可以攻玉。"三言"对日本文学创作的影响可以归结为模仿、改写或改编。然而,在接受冯梦龙文学创作影响的时候,由于处于不同时代,属于不同民族,日本小说家有着各自的弃取选择。从18世纪中期开始,作为话本小说或者拟话本小说的"三言"便在日本市井平民中广为流传。[①] 不少"三言"作品被翻译、改写、改编成以日本为背景,以日本的历史或现实生活中的人物为主人公的读物,启发了日本读本小说家都贺庭钟与上田秋成的创作,促进了《古今奇谈英草纸》、《古今奇谈繁野话》、《古今奇谈莠句册》与《古今怪谈雨月物语》的问世。

(一)都贺庭钟与"三言"的翻改

都贺庭钟[②](1718—1794)是大阪儒医,江户晚期著名汉学家、著名文学家、读本小说创始者之一,继承并发展了由浅井了意开创的小说翻改方法。[③] 翻改不是只对原作进行简单的翻译或者模仿,而是对小说加以改造,对原作的故事或补充或删减,甚至不惜改变原作的主题和情节,重新编排故事。

都贺庭钟以"三言"为蓝本,以近路行者、千里浪子、千阁主人为笔名先后翻改创作了"古今奇谈"三部曲,俗称"三谈"。[④] 从书名上看,"三谈"与"三言"一样注重相互之间的连贯。"草纸"、"野话"与"句册"都是指一种文学形式,即

---

① 陆坚、王勇:《中国典籍在日本的流传与影响》,杭州大学出版社,1990年,第33页。
② 都贺庭钟,字公声,号大江渔人、巢庵、辛夷馆等,俗称六藏。
③ 所谓翻改方法,就是翻译加改编,具体做法不是直译,而是改头换面,将中国小说改写成发生在日本的故事,用中国小说的故事梗概、情节、人物形象,甚至是人名、地名以及时代背景,按照日本的价值观念、审美传统、风俗人情改编成适合日本读者大众趣味的作品。
④ "三谈"包括《古今奇谈英草纸》、《古今奇谈繁野话》以及《古今奇谈莠句册》。

带图的小说。而"英""繁""荂"则指花萼繁茂的意思。从小说要适合民间的、市井的、老百姓的审美要求的观点上看,"三谈"与"三言"是十分接近的。尽管"三谈"之名与"三言"明示其书有"警世""喻世""醒世"之功不同,但是事实上"三谈"并不缺乏这样的功能。"三谈"的出现为当时的日本社会提供了一种具有惩恶扬善、宣扬忠孝节义、歌颂坚贞爱情与纯洁友情的内容,以及所谓"折中雅俗、混淆和汉"①语言风格的小说新样式——读本小说。这不仅仅是日本捕捉社会问题的近代小说的先声,都贺庭钟首倡的"折中雅俗、混淆和汉"文体的影响超过一个世纪。都贺庭钟对中国士大夫文学有浓厚兴趣,对中国小说中的许多情节、诗词倍加欣赏,在许多地方悉心模仿,照搬原文,形成所谓的"汉味"。②

《古今奇谈英草纸》共收九篇作品,其中八篇改编或翻改自冯梦龙的"三言"。都贺庭钟以近路行者、千里浪子、千阁主人的笔名出版该书。"近路行者"可以理解为操捷径、走近路借鉴中国小说的创作;"千里浪子"则寓意开拓出一条小说创新的新路。他非常巧妙地将"三言"故事与日本历史文学调和起来,在日本传统习俗、文化与道德观念的积淀中大胆地加入异域的成分,使之展现新奇的面貌。

都贺庭钟对"三言"的改编与翻案,大致可分为三类:第一类,模仿其结构,旨趣基于原作,情节与内容由自己构思或创作。《古今奇谈英草纸》第一篇《后醍醐帝三挫藤房谏》③便是根据《警世通言》中的《王安石三难苏学士》改编而成。《王安石三难苏学士》写的是年少气盛、恃才傲物的苏东坡与老练沉稳、博学多思的王安石之间的三次冲突,强调"为人第一谦虚好,学问茫茫无尽期"④的道理。王氏对苏氏的"三难"从吟诗作对角度进行,与治国之事关系不大;而天皇后醍醐帝对大臣万里小路藤房的"三挫"则从待人接物、治理国家的角度

---

① 都贺庭钟:《古今奇谈英草纸·序》,李树果译:《日本读本小说名著选》,天津人民出版社,2005年。
② "汉味"是都贺庭钟追求的一种艺术形式,即将中国白话小说原样移植到日本来,使之成为日本小说。
③ 《后醍醐帝三挫藤房谏》第一挫讲述藤房不知后醍醐帝所引用的一首和歌的出处,而被派往该和歌所描写的地方,亲临其境后自悔轻狂。第二挫讲述皇帝逸游无度,尊崇佛教,藤房引用崇佛危国的史实直谏,后醍醐帝则技高一筹,引经据典证明崇佛有益国政。第三挫讲述后醍醐帝利用千里马之谏和沉鱼落雁的典故以巧辩压倒藤房。终于在三挫之后,藤房感到天皇"智于用奢,辨足饰非",因而辞官归隐。
④ 冯梦龙:《警世通言》,沈阳出版社,1995年,第30页。

进行。都贺庭钟从日本典籍中搜寻与冯梦龙原作近似的素材,巧妙地进行构思与创作,展示了他的博学多识与聪明才智。

《古今奇谈英草纸》第五篇《纪任重阴司断滞狱》[①]的构思显然受到《喻世明言》中的《闹阴司司马貌断狱》[②]的启发。两篇故事都对当时腐败的社会吏治、颠倒的社会现象进行揭露与鞭挞。冯梦龙将司马貌描述成"本性聪明,纵笔成文"[③]的神童,但科场失意,一生潦倒,后在阴间智破四桩百年疑案。都贺庭钟将纪任重塑造成"资性聪明,读书一目十行。若论诗文,乃其家技,穷北野藤森之精髓"[④],因家道中落,虽才华横溢却穷困潦倒,后在阴间智破三宗百年疑案。虽然处在两个不同的国家和不同的时期,司马貌与纪任重的性格以及遭遇几乎完全一样。

第六篇《三妓女异趣各成名》[⑤]是根据《醒世恒言》中的《三孝廉让产立高名》[⑥]改编而成。忠、孝、悌、义、信是儒家传统道德的主要组成部分,《三妓女》宣扬三姐妹的忠孝义;《三孝廉》宣扬的是三兄弟的悌,即兄弟情义,都是有仁有义但志趣不同。

第二类,忠实于原作,主题框架不变,翻译占很大比重。故事中的人物自行重新确定,只在文化与道德习俗上,根据国情对情节和内容稍微改动,就连

---

① 《纪任重阴司断滞狱》讲述纪任重虽才华横溢,却穷困潦倒。于是咏和歌一首,表达心中怏怏不平、愤恨人世之意。不料惊天动地,被阎王抓去,在阴间纪任重代替阎罗王不到半天智断百年三桩疑案,分别是乘危逼命案、屈杀忠臣案以及恩将仇报案。

② 《闹阴司司马貌断狱》讲述司马貌一直到五十多岁,还是空负一腔才学,不能施展抱负。他心中愤恨难平,无处排遣,于是写成怨词,不料惊动了玉帝,被阎王捉去,在阴间一试其才。司马貌在阎王宝座上不到半日便决断了四宗百年疑案,分别是:屈杀忠臣案、恩将仇报案、专权夺位案以及乘危逼命案。

③ 冯梦龙:《喻世明言》,沈阳出版社,1995年,第359页。

④ 都贺庭钟著,李树果译:《日本读本小说名著选》上篇《古今奇谈英草纸》,天津人民出版社,2005年,第25页。

⑤ 《三妓女异趣各成名》讲述为妓女的三姐妹的故事。大姐都产对恋人情深义重,为爱忧伤而死,成就了痴心忠诚的美名;二姐桧恒侍奉父母孝贞可嘉;小妹鄙路锄强扶弱,侠义心肠。

⑥ 《三孝廉让产立高名》讲述三孝廉之一的许武是一个典型的孝悌榜样,父母双亡之后担负起抚养两位年幼弟弟的重担,尽心竭力。为了不影响兄弟和睦,不娶富家之女;担心兄弟学业进展,辞去高官回乡劝读。忍辱负重,委曲求全;甘愿背负"假孝廉"之名,在他的教导下,两个弟弟也孝顺友爱,奉公守法,最后又皆辞官回乡,陪伴兄长安度晚年。

第四章　"三言"西译之流变

许多词句都是原文的翻译。《古今奇谈英草纸》第二篇《马场求马沉妻成樋口婿》[1]改自《喻世明言》中的《金玉奴棒打薄情郎》,都贺庭钟将后者的故事搬移到日本战国时代。两篇小说所反映的社会历史条件或背景十分相似。在等级森严的封建社会,为了攀高枝而抛弃结发妻子的事情在日本也是司空见惯。把原作故事移植到日本,故事情节的铺陈与发展非常自然流畅,宛如原创。两篇故事中乞丐头目招女婿入赘,大摆酒宴,一群乞丐喝酒唱歌的情景都写得惟妙惟肖,非常自然。比如原著这样描写:"开花帽子,打结衫儿。旧席片对着破毡条,短竹根配着缺糙碗。叫爹叫娘叫财主,门前只见喧哗;弄蛇弄狗弄猢狲,口内各呈伎俩。敲板唱杨花,恶声聒耳;打砖搽粉脸,丑态逼人,一班泼鬼聚成群,便是钟馗收不得。"[2]经过都贺庭钟翻改,《马场求马沉妻成樋口婿》中的描写是这样的:"哥儿们同气相求好壮观,捧着癞碗披着破席吟诗难。肩上缠着破裖子,手里拿着竹竿和讨饭碗。或在脸上涂红土,直把瘟神送天边。或将大蛇在脖子上缠,竿头还要着个破饭碗。敲着竹板把'平安'唱,丑态百出花样翻。这帮穷魔鬼,即便请来神钟馗,驱逐他们也难上难。"[3]两相比较,都贺庭钟仿照冯梦龙的原词,做了一些改动。两国的乞丐着装不同,姿态各异,讨饭方式也不一样。日本乞丐不叫唤爹娘和财主,戏耍的方式也不同。庭钟做了合理的修改,显示了娴熟的翻改技巧。

第四篇《黑川源太主入山得道》[4]改自《警世通言》中的《庄子休鼓盆成大道》。都贺庭钟将原作中的主要人物庄子休、其妻田氏、其师李伯阳、其徒楚王孙分别改换成黑川源太主、深谷、秋风道人和道龙。在内容和情节上,都贺庭

---

[1] 《马场求马沉妻成樋口婿》讲述一名叫马场求马的落魄浪人,入赘于乞丐头领出身的僧侣净应家,后接受诸侯若狭国武田家的招聘,在赴任途中将妻子阿幸推入水中,后阿幸被武田家宠臣樋口三郎左卫门搭救并收为义女,并召马场求马为婿,成亲之夜令丫环以竹棍击打他以示教训。

[2] 冯梦龙:《喻世明言》卷27《金玉奴棒打薄情郎》,沈阳出版社,1995年,第321页。

[3] 都贺庭钟著,李树果译:《日本读本小说名著选》上篇《古今奇谈英草纸》卷二《马场求马沉妻成樋口婿》,天津人民出版社,2005年,第8页。

[4] 《黑川源太主入山得道》讲述黑川源太主与妻子深谷幽居于深山之中。一日,黑川路遇一妇人在一坟前植桃树,用心培根浇水,询问后得知该妇人曾向亡夫承诺在桃树长大、桃花盛开时方可改嫁。妇人盼望桃花早日盛开,故悉心呵护,浇灌不止。黑川将妇人带回家,并将此事告诉其妻深谷,深谷闻言怒责妇人无情无德。不久黑川突发重病而死,黑川徒弟前来奔丧,与深谷一见钟情,于是不顾丈夫尸骨未寒,闪电结合。在婚礼上道龙大叫胸痛,为了治好新欢之疾,深谷破棺取黑川脑髓,却见黑川复活。深谷羞惭,无脸面对而悬梁自尽。黑川点火焚屋,从火堆中拣出《养生新论》入山得道。

钟细致入微地更换取舍。在尽量忠实于原著的基础上，凡是与日本国情不同的便加以适当修改。在原著《庄子休鼓盆成大道》中，庄子休路过一新坟，见一妇人浑身缟素，手持素扇用力扇坟，以求得坟上泥土早日干透，好早日改嫁。都贺庭钟将此情节改成一妇人坟前植桃树，并悉心浇灌。这是因为中日两国不同的风俗，日本的坟墓不培土堆，只立墓碑，所以便将执扇改为植桃树。英国的哥尔德斯密司改译，借鉴《庄子休鼓盆成大道》的目的在于为政党斗争服务，纠正英国人看待婚姻的价值与习惯；法国的伏尔泰通过《查第格》，揭露法国社会人情险恶，毫无伦理信守的男女关系，针砭时弊，张扬理性；都贺庭钟则通过《黑川源太主入山得道》，表达了与冯梦龙类似的道佛虚空，以及忠、贞、节、义等女性观念。

第三类，以蓝本为基础，更换人物，在情节和内容上加以扩展补充或者调整，很少直接翻译。《古今奇谈英草纸》第三篇《丰原兼秋听音知国之兴衰》①是根据《警世通言》中的《俞伯牙摔琴谢知音》改写而成。在保留原作故事和情节的基础上，都贺庭钟赋予主人公丰原兼秋一个特异功能——通过音乐便知国家兴衰，加入了许多关于日本古典音乐方面的知识，显示出他广博的知识。第八篇《渔翁卖卦直言示奇》②是由《警世通言》中的《三现身包龙图断冤》改写而成。都贺庭钟在情节上大大增加了怪异与传奇方面的内容，与冯梦龙原作相比，公案小说的色彩大大减弱，怪异传奇的色彩却大大突出。第九篇《高武藏守做媒嫁婢》是根据《喻世明言》中的《裴晋公义还原配》的故事改写而成的。《高武藏守做媒嫁婢》写行善积德的故事，小说开头提到面相定人生死祸福。冯梦龙在《裴晋公义还原配》中以汉代邓通与周亚夫为例，都贺庭钟在此基础上又加了净御原天皇为例。然而，作者笔锋突然转变，强调面相比不上心相，面相与人的最终命运不符的情况也是有的，人的言行可以改变自己的命运，即善有善报、恶有恶报。高武藏守与裴晋公一样，因为行善积德，"寿过八旬，子

---

① 《丰原兼秋听音知国之兴衰》讲述丰原兼秋月下抚琴，弦断声变，却因缘巧合与横尾时阴相识，结为兄弟，相约来年中秋相聚。来年中秋，兼秋至时阴家中，时阴已死，兼秋来到时阴墓前，以剑断弦，立誓永不抚琴。

② 《渔翁卖卦直言示奇》讲述一渔翁卖卦算准当地官吏茅渟官平当日三更必死无疑。当夜三更其妻小赖与使女见其着白衣跳水而死。随后小赖改嫁与权藤太者结为夫妇。一日，使女夜中温酒，见一人披头散发从炉灶中出现，小赖做贼心虚，将使女卖掉。使女又一次遇到茅渟官平赠金留字，诉说屈死经过。其时国守（即原作《三现身包龙图断冤》中的包拯）梦中见到有冤魂告状，使女前去作证，于是水落石出，真相大白，原来茅渟官平为小赖与奸夫合伙谋杀。

第四章 "三言"西译之流变

孙众多,声誉倍增,较以前更加昌盛"①。

《古今奇谈繁野话》是《古今奇谈英草纸》的续集,共收入九篇作品,其中有两篇翻改自"三言"。第五篇《白菊夫人猿挂岸勇射怪骨》翻改自《喻世明言》卷二十《陈从善梅岭失浑家》。其故事梗概与结构大致相同,只有小部分情节略作改动。作者假借原作的旨趣,以占卜前数为手段,以成全文教之名为目的或主题,加以敷衍引申,将冯梦龙的短篇扩展成一万三四千字的中篇。在开篇,都贺庭钟针对神鬼观念发表了一通长篇大论,借题发挥便成为后来读本作者通用的手法,既显示了作者的博学多才,又增加了故事怪诞神秘的气氛。比如,在描述妖怪的神通时,作者做了如下铺陈:"(妖怪)出来时化一片云彩飞行,故人们称之为飞云。其本身乃猢狲之精,从神代就居于此,神通广大,变化无穷。山中朝夕布满云雾,使人茫然不知深浅。非美酒不饮,非美服不穿。得采补阴阳之术,炼就长生不老之道。近国诸山之妖怪山精皆为他的部属;驱使猛兽,并得耳之术,虽居洞中,但对方圆百里之动静了如指掌。"②而在《陈从善梅岭失浑家》中,冯梦龙对申阳公的神通只作了简单的描述:"这齐天大圣神通广大,变化多端,能降各洞山,管领诸山猛兽。兴妖作法,摄偷可意佳人;啸月吟风,醉饮非凡美酒,与天地齐休、日月同长。"③

第八篇《江口侠妓愤薄情怒沉珠宝》是以《杜十娘怒沉百宝箱》为蓝本翻改的,内容与结构基本忠实于原话。作者将李甲改为小太郎安方,杜十娘改为白妙,孙富改为柴江酒部辅原绳。在此基础上,作者增加了另外一个重要人物即小太郎的表兄和多然重。作者将原话的主题改变成了"话侠妓之偏性,以诫子弟"。④ 冯梦龙的《杜十娘》是一篇感人的爱情故事,它以沦落风尘的杜十娘对爱情的坚贞不渝、对人的尊严的执着追求及其最后被彻底毁灭为主要故事情节。为了摆脱妓女的卑贱地位,过上幸福美好的生活,杜十娘选择了李甲以托付终身。可是,在孙富的挑拨和严父的威慑下,李甲终于薄情地出卖了杜十娘,毁灭了一个忠贞且勇敢的灵魂。在孙富花言巧语的挑拨下,李甲一时变

---

① 都贺庭钟著,李树果译:《日本读本小说名著选》上篇《古今奇谈英草纸》,天津人民出版社,2005年,第54页。

② 都贺庭钟著,李树果译:《日本读本小说名著选》上篇《古今奇谈繁野话》,天津人民出版社,2005年,第80页。

③ 冯梦龙:《喻世明言》卷二十《陈从善梅岭失浑家》,沈阳出版社,1995年,第227页。

④ 都贺庭钟著,李树果译:《日本读本小说名著选》上篇《古今奇谈繁野话》,天津人民出版社,2005年,第104页。

心,铸成大错,"终日愧悔,郁成狂疾,终身不痊"①。然而,在《江口侠妓》里,通过对小太郎安方朴素、真诚、语重心长的劝说,以顺从父母、承继家业之理,和多然重使小太郎幡然悔悟,以为自己办了一件蠢事,下定决心与白妙一刀两断。当白妙抱着宝匣投水自尽时,"小太郎在船中羞愧万状,似乎十分难过,但突然省悟,背弃女人深情尽管可惜,然而她乃烟花之女,我是因年轻一时无知而轻浮放荡。她已侠死,我该回还,一时糊涂岂止我一人?"②。他这样把自己解脱出来,倒成了深明大义、知过能改的"君子",后来子承父业当上了郡司。都贺庭钟把白妙的痴情与侠死归咎于她的偏性,不能认识自己是妓女而不安分守己,却痴心妄想与小太郎结婚,以致遭受如此下场。这样的翻改技巧尽管巧妙,却把冯梦龙原作所反映的男女婚姻与封建礼教的冲突这一主题变成维护封建礼教的相反主题。正如都贺庭钟在《繁野话》的序言中提到的那样:"话侠女之偏性,以为子弟诫。"③

　　都贺庭钟强调在艺术上要雅俗共赏,明显受到"三言"序言的影响。冯梦龙说:"《六经》、《语》、《孟》谭者纷如,归于令人为忠臣,为孝子,为贤牧,为良友,为义夫,为节妇,为树德之士,为积善之家,如是而已矣……而通俗演义一种,遂足以佐经史矣。"④都贺庭钟也说:"自古有问牛喘而知时政,闻洗马之声而悟阿字,闻风声知秋深,听砧响思冬近之尝试,是以鄙言而可徼俗。故基于义而可进于义,夜半钟声有助于告知更深,此乃近路行者、千里浪子之素志哉。"⑤显然都贺庭钟的"俗"与冯梦龙的"喻世"、"警世"以及"醒世"意思相同且一脉相承。"三谈"将"三言"改编成日本故事,推动了中国白话小说在日本的传播,扩大了影响并积累了读本小说的创作经验。在他的影响下,上田秋成创作了《古今怪谈雨月物语》,村田春海创作了《笠志船物语》(根据《醒世恒言》卷三十六《蔡瑞虹忍辱报仇》)等。这些作品将中国的题材和表现手法与日本的文学传统相结合,促进了日本小说创作的成熟。

---

① 冯梦龙:《警世通言》卷三十二《杜十娘怒沉百宝箱》,沈阳出版社,1995年,第399页。
② 都贺庭钟著,李树果译:《日本读本小说名著选》上篇《古今奇谈繁野话》,天津人民出版社,2005年,第108页。
③ 都贺庭钟著,李树果译:《日本读本小说名著选》上篇《古今奇谈繁野话》,天津人民出版社,2005年,第59页。
④ 冯梦龙:《警世通言·序》,沈阳出版社,1995年,第1页。
⑤ 都贺庭钟:《古今奇谈英草纸·序》,李树果译:《日本读本小说名著选》,天津人民出版社,2005年,第3页。

（二）上田秋成与"三言"的翻改

上田秋成[①]（1734—1809）是都贺庭钟的得意弟子，将老师开创的读本小说发展到极高的境界。受老师"古今奇谈"三部曲的影响，上田秋成在他的代表作《雨月物语》的书名里也加上"古今怪谈"，即书的全名为《古今怪谈雨月物语》。上田秋成的翻改方法与都贺庭钟基本相同，但两人的风格各有千秋。《古今怪谈雨月物语》与《古今奇谈英草纸》风格相同，也是由九个短篇组成。其中有三篇明显翻改自"三言"。分别是第二篇《菊花约》，根据《喻世明言》卷十六《范巨卿鸡黍死生交》翻改而作；第四篇《梦幻鲤鱼》，根据《醒世恒言》卷二十六《薛录事鱼服证仙》翻改；第七篇《蛇性淫》，根据《警世通言》卷二十八《白娘子永镇雷峰塔》改编。

《古今怪谈雨月物语》尽管也依据汉语原作，但又不拘泥于原作，而是根据自己的构思，将素材综合而成自己的故事情节。他已从单纯翻改模仿，向自主创新迈进。与老师相比，上田秋成青出于蓝而胜于蓝，下功夫清除"汉味"，在文字上极力提倡日本国风，不轻易照搬汉语诗词。比如，在《菊花约》中，对时间与景色的描写是这样的："几天前开放的尾上的樱花现已凋谢，清风吹起层层白浪拍打着河岸，不问可知已到初夏。"[②]而在汉语原作中，冯梦龙只用了"朝暮相随，不觉半年"[③]几个字。上田秋成巧妙地为春去夏来的岁月交替增添了日本物语文学的情趣，写得生动而美丽。

《古今怪谈雨月物语》的特点是它具有独特的怪异性，而都贺庭钟的《古今奇谈英草纸》和《古今奇谈繁野话》展现的却是传奇性。书名中的"怪"与"奇"充分说明了这一点。《古今怪谈雨月物语》与《聊斋志异》风格相似，《菊花约》写鬼魂与活人的诚信交往；《蛇性淫》写蛇精与人的爱情关系；其他七篇也是类似的主题。当然，与《聊斋志异》一样，上田秋成写神仙鬼怪不是肆意渲染恐怖阴森的气氛和离奇古怪的情节，而是把死人写活，把死亡当作现实社会的延长，是在这个延长线上去追求在现实世界无法实现的理想，从而表现作者浪漫主义的情怀与风格。

[①] 上田秋成自幼体弱，小时患天花，左右两只手各有一指畸形，因而取笔名"剪枝畸人"。
[②] 上田秋成著，李树果译：《日本读本小说名著选》上篇《古今怪谈雨月物语》，天津人民出版社，2005年。
[③] 冯梦龙：《喻世明言》卷十六《范巨卿鸡黍死生交》，沈阳出版社，1995年，第118页。

中西同情——冯梦龙"三言"传入西方之考析

《蛇性淫》①是《古今怪谈雨月物语》中最怪异的作品。从故事情节与结构设计来看,《蛇性淫》无疑以《白娘子永镇雷峰塔》为蓝本,但在创作的过程中,作者的世界观、文学观对作品的面貌起着决定性的作用。在《白娘子永镇雷峰塔》中,冯梦龙对白娘子的命运寄托着深切的同情,尽管她是妖,带着妖气,但她真切深刻地爱着许仙,非常具有人情味,且以慈悲为怀,敢爱敢恨,与许仙相识不久,便大胆向他表白:"你有心,我有意,请小乙官人找一个媒证,我和你结百年的姻眷,也不枉天生一对,不是正好。"②非常坦率与真诚。为了爱情,她敢于冒犯官府,盗银资助许仙。对阻碍她与许仙爱情的,她都奋起反抗,毫不妥协。她赶走了企图拆散他们的终南山道士,现形吓坏妄图破坏他们纯真爱情的李克用,吓跑试图降伏她的捕蛇人。她用自己真挚的爱情,一次又一次感化软弱无主见的丈夫,宽容他的负心寡情。但是,她对爱的疯狂追求是对封建礼教的反抗,人妖之间的婚姻与爱情更是大逆不道,必然要遭到维护封建礼教、人伦秩序、人妖界限的和尚道士们的反对。而白娘子所处的时代还不可能赋予她足够的力量与封建礼教的卫道者——法海禅师相抗衡,她最终被收进法海的钵盂。

在《蛇性淫》里,上田秋成却有着与冯梦龙不同的世界观,他认为蛇终究是蛇,邪神终究是邪神。对真女儿来说,对丰雄的爱就是一切,为了维护自己的爱情,不惜一切代价,可以施毒放气,烧死捕蛇人,断送情敌富子无辜的性命,蛇淫荡、邪恶的本性得到充分的展示。大和神社的神官当麻酒人当着惶恐求救的丰雄的面揭穿真女儿的真相:"果然不出我所料,这个孽障是多年的大蛇。妖蛇生性淫荡,据说与牛交而生麒麟,与马交而生龙马。这次魅惑于你,是因为你这个美男子使她的淫欲发作。她是那样的执拗痴情,如不特别留神,恐有生命危险。"③面对真女儿的真实身份与淫荡本性,丰雄虽然明白真女儿爱慕

---

① 《蛇性淫》讲述渔商之子丰雄,生性风雅却疏于家业。其父无奈之下,将他送至新宫神社,拜神宫为师。一天,丰雄在回家的路上天下大雨,在鱼铺避雨的时候,偶遇美貌的寡妇真女儿,身边还有一小丫环,不觉心驰神往,春心荡漾。于是,丰雄将伞借给真女儿。回家后,丰雄念念不忘真女儿美丽动人的身影,夜间梦见真女儿,醒来难辨真假。次日,丰雄找到真女儿家中,两人相见,私订终身,情深义重。真女儿以宝刀相赠,不料却被怀疑是盗来的赃物,丰雄遭到拘捕。在被押往现场的时候,只见屋宇残破,杂草丛生,进入屋内,只见一秀丽女子。突然间天崩地裂,女子的身影消失得无影无踪。家人认定真女儿乃妖怪,多方阻挠他们的爱情。经人介绍,丰雄娶了貌美富有的妻子富子,洞房中神魂颠倒。第二天却发现富子乃妖蛇附身,在道成寺法海和尚的帮助下,用袈裟制服了白蛇,封在钵中。
② 冯梦龙:《警世通言》卷二十八《白娘子永镇雷峰塔》,沈阳出版社,1995年,第337页。
③ 上田秋成著,李树果译:《日本读本小说名著选》上篇《古今怪谈雨月物语》,天津人民出版社,2005年,第154页。

自己的心和凡人没什么不同,却理智地参加了捕蛇的策划与实施,亲手将袈裟盖在真女儿身上,捉住了她。

上田秋成将秀丽的西子湖畔流传的白蛇故事移植到山高溪深、飞瀑流湍的日本纪州,吉野的自然环境中增加了《蛇性淫》神秘而恐怖的气氛,而古代和歌的引用、江户民俗的穿插更使作品呈现出一种王朝贵族文学的格调。正如高尔基在《一千零一夜》俄文版《序言》中指出的那样:"古代民间故事的借用和创作是根据每一个种族、每一个民族、每一个阶级的特点加以补充的过程,在理性文化和民间创作的发展中曾经起过重大的作用,这一点大概是毋庸怀疑的。"①

（三）小结

正如前文所述,在利用和借鉴外来文化的时候,各个民族总是从本国实际出发,以本民族原有的审美取向为基础,审视和选择外来文化,在利用过程中往往摒弃某些细节,摄取某些有用的细节并与之相结合,创造出有别于原型的作品。江户时期开创的翻改小说,经过都贺庭钟的继承和上田秋成的发展,终于形成一个新的小说门类,即日本读本小说。翻改不仅使中国文学作品得以在日本的儒者、僧侣、市井町人之中广泛普及,还为创造新的文学样式提供了借鉴。而作为翻改的素材和蓝本,冯梦龙的"三言"无疑对日本读本小说的产生起到了启蒙和促进的重要作用,为中日文化的交流与发展做出了重要贡献。

第二节　英才辈出:法国、德国汉学家与"三言"

一、法国、德国汉学家翻译"三言"的背景

明清来华传教士寄回欧洲的各种关于中国的报道以及出版的各种著作成功地引起欧洲各界对中国的关注和研究热情,并为各种研究提供了资料准备和研究基础。另外,许多传教士和外交官都有担任汉学教授的历史,注重培养汉学人才。在这种非常有利的环境中,职业汉学家应运而生,并因为其扎实的

---

① 转引自严绍璗、王晓平:《中国文学在日本》,花城出版社,1990年,第169页。

学术功底成为专业从事汉学研究的学者。鸦片战争前,欧洲汉学家人数虽然不多,在汉学史上却是举足轻重,他们是法国的雷慕沙和儒莲。鸦片战争以后,法国与德国的汉学机构不断涌现,职业汉学家迅速崛起,英才辈出,队伍不断壮大,业务更加精湛,很快成为汉学研究的中坚力量,其成就超过同时代的传教士和外交官。就对中国文学研究的广度和深度而言,西方职业汉学家甚至不亚于海外华裔和中国学者。汉学家一方面著书立说,出版大量汉学著作,另一方面教书育人,培养更多汉学人才。法国有德理文、戈蒂埃、德·比西等;德国有库恩、福赫伯、屈内尔、嘎伯冷兹、洪德豪森等,他们都属于汉学家中的佼佼者,继续致力于"三言"的传播。

二、法国汉学家与"三言"的译介

法国耶稣会传教士为传播中国文化做出杰出的贡献,为法国汉学的"中坚"地位奠定了雄厚的基础。法兰西学院成为欧洲最早开设汉语课程的学院,培养专门的汉学人才。雷慕沙受聘任教,开始了培养汉学人才的历程。与诗词歌赋、文言文小说等中国古代文学不同,"三言"作为通俗小说相对比较简单,也更能够真实反映普通百姓的日常生活、价值观念和伦理道德。西方职业汉学家自然更多翻译通俗小说,以此作为研究中国文学的突破口。与明清传教士和外交官相比,他们传播"三言"的主要目的已经不是为传教、护教、外交或者商业的利益服务了,而是通过通俗文学来了解和考察中国的国情与传统文化。他们以介绍中国文学为己任,以之为教材,培养了解中国文化、研究中国的汉学人才。他们所选译的"三言"作品不但篇幅长,容纳的内容广,而且有对联有诗词,翻译起来难度相当大。尽管他们的译文还不能够像后世的汉学家那样做到忠实与通顺的统一,但是已逐渐学会运用跨文化的研究方法,为"三言"的传播做出了许多有益的探索。

雷慕沙(Abel Remusat,1788—1832)博学多才,是国外汉学界第一批真正意义上的汉学家。他是法兰西学院汉学研究的真正创始人,国外汉学讲座的第一任教授,为法国和德国汉学培养了大批人才。雷慕沙的汉学研究内容涉及语言、医学、哲学与文学等方面。他著有《汉语语法基础》,翻译小说《玉娇梨》,翻译并注释《法显传》。他还翻译并编辑出版《中国短篇故事集》三卷本,1827年由巴黎蒙塔迪埃出版社出版。第一卷收有儒莲翻译的冯梦龙"三言"中的《蔡小姐忍辱报仇》和《宋金朗团圆破毡笠》,第二卷收有《三孝廉让产立高名》、《怀私怨狠仆告主》、《念亲恩孝女藏儿》和《范鳅儿双镜重圆》,第三卷收有

第四章 "三言"西译之流变

法国耶稣会士殷弘绪翻译的《庄子休鼓盆成大道》。

雷慕沙认为无论在西方还是东方,通俗小说都可以反映不同民族的风俗。中国的通俗文学展现的是"人与人的关系,人的弱点、爱好、道德和习俗"。能够让人看见中国社会与文化生活的各个方面,使人了解"难以深入了解的东西"。① 因此,中国的通俗文学有助于帮助人们了解中国文化。他非常推崇"三言"、《玉娇梨》等小说,称它们"能够以极其鲜明而巧妙的形式对道德进行评判,成功地描绘出精细的习俗和进步的文明形态",他认为"中国小说中的人物具有很高的真实性,能够让人看到社会生活的各个方面,要深入考察中国文化,通俗小说是必须查阅的最好回忆录"。② 法国著名汉学家马伯乐对雷慕沙的汉学研究有很高的评价,他说雷慕沙在《汉语语法基础》中对汉语的"逻辑综合和推理构建"进行了"首次试验",一直是"整个19世纪汉学家们着手研究的初始材料"。③

儒莲(S. Julien,1797—1873),雷慕沙的高足,继承老师衣钵成为法兰西学院汉学教授,同时又是东方语言学院教授、国家图书馆副馆长。儒莲是语言天才,懂拉丁语、希伯来语、阿拉伯语、波斯语、梵语、汉学和满语。为了方便法国人学习汉语,儒莲著有《新篇汉语句法结构》和《中国陶瓷历史及其制作方法》。但是,儒莲最大的贡献在于中国典籍的翻译。他译有《大唐西域记》和《大慈恩寺三藏法师传》。法国著名汉学家戴密微评价说:"译文精确和谐,令人惊叹,与雷慕沙的《佛国记》一样,在19世纪和20世纪初法国的汉文佛典的翻译和研究上有着重要意义,标志着儒莲在前人的基础上取得重大进步。"④ 儒莲还对中国文学情有独钟,他认为对一个真正的东方学者来说,"仅仅研究中国人在社会关系中的表现是不够的",还必须"熟悉他们的文学作品,特别是通俗小说",他认为"若要彻底了解我们今后将与之共同生活和往来的民族的风俗习惯和性格特征,研究这些作品是非常有益的"。⑤ 他译有《灰阑记》、《西厢记》、《赵氏孤儿》、《白蛇精记》和《平山冷燕》。冯梦龙《醒世恒言》给他留下深刻印象,他译有《大树坡义虎送亲》,载《亚洲杂志》(*Journal Asiat*)第五辑;

---

① 转引自钱林森:《中国文学在法国》,花城出版社,1990年,第129页。
② 雷慕沙:《中国短篇故事集·序》,巴黎蒙塔迪埃出版社,1827年。
③ 马伯乐著,马利红译:《汉学》,载《汉学研究》第3集,学苑出版社,1998年,第46页。
④ Demieville, Paul. *Apercu Historique des Etudes Sinologiques en Trance*. II. *Acta Asiatica*. Bulletin of the Institude Eastern Culture. Tokyo: The TOHO Gakkai, 1996.
⑤ 儒莲:《中国故事集·序》,巴黎哈歇特出版社,1860年。

中西同情——冯梦龙"三言"传入西方之考析

《喻世明言》卷十《滕大尹鬼断家私》,载《文学报》(Garette Literaire,1830年12月9日、16日、23日连载);《醒世恒言》卷十《刘小官雌雄兄弟》收入其编译的《中国故事集》第3卷(Les Avadanas Ⅲ)。戴密微评价儒莲是"19世纪中叶欧洲汉学界无可争辩的大师"。①

德理文(Hervey de Saint-Denys,1823—1892)是儒莲最钟爱的学生与继承人,继任法兰西学院东方语言学院教授,并且极具个性魅力,戴密微评价他是一位"平易近人的文人"②。与老师儒莲以及祖师爷雷慕沙一样,德理文也对中国文学情有独钟,并酷爱以大团圆结尾的中国言情话本小说。当时的中国学术界没有对话本小说予以足够的重视,但德理文与中国学者形成鲜明对比,他为中国诗歌的翻译和研究做出了贡献。他翻译并研究《离骚》和《唐诗》,译文漂亮,研究也很有心得。他所编选的《唐诗》共选择了李白、杜甫、白居易、王维等35位诗人的97首唐诗,每首诗都有详细注释、诗人简介以及序言,他注意运用比较研究的方法对中国与西方诗歌进行比较研究。戴密微认为在德理文之前,西方人对中国诗歌知之甚少;尽管此前耶稣会士做过努力,但事实上他们完全忽略了这方面的内容。德理文开创了对中国诗歌真正认真的研究,是"欧洲最早对中国诗歌感兴趣的人"③。德理文编译的《三种中国小说》(Trois Nouvelles Chinoises)上卷1885年由巴黎欧内斯特勒鲁出版社出版。书中收有冯梦龙"三言"中的《夸妙术丹客提金》、《看财奴刁买冤家主》和《钱秀才错占凤凰俦》。1890年,《三种中国小说》下卷由巴黎当帝出版社出版,书中收录他翻译的《蒋兴哥重会珍珠衫》、《徐老仆义愤成家》和《唐解元玩世出奇》。德理文还编译有《六种中国小说》,收有《赵县君乔送黄柑子》、《金玉奴棒打薄情郎》、《裴晋公义还原配》、《吴保安弃家赎友》、《崔俊臣巧会芙蓉屏》和《陈御史巧勘金钗钿》,该书1892年由巴黎梅松纳夫书局出版。德理文选译的12篇小说,其中9篇是大团圆结尾的言情小说,小说反映出中国人具有热爱和平、热爱劳动、重视家庭、重义轻利、忠君爱国、诚信知报等儒家思想的基本精神。

---

① Demieville,Paul.Apercu Historique des Etudes Sinologiques en Trance.Ⅱ.Acta Asiatica.Bulletin of the Institude Eastern Culture.Tokyo:The TOHO Gakkai,1996.

② Demieville,Paul.Apercu Historique des Etudes Sinologiques en Trance.Ⅱ.Acta Asiatica.Bulletin of the Institude Eastern Culture.Tokyo:The TOHO Gakkai,1996,P11.

③ Demieville,Paul.Apercu Historique des Etudes Sinologiques en Trance.Ⅱ.Acta Asiatica.Bulletin of the Institude Eastern Culture.Tokyo:The TOHO Gakkai,1996,P15.

三、德国汉学家与"三言"的译介

福赫伯(Herbert Franke,1914—2011)是当代享有国际声誉的德国著名汉学家,慕尼黑大学汉学教授、德国东方学会主席、国际东方学会联盟秘书长。福赫伯自幼喜欢读书,对中国古典文学和历史有浓厚的兴趣,年轻时大量阅读了库恩(Franz Kuhn)翻译的中国古典小说,特别是库恩翻译的冯梦龙的《今古奇观》中的一系列作品,对中国话本小说留下了深刻的印象,曾与汉学家鲍吾刚合作编译了《百宝箱——两千年的中国中短篇小说》(*Die goldene Truhe Chinesiche Novellen aus I Jahrtausenden*)。福赫伯对明代学者李贽进行了深入的研究,并撰写了反映利玛窦与李贽交往的论文。除了中国古典文学,福赫伯的主要研究领域还涉及中国历史,特别是宋辽金元史、蒙古史、中国文化史、中国美术史以及边疆各民族交往史。他的历史学著作主要有《中华帝国》、《宋人传记》、《蒙古人统治下的中国货币与经济》、《中国墨的文化史》、《关于中国中世纪的军事刑法》以及《德国大学中的中国学》等。

乔治·嘎伯冷兹(Georg Gabelentz,1840—1893),德国汉学家先驱之一。其研究范围以东方学和语言学为主,著有《中国语法入门》,该书1883年由莱比锡稳格尔出版社出版,书中收录其翻译的冯梦龙"三言"中的《金玉奴棒打薄情郎》。

洪德豪森(Vinzenz Hundhausen,1878—1955),20世纪德国汉学家,中国古典文学的爱好者、研究者,著名戏曲和通俗小说的翻译家,译有《西厢记》、《琵琶记》和《牡丹亭》,并翻译了冯梦龙"三言"中的《卖油郎独占花魁》,该书1928年由莱比锡北京出版社出版。

弗兰兹·库恩(Franz Kuhn,1884—1961),是欧洲最早最系统介绍中国文学的德国汉学家、汉语翻译家。库恩对中国古典小说情有独钟,译有《二度梅》、《金瓶梅》、《红楼梦》、《水浒传》和《三国演义》。特别重要的是,库恩非常喜欢冯梦龙的小说,并译有冯梦龙"三言"中的10篇作品,分别为《滕大尹鬼断家私》、《杜十娘怒沉百宝箱》、《陈御史巧勘金钗钿》、《蒋兴哥重会珍珠衫》、《钱秀才错占凤凰俦》、《乔太守乱点鸳鸯谱》、《崔俊臣巧会芙蓉屏》、《唐解元玩世出奇》、《夸妙术丹客提金》和《金玉奴棒打薄情郎》。

法国与德国的11名汉学家翻译了32篇作品,涉及4个类型的主题,具体见表4-2。

表 4-2　法国、德国汉学家与"三言"翻译一览

序号	译者姓名	译文篇目	语言	出版物名称	出版年份
1	雷慕沙	《蔡小姐忍辱报仇》《宋金朗团圆破毡笠》《三孝廉让产立高名》《怀私怨狠仆告主》《念亲恩孝女藏儿》《范鳅儿双镜重圆》	法语	《中国短篇故事集》	1827 年
2	儒莲	《大树坡义虎送亲》《滕大尹鬼断家私》《刘小官雌雄兄弟》	法语	《亚洲杂志》《文学报》《中国故事集》	1830 年
3	乔治·嘎伯冷兹	《金玉奴棒打薄情郎》	德语、附汉语原文	《中国语法入门》	1883 年
4	格里泽巴赫	《庄子休鼓盆成大道》《羊角哀舍命全交》《转运汉巧遇洞庭红》《王娇鸾百年长恨》	德语	《今古奇观：中国的一千零一夜》	1884 年
5	德理文	《夸妙术丹客提金》《看财奴刁买冤家主》《钱秀才错占凤凰俦》《蒋兴哥重会珍珠衫》《徐老仆义愤成家》《唐解元玩世出奇》	法语	《三种中国小说》	1885 年
5	德理文	《赵县君乔送黄柑子》《金玉奴棒打薄情郎》《裴晋公义还原配》《吴保安弃家赎友》《崔俊臣巧会芙蓉屏》《陈御史巧勘金钗钿》	法语	《六种中国小说》	1892 年
6	戈蒂埃	《庄子休鼓盆成大道》	法语	《费加罗报》	1893 年
7	德·比西	《金玉奴棒打薄情郎》《崔俊臣巧会芙蓉屏》《吴保安弃家赎友》	法语	《中国文化教程》	1897 年
8	屈内尔	《滕大尹鬼断家私》《唐解元玩世出奇》	德语	《神秘图画》	1902 年
9	屈内尔	《裴晋公义还原配》《夸妙术丹客提金》《李谪仙醉草吓蛮书》《唐解元玩世出奇》《俞伯牙摔琴谢知音》《滕大尹鬼断家私》《钱秀才错占凤凰俦》《赵县君乔送黄柑子》	德语	《中国小说》	1914 年

第四章 "三言"西译之流变

续表

序号	译者姓名	译文篇目	语言	出版物名称	出版年份
10	莫朗	《汪大尹火焚宝莲寺》《乔太守乱点鸳鸯谱》《刘小官雌雄兄弟》《钱秀才错占凤凰俦》《吴衙内邻舟赴约》	法语	《中国爱情故事》	1921年
11	洪德豪森	《卖油郎独占花魁》	德语	单行本	1928年
12	弗兰兹·库恩	《滕大尹鬼断家私》《杜十娘怒沉百宝箱》《陈御史巧勘金钗钿》《蒋兴哥重会珍珠衫》《钱秀才错占凤凰俦》《乔太守乱点鸳鸯谱》《崔俊臣巧会芙蓉屏》《唐解元玩世出奇》《夸妙术丹客提金》《金玉奴棒打薄情郎》	德语	《中国学》《亚东杂志》《中国著名小说》	1928—1941年

四、小结

法国和德国职业汉学家在翻译"三言"时，与明清传教士、外交官一样，都特别重视小说所反映的忠孝节义等儒家思想主题，这是一直不变的最主要的标准，所占的比例也最大。但是，随着时间的推移，主题已经有所扩大和延伸，尽管在翻译中所占的比例不大，但是已经开始触及市民喜剧、神仙志怪和反封建等主题。雷慕沙、儒莲与德里文都是大名鼎鼎的汉学家，雷慕沙是儒莲的老师，儒莲是德里文的老师。三代著名汉学家一同投入"三言"的翻译与研究，说明"三言"深受喜爱与重视。雷慕沙翻译了6篇，儒莲翻译了3篇，德理文翻译了12篇，其中绝大多数是反映儒家的忠孝节义思想，而且拥有大团圆结局的言情小说。在冯梦龙"三言"原作中，有许多作品涉及赤裸裸的性爱方面的描写。在翻译"三言"作品过程中，无论是法国还是德国职业汉学家一般都遵守明清传教士和西方外交官的传统做法，即取其精华，弃其糟粕，传播中国进步的文化，选择不翻译这些涉及性爱描写的作品。

在法国和德国汉学家翻译的32篇作品中，以忠、孝、节、义为主题的作品有24篇，占总数的75%（24/32）；以市民喜剧为主题的作品有7篇，占总数的21.9%（7/32）；以反封建反理学或神仙志怪为主题的作品各2篇，各占6%。当然，许多作品的主题具有重复性。现将32篇被翻译的作品按主题划分，见表4-3。

表 4-3 "三言"法语、德语译本主题分类一览

序号	主题分类	作品名称	合计
1	忠孝节义	《滕大尹鬼断家私》《刘小官雌雄兄弟》《怀私怨狠仆告主》《裴晋公义还原配》《徐老仆义愤成家》《羊角哀舍命全交》《三孝廉让产立高名》《俞伯牙摔琴谢知音》《吴保安弃家赎友》《大树坡义虎送亲》《两县令竞义婚孤女》《乔太守乱点鸳鸯谱》《钱秀才错占凤凰俦》《卖油郎独占花魁》《崔俊臣巧会芙蓉屏》《吴衙内邻舟赴约》《蒋兴哥重会珍珠衫》《金玉奴棒打薄情郎》《陈御史巧勘金钗钿》《钝秀才一朝交泰》《蔡小姐忍辱报仇》《宋金朗团圆破毡笠》《念亲恩孝女藏儿》《范鳅儿双镜重圆》	24篇
2	反封建反理学	《杜十娘怒沉百宝箱》《庄子休鼓盆成大道》	2篇
3	市民喜剧	《唐解元玩世出奇》《钝秀才一朝交泰》《李谪仙醉草吓蛮书》《钱秀才错占凤凰俦》《卖油郎独占花魁》《金玉奴棒打薄情郎》《裴晋公义还原配》	7篇
4	神仙志怪	《夸妙术丹客提金》、《赵县令乔送黄柑子》	2篇

职业汉学家的译文有一显著特点,即各种译文的版本相互转译,一些译文直接从汉语原版翻译过来,而另外一些则从其他外文转译过来,有的经历多次重译。雷慕沙编辑了《中国短篇故事集》三卷本,其中《吕大郎还金完骨肉》与《怀私怨狠仆告主》两篇法语版小说被转译为俄语版本,1827年发表于莫斯科《电报》杂志第20期。德·比西翻译的《吴保安弃家赎友》、《金玉奴棒打薄情郎》以及《崔俊臣巧会芙蓉屏》的法语译本都是从耶稣会传教士晁德莅的拉丁文译本转译而来的。洪德豪森翻译的《卖油郎和妓女》德语版小说于1938年被英国鲁舍转译为英文,由纽约鲁舍出版社出版;荷兰汉学家施古德翻译的《卖油郎独占花魁》的法文版本被格里泽巴赫于1886年转译为德语。

另外,许多反映忠、孝、节、义主题的作品多次被不同的汉学家选中,翻译成不同的语言,有的甚至多次被翻译成同一种语言,比如,《金玉奴棒打薄情郎》同时被德理文和德·比西翻译成法语,被乔治·嘎伯冷兹和弗兰兹·库恩翻译成德语;《钱秀才错占凤凰俦》分别被德理文和莫朗翻译成法语,被库恩和屈内尔翻译成德语。具体情况见表4-4。

表 4-4 "三言"法语、德语译本

被翻译的"三言"作品	德语	法语	合计	译者
《金玉奴棒打薄情郎》	2	2	4	库恩、德·比西、乔治·嘎伯冷兹、德理文
《钱秀才错占凤凰俦》	2	2	4	库恩、莫朗、屈内尔、德理文
《滕大尹鬼断家私》	2	1	3	库恩、屈内尔、儒莲
《唐解元玩世出奇》	2	1	3	库恩、屈内尔、德理文
《崔俊臣巧会芙蓉屏》	1	2	3	库恩、德·比西、德理文
《夸妙术丹客提金》	2	1	3	库恩、屈内尔、德理文
《裴晋公义还原配》	1	1	2	屈内尔、德理文
《蒋兴哥重会珍珠衫》	1	1	2	库恩、德理文
《吴保安弃家赎友》		2	2	德·比西、德理文
《陈御史巧勘金钗钿》	1	1	2	库恩、德理文
《刘小官雌雄兄弟》		2	2	儒莲、莫朗
《庄子休鼓盆成大道》	1	1	2	格里泽巴赫、戈蒂埃

第三节 新的标杆:英国汉学家与"三言"

英国人对中国以及中国文化的了解和研究从一开始就比较落后,据说17世纪的"牛津才子"托马斯·海德是第一个研究汉学的英国人,[①]而在他之后的一个相当长的时期内,几乎没有后继者。1822年,德庇时(John Francis Davis)在其出版的《中国小说集》(*Chinese Novels*)的序言里抱怨道:"在英国同胞们取得的知识进步中间,唯独在与中华帝国有关的方面所取得的成就微不足道;而与此同时,法国人却在差不多一个世纪的时间里一直勤奋且卓有成效地研究着。造成这一差别的原因之一是,作为教皇与法国国王路易十四特使的法国耶稣会传教士早就踏上中国领土,亲身接触和领略中国文化的魅力;而英国人却始终只能间接地有所听闻,如同雾里看花,似真非真。"[②]明清法国传教士与职业汉学家在传播中国文化方面始终走在英国同行前面,《中华帝国全

[①] 何寅、许光华:《国外汉学史》,上海外语教育出版社,2002年,第85页。
[②] Davis, John Francis. *Chinese Novels*. "*Preface*". London: John Murry, 1822.

志》的出版更是引起英国汉学家的注意。托玛斯·帕西、豪威尔、阿克顿、西里尔·白之等很快加入了"三言"的传播工作,为中西文化的交流做出自己的贡献。

一、托玛斯·帕西

托玛斯·帕西(Thomas Percy,1729—1811)是英国著名汉学家。1761年帕西发表了《好逑传》(*Hau Kiou Choaan*)的译本,译名用汉语音译,但副标题为"The Pleasing Story"(《愉快的故事》),与"君子好逑"的意义并不相符。与明清传教士、西方外交官以及前辈汉学家一样,帕西非常重视中国文学中的道德训诫故事,自然不会忽视《庄子休鼓盆成大道》,帕西将段弘绪的《庄子休鼓盆成大道》法语译本转译成英文并将其作为《好逑传》的附录——《妇女篇》("The Matrons")。帕西的英译本出版后流行很广,被转译为法语、德语、荷兰语等文字,引起包括哥德、席勒等人的注意。哥德以为中国人在思想行为和情感方面几乎和德国人一样,毫无二致,只是在中国一切更明朗、更纯洁,也更合乎伦理道德。在《好逑传》的序言里,帕西称自己对中国小说的创作技巧并不重视,但是非常欣赏中国小说的思想。[1] 帕西将该小说译本献给自己的主要资助人郎格维尔夫人,他在献词里说,"正当海淫海盗的各种小说故事充斥国内市场的时候,这本来自中国的小说作为一本讲究道德的书非常具有惩恶扬善的作用,不然的话也不敢请夫人阅读"[2]。当然,除了发挥中国小说的道德训诫作用,帕西还认为,要知道一个国家的风俗人情最好看它的小说,《庄子休鼓盆成大道》和《好逑传》就是这种小说。与当时欧洲的其他"哲学家",比如伏尔泰、孟德斯鸠、哥尔德斯密司等等一样,帕西对中国的风俗人情也非常感兴趣。他认为"一个民族自己创造的东西最能说明该民族的风土人情"[3]。在《好逑传》的序言中,他引用了《中华帝国全志》中的一句话:"如果要了解中国,除了通过中国之外别无佳法。因为这样做,在认识该国的精神和各种习俗时肯定不致失误。"[4]

帕西根本不懂汉语,难怪席勒对他的译文很不以为意。帕西的《庄子休鼓

---

[1] Percy,T. *The Matrons:Six Short Histories*. London:Dodsley,1762,P154.
[2] Percy,T. *The Matrons:Six Short Histories*. London:Dodsley,1762,P159.
[3] Percy,T. *The Matrons:Six Short Histories*. London:Dodsley,1762,PXI.
[4] Percy,T. *The Matrons:Six Short Histories*. London:Dodsley,1762,PXI.

盆成大道》英译文从段弘绪的法文版转译而来,而他的英文译本又被转译成其他欧洲文字,包括席勒与哥德看到的德文。这种转手再转手的译文在忠实度上当然差强人意。"三言"是通俗白话小说,虽然不会像汉语文言文古书那样让西方人难以读懂,但是对不熟悉汉语的外国人来说,不但要读懂,而且还要读得准确还是相当不容易的。帕西的译文有时一句分为两句,有时陈述句变成疑问句,有时又胡乱多出一句或者少了一句,有时两段合成一段,碰到难以翻译的句子干脆不译或漏译。因此,在汉语原作中,小说开头结尾经常出现的"诗云""词云""俗语""谚语""顺口溜"之类通通不译。为此帕西找了一个理由,他认为中国诗歌的美很难翻译成其他语言,特别是西方语言,因为中国语言的表现手法同欧洲语言完全不同。[1]难怪原本清楚合理的情节和简洁流畅的语言在帕西的《愉快的故事》中变得既混乱又模糊,非常"不愉快"了。

然而帕西的译文也不是一无是处,他的译本有大量的注释。在序言或注释中,他表示由于原译稿字迹模糊,只能通过上下文作出猜测;有些地方脱漏,有些地方又不见了底稿,只能酌情增补以衔接上下文。另外,对于措辞粗俗、难登大雅之堂的词语,自己只能删除或者润饰改写。他尽量避免直译,通过加工修饰使译文通俗易懂。比如,原文中有"嘴硬"一词,表示"口头上不肯认输",帕西将之译为"bold of speech(口无遮拦)"[2],又将"打得鼻青脸肿"译为"fall upon him and beat him severely"[3],这种处理还算不错。帕西从各方面广泛收集相关材料,尽管这些材料几乎全部都是转手再转手的材料,但是通过注释,英国读者还是可以对小说的情节有较深的了解,对中国的思想文物也有了更多的理解,可以说他的注释的价值大于他的译文价值。他的注释内容五花八门:中国人的床铺式样、处决犯人的情景、婚丧嫁娶的程序、饮食起居与风俗习惯;中国人有的殷勤好客、彬彬有礼,有的则虚情假意、装腔作势,有的聪明伶俐、刚健自强,有的诡计多端、怯弱迟钝。总之,应有尽有。难能可贵的是他收集的材料有的来自明清传教士,有的来自商人和冒险家。尽管两种材料互相抵触,彼此对立难以统一,可是帕西似乎还能保持客观的态度,对来自中国的思想文物有褒有贬,比较客观。在《序言》里他说自己的愿望是:"希望这部中国小说和他的注释合在一起,可以成为阐述中国人的一本简明扼要而又不是破绽百出的书,即一方面使绝大多数读者的好奇心得到满足,另一方面又

---

[1] Percy, T. *The Matrons: Six Short Histories*. London: Dodsley, 1762, P159.
[2] Percy, T. *The Matrons: Six Short Histories*. London: Dodsley, 1762, P176.
[3] Percy, T. *The Matrons: Six Short Histories*. London: Dodsley, 1762, P180.

能使其他读者能重温自己的回忆。"①

二、豪威尔

豪威尔(Edward Butts Howell,1879—1952)是英国知名汉学家翟理斯(Herbert Allen Giles,1845—1935)的学生,知名汉学家亚瑟·韦利(Arthur Waley,1889—1966)的师弟,中国古典文学的爱好者,20世纪初曾来华学习和工作。他编译的《不坚定的庄夫人及其他故事》(*The Inconstancy of Madam Chuang and Other Stories from the Chinese*)一书,从《今古奇观》中选译了六篇作品:《不坚定的庄夫人》("The Inconstancy of Madam Chuang",即《庄子休鼓盆成大道》)、《使节、琴与樵夫》("The Minister, the Lute and the Woodcutter",即《俞伯牙摔琴谢知音》)、《李太白的外交手段》("The Diplomacy of Li T'ai-po",即《李谪仙醉草吓蛮书》)、《李岘公历险》("The Wonderful Adventure of Li, Duke Ch'ien",即《李岘公穷邸遇侠客》)、《滕大尹断案》("The Judgment of Ma-gistrate T'eng",即《滕大尹鬼断家私》)、《代人成婚》("Marriage by Proxy",即《钱秀才错占凤凰俦》)。此书1905年由别发洋行分别在上海、香港等地出版,1924年由伦敦沃纳·劳里有限公司再版。书内附插图12幅。序言对《今古奇观》的作者及成书情况做了介绍。② 其中《不坚定的庄夫人》后又被收入高克毅(Kao, G,1912—2008)编译的《中国人的智慧与幽默》(*Chinese Wit and Humor*)一书的重印本,1974年由纽约斯特林出版社出版。

豪威尔翻译的《沈链遭害》("The Persecution of Shen Lieh",即《沈小霞相会出师表》),收录在《中国科学与美术杂志》(*China Journal of Science and Arts*)1924年第3期及1925年第3期。他译的《羊角哀舍命全交》("The Sacrifice of Yang Chiao-ai"),载《中国科学与美术杂志》1927年第6期。

豪威尔编译的《归还新娘及其他中国故事》(*The Restitution of the Bride and Other Stories from the Chinese*)一书(图4-1和图4-2),亦从《今古奇观》中选译了六篇作品:《归还新娘》("The Restitution of the Bride",即《裴晋公义还原配》)、《年幼的臣子》("The infant Courtier",即《十三郎五岁朝天》)、《若虚的命运》(*The Luck of Jo-Hsu*,即《转运汉遇洞庭红》)、《名妓》("The

---

① Percy, T. *The Matrons: Six Short Histories*. London: Dodsley, 1762, PXI.
② Howell, Edward Butts. *The Inconstancy of Madam Chuang and Other Stories from the Chinese*. London: T. Werner Laurie Ltd., 1924, P3.

第四章 "三言"西译之流变

Courtesan",即《杜十娘怒沉百宝箱》)、《不幸的秀才》("The Luckless Graduate",即《钝秀才一朝交泰》)、《羊角哀舍命全交》("The Sacrifice of Yang Chiao-Ai")。此书1926年分别由纽约布伦和塔诺有限公司和伦敦沃纳·劳里有限公司出版。书为黑皮精装,封面有汉字"今古奇观",扉页印"寒江独钓"图一幅。书中亦附插图,并有译者序言。豪威尔在这个译本的序言中说,他的第一个选译本《今古奇观:不坚定的庄夫人及其他故事》出版以后,得到英国出版界的重视,第二个选译本即是应英国出版家沃纳·劳里之约而作,第二个选译本中的故事《不幸的秀才》是第一次在欧洲被译介。豪威尔的序言还说,法国汉学家伯希和曾在巴黎版《通报》第24卷(1925年第1号)发表文章,评论了他的第一个选译本,考证了《今古奇观》的出版时间大概在1632—1644年间。[①]

在翻译"三言"作品时,豪威尔省略了话本小说中的"入话"部分、开篇破题诗、文章中的所有俗谚语还有诗词歌赋。他运用西方的小说叙事技巧,以讲故事的方式,重新完整地叙述故事情节,算得上是翻译与改编的结合。他的这种处理方式不是自己的独创,而是他的前辈们所通行的方法。25年后,即1951年,学贯中西的大师林语堂也是采用这样的方法翻译《杜十娘怒沉百宝箱》。

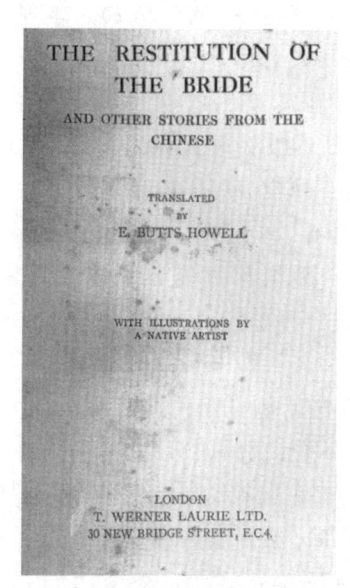

图 4-1　豪威尔所译《归还新娘及其他故事》封面

图 4-2　豪威尔所译《归还新娘及其他故事》扉页

---

① Howell,E.B.*The Restitution of the Bride and Other Stories from the Chinese*.New York:Brentano's,1926,P3-4.

081

三、哈罗德·阿克顿[①]

哈罗德·阿克顿(Harold Acton, 1904—1994)是英国知名史学家、小说家和诗人,也是一位颇具影响力的汉学家。阿克顿对中国文化有一种发自内心的痴迷,特别醉心于中国古典文学与艺术的译介与研究。从1932年到1939年,阿克顿在北京大学任教,教授英国文学,成为第一个在中国从事欧美现代主义文学教学与研究的外国学者。

阿克顿熟读英国著名汉学家翟理斯、理雅各(James Legge, 1815—1897)以及亚瑟·韦利的汉学著作,特别与亚瑟·韦利交往密切。不仅如此,阿克顿与萧乾、李意协、陈世骧等华裔汉学家以及中国学者也保持着深厚的友谊,其中李意协和陈世骧是阿克顿在北京大学任教时的学生。阿克顿一方面将西方现代主义文学引入中国,另一方面又把中国文学和艺术介绍到西方,多次与李意协、陈世骧合作翻译出版中国戏曲、古典小说、诗歌等艺术,大大促进了中西文化的交流与融合。

阿克顿的著作颇丰,主要有:诗集《水族馆》(*Aquarium*, 1923)、《混乱无序》(*The Chaos*, 1930);小说《牡丹与马驹》(*Peonies and Ponies*, 1941)、《一报还一报及其他故事集》(*Tit for Tat and Other Tales*, 1972);史学著作《最后的美第奇》(*The Last Medici*, 1932)、《那不勒斯的波旁朝人》(*The Bourbons of Naples*, 1956);自传《一个爱美者的回忆》(*Memories of an Aesthete*, 1948)、《回忆续录》(*More Memories*, 1970);译作《中国现代诗选》(*Modern Chinese Poetry*, 1936,与陈世骧合译)、《舟中的爱情与其他异国情调故事》(*Love in a Junk and Other Exotic Tales*, 1941,与李意协(Lee Yi-hsieh)合译)。

阿克顿与李意协合作翻译的《舟中的爱情与其他异国情调故事》共选译《醒世恒言》中的四篇作品:《舟中的爱情》("Love in a Junk",即《吴衙内邻舟赴约》)、《百年好合》("The Everlasting Couple",即《陈多寿生死夫妻》)、《绣着鸳鸯的腰带》("The Mandarin-duck Girdle",即《赫大卿遗恨鸳鸯绦》)、《兄弟还是新娘?》("Brother or Bride?",即《刘小官雌雄兄弟》)。该书1941年由伦敦金鸡出版社(The Golden Cockerel Press)出版。1947年,该书又由伦敦

[①] 该部分引自《英国汉学家哈罗德·阿克顿与〈醒世恒言〉的翻译》一文,本文原载于《佳木斯大学社会科学学报》2012年第6期,第76~78页。作者:庄群英。有改动。

第四章 "三言"西译之流变

约翰莱曼出版社(London:J.Lehmann)出版,书名更改为《四篇告诫的故事》(*Four Cautionary Tales*),韦利为《舟中的爱情》撰写了序言。韦利在序言中指出,"《醒世恒言》是冯梦龙于1627年编辑出版的作品集,该线装古籍即便在中国都属罕见,而英国国家博物馆却收藏有该古籍。这四篇作品就选译自《醒世恒言》"[①]。韦利详细介绍了冯梦龙的生平、明末清初中国的社会概况与"三言"的创作过程。韦利将中国文言文小说与近现代西方小说进行了比较,指出中国的文言文小说没有纯粹的散文叙事,只有像"三言"这样的白话小说才有散文叙事的形式,其中还穿插有许多汉语诗词和俗谚语。[②] 遗憾的是这些汉语诗词和俗谚语很难翻译,因此,以前的汉学家只好将绝大多数诗词忍痛割爱不予翻译;或者只翻译其中相对容易的、对渲染主题推动情节发展具有重要意义的诗词。阿克顿在华裔汉学家李意协的帮助下翻译了绝大部分的诗词与俗谚语,译文在忠实与通顺方面都达到相当高的程度。

在翻译四篇《醒世恒言》故事时,阿克顿完全遵循中国小说的传统,将原著中的"入话"部分也翻译成英语。但是,为了区分两个故事的差别,阿克顿将第一故事的译文用英语斜体来表示。在此之前,明清传教士、驻华外交官以及其他职业汉学家在翻译"三言"作品时,总是根据西方的传统对"三言"故事进行改编,省略原著中的"入话"部分,直接从第二个故事,也就是正文部分开始翻译。不仅如此,阿克顿更高明之处是:在不影响小说主要情节的前提下,他省略了话本或拟话本小说中一些重复拖沓、容易引起西方读者厌烦的部分,比如,"且说""方才说""上回书说道""闲话休提"等。这些用来提醒听众上回所讲内容或者成为故事开头的总结性语句都被省略,目的是照顾西方读者的审美情趣和阅读习惯。因此,阿克顿的翻译风格具有开创历史的意义,表明从此以后,"三言"作品终于可以以中国话本小说的本来面目展示给西方读者。

第一篇"Love in a Junk"(即《醒世恒言》卷二十八 吴衙内邻舟赴约)是一篇以歌颂忠孝节义为主题的作品。该篇译文简洁流畅,在忠实与通顺方面都达到相当高的程度,比如阿克顿将"沉鱼落雁之容,闭月羞花之貌"[③]直译成

---

① Acton, Harold & Lee, Yi-Hsieh. *Four Cautionary Tales*. London: John Layman, 1931, P5.

② Acton, Harold & Lee, Yi-Hsieh. *Four Cautionary Tales*. London: John Layman, 1931, P7-9.

③ 冯梦龙:《醒世恒言》,沈阳出版社,1995年,第498～501页。

"Her beauty was so dazzling as to make fishes dive under water,geese swoop down to earth,the moon hide,and flowers blush for shame"①,这种翻译浅显易懂,生动传神。阿克顿的译文最引人注目之处在于他对独具中国文化特色的词汇的翻译,比如,原著中有"秀才""省元""进士""状元"②等等词汇。阿克顿运用改译的方法,将"秀才"翻译为"bachelor of arts(文科学士)";将"省元"译为"master's degree(硕士学位)";将"进士"译为"doctor's degree 或 doctor of literature(文学博士)";将"状元"译为"first of all successful candidates for the Doctor's degree"③,非常生动有趣,这是因为阿克顿有着不同的文化语境和意识形态,在翻译过程中自然运用西方的文化视野审视中国文化,通过这样的改译,使之本土化,方便西方读者理解。这种方法具有可取之处,较好地把涉及中国古代文化的知识生动传神地传递给英国读者,为其后的汉学家提供了范例。

但是,在这些独具中国文化特色的词汇翻译中,阿克顿也有百密一疏之处,比如,他将"丁忧"④译为"be in mourning"⑤,显然不够准确。"丁忧"指的是为过世的父母守孝三年。准确的翻译应该是"for three years,one has been in mourning for his late parent";又比如,他将"土地公"⑥译为"the God of Wealth(财神爷)"⑦也不妥,应该译为"the Local Guardian God"或者"the Village God";再比如他将"月下老人"⑧直译为"the Old Man in the Moon"⑨也不妥,众所周知除了美苏少数宇航员曾经光临月球,月球上并无人居住,阿克顿的译文会令西方读者错愕,正确的翻译法应该要使用添译法或直译加注法,加

---

① Acton,Harold & Lee,Yi-Hsieh.*Four Cautionary Tales*.London:John Layman,1931,P16.
② 冯梦龙:《醒世恒言》,沈阳出版社,1995年,第500页。
③ Acton,Harold & Lee,Yi-Hsieh.*Four Cautionary Tales*.London:John Layman,1931,P11-16.
④ 冯梦龙:《醒世恒言》,沈阳出版社,1995年,第501页。
⑤ Acton,Harold & Lee,Yi-Hsieh.*Four Cautionary Tales*.London:John Layman,1931,P16.
⑥ 冯梦龙:《醒世恒言》,沈阳出版社,1995年,第498页。
⑦ Acton,Harold & Lee,Yi-Hsieh.*Four Cautionary Tales*.London:John Layman,1931,P11.
⑧ 冯梦龙:《醒世恒言》,沈阳出版社,1995年,第499页。
⑨ Acton,Harold & Lee,Yi-Hsieh.*Four Cautionary Tales*.London:John Layman,1931,P13.

注释如下:"According to legend, the Old Man in the Moon, the god of marriages, has a bag full of red strings which he ties would-be couples together by their ankles."。

第二篇"The Everlasting Couple"(即《醒世恒言》卷九 陈多寿生死夫妻),原作中有很多的诗词和俗谚语,难能可贵的是,阿克顿翻译了其中的绝大多数,且译文简洁流畅。在该篇译文中,阿克顿使用了 16 个注释,解释原作中出现的独具中国特色的文化现象。将刘邦、项羽、虞姬、重阳节、灶王爷、王八、庚帖、良妇不二嫁等文化涵义解释得准确无误。比如,他将"王八"音译为"Wang-pa"并注释如下:"Wang-pa or tortoise is one of revilement in Chinese language. There are numerous explanations of this. The characters signify 'forty eight', which may mean to forget all the eight cardinal virtues: filial piety, brotherly love, faithfulness, sincerity, propriety, uprightness, moderation and modesty. There is also a common belief that tortoises propagate their species unnaturally, hence the term may mean 'one guilty of unnatural crime'."[1]

然而,该篇译文也有美中不足之处,冯梦龙在原作中用谐音精心地构思了主人公陈多寿与朱多福的名字,以此来隐喻人物的性格、命运、遭遇或故事的发展。冯梦龙在原作中假托城隍庙签诗,说出其意图:"云开终见日,福寿自天成。"[2]遗憾的是阿克顿在翻译人名时,基本上采取译音法进行翻译,将"陈多寿"音译为"Chen To-shou"[3];将"朱多福"音译为"Chu To-fu"[4]。显然,这种翻译方法不够妥当,势必会削弱原作作者歌颂忠孝节义的主题,传达大团圆结局的喜剧意图。因此要想弥补音译造成的名字意义的损失,必须对部分人名涵义以注释的形式加以解释,比如"To-shou" is a homophone for "longevity(长寿)";"To-fu"is a homophone for"happiness(幸福)"。

另外,在《醒世恒言》原文本中,双方父母与媒人在讨论安排主人公陈多寿与朱多福的婚事时,讲述了一个笑话:玉皇大帝想和统治人间的皇帝结为亲

---

[1] Acton, Harold & Lee, Yi-Hsieh. *Four Cautionary Tales*. London: John Layman, 1931, P142.

[2] 冯梦龙:《醒世恒言》,沈阳出版社,1995 年,第 155 页。

[3] Acton, Harold & Lee, Yi-Hsieh. *Four Cautionary Tales*. London: John Layman, 1931, P172.

[4] Acton, Harold & Lee, Yi-Hsieh. *Four Cautionary Tales*. London: John Layman, 1931, P79.

家,命令灶王爷做媒。谁知皇帝见了灶王爷非常惊讶地问"那做媒的怎的这般样黑?",灶王爷急中生智,随口反问"媒人哪有白做的?"[①]。显然,"黑"与"白"在这里已经远远地超出颜色词的意义。从修辞学意义上讲,"黑"与"白"已经成为双关语,上升为极有智慧的关于媒人酬金多少的机智问答了。遗憾的是,阿克顿未能注意到其中的双关含义与幽默的效果。他的译文是"Why is the go-between covered in soot?(为什么媒人穿黑衣服?)"以及"No go-between performs his offices for nothing.(媒人都想挣钱。)"[②] 其实,只要对译文做一些改动即可。准确的译文应该这样"Why is the go-between so black?"以及"No go-between is fair enough to perfume his offices for nothing."。在英语中black不仅可以表示颜色黑和暗,还可以表示不太光彩、黑心肝的事情;而fair不仅有公平、公正、正直和美好的意思,还可以表示皮肤、头发等颜色淡、白皙。

第三篇"The Mandarin-duck Girdle"(即《醒世恒言》卷十五 赫大卿遗恨鸳鸯绦)是一篇文言文色彩很浓的白话小说,语言华丽,如诗如赋,朗朗上口,大量引用古诗和史实,讲求对仗与押韵。在"三言"所有120篇作品中,该篇作品的翻译难度可谓名列前茅。在李意协的帮助下,阿克顿的译文最大限度地实现了忠实与通顺的统一。

从主题上看,这是一篇反封建、反理学的作品。小说开头提出关于正色、傍色、邪色与乱色的区别和色欲方面的罪恶程度,指出僧尼淫乱,罪大恶极。封建僧尼的罪恶面目昭然若揭,然而,这也说明佛门清规戒律对人性的摧残。僧尼的罪恶不仅在于他们自身,更在于摧残人性的封建佛门清规戒律。冯梦龙原作中有大量描述僧尼赤裸裸淫荡行为的色情描写。为了深化并突出反封建、反理学的主题,阿克顿也一反常态,译文尽可能忠实地保留了相关的色情描写,真实地反映了原作的内容和明末清初中国社会的实际情况。这是明清传教士、驻华外交官和西方职业汉学家所不曾有过的尝试,他们总是不遗余力地传播中国先进文化,小心翼翼地避免一切有关色情的内容。阿克顿的大胆行为突破了传统的窠臼,无疑具有划时代的意义。

在该篇译文中,阿克顿也有不足之处。例如,他将"正色"译为"orthodox lovers of women(正统的情人)";将"傍色"译为"lateral or secondary lovers of beauty(旁边或次要的情人)";将"邪色"译为"the perverted type of lover(邪

---

① 冯梦龙:《醒世恒言》,沈阳出版社,1995年,第143页。
② Acton,Harold & Lee,Yi-Hsieh.*Four Cautionary Tales*.London:John Layman,1931,P73-74.

第四章 "三言"西译之流变

恶的情人)";将"乱色"译为"the demoniac lover of women（邪恶、狂乱的情人)"。① 译文对原文的理解有偏颇之处，"正色"指的是"正常、合情合理的肉欲或声色享乐"，因此"正色"最佳的翻译应该是"the legitimate sensual pleasure"；"傍色"指的是"拥有众多妻妾而得到的肉欲或声色享乐"，而拥有众多妻妾在古代中国是基本合法的，因此"傍色"最佳的翻译应该是"the partially legitimate sensual pleasure"；"邪色"指的是"通过嫖妓而得到的肉欲或声色享乐"，因此最佳的译法应该为"the wicked sensual pleasure（不道德的肉欲或声色享乐)"；"乱色"指的是"通过通奸乱伦而得到的肉欲或声色享乐"，因此最佳的译法是"the evil sensual pleasure"。

第四篇"Brother or Bride?"（即《醒世恒言》卷十 刘小官雌雄兄弟）以歌颂儒家思想的忠孝节义为主题。然而，在原作开篇的"入话"部分中，却有一个情节，露骨地描述男同性恋者之间的色情活动。为了深化忠孝节义的主题，阿克顿遵守其前辈们通行的准则，不愿意让这些污秽的描写削弱小说的主题，从而污染西方读者的纯洁心灵；或者不愿意展示中国文化的消极方面，破坏西方读者关于中国的美好形象，将这些内容省略不译了。在该篇译文中，许多汉语诗词或者俗谚语的翻译难度非常大，因而被省略不译的非常多，比如，"福善祸淫天有理，律轻情重法无私"②；又比如，"毫厘千里谬，认取定盘星"③。

在翻译的忠实度方面，该译文的质量明显超过前三篇故事。阿克顿对中国文化研究有了较深的认知和充分的尊重，深刻地理解原作中的许多典故，在翻译过程中，较多地使用直译加注释的方法。比如，他将"薰莸不共器，尧桀好相形"④翻译为"The fragrant flower shares no vase with plants of evil smell. Twixt Yao and Chieh the contrast it as great as Heaven and Hell."⑤。"薰"指的是香草；"莸"指的是臭草；"尧"和"夏桀"的典故尽管中国人都知道，但是对西方读者来说却未必如此。阿克顿将"Twixt Yao（尧）"注释为"The designation of the great Emperor sho, with his successor Shun, stands at the dawn

---

① Acton, Harold & Lee, Yi-Hsieh. *Four Cautionary Tales*. London: John Layman, 1931, P95-96.
② 冯梦龙：《醒世恒言》，沈阳出版社，1995年，第159页。
③ 冯梦龙：《醒世恒言》，沈阳出版社，1995年，第158页。
④ 冯梦龙：《醒世恒言》，沈阳出版社，1995年，第159页。
⑤ Acton, Harold & Lee, Yi-Hsieh. *Four Cautionary Tales*. London: John Layman, 1931, P44.

of Chinese history as a model of all wisdom, and sovereign virtue", 又将 "Chieh(桀)"注释为"The last Emperor of the Hsia dynasty, who for many years indulged in cruel brutality and lust almost unparalleled in history"[①], 解释得非常精准到位。总之, 该篇译文几乎找不到破绽, 可谓完美, 堪称"三言"译作的典范。

总之, 在翻译和传播《醒世恒言》的过程中, 阿克顿依然钟爱以歌颂忠孝节义为主题的作品, 四篇译文中有三篇是这样的主题。不仅如此, 阿克顿还创造了两个第一: 第一次按照话本小说的本来结构, 翻译了话本小说的"入话"故事, 向西方展示了中国话本小说的真实形式; 第一次不回避原作中关于色情的细节描述, 并在译文中得以真实再现。阿克顿与稍后的西里尔·白之一道为"三言"在西方的传播树立了崭新的标杆。

四、西里尔·白之[②]

西里尔·白之(Cyril Birch)1925年生于英格兰的兰开夏郡。他就读于伦敦大学的亚非学院, 专门研究汉语, 并于1954年获得中国文学博士学位。1946年到1960年间, 他留在母校任教, 教授汉语。1960年他加入美国加利福尼亚大学伯克利分校的东方语言系, 后被聘为中国文学与比较文学教授, 同时担任该系的系主任。1991年退休时他又被美国加利福尼亚大学伯克利分校聘为名誉教授。

白之懂中文、日文甚至满文, 对宋明话本有非常深入的研究, 他写出了许多评论中国古典小说、现代小说与戏剧的书籍和文章, 尤以翻译明代的话本小说而著名。1955年《东方学院通报》第17卷第2号发表了他的论文《话本小说形式上的几个特点》, 1958年欧洲著名的汉学刊物《通报》第18卷第1号又发表了他的另一篇论文《冯梦龙和〈古今小说〉》, 此文着重探讨冯梦龙与《古今小说》所收40篇作品的关系, 考证其中哪些属于冯梦龙自己创作的作品。同年又编译了《明代短篇小说选》(*Stories from a Ming Collection*)(图4-3—图

---

① Acton, Harold & Lee, Yi-Hsieh. *Four Cautionary Tales*. London: John Layman, 1931, P137.

② 该部分引自《英国汉学家西里尔·白之与〈明代短篇小说选〉》一文, 本文原载于《长春理工大学学报》社会科学版2011年第7期77~79页。作者: 庄群英、李新庭。有改动。

第四章 "三言"西译之流变

4-5),书中收有冯梦龙《古今小说》中的六篇作品,分别为"The Lady Who Was a Beggar"(即《金玉奴棒打薄情郎》)、"The Pearl-sewn Shirt"(即《蒋兴哥重会珍珠衫》)、"Wine and Dumplings"(即《穷马周遭际卖䭃媪》)、"The Journey of the Corpse"(即《吴保安弃家赎友》)、"The Canary Murders"(即《沈小官一鸟害七命》)以及"The Fairy's Rescue"(即《张古老种瓜娶文女》)。《明代短篇小说选》于1958年由伦敦博德利海德出版社和纽约格拉芙出版社同时出版,1959年由布鲁明顿印第安纳大学出版社再版。

在《明代短篇小说选》的"导言"里,白之引用《古今小说》中的一段序言借以表明话本小说作为通俗小说的性质与功能。他运用翔实的资料,详细介绍了冯梦龙的生平、创作以及影响,甚至注意到冯梦龙与同一时期的袁中道以及李贽等人的交往情况,使得国外读者对冯梦龙及其《古今小说》有了一个全面、比较深刻的印象。在每篇译文前面白之都附有一张与主题有关的精美插图。

第一篇译文是"The Lady Who Was a Beggar"(即《金玉奴棒打薄情郎》)。白之认为该篇是一个大团圆结尾的典型罗曼史(Romance)小说,这是他翻译该作品的重要原因。他认为故事发生的时间是南宋期间,地点在都城临安,可以真实反映当时中国社会的生活图景。此时中国的话本爱情小说已经有了劝谕故事和罗曼史两种形式。《金玉奴棒打薄情郎》属于罗曼史,它既写了恋人们的聚散离合,更有对贪图富贵、负心薄幸的无情抨击。在译文的介绍中,白之特别提醒读者注意故事中男主人公向女主角下跪请罪的情节,认为很真实,与其他故事不同。做妻子的不可能微微一笑就原谅丈夫。故事中,金玉奴不断责骂并棒打其丈夫,最后才饶恕他嫌贫爱富的行为。[①]

与明清传教士、西方外交官以及其他汉学家不同,他将话本小说的"入话"部分、原作中的诗词、俗谚语等都一一译出。不但简洁流畅,且相当的忠实与通顺。白之对中国古代历史与文化有深刻的了解。比如,原作中有一首诗"漂母尚知怜饿士,亲妻忍得弃贫儒。早知覆水难收取,悔不当初任读书"。[②] 该诗歌讲述韩信发迹前为妻所弃,却被河边洗衣的妇人所救,韩信成功后给予厚报的典故。他的译文是"The general Han Hisn, starving, was looked after by a washwoman. But this poor scholar is deserted by his own good wife. Well aware that spilt water cannot be recovered, she repents that in time past she

---

① Birch, Cyril. *Stories from a Ming Collection*. London: Bodlay Head, 1958, P7.
② 冯梦龙:《喻世明言》卷27《金玉奴棒打薄情郎》,沈阳出版社,1995年,第319页。

would not let him study."①,翻译得很好。

原文中有一段描述乞丐头目招女婿入赘,大摆酒宴,一群乞丐喝酒唱歌的情景,"敲板唱杨花,恶声聒耳;打砖搽粉脸,丑态逼人,一班泼鬼聚成群,便是钟馗收不得"②。白之的译文是"Beating clappers, singing 'Yang Hua', the clamour deafens the ear; clatting tiles, faces white with chalk, the sight offends the eye. A troop of rowdies banded together, not Chung Kuei himself could contain them."③。白之用了2个注释,分别解释"杨花"与"钟馗"。关于"杨花",他注释道"May be a similar type of song to 'Lien-hua-lo', which was sung by beggars as early as the T'ang dynasty.(乞丐乞讨时唱的一种类似"莲花落"的小曲,这种曲子早在唐代就有)"。④ 注释得非常精准、到位。

白之的译文还有一个非常有趣且特别之处,即用西方的视野审视中国特有的文化现象,具体来说,就是使用"添译"或者"改译"的方法使之本土化。比如,原著有"临安虽然是个建都之地,富庶之乡,其中乞丐依然不少"⑤。白之在翻译故事的发生地临安时,这么翻译:"The magnificence of Lin-an is attested a little later by Marco Polo, who knew the city as Kinsai and declared that it made Venice look like a fishing-village."(临安非常美丽,马可·波罗去过后,惊讶于它的繁荣,认为威尼斯与之相比,简直就是一个小渔村)。⑥ 白之使用了一个英语定语从句,评论马可·波罗在杭州的旅行见闻,加入了原作中所没有的内容。这种添译方法是其他汉学家翻译"三言"时所不曾有过的创举,与中国翻译家林纾翻译外国文学时,所采取的添加翻译法如出一辙,有异曲同工之妙。再比如,在翻译莫稽参加科举考试,"连科及第,琼林宴罢,乌帽宫袍,马上迎归"⑦时,为了方便西方读者理解,避免误读,白之这么翻译:"He gain his master's degree at the age of twenty-two, and ultimately his doctorate, and at last the day came when he left the great reception for successful candidates and, black hat, doctor's robes and all, rode back to his father-in-

---

① Birch, Cyril. *Stories from a Ming Collection*. London: Bodlay Head, 1958, P23.
② 冯梦龙:《喻世明言》卷27《金玉奴棒打薄情郎》,沈阳出版社,1995年,第321页。
③ Birch, Cyril. *Stories from a Ming Collection*. London: Bodlay Head, 1958, P27.
④ Birch, Cyril. *Stories from a Ming Collection*. London: Bodlay Head, 1958, P199.
⑤ 冯梦龙:《喻世明言》卷27《金玉奴棒打薄情郎》,沈阳出版社,1995年,第319页。
⑥ Birch, Cyril. *Stories from a Ming Collection*. London: Bodlay Head, 1958, P17.
⑦ 冯梦龙:《喻世明言》卷27《金玉奴棒打薄情郎》,沈阳出版社,1995年,第321页。

law's house."①。白之将中国的"举人""进士""乌帽宫袍"分别转译成"master's degree(硕士学位)"、"doctorate(博士学位)"、"black hat,doctor's robes(博士帽、博士服)",非常生动有趣。这是因为白之有着不同的文化语境和意识形态,在翻译过程中,自然容易用西方的视野审视中国文化,通过改译,使之本土化。

但是,在这篇译文中,白之也犯了两个小失误。其一,将标题译为"The Lady Who Was a Beggar(乞丐夫人)",这样翻译不妥。尽管金玉奴的父亲以前做过乞丐,是乞丐头子,可她本人不是乞丐,丈夫莫稽更是一个地道的读书人。其二,他将"一女不受二聘"②译为"One bride may not receive two sets of presents(一个新娘可能收不到两批礼物)"③,也不妥,正确的翻译应该是"A girl can accept wedding presents once only"。

第二篇译文是"The Pearl-sewn Shirt"(即《蒋兴哥重会珍珠衫》),白之对这篇小说有很高的评价,认为其在冯梦龙《喻世明言》中不仅是最长的,也是写得最好的,是明代说书艺人的杰作。该故事属于爱情小说中的劝谕故事,告诫读者奸情会带来不幸。④ 白之发现《古今小说》所有的爱情故事中,主人公都是城市小商人或下层官吏、平民。他非常欣赏《珍珠衫》的技巧,注意到"诱奸巧计"是构成小说情节的中心,非常欣赏"重会"这一关键情节的运用:蒋兴哥外出经商,与妻子的奸夫陈大郎在苏州偶然相见,看到妻子王三巧偷赠给陈大郎的珍珠衫,得知奸情。后来王三巧被休并改嫁知县吴杰为妾,有机会央求出手相救失手杀人的蒋兴哥,最后夫妻和好。情节虽然复杂却也井井有条,一系列"重会"虽然巧合,却也合乎情理。白之认为《珍珠衫》的成就有两点,即叙述流畅,情节逼真,这是作者高超叙事才能的结果,也是说话艺人向品位很高的听众反复讲述故事的结果。⑤

白之的这篇译文质量很高,真正地做到了"信""达""雅"的结合,做到了"忠实"与"通顺"的统一。为了尽可能追求翻译的忠实,译文使用的注释达到12个,详细解释了"西施""南威""水月观音"等故事中出现的人物;对中国传统婚姻礼仪"六礼""七出"等解释得尤为详尽。他将"六礼"译为"six prelimi-

---

① Birch,Cyril.*Stories from a Ming Collection*.London:Bodlay Head,1958,P28.
② 冯梦龙:《喻世明言》卷 27《金玉奴棒打薄情郎》,沈阳出版社,1995 年,第 325 页。
③ Birch,Cyril.*Stories from a Ming Collection*.London:Bodlay Head,1958,P35.
④ Birch,Cyril.*Stories from a Ming Collection*.London:Bodlay Head,1958,P45.
⑤ Birch,Cyril.*Stories from a Ming Collection*.London:Bodlay Head,1958,P40.

naries"①,然后用注释做了解释"the six preliminaries:presents to the home of the bride-to-be(纳采),ascertaining her genealogy(问名),securing a lucky woman(纳吉),sending a present of silk to confirm the contract(纳征),requesting the naming of the date(请期),and going to receive the bride(迎亲);将"七出"译为"seven grounds for divorce",然后用注释解释"A wife could be put aside for failing to give birth to a son(无子),adultery(通奸),disobedience to her husband's parents(不孝顺公婆),nagging(多舌),stealing(偷盗),jealousy(妒忌),or contracting an evil disease(恶疾)",②解释得非常准确,连顺序都对。《珍珠衫》的结局是蒋兴哥与王三巧重归于好,纳之为妾。这对一夫一妻制的英国读者来说是难以接受的,为此白之特别介绍了古代中国一夫多妻的制度,说明其在中国的合理性。③还有一个例子可以证明白之为了力求忠实而下的苦功:冯梦龙原作中多次提到主人公的年龄,中国人习惯说虚岁,外国人习惯讲周岁,在翻译过程中,白之按照西方习惯一一给予改译。这种对中国文化的深刻理解,以及精益求精的态度就连深知中国文化的华裔汉学家或国内学者都没有做到,令人佩服。

  第三篇译文是"Wine and Dumplings"(即《穷马周遭际卖䭔媪》)。白之认为该小说属于英雄传奇,反映儒家忠孝节义的主题,主人公马周是历史上的英雄传奇人物。④在选择译介"三言"小说时,白之与西方明清传教士、外交官以及其他汉学家一样,特别重视小说所反映的忠孝节义等儒家思想主题,这是一直不变的最主要标准。

  马周是唐太宗的大臣,《旧唐书》与《新唐书》都记录了他的事迹。除了对所反映的主题感兴趣,白之还想探讨话本小说的作者在哪些方面做了艺术加工。白之将作品中的主人公与正史《旧唐书》里有关的描述进行认真的比较,注意到冯梦龙在创作之中的艺术夸张。比如,马周用酒洗脚,经卖䭔的王氏介绍到中郎将军家当私塾老师。马周来长安时,王氏曾梦见白马东来,后来因缘巧合,马周与王氏结为夫妻。白之认为冯梦龙的艺术加工使故事情节更加生动有趣。白之对题目的处理非常巧妙,翻译成"*Wine and Dumplings*(《酒与蒸饼》)",生动形象,能够引起读者的好奇心,产生阅读的欲望。"wine"指代马

---

① Birch,Cyril.*Stories from a Ming Collection*.London:Bodlay Head,1958,P48.
② Birch,Cyril.*Stories from a Ming Collection*.London:Bodlay Head,1958,P200.
③ Birch,Cyril.*Stories from a Ming Collection*.London:Bodlay Head,1958,P25.
④ Birch,Cyril.*Stories from a Ming Collection*.London:Bodlay Head,1958,P69.

周,因其早年嗜酒,后又有以酒洗足之奇举;"dumplings"指代王氏,嫁与马周前是卖蒸饼的。这样的题目既引人入胜,又紧扣主题。白之对所有的俗谚语、诗歌也都进行了翻译,对富含文化信息的词语进行了注释。如"未逢龙虎会,一任马牛呼",该句的意思是马周在拜见皇上发迹之前被三邻四舍唤作"穷马周""酒鬼",马周全然不放在心上。"龙虎"指的是皇上和达官显贵,"马牛"则指普通百姓。白之把该句翻译成"Before the meeting of dragon and tiger, ignore the bleating if sheep and goat.",①把"dragon and tiger"解释为"prince and minister",②非常精准。他将"马牛"改译为"sheep and goat"。西方人认为羊更低贱,常常用来指代平民百姓,改译是合理的。

第四篇译文是"The Journey of the Corpse"(即《吴保安弃家赎友》)。白之选译该篇的原因也是其反映儒家忠孝节义的主题,是另一部英雄传奇人物故事。吴保安营救被南蛮俘虏的郭仲翔的事迹,《新唐书·忠义传》也有记录。该译文由两篇不同版本的故事组成,一个是唐代牛肃《纪闻》中的《吴保安传》,附小标题"The Story of Wu Pao-an";另外一个则是"三言"作品,附小标题为"The Journey of the Corpse"。他认为通过对两个版本的比较,能够了解晚明时期小说艺术相比于前代的发展情况。他指出冯梦龙的小说更具叙事技巧,情节的描写更加生动而真实,小说结构更合理,人物刻画也更形象。他非常欣赏吴保安出场和郭仲翔被俘的情节,认为描写得既生动又真实,情节安排得恰到好处。而牛肃在正史的记载则语焉不详,刻板生硬。③

冯梦龙的题目是"吴保安弃家赎友",白之把题目翻译成"The Journey of the Corpse(负尸行)"。中文题目侧重讲述吴保安抛家别子十余载,营救被南蛮俘虏的郭仲翔的事迹;英文题目则是强调郭仲翔为报吴保安救命之恩,不畏脚疾,背着吴保安的尸体,长途跋涉将其归葬。两个题目分别突出了吴、郭侠义坚韧的性格,其效果不相上下。译文始终贯彻忠实和通顺的原则,一一考证了历史典故并加以注释。例如:"有一件奇事,远近传说,都道吴、郭交情,虽古之管、鲍、羊、左,不能及也。"④白之的译文是:"The People of the time held this for a tale of wonder. It spread far and wide, and all declared that the affection

---

① Birch, Cyril. *Stories from a Ming Collection*. London: Bodlay Head, 1958, P104.
② Birch, Cyril. *Stories from a Ming Collection*. London: Bodlay Head, 1958, P201.
③ Birch, Cyril. *Stories from a Ming Collection*. London: Bodlay Head, 1958, P83.
④ 冯梦龙:《喻世明言》卷八《吴保安弃家赎友》,沈阳出版社,1995年,第104页。

between Wu and Kuo was not equaled even by Kuan and Pao or Yang and Tso."① 然后用注释"Kuan Chung and Po Shu-ya, celebrated friends of antiquity; Yang Chiao-ai and Tso Po-t'ao, a famous pair of loyal friends of classic times and heroes of The Battle of the Ghosts, another of the Stories Old and New."② 对"管、鲍, 羊、左"进行解释。

第五篇译文是"The Canary Murders"(即《沈小官一鸟害七命》),讲述了一个宋代凶杀案,是一篇明代拟话本小说(imitation promt-book),遵循的是"唐以后的'说话'和'变文俗讲'等民间技艺的基本规则"③,涉及说话人的生计活路,比较关注听书人的反应,注重故事本身的情节性和趣味性。情节上主线突出,脉络清楚,不枝不蔓,人物形象生动,贴近现实。在冯梦龙将它编入《今古奇观》之前80年就已经在社会上流传,并收藏在抱瓮堂藏书楼。白之认为这是公案小说,也是流行于19世纪的侦探小说先驱,小说具有很高的艺术性,是现实主义小说的雏形。④ 白之注意到该小说与众不同之处在于缺少话本小说的"入话"部分,直接切入故事的主题,类似西方小说。此外,他认为,古代中国一个地区最重要的行政长官大理寺官员在本故事中不是主要角色,而在《古今小说》的其他公案小说故事中,却是绝对的主角。

白之的译文质量很高,一如既往地展示了对中国文化的深刻理解。比如原作描述受害者沈小官的鸟笼时,有这么一句,"黄铜钩子,哥窑的水食罐儿,绿纱罩儿"。⑤ 白之将"哥窑的水食罐儿"译为"Seed-pot and water-pot of Ko-yao porcelain",⑥ 然后用注释做了如下解释,"Ko-yao: The elder brother's kiln, term used to describe the work of the Sung potter Chang Sheng-yi, whose kiln was at Lung-ch'uan in Chekiang. The porcelain of Sheng-yi's younger brother, Sheng-erh, was known as Chang-yao ware". ⑦ 白之详细介绍了南宋名窑、浙江龙泉章氏兄弟的哥窑和龙泉窑的历史,非常精确,令人钦佩。

第六篇译文是"The Fairy's Rescue"(即《张古老种瓜娶文女》),这是一篇

---

① Birch, Cyril. *Stories from a Ming Collection*. London: Bodlay Head, 1958, P149.
② Birch, Cyril. *Stories from a Ming Collection*. London: Bodlay Head, 1958, P203.
③ 夏启发:《明代公案小说研究》(博士论文),中国社会科学院,2001年,第43页。
④ Birch, Cyril. *Stories from a Ming Collection*. London: Bodlay Head, 1958, P154.
⑤ 冯梦龙:《喻世明言》卷二十六《沈小官一鸟害七命》,沈阳出版社,1995年,第307页。
⑥ Birch, Cyril. *Stories from a Ming Collection*. London: Bodlay Head, 1958, P155.
⑦ Birch, Cyril. *Stories from a Ming Collection*. London: Bodlay Head, 1958, P203.

第四章 "三言"西译之流变

流传很久的道教故事,也是神仙志怪小说。白之注意到志怪小说在《古今小说》中约占三分之一这一事实。他把志怪小说分成两类:阴阳轮回故事和神仙故事。二者存在明显不同,阴阳轮回讲的是人死后在阴间的经历和以后重新转世为人,与宗教与神学的解释有关。神仙故事讲的是悟道成仙,长生不老,属于娱乐性质。白之认为在中国志怪小说中,《张古老种瓜娶文女》与西方神话小说最接近。话本小说中,冯梦龙把神仙故事世俗化了,将张古老刻画得惟妙惟肖,十分可亲可爱。七八十岁的张古老爱上十八岁的文女,害上相思病。构思巧妙,情节生动,充满幽默感,让白之深为钦佩。他引用英国著名小说家福斯特(E.M.Forest)的话"'国王死了,然后王后也死了(The king died and then the queen died)'是一个故事",而"'国王死了,然后王后也伤心地死了(The king died and then the queen died of grief)'却是一个故事情节",①说明小说创作不能仅仅记录某些事件,而是应该用有组织、有意义的方式,连贯起来。

在《古今小说》(《喻世明言》)中,《张古老种瓜娶文女》的翻译难度最大,其中不仅有大量的俗谚语,还有5首唐诗和14首宋词,白之均一一翻译。他一共使用了35个注释,解释诗词中的典故,创下单篇用注最多的纪录。开篇是一首描写下雪的破题诗,"长空万里彤云作,迤逦祥光遍斋阁。未教柳絮舞千秋,先使梅花开数萼。入帘有韵自飕飕,点水无声空漠漠。夜来阁向古松梢,向晓朔风吹不落"②。白之的译文是:

"A thousand miles of sky, the clouds layered red,
Slowly a welcome glow suffuses the Pavilion.
Not yet the season for the willow-floss to wander,
First one thinks of plum-blossom breaking from the bud.
The curtains, at its touch, give out a gentle rustle,
Outside, no sound, as its fine rain fills the air.
Night long it has gathered on the heads of ancient pines,
Undisturbed at dawn though the north wind blows."③

---

① Birch, Cyril. *Stories from a Ming Collection*. London: Bodlay Head, 1958, P175.
② 冯梦龙:《喻世明言》卷三十三《张古老种瓜娶文女》,沈阳出版社,1995年,第381页。
③ Birch, Cyril. *Stories from a Ming Collection*. London: Bodlay Head, 1958, P177.

095

尽管译文有一点瑕疵,但是非常简洁流畅,依然算得上忠实和通顺的杰作。具体的不足之处是:其一,白之将原作中的"彤云作"译为"the clouds layered red(红霞)",不妥当。"彤云"可以指红霞,也可以指下雪前密布的阴云。该诗歌描写下雪的情景,自然不可能是红霞。因此应该译为"the clouds layered dark"为好。其二,白之将"祥光"译为"a welcome glow(欢迎的火焰)",也不对。应该译为"auspicious cloud(吉祥的云彩)"。

白之一共翻译了六篇"三言"作品,其中涉及忠孝节义主题的作品四篇,公案作品和神仙志怪小说各一篇。在翻译过"三言"的所有欧洲职业汉学家中,他是最早将神仙志怪小说翻译到西方的人;除了俄国汉学家,他是欧洲汉学家中最后一个将"三言"翻译成外文的人。另外,在译介冯梦龙作品时,白之还能从跨文化的角度对文化差异进行沟通与解释,在所有的英语译文中,他的译文不但简洁流畅,而且忠实通顺,其译文质量达到其他西方汉学家难以企及的高度,为西方汉学家树立了一个崭新的标杆。他的汉学成就不仅受到众多国外汉学家的肯定,更为中国学者所折服。

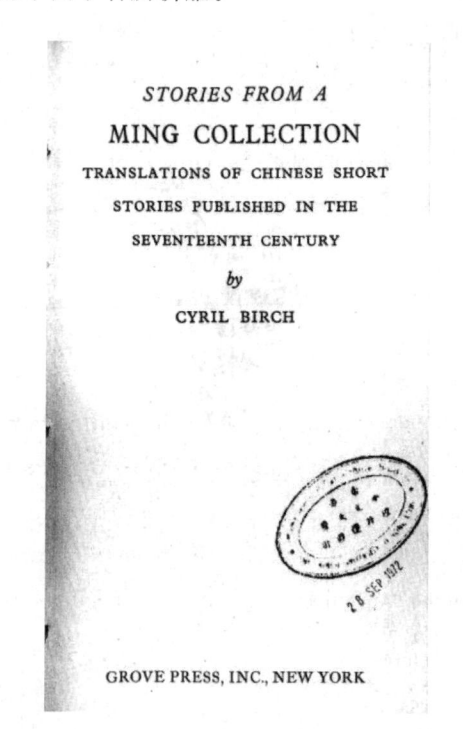

图 4-3　西里尔·白之所译《明代短篇小说选》封面

图 4-4　西里尔·白之所译《金玉奴棒打薄情郎》插图

图 4-5　西里尔·白之所译《穷马周遭际卖䭔媪》插图

五、其他英国汉学家

除了托玛斯·帕西、豪威尔、阿克顿、西里尔·白之,还有 10 位英国职业汉学家投入"三言"的翻译,分别是塞缪尔·白之(Samul Birch)、西尔(H.C. Sirr)、俄理范(L.Olsphant)、埃文斯(Edwin Evans)、亨宁豪斯(Father Henninghaus)、赫斯特(R.W. Hurst)、德福纳罗(Carlo de Fornaro)、哈德森(E. Hudson)、马瑟斯(E.P.Mathers)、威廉·铎比(William Dolby)。英国汉学家的译文篇如表 4-5 所示。

表 4-5　英国汉学家的译文篇目一览

序号	译者姓名	译文篇目	语言	出版物名称	出版年份
1	托玛斯·帕西	《庄子休鼓盆成大道》	英语	《夫人的故事:六个短篇小说》	1762 年
2	塞缪尔·白之	《庄子休鼓盆成大道》、《羊角哀舍命全交》《杜十娘怒沉百宝箱》	英语	《亚洲杂志》	1843—1845 年

续表

序号	译者姓名	译文篇目	语言	出版物名称	出版年份
3	西尔	《庄子休鼓盆成大道》	英语	《中国与中国人》	1849年
4	俄理范	《灌园叟晚逢仙女》	英语	《中国评论》	1851年
5	埃文斯	《金玉奴棒打薄情郎》	英语	《中国杂志》	1866年
6	亨宁豪斯	《金玉奴棒打薄情郎》	英语	《亚东杂志》	1902年
7	赫斯特	《三孝廉让产立高名》《两县令竞义婚孤女》	英语	《中国评论》	1887年
8	豪威尔	《庄子休鼓盆成大道》《俞伯牙摔琴谢知音》《李谪仙醉草吓蛮书》《李岍公穷邸遇侠客》《滕大尹鬼断家私》《钱秀才错占凤凰俦》	英语	《不坚定的庄夫人及其他故事》	1924年
		《裴晋公义还原配》《十三郎五岁朝天》《杜十娘怒沉百宝箱》《钝秀才一朝交泰》《羊角哀舍命全交》《转运汉巧遇洞庭红》	英语	《归还新娘及其他故事》	1925年
9	德福纳罗	《汪大尹火焚宝莲寺》《刘小官雌雄兄弟》《乔太守乱点鸳鸯谱》《吴衙内邻舟赴约》《钱秀才错占凤凰俦》	英语	《中国的十日谈》	1929年
10	哈德森	《崔俊臣巧会芙蓉屏》	英语	《中国科学与美术集志》	1929年
11	马瑟斯	《吴衙内邻舟赴约》《乔太守乱点鸳鸯谱》《闹樊楼多情周胜仙》《陆五汉硬留合色鞋》《杜十娘怒沉百宝箱》《刘小官雌雄兄弟》《汪大尹火焚宝莲寺》	英语	《中国爱情故事》	1935年
12	阿克顿	《赫大卿遗恨鸳鸯绦》《陈多寿生死夫妻》《吴衙内邻舟赴约》《刘小官雌雄兄弟》	英语	《四篇告诫的故事》《胶与漆》	1941年 1949年

第四章 "三言"西译之流变

续表

序号	译者姓名	译文篇目	语言	出版物名称	出版年份
13	西里尔·白之	《金玉奴棒打薄情郎》《蒋兴哥重会珍珠衫》《穷马周遭际卖䭔媪》《吴保安弃家赎友》《沈小官一鸟害七命》《张古老种瓜娶文女》	英语	《明代短篇小说选》	1958年
14	威廉·铎比	《钱秀才错占凤凰俦》《李谪仙醉草吓蛮书》《十五贯戏言成巧祸》《羊角哀舍命全交》《大树坡义虎送亲》《两县令竞义婚孤女》	英语	《美女错及冯梦龙其他故事》(图4-6)	1976年

图4-6 威廉·铎比所译《美女错及冯梦龙其他故事》封面及扉页

六、小结

与法国和德国的同行一样,英国汉学家仍然偏爱反映忠孝仁义的主题。14位英国汉学家总共翻译了32篇"三言"作品,其中以歌颂忠孝仁义为主题的作品有23篇;以市民喜剧为主题的作品有7篇;以反封建、反理学主题的作品有4篇;以神仙志怪为主题的作品有4篇;以扬善除恶、因果报应为主题的作品有5篇。当然,许多作品的主题具有交叉性,现按照主题划分,将译文篇目按表4-6所列。

表4-6 "三言"英译本主题分类一览

序号	主题分类	作品名称	合计
1	忠孝节义	《滕大尹鬼断家私》《裴晋公义还原配》《乔太守乱点鸳鸯谱》《钱秀才错占凤凰俦》《羊角哀舍命全交》《三孝廉让产立高名》《吴衙内邻舟赴约》《转运汉巧遇洞庭红》《吴保安弃家赎友》《两县令竞义婚孤女》《卖油郎独占花魁》《刘小官雌雄兄弟》《李岕公穷邸遇侠客》《俞伯牙摔琴谢知音》《穷马周遭际卖䭔媪》《钝秀才一朝交泰》《蒋兴哥重会珍珠衫》《金玉奴棒打薄情郎》《陈御史巧勘金钗钿》《陈多寿生死夫妻》《大树坡义虎送亲》《崔俊臣巧会芙蓉屏》《闹樊楼多情周胜仙》	23篇
2	反封建、反理学	《杜十娘怒沉百宝箱》《庄子休鼓盆成大道》《赫大卿遗恨鸳鸯绦》《汪大尹火焚宝莲寺》	4篇
3	市民喜剧	《唐解元玩世出奇》、《钝秀才一朝交泰》《李谪仙醉草吓蛮书》《钱秀才错占凤凰俦》《卖油郎独占花魁》《金玉奴棒打薄情郎》《裴晋公义还原配》	7篇
4	神仙志怪	《夸妙术丹客提金》《十三郎五岁朝天》《张古老种瓜娶文女》《灌园叟晚逢仙女》	4篇
5	扬善除恶、因果报应	《汪大尹火焚宝莲寺》《沈小官一鸟害七命》《陆五汉硬留合色鞋》《十五贯戏言成巧祸》《汪大尹火焚宝莲寺》	5篇

与其他国家的汉学家一样,英国汉学家对"三言"中的许多作品也是格外青睐。比如,《庄子休鼓盆成大道》分别被托玛斯·帕西、塞缪尔·白之、西尔、豪威尔翻译成四个英文译本;《金玉奴棒打薄情郎》先后被埃文斯、亨宁豪斯和西里尔·白之翻译成三个英文译本;《钱秀才错占凤凰俦》分别被豪威尔、德福纳罗和威廉·铎比翻译成三个英文译本;《吴衙内邻舟赴约》和《刘小官雌雄兄弟》也分别被马瑟斯、阿克顿和德福纳罗翻译成三个英文译本;《羊角哀舍命全

交》和《李谪仙醉草吓蛮书》也分别为威廉·铎比和豪威尔翻译成两个英文译本。显然，由此可以看出反映忠孝节义等优秀儒家思想的"三言"作品在英国的影响力。

第四节 情有独钟：美国汉学家韩南与"三言"[①]

韩南（Patrick Hanan，1927—2014）是美国著名国际汉学家，伦敦大学博士，先后任教于伦敦大学、斯坦福大学和哈佛大学，任中国古典文学教授。韩南对中国古代小说情有独钟，他的汉学成就也主要表现在对中国古代小说的研究和翻译上。韩南认为"所有的翻译本身都是在两种文化背景之间进行居中调停的工作，如果要对翻译进行满意的描述，两种文化都需要考虑进去"[②]。韩南强调对两种文化都有相当程度了解的同时，还有针对原文本文化特质进行一定的选择以满足读者对目标文化的期待。他进而指出，"每个译本都介于两极之间，一极是全面保存，另一极则是全面同化。关于保存，指的是译者努力尝试进行复制——至少是在可能的情况下再现——原作中看得出的特征。关于同化，指的是译者通过对原文本的修改，使之成为一般读者所熟悉的形式"[③]。这就意味着一个文本经过翻译变成另外一个文本的过程中或多或少受到译者自身文化的影响。译者的文化选择影响着译本的最终面貌，从而潜移默化地影响着目标文化中的文本读者。因此，翻译是"一种文化对另一种文化的塑造"[④]。韩南的主要汉学著作有《金瓶梅探源》、《中国短篇小说：时代、作者及结构研究》、《燕京的财富：哈佛与燕京图书馆75年展》、《无声的歌剧》、《中国近代小说的兴起》、《李渔的发现》、《百家公案考》以及《论〈肉蒲团〉的原刊本》等专著多种。另有译著《妓女与鸦片：扬州傻瓜的浪漫幻觉》、《恋爱：明代中国小说选》、《悔恨：世纪之交的两本言情小说》以及《酷热之塔》。韩南特别关注中国明代的言情小说，真可谓"情"有独钟。他对冯梦龙的研究主要表

[①] 该部分引自《汉学家韩南与冯梦龙的〈古今小说〉》一文。本文原载于《牡丹江大学学报》2010年第9期52～54页。作者：李新庭。有改动。
[②] 陈平原等：《晚明与晚清：历史传承与文化创新》，湖北教育出版社，2005年，第453页。
[③] 陈平原等：《晚明与晚清：历史传承与文化创新》，湖北教育出版社，2005年，第458页。
[④] Lefevere, Andre. "General editor's preface". *Translations, Rewriting, and Manipulation of Literary Fame*. Shanghai: Shanghai Foreign Language Education Press, 2004.

现在以下三个方面。

一、对冯梦龙生平及思想的研究

韩南认为冯梦龙是晚明白话小说的最主要创作者,吸引了一批高水平的作家进入白话小说的领域,为白话小说的发展做出了巨大贡献。[1] 韩南意识到了解冯梦龙的文学观必须从冯氏著作的前言与介绍开始,特别是《古今小说》以及《山歌》的前言。他认为冯梦龙不但注重文学的本质与价值,而且还尽力宣扬不为人重视的新的文学类型。韩南注意到在《古今小说》与《山歌》的前言里,冯梦龙极力将白话小说与古典文学联系起来,他认为文学缺乏简洁性与晚明社会现实有关。晚明时期社会繁文缛节越来越多,文风也越来越华丽,冯氏强调朴素的文风,提倡诗文要直抒胸臆,关注小说、戏剧和白话小说的情感表现力。冯梦龙认为诗歌擅长表现真实的情感,小说与戏剧则擅长对读者的教化作用。[2]

韩南考察了冯梦龙与晚明著名的思想家王阳明、王艮、李贽以及袁中道等人的交往,以及他们对冯梦龙思想的影响。韩南注意到"情"是冯梦龙思想的核心,冯梦龙力图用"情"的理论来调和儒家的伦理道德。韩南也注意到"情真"说是冯氏的"情"辐射到文学领域的结果。当冯梦龙将表达"情真"的文学作品辐射到社会关系的时候,"情真"就具备了改造社会的力量。[3]

二、对《古今小说》的翻译

韩南的译著《恋爱:明代中国小说选》2006年由夏威夷大学出版社出版,共收入明代短篇小说七篇,其中之一为《古今小说》中的《卖油郎独占花魁》。七篇文章的主题相似,均为婚姻与爱情。在译本的前言里,韩南向西方读者介绍了中国传统婚姻中父母之命、媒妁之言的重要作用。向西方读者详细介绍了形成于周代的"六礼",即纳采、问名、纳吉、纳征、请期及亲迎。韩南也介绍

---

[1]　Hanan, Patrick. *The Chinese Vernacular Story*. Harvard: Harward University Press, 1981, P75.

[2]　Hanan, Patrick. *The Chinese Vernacular Story*. Harvard: Harward University Press, 1981, P77.

[3]　Hanan, Patrick. *The Chinese Vernacular Story*. Harvard: Harward University Press, 1981, P80.

了招赘上门的婚姻现象。韩南认为婚姻是两个门当户对的家庭的一种联盟，中国人具有早婚的传统，订婚的双方直到结婚才能见面。婚姻自主成为可望而不可即的梦想，唯有与年轻貌美、才华出众的妓女的浪漫爱情才能使婚姻自主成为可能。①

韩南以《罗密欧与朱丽叶》的故事作为参照，认为中国传统婚姻不能自主的原因在于，中国的"罗密欧们"不可能有机会见到自己的"朱丽叶"，更别提为她唱小夜曲了。由于缺乏见面的机会，情侣们只好精心策划并冒险私奔。②读者对此类小说感兴趣，正是因为小说满足了他们对浪漫爱情的渴望与担忧。小说中的才子佳人往往一见钟情，一旦无法如愿以偿，便生出这样或那样的病来。有些主人公则迅速坠入爱河，以身相许，海誓山盟。韩南指出带有现实主义色彩的言情小说可以追溯到唐朝的传奇，到了冯梦龙时期，其重要性愈加彰显。"情教"观是晚明的主要思潮之一，冯梦龙对小说男女主人公的深切同情与时代主流道德格格不入。尽管读者喜欢故事中的浪漫传奇，却不苟同个人主义的爱情伦理。尽管读者幻想不受社会价值观的制约，但是小说的叙述者依然要扮演传统道德观念的卫道士。因此，尽管小说的作者对男女主人公的遭遇深表同情，他们依然批判或倡导其中的某些主题。假如某一美满婚姻不符合主流的传统道德，小说叙述者便巧妙地将之解释为前世注定的姻缘，从而规避了社会习俗的责难。假如某一种爱情导致一场悲剧，则悲剧本身已经对读者起到了警世作用。③

韩南认为这些白话小说的结构具有独到之处，每个故事的开头具有开场破题诗以及一段散文，为故事情节与主题进行简单的铺陈。另有一些诗词穿插于整个故事之中，不仅承担着伦理道德的评判，更在关键的时候推动情节的发展。这些诗词语言华丽，结构工整，对仗包含许多典故，往往用于描述人物的美貌与性爱。故事的结尾同样也有一首诗，进一步深化了主题。④

韩南的译文质量很高，原文中的诗词歌赋全都一一照译。为了能让西方

---

① Hanan, Patrick. *Falling in Love: Stories from Ming China*. Honolulu: University of Hawaii Press, 2006, PXI.

② Hanan, Patrick. *Falling in Love: Stories from Ming China*. Honolulu: University of Hawaii Press, 2006, PXII.

③ Hanan, Patrick. *Falling in Love: Stories from Ming China*. Honolulu: University of Hawaii Press, 2006, PXIV.

④ Hanan, Patrick. *Falling in Love: Stories from Ming China*. Honolulu: University of Hawaii Press, 2006, PXV.

读者理解其背后的文化含义，韩南大量使用注释，深入浅出地进行解释。比如，在《卖油郎独占花魁》中，韩南将标题翻译为"The Oil Seller Takes Sole Possession of the Queen of Flowers"。[1] 他将"花魁"译作"the queen of flowers"。为了让西方读者了解"花魁"的含义，他运用脚注告诉西方人，在中国妓女往往被比喻成花。再比如，文中有一词"帮衬"，韩南音译为"bangchen"，[2] 并附注释说明"帮"比喻"鞋帮"，"衬"如衣服"衬里"，还介绍了"帮衬"的出处，告诉西方人"帮衬"来自明清时期的民歌，是流行于妓女之间的语言。[3] 又比如，文中有一首诗："朱帘寂寂下金钩，香鸭沉沉冷画楼。移枕怕惊鸳并宿，挑灯偏恨蕊双头。"[4]韩南的译文为："As she removes the curtain's golden hook, Quiet is the incense burner, cold the room. Fearing to disturb the pillow's lovebirds, she trims the lamp and sighs—a double bloom."[5]。该译文译得很传神，为了更好地突出诗歌的主题，他使用了脚注，告诉西方人，在残灯的辉映下，双蕊的花朵象征一对情侣。总之，韩南的译文流畅自然，较好地贯彻了忠实与通顺的原则。

三、对《古今小说》的考证

韩南考察了《古今小说》中某些故事的作者问题，他认为在这本选集里隐含着许多白话小说的历史。那些在撰述年代上相差可达三四百年的故事被随意地收在这些选集中。至今还未有人想出一套完善的方法加以区分，我们甚至无法知道那些被认为是晚期作品的故事究竟是冯梦龙所写还是其他作者所写。许多学者认为"三言"是真正的选集，包含了许多不同作者的作品。而韩南却认为许多故事的来源以及作者运用它们的方式都显示了相当程度的一致性。因此，这些数量可观的故事只可能由一位作者撰写而成。韩南认为同样

---

[1] Hanan, Patrick. *Falling in Love: Stories from Ming China*. Honolulu: University of Hawaii Press, 2006, P21.

[2] Hanan, Patrick. *Falling in Love: Stories from Ming China*. Honolulu: University of Hawaii Press, 2006, P21.

[3] Hanan, Patrick. *Falling in Love: Stories from Ming China*. Honolulu: University of Hawaii Press, 2006, P21.

[4] 冯梦龙：《醒世恒言》卷三《卖油郎独占花魁》，沈阳出版社，1995年，第26页。

[5] Hanan, Patrick. *Falling in Love: Stories from Ming China*. Honolulu: University of Hawaii Press, 2006, P24.

的一致性可以延伸到由早期故事所改编的许多作品以及编者的评论,因此故事的作者很可能也就是选集的编者——冯梦龙。①

经过考证,韩南认为《古今小说》的主要素材来源于16世纪作家田汝成的著作《西湖游览志》以及《西湖游览志余》,比如《古今小说》第27卷《金玉奴棒打薄情郎》与第29卷《月明和尚度柳翠》这两篇故事的文言本就出自这里。另外,这两部书还包含了与《古今小说》卷21《临安里钱婆留发迹》、卷22《木棉庵郑虎臣报冤》、卷23《张舜美灯宵得丽女》以及卷39《汪信之一死救全家》等题材有关的细节。② 韩南据此判断《古今小说》是冯梦龙根据明朝早期,甚至是宋朝的故事改编而成的。

韩南认为《太平广记》是《古今小说》另一素材来源。经过考证,他认为《古今小说》中的五篇故事,卷5《穷马周遭际卖䭔媪》、卷6《葛令公生遣弄珠儿》、卷8《吴保安弃家赎友》、卷9《裴晋公义还原配》以及卷13《张道陵七试赵升》都取材于《太平广记》。

韩南认为《蒋兴哥重会珍珠衫》与《杜十娘怒沉百宝箱》是晚明短篇白话小说全盛时期的巅峰之作。两篇故事分别改编自晚明传奇《珠衫》与《负情侬传》,作者叫宋幼清。它们之间的密切关系不仅仅因为作品之间包含有很多相似的材料,以及白话小说中零星的文言片段与传奇完全相同,更因为有基本相似的结构。传奇中的几乎所有情节与顺序都能够在两篇白话小说中找到对应的方面。它们之间的不同之处在于由传奇至白话小说的转变过程中采用了不同的叙述手法。从小说理论的角度来看,传奇所用的是福楼拜(Flaubert)式的"叙述者不加任何评论的全知全能叙事(unobtrusive omniscience)"③,而白话小说所用的则是亨利·菲尔丁(Henry Fielding)式的"叙述者随时加入评论的全知全能叙事(obtrusive omniscience)"④。韩南认为白话小说中的叙述者(narrator)具有权威性,随时可以停止故事的进展,另起枝节说明情况或预测未来,涉及的内容有关道德和教化。叙述者花许多笔墨来维护他的评判并控制

---

① Hanan, Patrick. *The Chinese Short Story: Studies in Dating, Authorship, and the Formative Period*. Harvard: Harvard University Press, 1973, P73.

② Hanan, Patrick. *The Chinese Short Story: Studies in Dating, Authorship, and the Formative Period*. Harvard: Harvard University Press, 1973, P55-56.

③ Hanan, Patrick. *The Chinese Short Story: Studies in Dating, Authorship, and the Formative Period*. Harvard: Harvard University Press, 1973, P15.

④ Hanan, Patrick. *The Chinese Short Story: Studies in Dating, Authorship, and the Formative Period*. Harvard: Harvard University Press, 1973, P16.

读者的反应。例如，传奇小说《珠衫》强调做丈夫的几乎十全十美，而妻子一无是处。而在白话小说《蒋兴哥重会珍珠衫》里，作者添加了一些细节对这种道德上的不平衡加以纠正。在白话版的故事里，蒋兴哥打算外出做生意，被妻子劝阻。可蒋兴哥不以为然，瞒着妻子收拾行李。妻子只好同意，并要求丈夫在规定的期限内回家。由于生病，他无法履行承诺，可是病好之后他依然不着急回家。故事中有一首诗描述他甘冒婚姻破裂的危险而去追求蝇头小利的蠢事。作者花大力气减轻妻子的不道德，新增算命这一细节，目的是将妻子对丈夫的期待提升至相当痛苦的高度。作者详细描述卖珠老妇的计谋：卖珠老妇首先批判蒋兴哥做丈夫的不顾家庭，后又运用男人好色的常识暗示蒋兴哥也会朝三暮四、乐不思蜀，从而减轻三巧内疚的心理。压轴的安排是把诱奸之夜定在七夕。为了显示遭诱奸之后妻子的悔恨和对丈夫存留的爱情，作者安排了一场妻子自尽的场面。这些增加的细节造成了《蒋兴哥重会珍珠衫》显著的心理写实性，但作者的另一目的显然是平衡男女主角微妙的道德水平。

韩南认为冯梦龙对许多传奇小说进行加工和改编，增加了许多新的场景与细节，并在叙述技巧以及语言上加以改进，从而使白话版的小说结构更严谨，叙述更明白，语言更通俗，道德更平衡，并使《古今小说》成为不折不扣的诫世之作。总之，韩南对冯梦龙及其"三言"进行了较为广泛深入的研究，他的研究成果对中国学者对冯梦龙的研究具有深刻的启发意义，有助于进行针对"三言"在海外的传播及影响的系列研究。

第五节　走向成熟：俄苏汉学家与"三言"[①]

中俄虽为邻邦，但两国之间到 17 世纪下半叶才开始交往。俄国人对中国文学的兴趣也晚于其他西方国家，特别是迟于英国和法国，直到 18 世纪初俄国的汉学研究才开始着手酝酿。[②] 俄国驻中国的东正教传教士成为"三言"在俄国的最早传播者，在他们的影响下，俄国专业汉学家纷纷着手"三言"的俄译工作，为传播中国文学做出了重要贡献。20 世纪以前的俄语译本大多是转译

---

① 该部分引自《冯梦龙"三言"在俄国》一文。本文原载于《河北北方学院学报》2010年第 4 期第 4~6 页。作者：李新庭。有改动。

② 李明滨：《中国文学在俄苏》，花城出版社，1990 年，第 1~2 页。

自英语或法语,且译者多为佚名。直到20世纪才逐渐改变,俄国汉学家才将汉语版"三言"原著直接翻译成俄语。译文绝大多数是节译,选材主要根据原作在中国受推崇和流行的程度,并结合俄国人的需要。这种需要往往从两方面考虑,一是让俄国人了解中国国情、民族风情和文化传统,其次是教学需要,作为学习汉语、中国历史、中国文学艺术等课程的配套教材。[①] 译文经过认真推敲,质量较高,译者结合翻译写了一些前言、后记、评介文字和研究心得。

一、瓦西里耶夫

瓦西里耶夫(王西里)(1818—1900),俄国科学院通讯院士,俄国汉学集大成者,学识渊博,精通汉语、满语、蒙语、藏语、朝鲜语、突厥语、印度梵文和日语。任东正教驻北京传教士,在喀山大学、彼得堡大学、列宁格勒东方学院、列宁格勒语言学院教授中国文学,时间长达50多年之久。他的研究范围广,钻研深入,译著主要有《佛教及其教义、历史和文献》三卷、《东方的宗教:儒、道、释》、《满洲志》、《中国史》、《中国的伊斯兰教运动》,还著有《中国文学史纲》。在瓦西里耶夫之前,俄罗斯人对中国文学的关注与研究不多,据不完全统计,整个19世纪发表的中国文学翻译作品和评介文章和论著仅约50种,其中翻译作品约占32种,评介文章和论著18种。[②] 瓦西里耶夫的《中国文学史纲》介绍了中国诗人司马相如、李白、杜甫还有苏东坡等以及他们的诗歌。瓦西里耶夫还介绍并评论中国的一些戏曲和小说,有《列侠传》、《太平广记》、《聊斋志异》、《水浒传》、《红楼梦》、《金瓶梅》以及《好逑传》等。尤其需要指出的是他翻译过《今古奇观》中的《俞伯牙摔琴谢知音》,发表于《东方》杂志1924年第4期。[③] 他将汉语原著中的诗词歌赋全都翻译出来。为了使俄国读者了解其背后的文化含义,瓦西里耶夫大量使用注释,深入浅出地进行解释。总之,他的译文较好地实现了忠实与通顺的统一。

[①] 李明滨:《中国文学在俄苏》,花城出版社,1990年,第118页。
[②] 李明滨:《中国文学在俄苏》,花城出版社,1990年,第14页。
[③] Cordier, Henri. *China in Western Literature, a Continuation of Cordier's Bibliotheca Sinica*. New York & Haven Conn: Far Eastern Publication, Yale University, 1958, P425.

二、李福清

李福清(B. Riftin,1932—),俄罗斯著名汉学家,俄罗斯科学院通讯院士,毕业于列宁格勒大学东方系,致力于中国民间文学、民俗学、中国神话、中国当代文学的研究。其汉学研究成绩卓著,著作近 200 种,涉及中国原始文学、民间文学、通俗文学、古典文学与现代文学。代表作有《万里长城的传说和中国文学的体裁问题》、《从神话到长篇小说:中国文学中人物形貌的演变》以及《中国古典文学研究在苏联(小说·戏曲)》。除了学术专著,李福清还发表了关于中国文学的研究论文并翻译了大量中国文学作品,包括《中国民间故事》、《中国民间神话》、《人到中年》以及《冯骥才短篇小说集》等等。苏联解体后,李福清先后在香港中文大学、台湾静宜大学任教和研究。李福清充分认识到"三言"在中国文学史以及中俄文化交流中的重要作用,研究了从 18 世纪至 19 世纪上半叶"三言"在俄国的传播情况,并对俄译本篇目做了一些考证。

李福清在《论中国古典小说》(*The Research of Chinese Ancient Literature in Sovit Union*)的序言中说,"虽然俄国从 1618 年派使团到中国,但可以说俄国的中国文化兴趣是从西方来的,最早的翻译从法文或英文作的,后来才有从满文及中文译的文学作品"[1]。经他考证,俄国在 1932 年出版了较为完整的《中国书目》(*Bibliografija Kitaja*),主编为 P. E. Skachkov,收录了从 1730 年到 1930 年两百年间出版的有关中国的书籍和报刊文章目录 1 万多条。[2] 1986 年莫斯科外国文学图书馆出版了《中国古典文学目录:俄文翻译及评论》,该书汇集了从 18 世纪到 1983 年出版的中国古典文学作品俄文翻译及研究著作的目录。[3] 李福清感到遗憾的是尽管有可资查询考证的著作目录,却很少有人注意到俄国早期读者透过译文接触中国文学作品的具体情形。

李福清认为,与其他西方国家一样,俄国读者与中国文学的最早接触也是从小说开始的。[4] 李福清对《今古奇观》俄语译文进行了历史考据。根据

---

[1] Riftin, B. *The Research of Chinese Ancient Literature in Soviet Union*. Harvard: Harvard University Press,1983,P2.

[2] Riftin, B. *The Research of Chinese Ancient Literature in Soviet Union*. Harvard: Harvard University Press,1983,P175.

[3] Riftin, B. *The Research of Chinese Ancient Literature in Soviet Union*. Harvard: Harvard University Press,1983,P176.

[4] 施建业:《中国文学在世界的传播与影响》,黄河出版社,1993 年,第 40 页。

第四章 "三言"西译之流变

Skachkov 的《中国书目》[①]所提供的资料,李福清发现最早被翻译成俄语并在俄国出版的中国文学作品是 1763 年转译自英文版 *The Citizen of the World*（即《世界公民》）中的第 18 封信札。该英文著作的作者是英国知名诗人、小说家、散文家以及社会活动家哥尔德斯密司（Oliver Goldsmith）,他的素材来源于《中华帝国全志》收录的《今古奇观》第二十卷《庄子休鼓盆成大道》。李福清认为哥尔德斯密司深受法国启蒙思想家伏尔泰等人的影响,非常推崇中国。然而,他与当时法国和英国的启蒙思想家又有所不同。他一方面将中国社会制度理想化,另一方面又对当时中国的一些社会现象持批评态度。不过,他批评与嘲笑的主要矛头还是弥漫于英国社会的价值观念和风俗习惯。俄国出版社注意到了哥尔德斯密司的英文著作,很快出版了俄文译本。但是俄译文对该书推崇中国社会制度、讽刺英国社会习俗没有兴趣,译的也不是哥尔德斯密司假借中国哲学家之名谈论英国社会问题的看法,而是改写这个中国的话本小说。[②] 经研究,李福清认为哥尔德斯密司的英文译本可能转译自耶稣会士杜赫德 1736 年出版的《中华帝国全志》的法文版本,或引自 1741 年伦敦出版的该书英文版本。[③] 由于俄语译文转译自法语或者英语译本,翻译过程难免出现差错:首先,故事地点由中国改到高丽。其次,人名发生改变（庄子变成黄

---

① Skachkov,P.E."*Bibliografija Kitaja*",Moscow-Le-Ningrad,1932.

② 俄语版的内容如下:高丽国有一对夫妻,男的姓黄(俄译文将 Choang 误译为 Ho-ang),女的为甘氏(俄译文将 Hansi 误译为 Gansi,哥尔德斯密司写的是韩氏 Hansi,冯梦龙原作为田氏)。两口子相敬互爱,日子过得非常幸福。然而,偶发的一件事动摇了丈夫对妻子的信任。一天,黄外出遇见一妇人披麻戴孝,手持大扇子,用力扇新坟上的湿土。他对此疑惑不解,上前询问。女子哀诉失去丈夫的痛苦以及与亡夫的约定,不等到坟上的泥土干透绝不改嫁。该女子只好奋力扇土不止,再过两天就可大功告成。黄着迷该女子的美貌,但还是忍不住笑话她的心急。他热诚邀请她到自己家里做客。到家后,黄向妻子诉说事情的经过,表达了对妻子不忠的担心。甘氏愤怒之余,声称自己对丈夫一往情深,不能与该女子相提并论。因此,不顾天寒地冻将寡妇赶走。不久,黄的学生来访,目睹黄与甘氏恩爱有加。忽然,黄摔倒在地,一命呜呼。起初甘氏痛苦万分,可次日就可以谈笑风生了。第三天,开始移情别恋,与丈夫的学生谈婚论嫁了。很快黄的尸体被随意放入棺木,置于简陋的屋子里。甘氏则与年轻的新郎迫不及待地要成婚。谁知新郎突然发病,要吃死人的心脏才能治好。甘氏当机立断,操起斧头直奔黄的棺木,砍开了丈夫的棺盖,却见黄复活了。甘氏花容失色,茫然不知所措。黄获悉真相,无法相信眼前的一切。甘氏用刀刺进心脏,含羞自尽了。黄平静地接受了眼前的事实,为了不浪费之前的结婚准备,当晚就与扇坟女子结婚。

③ Riftin,B. *The Research of Chinese Ancient Literature in Soviet Union*. Harvard:Harvard University Press,1983,P256.

某,庄子之妻田氏变成韩氏,俄译文再次变成甘氏)。最后,虽然基本保留了冯梦龙原话本的大致情节,故事的结尾却发生了改变。冯梦龙原作的结尾是田氏自杀后,庄子将妻子的尸体放入棺中,烧掉房子,后终身不娶,遨游天下,遇到老子,相随而去,得道升仙。哥尔德斯密司英文以及俄文版的结局是男主角黄某与扇坟的漂亮女人结婚,原话本小说的道教思想被完全篡改。李福清指出"哥尔德斯密司改写的故事主要根据西方人的思想描写不忠不孝的妻子,而丈夫也一样,妻子死后马上另结新欢,两人是一丘之貉"①。故事与中国话本不同,而有些西方的幽默风格。李福清还注意到一些俄语版本独有的细节,比如甘氏鼻子上戴着宝石、夫妻亲吻等。他认为这些情节不像中国人写的。

1774—1777年由北京俄国传教会翻译并陆续出版了《中华帝国全志》俄语四卷本,《中华帝国全志》中的四篇"三言"故事也相应地从法语转译成俄语。② 李福清认为该俄语版本(由殷弘绪法文版本转译)更加忠实原文,文中的诗词歌赋均一一翻译,为故事的情节进行铺陈,推动情节的发展,承担着伦理道德的批判功能,深化了小说的主题。③

1785年圣彼得堡出版了一本小说集《庄子与田氏》,共收入4篇"三言"小说。④ 经李福清考证,这些小说转译自杜赫德《中华帝国全志》法文版本,译者为北京俄国传教士,出版方只是单独结集出版了其中的小说而已。⑤ 俄译文删去了小说的入话,直接从故事内容开始,原话本里面的诗也一同译出。更有意思的是,在这本小说集里,编者有意将这篇话本小说同另外3篇西班牙小说结集出版。这本译文没有序言也没有注解,可能是编者认为这是同类作品,尽管所描写的社会习俗不同,但大意却是相通的。如果说中国小说描写的是女人的不忠诚,西方小说描述的却是男人的不忠诚。李福清认为,"在18至19世纪的西方人眼里,中国文学与西方文学是两回事,中国文学同中国的风俗习

---

① Riftin,B.*The Research of Chinese Ancient Literature in Soviet Union*.Harvard:Harvard University Press,1983,P260.

② Cordier,Henri.*China in Western Literature,a Continuation of Cordier's Bibliotheca Sinica*.New York & Haven Conn:Far Eastern Publication,Yale University,1958,P424.

③ Riftin,B.*The Research of Chinese Ancient Literature in Soviet Union*.Harvard:Harvard University Press,1983,P266.

④ Cordier,Henri.*China in Western Literature,a Continuation of Cordier's Bibliotheca Sinica*.New York & Haven Conn:Far Eastern Publication,Yale University,1958,P.424.

⑤ Riftin,B.*The Research of Chinese Ancient Literature in Soviet Union*.Harvard:Harvard University Press,1983,P310.

惯一样，是离奇古怪的东西，完全是看不懂的异国情调。出版此书的无名编者将中国小说与西方小说一起出版需要很大勇气"①。

1788 年，上下两卷本的俄译文学作品选集《译自各种外文书的阿拉伯、土耳其、中国、英国、法国的牧人、神话小说选》在俄国出版。该书中有一篇话本小说《善有善报》，李福清认为是由英文译本《今古奇观》第 31 卷《吕大郎还金完骨肉》转译。② 根据俄语译本的注释，他发现英文翻译者是一位不知名的女士。

1810 年俄国《儿童之友》杂志第 11 期刊登了《中国逸事》故事集，③其中有一篇讲述一个炼丹术士的故事，李福清认为是《今古奇观》第 39 卷《夸妙术丹客提金》的俄译文，这是第一篇直接从汉语原著翻译成俄文的"三言"小说，与转译自其他外文版本的"三言"小说不同，标志着俄国汉学家开始真正意识到"三言"的价值。译者删去"入话"，并改写了某些细节，如译文中丹客说他要去给父亲送葬，原文是母亲。李福清认为故事翻译得不错，保留了中国小说的风味。④

1827 年莫斯科《电报》杂志第 20 期刊登了《中国民间故事》，书中包含两篇"三言"小说，分别是《吕大郎还金完骨肉》和《怀私怨狠仆告主》。⑤ 其中一篇标题为《三个兄弟》。李福清考证后认为这不是中国民间故事，而是转译自法国著名汉学家雷慕沙(Abel Remusat)翻译的中国话本小说《今古奇观》第 31 卷《吕大郎还金完骨肉》，译者为无名氏。同年，《俄罗斯观者》杂志刊登了另外一篇中国小说，标题为《真相大白的毁谤》，他考证后认为俄译文也是转译自雷慕沙的法文版中国话本小说《今古奇观》第 29 卷《怀私怨狠仆告主》。⑥俄语译者在序言中说"雷慕沙在巴黎出版该书引起新的摩登样式，那里因此有

---

① Riftin, B. *The Research of Chinese Ancient Literature in Soviet Union*. Harvard: Harvard University Press, 1983, P312.

② Riftin, B. *The Research of Chinese Ancient Literature in Soviet Union*. Harvard: Harvard University Press, 1983, P312.

③ Cordier, Henri. *China in Western Literature, a Continuation of Cordier's Bibliotheca Sinica*. New York & Haven Conn: Far Eastern Publication, Yale University, 1958, P425.

④ Riftin, B. *The Research of Chinese Ancient Literature in Soviet Union*. Harvard: Harvard University Press, 1983, P315.

⑤ Cordier, Henri. *China in Western Literature, a Continuation of Cordier's Bibliotheca Sinica*. New York & Haven Conn: Far Eastern Publication, Yale University, 1958, P425.

⑥ Riftin, B. *The Research of Chinese Ancient Literature in Soviet Union*. Harvard: Harvard University Press, 1983, P313.

了中国式的帽子、手镯、鞋袜等物品;对于俄罗斯人来说,雷慕沙的书则从另外一方面让我们感到有趣,中国故事与我们的通俗文学很像。如果将雷慕沙书中的故事译成俄文,那将是最好的证明"[1]。李福清非常赞同无名译者的观点,认为中国话本小说的确与17至18世纪的俄国通俗文学相似。他评价无名译者是俄国人第一次从文学角度来评价中国文学作品。尽管有法语转译,但译文质量很好,保存了中国话本的特点。[2]

1839年俄国《祖国之子》杂志第11期刊登了《中国逸事》11篇中国小说,[3]其中有一篇讲述江州县令准备将女儿嫁给某一官员的儿子,忽然发现女儿的丫环在一旁哭泣,询问后明白此丫环原是官家小姐,父亲死后卖身为奴。后来丫环连同小姐一同嫁给那个官家的两个儿子。李福清认为原作无疑是《醒世恒言》第三卷《两县令竞义婚孤女》,这又是一篇善有善报的故事,也是俄国汉学家喜欢的主题。[4]

1841年圣彼得堡《灯塔》杂志第17和18期刊登了一篇中国中篇小说。李福清认为这是从英文杂志《国外季刊评论》(*Foreign Quarterly Review*)转译的一篇长篇书评。[5] 该评论详细介绍了英译文《今古奇观》第35卷《王娇鸾百年长恨》,几乎复述了整个小说情节,甚至引用了译文中的英文诗歌。通过俄译文,俄国读者完全了解了该故事。

1847年圣彼得堡《祖国纪事》杂志发表了一俄译文小说《死后友人》,李福清认为这是《今古奇观》第12卷《羊角哀舍命全交》的俄译文,转译自1845年《亚洲杂志》(*Journal Asiatique*)出版的由塞缪尔·白之(Samul Birch)翻译的英译本,两种译本的标题也一样,英文是"*Friends till Death*"。[6]

---

[1] Riftin,B.*The Research of Chinese Ancient Literature in Soviet Union*.Harvard:Harvard University Press,1983,P314.

[2] Riftin,B.*The Research of Chinese Ancient Literature in Soviet Union*.Harvard:Harvard University Press,1983,P317.

[3] Cordier,Henri.*China in Western Literature,a Continuation of Cordier's Bibliotheca Sinica*.New York & Haven Conn:Far Eastern Publication,Yale University,1958,P425.

[4] Riftin,B.*The Research of Chinese Ancient Literature in Soviet Union*.Harvard:Harvard University Press,1983,P317.

[5] Riftin,B.*The Research of Chinese Ancient Literature in Soviet Union*.Harvard:Harvard University Press,1983,P323.

[6] Riftin,B.*The Research of Chinese Ancient Literature in Soviet Union*.Harvard:Harvard University Press,1983,P326.

三、伊凡诺夫、维里古斯等苏联汉学家

亚·伊·伊凡诺夫毕业于法国国立东方语言学院,获博士学位,先后任法国《北京报》编辑、《真理报》记者、北京大学教授、苏联科学院世界经济与政治研究所研究员。他精通汉语与中国文化,认为可以通过中国文学了解中国国情、民族风情和文化传统。1909 年俄国《活的古代》杂志第 19 期发表了亚·伊·伊凡诺夫翻译的《今古奇观》第 36 卷《十三郎五岁朝天》。[①]

维里古斯(1922—1980)毕业于列宁格勒大学东方系,苏联科学院民族研究所列宁格勒分所研究员,热衷于中国古籍以及中国古典文学的研究。著作有《十一世纪前中国史料中有关非洲国家与民族的信息以及太平洋、印度洋区域的海上的联系》。齐佩罗维奇毕业于列宁格勒大学东方系,获得语文学副博士学位,先后担任列宁格勒大学东方系教授和科学院东方学研究所列宁格勒分所图书馆馆员。1954 年维里古斯和齐佩罗维奇合作编译的《今古奇观》在莫斯科出版[②],共选译《今古奇观》中作品 9 篇,包括《蒋兴哥重会珍珠衫》、《沈小霞相会出师表》、《羊角哀舍命全交》、《吴保安弃家赎友》、《裴晋公义还原配》、《滕大尹鬼断家私》、《金玉奴棒打薄情郎》、《庄子休鼓盆成大道》和《吕大郎还金完骨肉》。此译本的增订本于 1977 年在莫斯科科学出版社出版,增加了《王娇鸾百年长恨》、《怀私怨狠仆告主》和《勘皮靴单证二郎神》3 篇故事,书名改为《勘皮靴单证二郎神:中国中世纪小说》。维里古斯毕业于列宁格勒大学东方系获得史学副博士,他对《今古奇观》的翻译主要出于对中国文学的爱好和教学的需要,将译文作为学习汉语以及中国文学艺术课程的教材。

佐格拉芙毕业于列宁格勒大学东方系,获得语文学博士学位,苏联科学院东方学研究所研究员,职业汉学家,从事中国语言学与古典文学的研究。1962 年东方文献出版社出版了他翻译的《十五贯》[③],译文质量很高。

沃斯克列先斯基(华克生)(1926—2017),著名汉学家,先后任高等外交学院和莫斯科大学东方学院教授、苏联科学院中国研究所研究员。他热衷于中国明清及现代文学和文化以及东南亚华人文学等的研究,发表有关中国古典和现代文学的论文一百多篇,翻译《儒林外史》《十二楼》等许多中国文学作品。

---

① 施建业:《中国文学在世界的传播与影响》,黄河出版社,1993 年,第 40 页。
② 王丽娜:《中国古典小说戏曲名著在国外》,学林出版社,1988 年,第 196~197 页。
③ 施建业:《中国文学在世界的传播与影响》,黄河出版社,1993 年,第 40 页。

1966年莫斯科文学出版社出版了他编译的《闲龙劣迹：十七世纪话本小说十六篇》[①]，此书选译"三言二拍"中的作品，包括《俞伯牙摔琴谢知音》《王安石三难苏学士》《赵太祖千里送京娘》《王娇鸾百年长恨》《金玉奴棒打薄情郎》《卖油郎独占花魁》《十五贯戏言成巧祸》《钱秀才错占凤凰俦》《神偷寄兴一枝梅》《怀私怨狠仆告主》《转运汉巧遇洞庭红》《张道陵七试赵升》《白娘子永镇雷峰塔》和《羊角哀舍命全交》等。1982年苏联科学出版社东方文学总编辑部出版了他编译的《银还失主》和《道士之咒语》两本话本选集，[②]这两本书共选译"三言"作品10篇，其中包括《陈御史巧勘金钗钿》《张道陵七试赵升》《宋四公大闹禁魂张》《汪信之一死救全家》《白娘子永镇雷峰塔》《况太守断死孩儿》《唐解元一笑姻缘》《范鳅儿双镜重圆》《李谪仙醉草吓蛮书》和《沈小霞相会出师表》。译文中诗词部分是由苏联研究明代的汉学家伊·斯米尔诺大翻译的。两书均有沃斯克列先斯基所作的内容丰富的"前言"和"注释"。"前言"除介绍各篇话本中不同类型的人物和情节冲突以外，还介绍了欧洲及其他国家研究翻译中国话本的情况，注释中含有不少关于中国古代社会生活的知识。该译本是所有"三言"俄语译文中质量最好的。"三言"在俄苏的传播过程可以用列表的方式总结见表4-7。

表4-7 "三言"在俄苏的传播一览

序号	译者姓名	译文篇目	出版刊物	出版年份
1	无名氏	《庄子休鼓盆成大道》	《纯朴的习题杂志》	1763年
2	无名氏	《庄子休鼓盆成大道》《怀私怨狠仆告主》《吕大郎还金完骨肉》	《庄子与田氏》	1785年
3	无名氏	《吕大郎还金完骨肉》	《译自各种外文书的阿拉伯、土耳其、中国、英国、法国的牧人、神话小说选》	1788年
4	无名氏	《夸妙术丹客提金》	《儿童之友》	1810年
5	无名氏	《吕大郎还金完骨肉》《怀私怨狠仆告主》	《电报》	1827年

[①] 王丽娜：《中国古典小说戏曲名著在国外》，学林出版社，1988年，第196-197页。

[②] 王丽娜：《中国古典小说戏曲名著在国外》，学林出版社，1988年，第196-197页。

续表

序号	译者姓名	译文篇目	出版刊物	出版年份
6	无名氏	《两县令竞义婚孤女》	《祖国之子》	1839年
7	无名氏	《王娇鸾百年长恨》	《灯塔》	1841年
8	无名氏	《羊角哀舍命全交》	《祖国纪事》	1847年
9	无名氏	《十三郎五岁朝天》	《活的古代》	1909年
10	王西里	《俞伯牙摔琴谢知音》	《东方》	1924年
11	维里古斯、齐佩罗维奇	《蒋兴哥重会珍珠衫》《沈小霞相会出师表》《羊角哀舍命全交》《吴保安弃家赎友》《裴晋公义还原配》《滕大尹鬼断家私》《金玉奴棒打薄情郎》《庄子休鼓盆成大道》《吕大郎还金完骨肉》《王娇鸾百年长恨》《怀私怨狠仆告主》《勘皮靴单证二郎神》	《今古奇观》	1951年
12	佐格拉芙	《十五贯戏言成巧祸》	《十五贯》	1962年
13	敏什科夫	《卖油郎独占花魁》	《卖油郎与花魁》	1962年
14	沃斯克列先斯基（华克生）	《俞伯牙摔琴谢知音》《王安石三难苏学士》《赵太祖千里送京娘》《王娇鸾百年长恨》《金玉奴棒打薄情郎》《卖油郎独占花魁》《十五贯戏言成巧祸》《钱秀才错占凤凰俦》《怀私怨狠仆告主》《张道陵七试赵升》《白娘子永镇雷峰塔》《神偷寄兴一枝梅》《羊角哀舍命全交》《陈御史巧勘金钗钿》《张道陵七试赵升》《宋四公大闹禁魂张》《汪信之一死救全家》《况太守断死孩儿》《唐解元一笑姻缘》《范鳅儿双镜重圆》《李谪仙醉草吓蛮书》《沈小霞相会出师表》	《闲龙劣迹：十七世纪话本小说十六篇》《银还失主》《道士之咒语》	1966年 1982年

四、小结

历史上俄苏汉学家翻译的"三言"作品，忠孝仁义的主题依然占大多数，共20篇，分别是《俞伯牙摔琴谢知音》《卖油郎独占花魁》《沈小霞相会出师表》《怀私怨狠仆告主》《吕大郎还金完骨肉》《两县令竞义婚孤女》《王娇鸾百年长恨》《羊角哀舍命全交》《金玉奴棒打薄情郎》《蒋兴哥重会珍珠衫》《陈御史巧勘金钗钿》《宋四公大闹禁魂张》《赵太祖千里送京娘》《钱秀才错占凤凰俦》《范鳅儿双镜重圆》《沈小霞相会出师表》《汪信之一死救全家》《滕大尹鬼断家私》《吴保安弃家赎友》《裴晋公义还原配》；神仙志怪作品 6 篇，分别是《夸妙术丹客提金》《十三郎五岁朝天》《勘皮靴单证二郎神》《李谪仙醉草吓蛮书》《张道陵七试赵升》《白娘子永镇雷峰塔》；反封建、反理学的作品 2 篇，分别是《白娘子永镇雷峰塔》和《庄子休鼓盆成大道》。

通过李福清的研究，我们可以得出如下结论：俄国驻中国的东正教传教士成为"三言"在俄国的最早传播者，在他们的影响下，俄国专业汉学家纷纷着手"三言"的俄译工作，为传播中国文学做出了重要贡献。20 世纪以前的俄语译本大多是转译自英语或法语，且译者多为无名氏。20 世纪后，情况逐渐改变，俄国汉学家开始将汉语版"三言"原著直接翻译成俄语。其译文绝大多数是节译，选材主要根据原作在中国受推崇和流行的程度，并结合俄国人的需要，根据俄国的文化传统进行了一些改译或者改写。译文经过认真推敲，质量较高，译者结合翻译写了一些前言、后记、评介文字和研究心得。李福清对"三言"进行了深入且有价值的研究，遗憾的是他对"三言"在俄国传播的研究仅仅局限于从 18 世纪到 19 世纪上半叶，后来华克生和维里古斯的研究填补了这一空白。

总之，李福清等俄苏汉学家对"三言"在俄国传播情况进行了比较深入的考据，他们的研究从文献学和文学史的角度上讲具有非常重要的意义，标志着俄罗斯对中国白话小说的研究已经走向成熟。他们的研究成果有助于了解"三言"在俄苏的传播过程，探索"三言"在中俄文化交流中的贡献，为进一步研究创造了条件。

第五章　中西合璧之杰作

　　20世纪之前的汉学研究几乎全部由外国人完成,西方传教士、外交官以及职业汉学家笔下的中国形象在欧洲不同的人眼里产生了不同的色彩,而作为输出这种形象的中国在20世纪到来之前始终作为一个失语者,默默无语地安坐在那里等待着四方八国评头论足。直到20世纪30年代,一些海外华裔学者或中国学者才终于开始投身于"三言"以及中国文化的传播工作。经过自近代以来的西学浸润,许多海外华裔学者或中国学者满腹经纶、学贯中西,他们或以向中国传播西学为己任,或以向西方介绍汉学为主要目标。由于具备精深的学术功底,在把中国文化介绍给西方的过程中,成就突出。宋美龄是第一个选译"三言"作品的中国人。此后,王际真、林语堂、夏志清、张心沧、王惠民、陈陈、杨曙辉以及杨韵琴等华裔学者纷纷加入。这些华裔或中国学者尽管起步晚,但是由于学识渊博,拥有扎实的文学与语言基础,不存在对原著的误读或误译,因而能够后来居上,很快赶上西方同行。他们所选择的"三言"作品不但篇幅长,容纳的内容广,而且有对联有诗词,翻译起来难度相当大。因为具有博学的知识,高度的文字修养,兼通诗与文的翻译技巧,他们的译文都相当得忠实与通顺。如果说传教士与外交官翻译或研究"三言"多出于宗教、政治、商业或外交的目的,那么国外职业汉学家、华裔以及中国学者对"三言"的翻译或研究则是完完全全出于对中国文学本身的兴趣,致力于向海外介绍中国古典文学,传播中国文化。他们自觉使用跨文化的比较研究方法,希望通过文学来了解和考察中国的国情与传统文化。

中西同情——冯梦龙"三言"传入西方之考析

第一节 白圭之玷:王际真与《中国传统故事集》[①]

王际真(WANG Chi-chen,1877—1952),著名文学评论家和翻译家。1922年赴美留学,在威斯康星大学麦迪逊分校攻读经济学,1924年继续在哥伦比亚大学学习。先后任纽约艺术博物馆东方部职员、哥伦比亚大学东亚学系汉学教授。王际真与沈从文、徐志摩等学者关系密切。[②]经过长时间的中学和西学浸润,王际真满腹经纶、学贯中西。他以向西方介绍汉学为主要目标。由于具备精深的学术功底,在把中国文化介绍给西方方面成就突出。他翻译出版了大量的中国文学作品,1929年将《红楼梦》用英文节译为39章和一个楔子,后来对部分故事作提要式叙述,译名为 Dream of the Red Chamber,并由著名汉学家亚瑟·韦利作序,韦利称其为"信、达、雅"的佳作,该书还得到了赛珍珠的高度评价。王际真翻译的底本是胡适送给他的《脂砚斋批本石头记》的显微胶卷的影印本。[③]1958年王际真在1929年的节译本基础上又加以补译,出版了另一本比较完备的作品。王际真因此成为将《红楼梦》翻译为外文的第一个华人。

1944年王际真翻译出版了《中国传统故事集》(Traditional Chinese Tales),共翻译了20篇文言文和白话小说,其中有4篇选译自《醒世恒言》,分别是《十五贯戏言成巧祸》("The Judicial Murder of Tsui Ning")、《灌园叟晚逢仙女》("The Flower Lover and the Fairies")、《卖油郎独占花魁》("The Oil Peddler and the Queen of Flower")以及《三孝廉让产立高名》("The Three Brothers")。此书1944年由纽约哥伦比亚大学出版社出版,1968年由纽约格林伍德出版社再版(New York:Greenwood),1975年又由康涅狄格州西港格林伍德出版社再版。《灌园叟晚逢仙女》之译文1946年另由纽约阿奇韦出版社出版了单行本;《十五贯戏言成巧祸》之译文另收入《亚洲文学宝藏》(A

[①] 该部分引自《华裔汉学家王际真与"三言"的翻译》一文。本文原载于《大连海事大学学报(社会科学版)》2011年第1期第112~115页。作者:李新庭、庄群英。有改动。

[②] 沈从文在《自传编零》中详细披露了与王际真交往及书信往来的情况,以及朋友间的友好情谊。

[③] 胡适著,唐德刚编:《胡适口述自传》,安徽教育出版社,2005年,第179页。

Treasury of Asian Literature)一书,1956 年由纽约新美利坚图书馆(New American Library)出版。另外,王际真翻译的《崔待诏生死冤家》("The Jade kuanyin"),被收入西里尔·白之(Cyril Birch)编辑的《中国文学选》(*Anthology of Chinese Literature*)一书中,1972 年由纽约格罗夫出版社出版。在《中国传统故事集》的前言里,王际真介绍了中国小说的两种传统形式:文言文小说与白话小说。他认为白话小说起源于话本小说,是说书艺术的产物,与高高在上的文人小说即文言文小说不同。中国小说的作者很少有意刻画人物的性格和分析人物的内心活动。相反,非常关注情节的设计与道德的说教。

总体而言,《崔待诏生死冤家》的译文通顺流畅,但是有许多美中不足之处。译文省略了开头十一首描写春天景色的词。这十一首词的作者分别为孙道徇、王安石、苏东坡、秦少游、邵尧夫、苏小小等宋代著名文人,把它们译成英文难度确实很大。在翻译诗词歌赋或俗语警句时,王际真的标准似乎是选择难度小的,舍弃难度大的;选择紧扣主题并推动情节发展的,舍弃次要的或评论性的。另外,"三言"包罗了许多与中国封建王朝相关的制度、礼仪、风俗、官爵、人名用语。在翻译的过程中王际真的译文有许多不恰当之处:例一,崔待诏的玉观音被郡王送给皇帝时,"龙颜大喜",[1]王际真将此译成"The Dragon Countenance was greatly pleased"。[2] 包括王际真在内的华裔汉学家,他们的传播对象是西方读者,将"龙颜"直译为"dragon countenance"("龙的面容"),由于文化的差异,这样的译法无疑令西方读者感到莫名其妙。因此,应该译成"The Emperor was greatly pleased"为佳。例二,在描写崔待诏与秀秀酒后私订终生时,有这样一句诗"三杯竹叶穿心过",[3]王际真翻译为"after three cups of Bamboo Leaves pass through the lips",[4]"竹叶青"可以是一种毒蛇,可以是山西汾酒,也可以是绍兴黄酒,翻译为"bamboo-leaf-green liqueur"或"bamboo-leaf-green Wine"都比"bamboo leaves"(竹子的叶子)强许多。例三,"一命正归黄泉下",[5]王际真翻译为"She herself was well on the way to

---

[1] 冯梦龙:《警世通言》卷八《崔待诏生死冤家》,沈阳出版社,1995 年,第 76 页。
[2] Wang, Chi-chen. *Traditional Chinese Tales*. New York: Greenwood Press, 1943, P117.
[3] 冯梦龙:《警世通言》卷八《崔待诏生死冤家》,沈阳出版社,1995 年,第 77 页。
[4] Wang, Chi-chen. *Traditional Chinese Tales*. New York: Greenwood Press, 1943, P117.
[5] 冯梦龙:《警世通言》卷八《崔待诏生死冤家》,沈阳出版社,1995 年,第 83 页。

the Yellow Springs."。①将"黄泉"译为"the Yellow Springs"(黄色的泉水)非常不妥,西方人很难理解,应改为"the nether world"或"the world of the dead"。王际真在本篇译文中的重大错误有两处。一是对于《警世通言》的原文"这块玉上尖下圆,好做一个摩侯罗儿。郡王道:'摩侯罗儿只是七月七日乞巧使得,寻常间又无用处。'"②,王际真错误地将"摩侯罗儿"翻译成"pu-tao-weng"和"old men who would not fall"(不倒翁)。③ 其实"摩侯罗儿"是印度梵语的音译,是佛教传说中的天龙八部之一,宋明时期演变为泥塑的孩童像,每年七月七日在市场销售,是妇女们相互馈赠以求得子的礼品。因此,正确的译文应该是"Muhurta Doll",并且用注释将之解释为"The Muhurta Doll, usually made of clay, was often offered as a gift on the Double Seventh Festival for women to pray for children. The term muhurta is derived from Mahoraga, a Buddhist deity with a human body and a snake's head"。二是,王际真将"七月七日乞巧节"翻译成"All Souls Festival"(鬼节),④这是很不应该的。"乞巧节"又称"女儿节",是妇女的节日,以乞富、乞巧和乞子为主要活动。正确的翻译应该是"Double Seventh Festival",并且用注释将之解释为"Double Seventh Festival is women's festival formerly observed on the 7th evening of the 7th lunar month to pray for wealth, cleverness or son"。

《十五贯戏言成巧祸》("The Judicial Murder of Tsui Ning")的译文质量较高,尽可能做到了忠实与通顺,语言也非常简练。文中的诗歌与俗语一一翻译,未曾省略。比如,王际真将"世路窄狭,人心叵测。"译为"The road of life is a tortuous one and the heart of man is hard to fathom.",⑥将"熙熙攘攘,都为利来;蚩蚩蠢蠢,皆纳祸去。"⑦译为"Everyone bustles about for the sake of

---

① Wang, Chi-chen. *Traditional Chinese Tales*. New York: Greenwood Press, 1943, P126.
② 冯梦龙:《警世通言》卷八《崔待诏生死冤家》,沈阳出版社,1995年,第73页。
③ Wang, Chi-chen. *Traditional Chinese Tales*. New York: Greenwood Press, 1943, P117.
④ Wang, Chi-chen. *Traditional Chinese Tales*. New York: Greenwood Press, 1943, P117.
⑤ 冯梦龙:《醒世恒言》卷三十三《十五贯戏言成巧祸》,沈阳出版社,1995年,第594页。
⑥ Wang, Chi-chen. *Traditional Chinese Tales*. New York: Greenwood Press, 1943, P127.
⑦ 冯梦龙:《醒世恒言》卷三十三《十五贯戏言成巧祸》,沈阳出版社,1995年,第594页。

gain but in their ignorance they often reap nothing but calamities."①。又将"坐吃山空，立吃地陷。"②译为"He who does nothing will eat a mountain clean and the earth bare."③。然而，该译文也有美中不足之处。比如，文中多次用"泰山"④指代"岳父"，王际真将此直译为"Great Mountain"，⑤很明显，这是误译。原因有二：其一"Great Mountain"乃"大山"的意思，并非"泰山"（Mountain Tai）；其二，国外读者很难理解"泰山"与"岳父"之间的文化含义。因此，只要将"泰山"译为"Father-in-law"，或者"Mountain Tai"并加以注释（In China, in order to show the great respect, man usually calls his father-in-law Mountain Tai），说明"泰山"与"岳父"之间的文化含义即可。

《灌园叟晚逢仙女》（"The Flower Lover and the Fairies"）中许多难度很大、与主题以及情节发展联系不紧的诗词被省略不译。故事开篇是一首诗"连宵风雨闭柴门，落尽深红只柳存。欲扫苍苔且停帚，阶前点点是花痕。"⑥。该诗可以衬托灌园叟对花的喜爱与爱惜，与主题密切相关，且难度较小，王际真的译文为"All night long the wind and rain beat upon the faggot gate, Scattering the red petals and leaving only the willow leaves. I hesitated as I set out to sweep the steps with my broom, For all around me I found sad traces of broken blossoms."⑦。译文简洁流畅，被视为佳作。仙女与爱花之人相见时唱了两首诗，感慨春天短暂，年华易老。其中一首是这样的："绛衣披拂露盈盈，淡染胭脂一朵轻。自恨红颜留不住，莫怨春风道薄情。"⑧这首诗翻译难度大，而且感慨性的评论对推动情节的发展作用不大。王际真将此诗省略不译，处理得比较妥当。整篇译文的不足之处还是在具有中国文化特色的词语上，

---

① Wang, Chi-chen. *Traditional Chinese Tales*. New York: Greenwood Press, 1943, P127.
② 冯梦龙：《醒世恒言》卷三十三《十五贯戏言成巧祸》，沈阳出版社，1995 年，第 596 页。
③ Wang, Chi-chen. *Traditional Chinese Tales*. New York: Greenwood Press, 1943, P131.
④ 冯梦龙：《醒世恒言》卷三十三《十五贯戏言成巧祸》，沈阳出版社，1995 年，第 596 页。
⑤ Wang, Chi-chen. *Traditional Chinese Tales*. New York: Greenwood Press, 1943, P131-132.
⑥ 冯梦龙：《醒世恒言》卷四《灌园叟晚逢仙女》，沈阳出版社，1995 年，第 57 页。
⑦ Wang, Chi-chen. *Traditional Chinese Tales*. New York: Greenwood Press, 1943, P143.
⑧ 冯梦龙：《醒世恒言》卷四《灌园叟晚逢仙女》，沈阳出版社，1995 年，第 58 页。

比如,原文中有这样一句"张委损花害人,花神奏闻上帝,已夺其算"①。王氏译为"As to Chang Wei, the deity in charge of flowers, has lodged a complaint against him before Shang Ti and it has been decreed that his natural span of life is to be cut short"②。显然,将"上帝"英译为"Shang Ti"是不恰当的。这里的"上帝"指的是"玉帝",是道教中最大的神祇。最佳的翻译应该译是"Supreme Deity of Taosism"。

在《卖油郎独占花魁》("The Oil Peddler and the Queen of Flower")的译文中,王际真省略不译的除了一些诗词,还有金二员外诱奸花魁的露骨性爱描写。王际真出于中国人传统的价值观念考虑,省略不译是可以理解的,尽管不一定正确。其实西方的小说中也经常描写性爱,文字的露骨程度不亚于任何中国小说。译文美中不足之处还在于对许多中国特色的词汇处理上。原著中有许多嫖妓的术语。比如"梳弄"③"破瓜""破了身子""试花"④"开花"⑤"摘花"⑥"覆帐"⑦,王际真用直译的方法,将"梳弄"译为"to comb her hair(梳头发)"⑧,将"试花"译为"testing the flower"⑨,将"摘花"译为"plucking the flower",将"开花"译为"emblossoming the flower"⑩,也未曾加以任何注释。而将"破瓜""破了身子""覆帐"通通省略不译。译文完全失去原有的文化含义,读者完全云山雾罩,不明所以。妥善的译法应该是在直译的基础上加注释,或者将"梳弄""破瓜"等译成"to receive a patron/guest for the first time"或"to make love/have sex/have sexual intercourse with sb. for the first time",将"试花"译为"to receive the patron for the first time when the prosti-

---

① 冯梦龙:《醒世恒言》卷四《灌园叟晚逢仙女》,沈阳出版社,1995年,第71页。
② Wang, Chi-chen. *Traditional Chinese Tales*. New York: Greenwood Press, 1943, P1162.
③ 梳弄:妓女第一次接客。
④ 试花:妓女十三岁时第一次接客。
⑤ 开花:妓女十四岁时第一次接客。
⑥ 摘花:妓女十五岁时第一次接客。
⑦ 覆帐:妓女第二次接客。
⑧ Wang, Chi-chen. *Traditional Chinese Tales*. New York: Greenwood Press, 1943, P172.
⑨ Wang, Chi-chen. *Traditional Chinese Tales*. New York: Greenwood Press, 1943, P173.
⑩ Wang, Chi-chen. *Traditional Chinese Tales*. New York: Greenwood Press, 1943, P173.

tute is 13 years old";将"开花"译为"to receive the patron for the first time when the prostitute is 14 years old";将"摘花"译为"to receive the patron for the first time when the prostitute is 15 years old"即可。译文的另一不妥之处是王际真在翻译"宋高宗泥马渡江"①的传说或者典故时,只是简单地将此译为"the escape of the Prince K'ang on a horse of clay"。② 译文未加注释,容易让西方读者误解,泥塑的马如何能渡人过江? 因此,必须用注释"According to the legend, Zhao Gou, Prince Kang, later to be Emperor Gaozong of Southern Song Dynasty, crossed the Yangzi River on a horse he found in a temple to flee from Jurchen soliders, but once he was out of danger, he saw that the horse was made of clay."加以解释。

在《卖油郎独占花魁》中,有许多人名和地名都是冯梦龙用谐音精心命名的,以此来隐喻人物的性格、命运、遭遇或故事的发展。王际真翻译人名时基本上采取音译法,如瑶琴(Yaoqin)、秦重(Qin Zhong)、卜乔(Bu Qiao)和莘善(Xin Shan)。这种翻译方法不够妥当,势必会削弱作者要传达的意图。因此要想弥补音译造成的名字意义的损失,必须对部分人名含义以注释的形式加以解释,比如 Yaoqin means "Zither Inlaid with Jade"; Qin Zhong is a homophone for "gratitude"; Bu Qiao for "unfortunately"; Xin Shan for "kind-heartedness"。加注后译语读者就能领会到作者取名的含义:瑶琴是个琴、棋、书、画无所不通的才女;秦重(情重)是个情深义重、值得信赖的人;瑶琴碰到卜乔(不巧)就是厄运的开始;莘善(心善)定是善有善报,最终能与失散的女儿团聚。

《三孝廉让产立高名》("The Three Brothers")的特殊之处在于"入话"部分由三个故事组成,加上正文故事一共四个故事,全部歌颂"兄友弟恭"的儒家主题。尽管译文省略许多文言文句子与市井俗语,比如:"承贤昆玉厚爱,借花献佛""臣以菲才,遭逢圣代,致位通显,未谋报称,敢图暇逸……倘念犬马之力,尚可鞭挞,奔驰有日"③等。但是,在故事情节的忠实度以及译文的通顺与流畅等方面还是毋庸置疑的。在五篇"三言"译文中,该篇译文质量最高。王氏一改以往在翻译具有中国文化特色的词汇上的不足,大量使用注释加以说明。译文简洁流畅,将忠实与通顺统一到相当完美的境界。

---

① 冯梦龙:《醒世恒言》卷三《卖油郎独占花魁》,沈阳出版社,1995年,第26页。
② Wang, Chi-chen. *Traditional Chinese Tales*. New York: Greenwood Press, 1943, P169.
③ 冯梦龙:《醒世恒言》卷二《三孝廉让产立高名》,沈阳出版社,1995年,第18页。

翻译是语言的转换,更是文化的导入,因而翻译活动的实质是一种文化信息互动的复杂的思维转换活动。文化差异的绝对性使文化翻译呈现出不可能的特点,并使文化信息在翻译过程中的流失成为不可回避的语言现象,因而尽善尽美的文化翻译是很少有的。王际真长期担任哥伦比亚大学东亚学系汉学教授,他的译文出版后成为西方读者了解或学习中国文学的教材,为弘扬中国传统文化做出了巨大的贡献。当然,他的翻译如同任何译本一样有不足之处,但与其巨大成功相比,则是白圭之玷!未足诟病!他作为文化传播的中介人,在尽可能地研究中西文化的历史与现状的同时,自觉培养跨文化交际的敏感性,以翻译为手段,积极从事"三言"的传播。深化了国外人士对中国文学张扬人性、抒发纯真情感、肯定人生价值的认知,为中西文化交流做出重要贡献。

第二节　崭新风貌:林语堂与《寡妇·尼姑·妓女》

林语堂(LIN Yu-tang,1895—1976),福建漳州龙海人,先后获上海圣约翰大学学士、哈佛大学文学硕士、德国莱比锡大学比较语言学博士。回国后担任清华大学教授、北京大学教授、厦门大学文学院院长、新加坡南洋大学校长等。林语堂是一个堪与鲁迅比肩的大作家,学贯中西的大学者,天才的语言大师。他著作等身,有汉语著作,更有英文作品;有小说,有散文,有传记,甚至有字典——《林语堂当代汉英词典》;他在 20 世纪 30 年代创办《论语》《人间世》《宇宙风》三种杂志,开创了幽默与性灵文学的文风,1940 年和 1950 年先后两度获得诺贝尔文学奖提名;林语堂是一个发明家,发明了中文"上下形检字法"和中文打字机。

林语堂的汉学著作不胜枚举,他的英语著作有 60 余部,将孔、孟、老、庄的哲学和李白、杜甫、苏东坡、袁中郎、冯梦龙、金圣叹、曹雪芹等人的作品译成英文,其中多数又被转译为几种或十几种文字,畅销国际,成为自辜鸿铭以后受西方文化熏陶极深、在国际上宣扬中国传统文化贡献最大的一位作家与学人。"两脚踏中西文化、一心评宇宙文章"是他的心胸与气度,也是对他最好的评价。1951 年,纽约约翰戴伊出版社出版了林语堂的译著《寡妇·尼姑·妓女》(*Widow*,*Nun and Courtesan*)(图 5-1),该书于 1971 年由香港格林伍德出版社再版。在前言部分林语堂介绍了译介的内容与目的。三篇作品分别为《庄寡妇》("Widow Chuan")、《泰山尼姑》("A Nun of Taishan")以及《杜小姐》

("Miss Tu"),均可以在冯梦龙"三言"里找到对应的篇目。《庄寡妇》的原著作者是老向[1],故事发生的时间是20世纪20年代,反映的是北方农村的社会生活,然而《庄寡妇》的故事情节和人物的性格特征分明有《庄子休鼓盆成大道》中的庄周之妻田氏的影子,作者创作时显然接受了冯梦龙创作手法的影响。《泰山尼姑》的原著作者是《老残游记》的作者刘鹗,故事的情节与主题很容易让人联系到《醒世恒言》中的《赫大卿遗恨鸳鸯绦》。《杜小姐》则编翻自《警世通言》中的《杜十娘怒沉百宝箱》。学贯中西的林语堂非常了解西方读者的阅读心理以及西方小说的叙事技巧,他的译作以对原作的改编为基础。经过改编以后的译文中西合璧,展示出全新的风貌,符合了西方审美情趣,引起西方读者很大的兴趣。

林语堂在《前言》里指出:"妓女在中国人的社会生活中发挥重要作用,与文人更有莫大渊源。妓女也是人,可能真正爱上某个男人,然而想从良注定要经历巨大的社会阻力。"[2]他的评论强化了小说的主题。《杜小姐》采用第一人称倒序的手法。在故事的开头,叙述者也就是"我"描述了二十年前某一天目睹的一件事:妓女杜十娘怒沉百宝箱,怒骂情人李甲的无情与软弱,控诉孙富见色忘义、为富不仁,随后跳水身亡。为了详细了解真相,他认识了李甲的管家以及他的好友柳遇春。随着调查的深入,越来越多的情节被揭示出来。小说结尾的叙事时间又回到二十年后的现在,在杜十娘曾经跳江的地方,来了一个中年疯和尚,言谈举止疯癫无状。在纪念杜十娘的小庙里,疯和尚对着杜十娘的画像又哭又笑,似乎在忏悔,在请求原谅。终于有一天,一场大火将一切烧得干干净净,包括疯和尚自己。与其说林语堂翻译了《杜十娘怒沉百宝箱》,倒不如说他是用英文在原著基础上再创作,可以说《杜小姐》是编译。从形式上看,其译作已经完全没有话本小说的样式了。话本小说往往有许多诗词歌赋和俗语警句,林语堂通通省略不译,只保留了故事的主要情节与主题,尤其重要的是小说的叙事形式发生了根本性的改变。冯梦龙在原话本小说中采用的是说书人全知全能的第三人称叙事,[3]同时又是直叙;林语堂的译文采用的

---

[1] 老向的真名叫王向真(Wang Xiang-chen),与著名作家老舍是同乡兼知交,以北京味十足的语言风格和简练纯朴的幽默风格而闻名。

[2] Lin, Yutang. *Widow, Nun and Courtesan: Three Novelettes from the Chinese*. New York: the John Day Company, 1951, P5.

[3] 全知全能的第三人称叙事指的是故事的叙述者——说书艺人完全了解人物的语言动作或内心活动。他高高在上,将人物的语言动作与内心活动从头到尾原原本本写下来,故事的情节也交代得一清二楚。

是第一人称叙事,同时又是倒叙。在原话本小说中,冯梦龙按时间顺序,通过说书人的叙述将杜十娘生前受苦受骗、怒沉百宝箱跳水身亡,死后复仇报恩,以及李甲、孙富的下场都一一交代清楚。这种全知全能的第三人称叙事是话本小说的基本叙事手法。林语堂的译文将第三人称叙事改为一个目睹或耳闻之人的第一人称叙事。叙述者并非全知全能,无法高高在上知晓一切。《杜小姐》的叙述者是一位老作家,二十年前偶然认识了书生李甲的管家,听他讲述了李甲、杜十娘与商人孙富之间的故事,不胜感慨,决定追踪采访当事人身边的知情者,详细了解故事的前因后果。李甲的同窗好友柳遇春就是其重点采访对象。柳遇春品德高尚、待人真诚,是李甲与杜十娘爱情的见证人和支持者,对两人的遭遇非常了解。他和李甲的管家是老作家即小说的叙述者最主要的信息来源。

图 5-1　林语堂所译《寡妇·尼姑·妓女》封面

　　林语堂改变叙事手法的原因是中西短篇小说在叙事手法上存在差异。西方短篇小说家常常以"我"的形式在作品中出现,从古希腊的《荷马史诗》到文艺复兴时期的《十日谈》就已经有这样的叙事手法了。到了 19 世纪,作家们开始广泛使用第一人称以及倒叙的手法。林语堂非常了解西方读者的阅读心理以及西方小说的叙事技巧，经过改编以后的译文符合了西方的审美情趣，有助于引起读者兴趣，产生更大的影响。

林语堂真是一位高明的作家，他在保留原作主题与主要情节基础上的再创作，扩大了人物冲突的戏剧性效果，特别是小说结尾疯和尚火烧一切的结局是冯梦龙原作所没有的情节。这样的结局令人心酸和感慨，加深了对主人公命运的同情与惋惜。林语堂迥然不同的叙事技巧将故事情节层层推进，扣人心弦，对人物内心活动的描述既自然又深刻，令人欲罢不能。

尽管从"忠实"的标准上看，林语堂的译文有些不足，但在"通顺"的标准上，学贯中西的林语堂驾驭语言的能力确实炉火纯青，译文的语言风格与同时代的美国知名作家海明威极为相似，语言简洁流畅，非常通顺。大量使用对白，运用简单的句式结构和口语体的语言风格，极少使用难懂的英语词汇和复杂的句子结构，读者很容易理解。因此，其译文完全不需要任何注释，创作了"三言"译文从未使用注释的记录，与王际真、张心沧形成鲜明的对比。

林语堂特别钟情于女性题材的中国小说，他翻译的《寡妇·尼姑·妓女》收录了三篇反映不同女性命运的小说。在前言里，他指出自己"翻译三篇小说的原因是它们都是佳作，反映了不同时期中国的社会制度、价值观念和行为习惯。翻译成英文有助于西方读者以女性题材为切入点，了解中国文学，感受中国文化的魅力"[①]。

第三节　比较融合：夏志清与《中国古典小说》

夏志清（C.T.Hsia，1921—2013）华裔汉学家，张心沧的同窗好友，毕业于上海沪江大学和耶鲁大学，获博士学位，先后任教于北京大学英语系、密歇根大学、纽约州立大学、匹兹堡大学、哥伦比亚大学东方语言文化系。夏志清致力于中国文学的研究，著作颇丰，主要著作有《中国古典小说》《爱情·社会·小说》《文学的前途》《人的文学》《新文学传统》《夏志清文学评论集》《鸡窗集》《夏志清论中国文学》《中国现代小说史》《中国古典小说史论》。《中国古典小说》（*The Classic Chinese Novel: A Critical Introduction*）是夏志清的主要英文

[①] Lin, Yutang. *Widow, Nun and Courtesan: Three Novelettes from the Chinese*. New York: the John Day Company, 1951, P5.

中西同情——冯梦龙"三言"传入西方之考析

著作。在该书里,作者以其融会贯通的中西学识、宽广深邃的批评视野审视中国白话小说的传统以及发展过程。该书内容丰富,涉及《三国演义》《水浒传》《西游记》《金瓶梅》《儒林外史》《红楼梦》以及冯梦龙的"三言"。在对"三言"的评论中,夏志清详细介绍了其中的五篇作品,叙述了故事的主要情节,对小说主题、人物性格、小说叙事等方面进行评论。该书1968年由纽约哥伦比亚大学出版社出版,成为西方研究中国古典小说的经典之窗。

《中国古典小说》是一部得到纽约卡耐基公司(Carnegie Corporation of New York)和美国教育部资助的著作,1968年由哥伦比亚大学出版。它是一部关于中国古典文学导读的文学教材,对"三言"的五篇作品做了介绍和评论。夏志清将本书的读者定性为中国文学专业的学生、比较文学与世界文学专业的学生以及对中国文学感兴趣的其他专业的学生。[①] 在对"三言"的评论中,夏志清详细介绍其中的五篇作品,复述了故事的主要情节,并对小说主题、人物性格、叙事手法等方面展开评论。夏志清介绍的五篇"三言"作品分别是《醒世恒言》卷十三《勘皮靴单证二郎神》、《醒世恒言》卷九《陈多寿生死夫妻》、《警世通言》卷三十二《杜十娘怒沉百宝箱》、《警世通言》卷三十五《况太守断死孩儿》以及《喻世明言》卷一《蒋兴哥重会珍珠衫》。这五篇故事全部涉及爱情与婚姻主题,也是夏志清的兴趣所在,并是其乐于向西方人介绍的主题。夏志清是第一个将比较文学的研究方法引进"三言"评论与研究的人。

《勘皮靴单证二郎神》("Story of Han Yuchiao")讲述宋徽宗时期宫中的韩夫人出宫养病期间去二郎神庙烧香喜欢上二郎神丰神俊雅的相貌,发愿能嫁给这样的人。谁知她的心愿被庙官孙神通听到,于是他假扮二郎神与韩夫人相见,两人私订终生,夜夜相会。不久事情败露后真相大白,韩夫人被贬出宫,假扮二郎神的孙神通被判死刑。夏志清在介绍完故事情节之后,发表了一番议论,介绍了自己对韩夫人的看法。刚开始的时候,他同情韩夫人的遭遇,认为她勇于追求幸福,具有蔑视封建礼教的爱情观。但是,当孙神通假冒二郎神诱奸韩夫人时,他的态度发生了改变,认为韩夫人是无知的,被蒙骗了。当她发现想象中的崇高爱情被肮脏的欺骗所取代时该有多么的痛苦。他认为在阅读这样的故事时,读者的态度也将发生变化,从同情韩夫人的追求,发展到对欺骗者罪有应得的拍手称快。夏志清认为在人物的塑造方面,西方的小说家会始终如一地站在角色的一边:如果韩夫人的命运值得同情,那么孙神通

---

① Hsia, Chih-tsing. *The Classic Chinese Novel: A Critical Introduction*. New York: Columbia University Press, 1968, P4.

就值得尊敬,无论他在其他方面名声多坏。为了说明这一点,夏志清以意大利的短篇小说《十日谈》为例。《十日谈》第四天的第二个故事讲述教士阿尔贝托设法让虚荣、愚蠢的女士丽斯塔相信天使加布列尔爱上了她,然后自己装扮成天使与她睡了好几次。后被人发现,情急之中跳窗而逃,留下天使的一双假翅膀,最后被关入监牢。通过比较发现,尽管两个故事有许多相似之处,但在主题与人物的塑造方面存在不同之处。夏志清认为《十日谈》的作者薄伽丘运用轻松、愉悦的语调来叙述这个喜剧故事,而冯梦龙却运用复杂严肃的语气描述一个悲剧故事。薄伽丘的故事运用喜剧的形式嘲笑妇人丽斯塔的愚蠢与自负,发泄自己对人面兽心的教士的厌恶。而冯梦龙一方面对韩夫人追求爱情表示同情,另一方面又义无反顾地撕下假二郎神的面具,坚决维护社会的伦理与秩序。冯梦龙比较矛盾,也无法平衡同情韩夫人与维护伦理的关系。最后他硬生生地将韩夫人从性爱的痴迷中拉了回来,强调伦理与秩序的重要性,强调纵欲无论带来多大的肉体满足,最终要受到惩罚,梦想最终也会破灭。

夏志清在介绍了《陈多寿生死夫妻》("The Everlasting Couple")的主要故事情节后也发表了一些评论,强调这个故事的主题与前一篇故事完全不同。这个故事的主题是歌颂一纸定终身和从一而终的牢固婚姻关系;而前一篇则强调自由恋爱与私订终生。夏志清从如何对待麻风病人的态度入手阐述人物的性格与故事的主题。他指出在欧洲的传统中,麻风病人会被社会遗弃,只能在基督教的信仰中才能找回做人的尊严。而在本故事中,女主人公多福完全不顾丈夫多寿是严重麻风病人的事实依然不离不弃、忠于婚姻,最终苦尽甘来,疾病痊愈,美满幸福。她从一而终的美德与韩夫人勇于追求爱情与婚姻自由都是短篇小说所热衷的主题,有趣的是冯梦龙将它们都放在传统社会伦理的背景下来考察,并安排截然不同的两种命运。

在介绍《杜十娘怒沉百宝箱》("The Courtesan's Jewel Box")之前,夏志清就恋人之间的关系问题发表了一些看法,他认为社会不会总是担负起监察或监督爱情的作用。当激情退却时,许多因素将变得无法抗拒。有许多故事讲述女主角被恋人抛弃,这些恋人最终会因为仕途或体面的婚姻而选择放弃爱情。陷入情网中的妓女不得不面对经济和社会的现实:妓院鸨母的贪婪、嫖客的无情、恋人财力的不济以及突然间的移情别恋都使她的处境雪上加霜。为了言之有据,译者翻译或复述了《杜十娘》的主要情节。

在介绍《况太守断死孩儿》("While Traveling, Prefect K'uang Judges the Case of a Dead Infant")之前,夏志清强调爱情有时不为社会包容,特别是当

它表现出丑恶的一面——色欲的时候。在中国的白话小说中爱情与色欲的界限常常分不清楚。尽管作者非常巧妙地描写性爱的过程，一旦撕去假面具也不免放纵手中的笔。《况太守断死孩儿》讲述年轻的寡妇邵氏立志守洁，不料一念之差抵制不住诱惑，与人有了私情并怀有身孕。她不得已堕胎保名声，岂料被人要挟。一气之下与情夫同归于尽。译者想通过这篇译文揭示伦理与人性的冲突。

夏志清认为《蒋兴哥重会珍珠衫》（"The Pearl-sewn Shirt"）是明代小说的巅峰之作。在复述完故事情节之后，译者对女主角三巧儿的人物性格和心理进行了一番分析，三巧儿本性善良、温柔而多情，因为对爱的渴望，不慎犯了过错，被丈夫忍痛休掉。又因为旧情难忘，关键时出手相救，最后又被续娶，与蒋兴哥重归于好。故事情节奇巧偶然，一波三折，最后以大团圆的喜剧结尾。除了从人物性格与主题方面展开讨论，译者还非常欣赏本篇的结构，他认为中国的白话小说结构不够精练，大量的人物与情节与主题无关。相比之下，该篇作品结构严谨，作家应该以此为榜样，着力描写主要人物与关键情节，着重角色的心理描写和道德，而不是大量描述无关的事件，应该向欧洲的爱情小说看齐。

夏志清运用西方的文学理论对"三言"进行了较为深入的比较研究，融合了中西文化，他的评论有可借鉴之处。同理，翻译家在翻译中国文学作品时可以根据西方小说的文学形式在保留通顺与基本忠实的前提下，适当取舍加工，甚至改编。

第四节　炉火纯青：张心沧与《中国文学：通俗小说与戏剧》[①]

张心沧（Chang, Hsin-chang, 1923—2004 年），上海人，毕业于上海沪江大学和英国爱丁堡大学，获爱丁堡大学哲学博士、英国文学博士学位。先后任剑桥大学东方学院（Faculty of Oriental Studies）教授、台湾大学客座教授，1976 年获得享有汉学界诺贝尔奖之称的"儒莲奖"。主要著作有《中国文学：通俗小

[①] 该部分引自《华裔汉学家张心沧与"三言"的翻译》一文。本文原载于《淮北师范大学学报（哲学社会科学版）》2011 年第 1 期第 154～156 页。作者：李新庭、庄群英。有改动。

说和戏剧》、《自然诗》、《斯宾塞的寓言与礼仪:中国视角》以及《中国文学——超自然的故事》。其中,1973年由爱丁堡大学出版社出版的译著《中国文学:通俗小说与戏剧》(*The Chinese Literature：Popular Fiction and Drama*),书中共选译中国通俗小说和戏剧12篇,其中有三篇选译自冯梦龙"三言"的作品,分别是《范鳅儿双镜重圆》(《警世通言》卷十二)、《白娘子永镇雷峰塔》(《警世通言》卷二十八)以及《三现身包龙图断冤》(《警世通言》卷十三)。张心沧在每一篇译文前都写了一篇前言,详细说明作品的出处、素材的来源、标题的含义、故事的主题、时代背景、语言风格以及冯梦龙的创作手法等。为了方便西方读者了解故事情节与文化含义,译文大量使用注释。比如:《范鳅儿双镜重圆》的译文共使用了36个注释;《三现身包龙图断冤》用了41个注释;《白娘子永镇雷峰塔》用了110个注释。

第一篇译文是《范鳅儿双镜重圆》("The Twin Mirrors")。从主题上看,这是一篇歌颂坚贞爱情的大团圆小说。译文质量非常高,具体表现在"信、达、雅"[①]的统一上。"信"就是忠实;"达"就是流畅;"雅"就是得体。[②] 许多传教士、汉学家或外交官在翻译"三言"时往往不约而同地省略一些难度很大的诗词歌赋或俗语警句,与他们相比,张心沧的译文更加忠实地将原著中的诗词与俗语警句一一翻译成英语,并很好地贯彻了"信、达、雅"的原则。比如:原著的开篇是一首词,"帘水西楼,一曲新腔唱打油。宿雨眠云年少梦,休讴!且尽生前酒一瓯。明日又登舟,却指今宵是旧游。同是他乡沦落客,休愁!月子弯弯照几州?"[③]。这是一首描述北宋末年百姓饱受战乱之苦的词,词风哀怨凄婉。张心沧的译文是:"The curtain is rolled up at the riverside balcony；To a new tune we fit doggerel verses. About the dreams of pleasure-seeking youth. Stay! Do not sing,But quaff a jar of wine ere we die.Tommorrow I board my boat again；Tonight I revisit their old haunts.Like you,I have wamdered far from my native place.Stay! Do not give,The crescent moon shines alike upon each province!"[④]译文将"水西楼"译成"the riverside balcony"并用注释加以

[①] 严复:《天演论·译例言》,科学出版社,1971年。

[②] 周煦良教授在"翻译三论"中说:"我认为'雅'应当作为'得体'来理解,得体不仅指文笔,而且指文笔必须根据内容来定;文笔必须有与其内容相应的风格。"详见罗新璋编:《翻译论集》,商务印书馆,1984年,第973页。

[③] 冯梦龙:《醒世恒言》,沈阳出版社,1995年,第127页。

[④] Chang, H. C. *Chinese Literature：Popular Fiction and Drama*. Edinburgh：Edinburgh University Press,1973,P130.

说明,将水西楼描述为"河边的一个小酒楼,在残阳夕照、竹帘半卷的映衬下",①向读者展示了一个苍凉无奈的氛围。译者将"打油诗"译为"doggerel verses",非常忠实。"doggerel"在英语中是"irregular"(不规范)、"inexpert"(不专业)的意思。译者将"休讴!且尽生前酒一瓯。"译为"Stay! Do not sing but quaff a jar of wine ere we die."②译文中的"quaff"与"ere"用得既准确又传神,两个词都是旧用法,且常常出现在诗歌、散文等文学体裁里。"quaff"的意思为"drink deeply"(畅饮、痛饮);"ere"的意思为"before"(在……之前)。用"quaff"和"ere"分别取代"drink deeply"和"before",与诗歌的体裁以及所反映的内容是一致的。译文忠实、流畅、得体,取得非常好的翻译效果。

可是,该译文也有不足之处。例如,张心沧将"康王泥马渡江。"③这一传说或者典故简单地译为"Mounted on a clay horse, Prince K'ang crossed the Yangtze river."④显然,译文未加注释,不够妥当。西方读者不了解中国历史,无法理解"clay horse"(泥塑的马)何以渡人过江。因此,必须用注释"According to legend, Zhao Gou, Prince Kang, later to be Emperor of Southern Song dynasty, crossed the Yangzi River on a horse he found in a temple to flee from Jurchen soldiers, but once he was out of danger, he saw that the horse was made of clay."加以解释。再如,在翻译建州百姓不堪忍受官府苛捐杂税,相聚为盗时,有一句"蛇无头不行,就有一个草头天子出来,姓范名汝为。"⑤张心沧将"草头天子"译为"dunghill emperor(邪恶的国王)",⑥显然不妥。"草头天子"在这里显然是指盗匪的头领,因此译为"ringleader"才是最恰当不过的。

第二篇译文是《三现身包龙图断冤》("The Clerk's Lady")。这是一篇公案小说,也是神仙志怪小说。张心沧认为小说的艺术手法很有特色,切合于公

---

① Chang, H. C. *Chinese Literature*: *Popular Fiction and Drama*. Edinburgh: Edinburgh University Press, 1973, P130.
② Chang, H. C. *Chinese Literature*: *Popular Fiction and Drama*. Edinburgh: Edinburgh University Press, 1973, P130.
③ 冯梦龙:《警世通言》卷十二《范鳅儿双镜重圆》,沈阳出版社,1995年,第127页。
④ Chang, H. C. *Chinese Literature*: *Popular Fiction and Drama*. Edinburgh: Edinburgh University Press, 1973, P131.
⑤ 冯梦龙:《警世通言》卷十二《范鳅儿双镜重圆》,沈阳出版社,1995年,第130页。
⑥ Chang, H. C. *Chinese Literature*: *Popular Fiction and Drama*. Edinburgh: Edinburgh University Press, 1973, P137.

案小说这一文体特点,对后世公案文学有相当影响,特别是铺垫手法对案情进行渲染,制造出一种紧张气氛,然后一气呵成将结论推出,使读者如释重负,得到美的享受。① 张心沧认为冯梦龙的语言简洁、流畅,很有力度,因此有必要将这样的文章介绍给西方读者。② 尽管译文在"信、达、雅"的标准方面达到相当高的境界,但是在个别词的处理上留有进步的空间。比如,张心沧将"精通《周易》,善辨六壬。"③译为"Thoroughly learned in the Book of Changes. Deeply skilled in the art of forecasting."④。从方法上看,"《周易》"有直译或音译两种,"the Book of Changes"是直译,而"the Yi King"是音译。从历史上看,普遍采用的是音译的方法,也就是说"the Yi King"更为常见。"六壬"是《易经》中的术语,意思是"占卜"。张心沧将占卜译为"the art of forecasting"(预测或预言的艺术)不够准确,更好的译法是"the art of fortune-telling"。再比如,"瞻乾象遍识天文,观地理明知风水。"⑤,张心沧的译文是"Contemplating the sky, he traced the motions of the heavenly bodies, Surveying the earth, he discerned the magical effects of Wind and Water."⑥。将"风水"译成"Wind and Water"不合适,因为"风水"在中国文化中指住宅、坟地等的地理形势,如地脉、山水的方面等等,对子孙的盛衰吉凶具有影响作用,而在西方文化中"Wind and Water"指代的却只是自然界的两种物质风与水而已。因此,应该将"Wind and Water"改为"geomantic omen / quality"或者直接音译为"Feng Shui"并加注释(the location of a house or tomb, supposed to have influence on the fortune of a family)即可。

第三篇译文是《白娘子永镇雷峰塔》("Madam White")。这也是一篇神仙志怪小说,译者在前言里详细介绍了西湖雷峰塔的情况以及蛇仙白素贞的

---

① Chang, H. C. *Chinese Literature: Popular Fiction and Drama*. Edinburgh: Edinburgh University Press, 1973, pp179-180.

② Chang, H. C. *Chinese Literature: Popular Fiction and Drama*. Edinburgh: Edinburgh University Press, 1973, P181.

③ 冯梦龙:《警世通言》卷十三《三现身包龙图断冤》,沈阳出版社,1995年,第136页。

④ Chang, H. C. *Chinese Literature: Popular Fiction and Drama*. Edinburgh: Edinburgh University Press, 1973, P186.

⑤ 冯梦龙:《警世通言》卷十三《三现身包龙图断冤》,沈阳出版社,1995年,第136页。

⑥ Chang, H. C. *Chinese Literature: Popular Fiction and Drama*. Edinburgh: Edinburgh University Press, 1973, P186.

种种传说故事。张心沧对这一话本小说在不同时期的发展与演变都一一做了介绍,特别是关于白素贞在不同时期的不同形象。此篇作品是"三言"中不可多得的、妇孺皆知的佳作,文中有许多西方人难以理解的文化意象,译者运用了110个注释解释故事的背景、情节及其背后的文化含义,创造了"三言"所有外语译文中单篇作品使用注释最多的纪录。该译文实属"信、达、雅"的佳作,驾驭语言的技巧达到炉火纯青的地步,译文简洁流畅,特别体现在诗歌与俗语警句的翻译上。比如,他将"眉头一皱计上心来"①,翻译为"He knitted his brows, and the wrinkles defined a plan for action."②;又如,他将"一夜夫妻百日恩"③翻译为"lovers for one night, memories for a hundred."④;再比如,他将"不劳钻穴逾墙事,稳做偷香窃玉人"⑤翻译为"With no walls to scale nor high windows to climb. This was seduction perfected to the last degree."⑥。但是"智者千虑,必有一失"。再好的翻译也还是有些不妥之处。例如,张心沧将"山外青山楼外楼"⑦译为"Hill upon verdant hill, tower rising above tower."⑧,介词"upon"用得不够准确,应该改成"beyond"。"upon"是"在……上面"的意思,"Hill upon hill"是"山叠着山"的意思。而"山外青山"表示"一山更比一山高"的含义。因此,用"beyond"代替"upon"是最佳的选择。再如,"清明时节雨纷纷,路上行人欲断魂"⑨的译文是"The showers at Ching-ming, the

---

① 冯梦龙:《警世通言》卷二十八《白娘子永镇雷峰塔》,沈阳出版社,1995年,第333页。
② Chang, H. C. *Chinese Literature: Popular Fiction and Drama*. Edinburgh: Edinburgh University Press, 1973, P245.
③ 冯梦龙:《警世通言》卷二十八《白娘子永镇雷峰塔》,沈阳出版社,1995年,第347页。
④ Chang, H. C. *Chinese Literature: Popular Fiction and Drama*. Edinburgh: Edinburgh University Press, 1973, P246.
⑤ 冯梦龙:《警世通言》卷二十八《白娘子永镇雷峰塔》,沈阳出版社,1995年,第349页。
⑥ Chang, H. C. *Chinese Literature: Popular Fiction and Drama*. Edinburgh: Edinburgh University Press, 1973, P216.
⑦ 冯梦龙:《警世通言》卷二十八《白娘子永镇雷峰塔》,沈阳出版社,1995年,第333页。
⑧ Chang, H. C. *Chinese Literature: Popular Fiction and Drama*. Edinburgh: Edinburgh University Press, 1973, P216.
⑨ 冯梦龙:《警世通言》卷二十八《白娘子永镇雷峰塔》,沈阳出版社,1995年,第334页。

showers do fall! Travelers forget their haste, lost in reverie."[1]，张心沧将"欲断魂"译为"lost in reverie"显然不合适。"reverie"的含义是"沉湎于梦幻般的（快乐）的思想"。祭祀先人、怀念逝去的亲人不可能使人心情愉快。因此，应该将"lost in reverie"改成"lost in grief"更为妥当。最后，"三言"包罗了许多与中国封建王朝相关的制度、礼仪、风俗、官爵、人名用语，这是因为不同的社会有不同的风俗习惯、历史背景和政治特色，这便形成独具本民族特色的制度习俗文化词语。因此，如何准确翻译便成为难点。张心沧将"李员外"[2]译为"proprietor Li"。[3] 在英语中"proprietor"的意思为"土地及财产的所有人"，因此，译文不够准确，应该译为"squire Li"。在英语中"squire"为"乡绅"的意思，与汉语中的"员外"意思相近。另外，张心沧将"法海禅师"[4]译为"Great Master Fa Hai"。[5] 将"禅师"译为"Great Master（大师傅）"似乎不妥，应该译为"Zen Master—honorific title for a Buddhist monk"更为妥当。

正如前文所述，尽善尽美的文化翻译是很少有的，尽管其翻译有不足之处，但瑕不掩瑜。张心沧长期担任剑桥大学东方学院汉学教授，其译作成为西方读者学习中国文学的教材，帮助西方普通读者、汉学研究者认识中国小说的面貌和特点，培养他们的研究兴趣并激发起他们进一步研究中国国情与传统文化的热情，为传播中国文化做出贡献。

第五节　业余爱好：王惠民、陈陈等与《卖油郎独占花魁：明代短篇小说选》

王惠民（Ted Wang）1933年出生于河北唐山开滦煤矿，父亲是中国人，母亲是瑞士人。王惠民早年毕业于燕京大学和北京大学英语系和俄语系，曾任

---

[1] Chang, H. C. *Chinese Literature: Popular Fiction and Drama*. Edinburgh: Edinburgh University Press, 1973, P218.
[2] 冯梦龙：《警世通言》卷二十八《白娘子永镇雷峰塔》，沈阳出版社，1995年，第348页。
[3] Chang, H. C. *Chinese Literature: Popular Fiction and Drama*. Edinburgh: Edinburgh University Press, 1973, P245.
[4] 冯梦龙：《警世通言》卷二十八《白娘子永镇雷峰塔》，沈阳出版社，1995年，第350页。
[5] Chang, H. C. *Chinese Literature: Popular Fiction and Drama*. Edinburgh: Edinburgh University Press, 1973, P250.

外文出版社编辑,1991年移民美国,成为美移民局专职翻译。陈陈(Chen Chen)1935年出生于北京,早年从事音乐声乐教育,后成为专业的翻译和编辑,1998年出版专著《看夕阳西下》(Come Watch the Sun Go Home)。王惠民与陈陈是相识多年的至交,2004年,71岁的王惠民与陈陈合作翻译出版了《方丈与寡妇:明代短篇小说选》(The Abbot and the Widow: Tales from the Ming Dynasty),共选译"二拍"作品10篇。2007年两人合作翻译了《卖油郎独占花魁:明代短篇小说选》(The Oil Vendor and the Courtesan: Tales from the Ming Dynasty)(见第139页图5-2),共收入"三言"故事8篇,分别是:《醒世恒言》卷三《卖油郎独占花魁》("The Oil Vendor and the Courtesan")、《喻世明言》卷十《滕大尹鬼断家私》("Governor Teng Craftly Resolves a Family Dispute")、《醒世恒言》卷三十五《徐老仆义愤成家》("The Faithful Old Servant")(见第139页图5-3)、《醒世恒言》卷八《乔太守乱点鸳鸯谱》("Judge Qiao Mismatches the Mandarin Ducks")、《警世通言》卷二十八《白娘子永镇雷峰塔》("The Woman in White Under Thunder Peak Pagoda")、《醒世恒言》卷十八《施润泽滩阙遇友》("Weaver Shi Meet a Friend at the Strand")、《警世通言》卷三十五《况太守断死孩儿》("Lord Kuang Solves the Case of the Dead Infant")以及《醒世恒言》卷十五《赫大卿遗恨鸳鸯绦》("The Man Who Lost His Yin-yang Cord and His Life in a Nunnery")。该书2007年由纽约惠尔康雨出版公司出版(New York: Welcome Rain Publishers)。

  在译文的前言里,译者坦承自己在翻译"三言"作品之前不曾接触过与"汉学"有关的工作,不曾从事过历史学、政治学或者文化人类学的相关研究,也并非汉语语言文学或者英语语言文学科班出身。自己不在乎汉学的主体到底应该是西方人还是中国人,仅仅出于对这些耳熟能详的故事的热爱,感觉有必要将故事翻译成英语,希望有志于东方特别是中国研究的读者能够喜欢。[①] 译者还指出自己最主要的目标读者应该是华裔的后代,他们的祖先早在19世纪就来到美洲,或者通过收养、通婚、度假与中国结缘的其他人士。在"三言"西传的历史中,这是第一次具有明确读者群的翻译。提到自己阅读"三言"时,不由自主地想起英国的《坎特伯雷故事集》与意大利的《十日谈》。当这些作品于14—15世纪被欧洲人竞相传阅时,中国的唐宋传奇早已流传于街头巷尾的茶

[①] Wang, Ted & Chen, Chen. *The Oil Vendor and The Courtesan: Tales from the Ming Dynasty*. Preface. New York: Welcome Rain Publishers, 2007, Pix.

馆与酒肆中间,并逐渐演变成元明杂剧。① 王惠民与陈陈惊讶于"三言"高超的叙事技巧、情节铺陈、悬念设计,认为这部市井故事集涵盖了当时中国社会生活的方方面面,文字优美,情节生动,毫不逊色于欧美文学史上的《坎特伯雷故事集》《十日谈》等作品,从叙事技巧、内容可读性和题材广泛性来说,其光芒甚至盖过了这些名著。

在翻译过程中,原文中的篇首破题诗、话本小说的"入话"部分、文中的唐诗宋词,还有俗谚语全部被译者忍痛割爱,省略不译。在语言风格上为了体现古白话文的韵味,译者尽量使用接近明朝年间的英语词汇,使用的短语、句子尽量符合17至19世纪英语作家的习惯。比如《卖油郎独占花魁》的第一段,"In the last year of Song Dynasty, Emperor Huizong placed his trust in a covey of corrupt ministers. Neglecting affairs of state, he emptied the empires coffers to build parks and gardens for himself and frittered away his time in revelry."②。在译文中,"covey(一小窝、一小群)""coffer(金库、保险箱)""fritter away(消耗)""asunder(分散)""respite(休息)"等在现代英语中很少用到,都是18、19世纪英国文学作品中的词。

冯梦龙原著中有许多典故、官制等涉及跨文化的难点知识,在不影响阅读的连续性前提下,译者省略不译,或者采取意译的方式做了一些变通。译文几乎没有任何注释,只在书本的末尾罗列了一些名词解释,创造了"三言"译文没有使用注释的记录。译者解释说这样的方式是为了追求阅读的连贯性。但是,这种处理方式虽然方便了阅读,却是以损害翻译的忠实性为代价。比如,原作中有夸奖妓院老鸨刘四妈口才了得的打油诗,"刘四妈,你的嘴舌儿好不厉害!便是女随何,雌陆贾,不信有这大才"③。"随何""陆贾"是汉代以雄辩著称的大臣。王惠民与陈陈的译文将"随何""陆贾"的典故省略不译,笼统或概括地译为"have a persuasive tongue(好口才)",④失去了原作中略带夸张的口气和应有的文化内涵。又比如,原作中有金二员外诱奸花魁金玉奴的情节,

---

① Wang, Ted & Chen, Chen. *The Oil Vendor and The Courtesan: Tales from the Ming Dynasty*. New York: Welcome Rain Publishers, 2007, P3.
② Wang, Ted & Chen, Chen. *The Oil Vendor and The Courtesan: Tales from the Ming Dynasty*. *Preface*. New York: Welcome Rain Publishers, 2007, Pxii-xv.
③ 冯梦龙:《醒世恒言》卷三《卖油郎独占花魁》,沈阳出版社,1995年,第34页。
④ Wang, Ted & Chen, Chen. *The Oil Vendor and The Courtesan: Tales from the Ming Dynasty*. New York: Welcome Rain Publishers, 2007, P8.

译者将"金二员外"译为"Second Master Jin"。① "master"在英语中的意思是"雇主、男主人、船长、教师"等，这样翻译不忠实，非常不妥当。其实"员外"就相当于英国的"squire(乡绅、大地主、有钱有声望的人)"。

另外，在原作中，冯梦龙用谐音精心构思了许多人名，以此来隐喻或者烘托人物的性格、命运或者遭遇，突出小说的主题。比如：瑶琴(才女)、秦重(重情)、卜乔(不巧)、和莘善(心善)。译者在翻译这些人名时，用音译的翻译方法，分别将上述姓名译为"Yaoqin"、"Qing Zhong"、"Bu Qiao"和"Xin Shan"② 不够妥当，势必会削弱作者要传达的意图。因此，要想弥补音译造成的名字意义的损失，必须对部分人名涵义以注释的形式加以解释，比如 Yaoqing means "Zither Inlaid with Jade"; Qin Zhong is a homophone for "gratitude"; Bu Qiao for "unfortunately"; Xin Shan for "kind-heartedness"。用注释进行解释后，译语读者就能领会到作者取名的含义：瑶琴是个琴棋书画无所不通的才女；秦重(情重)是个情深义重的人；瑶琴碰到卜乔(不巧)就是厄运的开始；莘善(心善)最终一定是善有善报，骨肉团圆。

在译文中，王惠民与陈陈根据美国的文化特点，对一些具有中国文化特色的词汇做了一些变通，使之美国本土化。许多变通具有可取之处，为了能较好地把涉及中国古代文化的知识传递给英语读者，译者查阅资料，尽可能地找到相应的英语词汇。比如，人们往往把宋朝以前的"尚书"译为"imperial secretary"，宋朝以后的"尚书"后则译为"minister"。于是，王惠民的译文将"尚书"译为"minister"。③ 王惠民将"府"翻译为"prefect"虽然冷僻，但最为贴切。再比如，王惠民将"太守"译成"governor"，④虽然不够准确，可也算契合美国实际。"太守"在古代中国是最大的地方行政区长官，而"governor"也是美国最大的地方行政区长官。其实，"太守"早已经有约定俗成的翻译了，就是"prefecture"。又比如，"狼心狗肺"，用英语翻出"狼心"，基本意思不变，但"狗肺"就不同了。狗是西方人的宠物，英语读者无法理解"狗肺"可以指代"卑劣"。

---

① Wang, Ted & Chen, Chen. *The Oil Vendor and The Courtesan: Tales from the Ming Dynasty*. New York: Welcome Rain Publishers, 2007, P7.

② Wang, Ted & Chen, Chen. *The Oil Vendor and The Courtesan: Tales from the Ming Dynasty*. New York: Welcome Rain Publishers, 2007, pp3-5.

③ Wang, Ted & Chen, Chen. *The Oil Vendor and The Courtesan: Tales from the Ming Dynasty*. New York: Welcome Rain Publishers, 2007, P4.

④ Wang, Ted & Chen, Chen. *The Oil Vendor and The Courtesan: Tales from the Ming Dynasty*. New York: Welcome Rain Publishers, 2007, P50.

第五章　中西合璧之杰作

所以译者把"狗肺"改译为"Cur behaviour(恶狗行为)"，①在古英语中"cur"是恶狗的意思。

图 5-2　王惠民、陈陈所译
《卖油郎独占花魁：明代短篇小说选》封面

图 5-3　王惠民、陈陈所译
《徐老仆义愤成家》插图

因业余爱好而翻译"三言"作品的另一位代表是宋美龄。宋美龄(1899—2003 年)出身名门，"宋氏三姐妹"之一，自幼接受西方教育，毕业于美国威斯里女子学院(Wellesley College)，获硕士学位。宋美龄多才多艺、聪慧过人，兼具中国古典气质和西方优雅风度。1927 年与蒋介石结婚，成为名副其实的"第一夫人"，并凭借实力雄厚的家族背景，活跃于政治、外交等领域。又凭借其独特的风采成为与周恩来齐名的外交奇才，对近代中国历史与中美关系都产生了广泛而深远的影响。1939 年，抗日战争进入关键阶段，作为具有重要影响的政治人物，为了争取国际社会更多支援，宋美龄翻译了《琴的传奇》(The Legend of the Lute，即《警世通言》卷一《俞伯牙摔琴谢知音》)，1939 年 1 月发表在《通报》35 卷第 142 号上。该故事充分展示了中国人重情重义、诚

---

①　Wang, Ted & Chen, Chen. The Oil Vendor and The Courtesan: Tales from the Ming Dynasty. New York: Welcome Rain Publishers, 2007, P55.

139

信知报的形象,产生了重要影响。宋美龄是第一个将"三言"介绍给西方的中国人,更是其中唯一的中国外交官和政治家,具有划时代的意义,表明中国人在"三言"的传播过程中不再只是默默无闻的失语者了,他们已经开始积极追寻自己的话语权。在"三言"传入西方的历史上,注定需要中国人写下最浓墨重彩的华章。

小结

华裔学者或中国名人在选译"三言"时,依然热衷于介绍儒家思想的忠孝仁义之外,神仙志怪、反封建、反理学和市民喜剧也是他们喜欢的主题,有的作品被多次翻译。这些小说之所以受到如此青睐,其原因除了是对小说反映的主题感兴趣,还因为这类小说在中国独特的社会文化背景下,真实再现了不同的社会风情和文明形态,使得国外读者得以管窥中国文化的若干层面。有趣的是,华裔学者的译文全部用英语而非其他语言,译者也全部有留学英国或美国的经历。宋美龄晚年客居美国。如果说宋美龄翻译《警世通言》中的《俞伯牙摔琴谢知音》是出于政治目的,那么王惠民、陈陈等人则是出于对中国文学的热爱而传播中国文化,自觉讲好体现中国优秀传统文化的中国故事。

第六节 天作之合:杨宪益、戴乃迭与《宋明平话选》[①]

杨宪益、戴乃迭(Gladys Yang)夫妇是中国著名的翻译家,是中国译界一对典型的"天作之合":杨学贯中西,母语是汉语;戴"学贯西中",母语是英

---

① 该部分引自:1.《杨译〈宋明平话选〉中诗词的翻译》一文。本文原载于《宜春学院学报》2010年第7期,第147~149页。作者:庄群英、李新庭。有改动。2.《杨译〈宋明平话选〉俗谚语翻译探究》一文。本文原载于《牡丹江大学学报》2010年第9期,第117~120页。作者:庄群英、李新庭。有改动。3.《杨译〈宋明平话选〉中文化内容的翻译》一文。本文原载于《河北北方学院学报》2011年第1期,第24~27页。作者:庄群英。有改动。

语。① 他们合作而成的大量汉译英和英译汉作品是国际学界的"知名品牌",他们为中国文学名著的英译工作、为中西文化的交流做出了独特的贡献。两位翻译家的具体贡献可分为以下两个方面:第一个方面,是对西方经典文学名著的汉译;第二个方面,也是他们最为重要的贡献,即大量中国文学名著的英译工作。② 他们的译著语言简洁流畅,做到忠实与通顺的完美统一,与这对情投意合的夫妻一样,也是"天作之合"。他们翻译的"三言"作品被选为国外的汉学教材,产生很大影响,获得广泛赞誉。

杨宪益与戴乃迭合译的《名妓的宝箱:中国 10—17 世纪小说选》于 1957 年由北京外文出版社出版,共译"三言"14 篇作品,包括《崔待诏生死冤家》、《十五贯戏言成巧祸》、《简帖僧巧骗皇甫妻》、《滕大尹鬼断家私》、《金玉奴棒打薄情郎》、《沈小霞相会出师表》、《杜十娘怒沉百宝箱》、《卖油郎独占花魁》、《灌园叟晚逢仙女》、《崔俊臣巧会芙蓉屏》、《卢太学诗酒傲公侯》、《转运汉巧遇洞庭红》、《夸妙术丹客提金》和《逞多财白丁横带》等。书中有明刊本插图二十幅,书前有译者所撰"序言"。

杨宪益与戴乃迭合译的《懒龙:明代小说选》(*Lazy Dragon: Chinese Stories from the Ming Dynasty*)于 1981 年由香港联合出版公司出版,共收入作品 10 篇,其中来自"三言"的故事有《十五贯戏言成巧祸》、《滕大尹鬼断家私》、《金玉奴棒打薄情郎》、《杜十娘怒沉百宝箱》、《卖油郎独占花魁》、《三现身包龙图断冤》和《杨八老越国奇逢》等。

杨宪益与戴乃迭合译的《宋明平话选》(*Selected Chinese Stories of the Song and Ming Dynasties*)于 2007 年由外文出版社出版,收录在"大中华文库"中,全书共选译"三言二拍"的二十篇故事,其中十五篇选自"三言",分别是《醒世恒言》("Stories to Awaken Men")卷三《卖油郎独占花魁》("The Oil Vendor and the Courtesan")、卷四《灌园叟晚逢仙女》("The Old Gardener")、卷六《小水湾天狐诒书》("The Foxes' Revenge")、卷七《钱秀才错占凤凰俦》("Marriage by Proxy")、卷十《刘小官雌雄兄弟》("The Two Brothers")、卷二十九《卢太守诗酒傲公侯》("The Proud Scholar")、卷三十三《十五贯戏言成巧祸》("Fifteen Strings of Cash");《喻世明言》("Stories to Enlighten Men")

---

① 蒋骁华、姜苏:《以读者为中心:"杨译"风格的另一面——以杨译〈宋明平话选〉为例》,《外国语言文学》,2007 年第 3 期,第 188~197 页。
② 邹广胜:《谈杨宪益与戴乃迭古典文学英译的学术成就》,《外国文学》,2007 年第 5 期,第 119~124 页。

卷十《滕大尹鬼断家私》("The Hidden Will")、卷二十七《金玉奴棒打薄情郎》("The Beggar Chief's Daughter")、卷三十五《简帖僧巧骗皇甫妻》("The Monk's Billet-doux")、卷四十《沈小霞相会出师表》("A Just Man Avenged");《警世通言》("Stories to Warn Men")卷八《崔待诏生死冤家》("The Jade Worker")、卷十六《小夫人金钱赠年少》("The Honest Clerk")、卷二十二《宋小官团圆破毡笠》("The Tattered Felt Hat")、卷三十二《杜十娘怒沉百宝箱》("The Courtesan's Jewel Box")。

一、文化内容的翻译

英国语言学家莱昂斯·约翰说,"特定社会的语言是这个社会文化的组成部分,每一种语言在词语上的差异都会反映使用这种语言的社会的事物、习俗以及各种活动在文化方面的重要特征"。[①] 翻译是一种中转性的跨文化的语言交际活动,不仅涉及语言符号的转换,而且涉及文化的转换。把一种语言翻译成另一种语言之所以成为可能,是因为各种语言之间存在着共性。然而,由于语言之间必然存在着社会文化背景及其历史风俗习惯等方面的差异,各种语言中必然有许多词语受文化因素的影响和渗透。这势必会导致语义的非对应性,翻译的不等值,甚至导致文化的不可译性。因此,译者不仅必须具有扎实的源语和目的语的功底,更要分析比较作品中所包含的不同民族的文化内涵,找到相应的翻译策略,解决文化内容的翻译问题。如果译文读者对译文所做出的反应与原文读者对原文做出的反应一致,翻译就算是成功的。

"三言"著作中含有大量的、独具中国特色的文化内容,下文将以杨宪益与戴乃迭合译的《宋明平话选》中的首篇故事《卖油郎独占花魁》(The Oil Vendor and the Courtesan)的翻译为例,研究杨氏对制度习俗文化词、宗教文化词、物质文化词、俗谚语和典故等文化内容的翻译,探讨其对文化内容翻译的处理方法,以此来说明翻译不仅仅是把源语译成目的语的转换,还应努力让读者了解源语的文化内涵,达到跨文化交流的目的。

(一)制度习俗文化词的翻译

不同的社会有不同的风俗习惯、历史背景和政治特色,这便形成独具本民族特色的制度习俗文化词语。杨译《宋明评话选》包罗了许多与中国封建王朝

[①] 郭建中:《文化与翻译》,中国对外翻译出版公司,2000年,第328页。

相关的制度、礼仪、风俗、官爵、人名用语。在《卖油郎独占花魁》中出现了很多称谓语或官爵,杨氏做了如下翻译:金二员外(Mr.Jin)、张郎(Mr.Zhang)、齐衙内(Lord Qi)、秦小官(Master Qin)、李学士(Academician Li)、张山人(Mr. Zhang, the poet)、韩尚书(Minister Han)、俞太尉(Marshal Yu)、福州太守(Governor of Fuzhou)等。这些词语的翻译基本上都正确表达了源语文化中的意思,但是将"员外"与"郎"两个名词都翻译成"Mr."肯定是不恰当的。"郎"可以译成"Mr.",而"员外"应该译成"Squire",这个英语单词意为"地主、乡绅",正好与源语意思相符。

杨译《宋明评话选》中的许多人名和地名都是作者用谐音精心命名的,以此来隐喻人物的性格、命运、遭遇或故事的发展。在英译过程中若只用音译法翻译,势必会削弱作者要传达的意图。对于《卖油郎独占花魁》中的人名,杨氏基本上采取音译法翻译,这是杨译的不足之处。

再者,杨译《宋明评话选》对中国的文化糟粕采取了隐而不译的方式。例如,裹脚也叫缠足,是中国古代的一种陋习,即把女子的双脚用布帛缠裹起来,使其变成为又小又尖的"三寸金莲",而且"三寸金莲"也一度成为中国古代女子审美的一个重要条件。该陋习虽历史悠久,也很有中国文化特色,但应属文化糟粕。为避免文化糟粕污人清目,杨氏全部隐去未译。

(二)宗教文化词的翻译

宗教文化是人类文化的一个重要组成部分,它指的是由民族的宗教、信仰、意识等所形成的文化。不同的民族有不同的宗教信仰,在中国的传统文化中,儒、释、道三教占据了中国人的精神领域。"儒"指的是儒家学说,虽说规范着人们的生活方式,它却算不上宗教。佛教是外来的,传到中国后便具有了中国的特色,但基本上是历代帝王的宗教。道教则是中国土生土长的宗教,在老百姓中间有着极其广泛的影响。在西方,基督教文化是西方四大文化(其他为希腊文化、罗马文化、日耳曼文化)的主要组成部分,统治欧洲近两千年。[1]

由于人们在宗教信仰方面的差异,在翻译中也体现出其差异性。杨氏把"皇天不佑"翻译成"May Heaven curse him",其中"皇天"就是中国道教的基本概念,把"皇天"译成"Heaven"保留了道教的色彩,既忠实又准确。然而,杨氏把"九昼夜功德"译成"a nine-day mass"就不准确了。因为 mass(弥撒)是天主教纪念耶稣牺牲的一种宗教仪式,用面饼和葡萄酒表示耶稣的身体和血

---

[1] 包惠南:《文化语境与语言翻译》,中国对外翻译出版公司,2001年,第257页。

来祭祀天主,而用"mass"来表示佛教中为超度亡灵做的宗教仪式"功德"很显然是不对的,可以译成"prayer service"更为妥帖。

(三)物质文化词的翻译

各民族都有各自的生活环境,每个时代的生活又各有其特点,与其相关的器物家什自然也成了相关文化的载体。杨译《宋明评话选》中就有典型中国特色的"簪子"、"钗子"、"轿子"、"八仙桌"和"拜匣"等物件,杨氏分别把它们翻译成"hairpin","trinket","sedan-chair","square table"和"bamboo box"。但是拜匣的翻译稍有欠缺,拜匣是旧时用于存放拜帖的长方形小盒子,也称"拜帖匣",因此可以译成"bamboo visiting-card box"。

(四)俗谚语的翻译

俗语是历代群众创造的口头词语,它题材广泛,思想活泼,风格幽默,形式凝练,是亿万人民群众世世代代集体经验和智慧的结晶,是中华民族先进文化的组成部分。俗语中包含大量的历史文化、风俗习惯、语言文字等丰富信息。吕叔湘先生在为《中华俗语大辞典》做的序和前言中认为"俗语或叫俗话是一种广泛的名称! 典型的俗语是所谓谚语"。"三言"的作者冯梦龙以整理编辑通俗文学著称于世,他善用俚语俗谚语,学者王心欢检阅"三言二拍",共得俗谚语 384 条。[①] 杨氏在翻译这些俗谚语时以直译为主,意译为辅,兼用省译法和套译法。

1. 省译法

"三言二拍"是古代说书人的口头文学,为让听众容易听懂,有一定的"语义重复",或是用人们耳熟能详的俗谚语或诗词进行概括总结也是常见的。但若在英译中也依样重复就会显得啰嗦;若把文化信息含量丰富的俗谚语都翻译出来,反而会增加读者理解的难度。再者,若是一种语言的俗谚语所特有的,而为另一种语言所不具备的不同表达手段和形式,此时选择省译是明智的,也是译者最省事的做法。

例句 1:宁为太平犬,莫作乱离人。[②]

2. 套译法

尤金·奈达提出的等效翻译理论:"所谓翻译,是指从语义到文体在译语

[①] 王心欢:《"三言二拍"中的俗谚语》,《明清小说研究》,1999 年第 3 期,第 58~73 页。
[②] 杨宪益、戴乃迭:《宋明平话选(汉英对照)》,北京外文出版社,2007 年,第 588 页。

中用最切近而又最自然的对等语再现原文的信息。"所以以谚语译谚语,从语义到文体上都能最自然贴近,这种套译法乃其翻译的首选方法。

例句 2:人不可貌相,海水不可斗量。

You can't judge by appearances.①

3.直译法

金文宁认为:"杨宪益偏直译,但他的直译是流畅前提下的直译,而且主要表现在中译外。"②直译法不仅能让译作忠实于原文的内容,还能忠实于原文的形式和风格,即保持了原文的"异国色彩"。在杨译《宋明评话选》中对俗谚语的翻译以直译法最多。

例句 3:运去黄金失色,时来铁也生光。

When fortune frowns, gold sheds no light; When fortune smiles, then iron looks bright.③

例句 4:刻薄不赚钱,忠厚不折本。

No profit comes of venal ways; it's honesty that always pays.④

4.意译法

俗谚语负载着浓厚的民族文化色彩和源语独特的修辞手段,当用脱译法不能准确全面地表达原文中的信息内涵,当在目的语中找不到可以套译的谚语,当用直译法又会令读者难以想象、难以理解从而使译文成为一串毫无意义的词语的堆积时,可以用意译法将其隐含意义译出。

例句 5:落花有意,流水无情。

So one side was willing but the other was not.⑤

例句 6:人生一世,草木一秋。

Life is short.⑥

总之,杨氏对"三言"俗谚语的翻译主要以直译为主,意译为辅,兼用脱译法和套译法。当出现重复语义或翻译出俗谚语反而会增加读者理解的难度时采用脱译法;当在目的语中可以找到从语义到文体都对等的谚语时就采用套

---

① 杨宪益、戴乃迭:《宋明平话选(汉英对照)》,北京外文出版社,2007年,第630页。
② 金文宁:《杨宪益 戴乃迭》,载张经浩等:《名家·名论·名译》,复旦大学出版社,2005年,第135页。
③ 杨宪益、戴乃迭:《宋明平话选(汉英对照)》,北京外文出版社,2007年,第587页。
④ 杨宪益、戴乃迭:《宋明平话选(汉英对照)》,北京外文出版社,2007年,第621页。
⑤ 杨宪益、戴乃迭:《宋明平话选(汉英对照)》,北京外文出版社,2007年,第614页。
⑥ 杨宪益、戴乃迭:《宋明平话选(汉英对照)》,北京外文出版社,2007年,第627页。

译法;为让译作保持原文的"异国色彩"即选用直译法;当遇到民族文化色彩太浓,用直译法会令读者难以想象、难以理解时,用意译法将其隐含意义译出。他的译文简洁流畅,忠实通顺,的确是大家风范。

(五)典故的翻译

从认知语言学角度来看,典故是一种隐喻。汉语熟语(尤其是成语)有许多都来自历史事件、名人轶事、神话传说、古人虚构的故事,这些"故事、传说、轶事"等通称为典故。① "三言二拍"中含有大量的典故,尤其是在其诗词中用典最多。用典故的好处是,只要点到一个特定的人名地名或特定的情节,便可以指明或影射到一个特定的人或事,并使之成为故事中有机的组成部分从而抒发了作者之所感,或隐伏促发人们联想的深邃内涵。但是,若要求译文读者在看到含有典故的词句时准确领会典故暗含的意思,这几乎是过分的要求。杨译《宋明评话选》对典故的翻译主要采用了省译法,同时也采用直译法和意译法。

1.省译法

例句7:孝己杀身因谤语,申生丧命为谗言。
亲生儿子犹如此,何怪螟蛉受冤枉。②

在这首诗中含有三个典故,第一个典故是:商王朝的势力在武丁时期达到了鼎盛,但他统治的末期也犯过不少错误。武丁有很多儿子,其中有三个比较有名。长子祖己是一个非常孝顺的人,据说他一夜经常起来五次看父母睡得好不好,因此也深受武丁的宠爱。他自己也被人称为孝己。但是祖己的母亲死了以后,武丁听信了其他几个妃子的坏话,把祖己流放到了很远的地方,后来祖己忧愤而死。第二个典故是:约公元前 660 年,晋献公打败西方的部落骊戎(住今陕西临潼一带),收下骊戎进献的美人骊姬。骊姬年轻貌美,即被立为夫人,生下儿子奚齐。这时,晋献公已有太子申生及公子重耳。为了报晋灭骊戎之仇,骊姬先用美人计诱骗太子申生,声称申生不轨,要调戏她,在晋献公前诋毁申生。尔后,假称申生的生母托梦于她,要申生祭母曲沃(今山西闻喜东),归胙于晋献公。骊姬暗地派人置毒于胙中,诬申生要谋害晋献公,逼申生自杀。第三个典故是:"螟蛉之子"就是指义子,即俗语所谓之干儿子、干女儿,

---

① 张辉:《熟语:常规化的映现模式和心理表征》,《现代外语》,2003 年第 3 期,第 249~258 页。

② 杨宪益、戴乃迭:《宋明平话选(汉英对照)》,北京外文出版社,2007 年,第 616 页。

与收养人无血亲的后嗣。最早见于《诗经·小雅·小宛》一文中,文中写道"螟蛉有子,蜾蠃负之"。古人以为蜾蠃有雄无雌,无法进行交配生产,没有后代,于是捕捉螟蛉来当作义子喂养。据此,后人将被人收养的义子称为螟蛉之子。因此,这首含有三个典故的诗负载了很多文化信息,若翻译成英文会给译语读者增加阅读负担,所以杨氏选择省略不译。杨氏对大多数富含典故的词句都采取了类似的处理方法。

2.直译法

例句8:直到二帝蒙尘,高宗泥马渡江,偏安一隅,天下分为南北,方得休息。

The emperor and his son were taken as captives to the north, and only when Prince Kang crossed the Yangtze on a clay horse and established himself as Emperor Gaozong in the south was peace restored.[①]

以上句子中的"泥马渡江"是个神话故事,杨氏采用了直译的方法直接翻译成"crossed the Yangtze on a clay horse",这种翻译让译文读者读起来觉得不合常理,泥塑的马如何能渡人过江?因此,必须用注释加以解释:According to legend, Zhao Gou, Prince Kang, later to be Emperor Gaozong of Southern Song dynasty, crossed the Yangtze River on a horse he found in a temple to flee from Jurchen soldiers, but once he was out of danger, he saw that the horse was made of clay.

3.意译法

例句9:老身是个女随何,雌陆贾,说得罗汉思情,嫦娥想嫁。

I can make even angels and goddesses lovesick.[②]

该句采用意译法翻译,译语读者对该句的理解已经不成问题了,但是其中历史人物随何和陆贾、佛教中的罗汉和神话故事人物嫦娥等含有中国文化特色的信息也就消失了。如果采用直译加注法就能让译语读者了解更多中国的文化,如先做如下翻译:"I'm a woman Sui He and a female Lu Jia. I can talk a Buddhist saint into falling in love and Chang'e the goddess of the Moon into thoughts of marriage.",然后再加注释解释:"Sui He and Liu Jia were male political advisers of great eloquence in the Western Han dynasty."。注释部

---

① 杨宪益、戴乃迭:《宋明平话选(汉英对照)》,北京外文出版社,2007年,第587页。
② 杨宪益、戴乃迭:《宋明平话选(汉英对照)》,北京外文出版社,2007年,第601页。

分让译语读者了解到随何和陆贾是西汉著名的政治家,有口才,善辩论;使用"a Buddhist saint"表示"罗汉"体现了中国的佛教信仰;把"嫦娥"译成"Chang'e the goddess of the Moon"让译语读者知道了中国的月神。

二、诗词的翻译

诗词广泛运用于话本和拟话本小说中,是小说的有机组成部分,服务于小说的思想与艺术。诗词大部分出现在小说的篇首、篇中和篇尾,篇首破题诗词一般是对本篇所讲故事的主旨作以启示,以便听者或读者能在表面纷纭复杂的故事中把握到熟悉明确的道德规范;在篇中多引用诗词以塑造人物、描写环境或对所述事件进行评论;篇末诗词则是在故事讲完以后用几句诗简明地概括故事主旨。在诗词英译过程中,由于中国文化与西方文化的差异、汉语与西方语言的差异以及中国古典诗词与西方诗词的不同而引起诸多翻译的困难,有的甚至认为汉诗词几乎是不可译的。杨氏夫妇合译的《宋明评话选》有无数诗词,其中出现在篇首的破题诗词就有十五首。下文将以这十五首破题诗的翻译为例对杨译《宋明评话选》中诗词的翻译进行研究,并做出如下分析总结。

(一)省译法

文学翻译不同于其他领域的翻译,它不仅涉及语言层面上语言字符的转换,而且不可避免地牵涉到不同民族文化的转换和交流。古往今来,文人墨客在吟诗赋词对句时必会考虑用典,因为典故多为形象生动的故事浓缩而成或是绝词佳句提炼而成,含蓄而隽永,洗练而深刻。这些独特的文化含义对本族语读者来说带有丰富的、意义深远的联想,人们只要提到它们,彼此间立刻心领神会,很容易达到思想的沟通。但是,对一个民族而言有着丰富文化内涵的事物对另一个民族而言可能是毫无文化意义的,或者甚至是截然相反的。由于这些语言或文化信息的缺失,加大了文学翻译的难度。诗歌作为一种特殊的文学形式,其翻译要比其他文学形式更加复杂而有难度。因此,在不影响理解的情况下,译者有时对文学作品中的诗歌会选择放弃不译。如以下两首破题诗,杨氏就采取省略不译的方法。

第一首:

玉树庭前诸谢,紫荆花下三田;

　　　　塤箎和好弟兄贤,父母心中欢忻。
　　　　多少争财竞产,同根苦自相煎;
　　　　相持鹬蚌枉垂涎,落得渔人取便。①

第二首：

　　　　卫河东岸浮丘高,竹舍云居隐凤毛。
　　　　遂有文章惊董贾,岂无名誉驾刘曹。
　　　　秋天散步青山郭,春日催诗白兔毫。
　　　　醉倚湛卢时一啸,长风万里破洪涛。②

　　汉语诗词中,大量使用载于中国历史与各种典籍中的典故,也还在民间故事和传说谚语中汲取有用的素材。用典故的好处是,只要点到一个特定的人名地名或特定的情节,便可以指明或影射到一个特定的人或事,并使之成为诗词中有机的组成部分从而抒发了诗(词)人之所感,或隐伏促发人们联想的深邃内涵。③

　　在第一首诗中为了劝兄弟和睦的目的更明确、内容更丰富,为了更容易让人接受,也方便说书人更好进入正题就使用了五个典故：第一个典故"玉树庭前诸谢",这里引的是谢安、谢玄叔侄的故事。谢安、谢玄都是东晋的著名将领,也都有才学。"东山再起"说的就是谢安的故事。一次,谢安教训他的子侄们,他问道,"为什么人家都希望自己的子弟们好？"他的侄儿谢玄回答说,"就好比芝兰玉树,人们都希望它们能长在自己的庭院中"。谢玄把有出息的后代比作馥郁的芝兰和亭亭的玉树,它们高洁辉煌,长在自己的庭院,能够使门楣生辉。第二个典故"紫荆花下三田",这里引的是一个古代传说。西汉时,有哥仨,名字分别叫田真、田庆、田广。"树大要分杈,人大要分家"。他们家有一棵紫荆树,哥仨在分家时,就商量把紫荆树也劈了分为三份。没等劈,紫荆树自己就枯死。哥仨受到震动,他们就决定不分家了,紫荆树也就重新向荣,枝繁叶茂。第三个典故"塤箎和好弟兄贤",这里引的是《诗经》语句。《诗经·小雅》中有诗句："伯氏吹塤,仲氏吹箎"。塤和箎都是古代乐器,塤像梨形,箎像

---

① 杨宪益、戴乃迭:《宋明平话选(汉英对照)》,北京外文出版社,2007年,第206页。
② 杨宪益、戴乃迭:《宋明平话选(汉英对照)》,北京外文出版社,2007年,第840页。
③ 张梅:《中西诗词特点析》,《理论导刊》,2009年第8期,第123～125页。

竹笛形,但两者发音原理相同,发音音色相近。埙、篪在一起演奏可以获得音色和谐的效果。所以,"伯氏吹埙,仲氏吹篪"就比喻兄弟俩和谐融洽,埙篪就成了兄弟的代称。第四个和第五个典故"同根苦自相煎。相持鹬蚌枉垂涎,落得渔人取便",这里引的曹植七步吟诗和鹬蚌相争的故事。最后两个典故是广为人知的,但是前三个典故已经令人陌生了。要是把这首诗翻译成英文,英语读者看起来就更难以理解了。

在第二首诗的"遂有文章惊董贾,岂无名誉驾刘曹"中"董"指西汉政治家、文学家董仲舒,"贾"指西汉著名文学家贾谊;"刘"指三国时期魏国的文学家刘桢,"曹"指三国时期魏国的文学家曹植。如果将这首诗歌翻译成英文,对于英语读者来说一来无法知晓他们是何许人,二更没有办法领会所传达的文化意象。以上所述正是译者对这两首破题诗选择放弃不译的原因。

(二)译成韵诗

诗歌翻译有多种标准,如严复的"信、达、雅",傅雷的"神似",钱钟书的"化境",许渊冲的"意美、音美、形美",以及刘重德的"内容上忠实、语言上达意、风格上近似"等等,不同的标准侧重点有所不同。笔者认为,杨译《宋明评话选》中诗歌的翻译既在内容上信、在语言上达、在风格上近似原文,而且尽可能地传达原文的三美。在这十五首篇首破题诗中杨氏把其中的九首翻译成了英文的韵诗:

第三首:

> 谁言今古事难穷?大抵荣枯总是空。
> 算得生前随分过,争如云外指溟鸿!
> 暗添雪色眉根白,旋落花光脸上红。
> 惆怅凄凉两回首,暮林萧索起悲风。
> How can we judge today and yesterday?
> Pomp is but vanity; so is decay.
> Without my knowlegde, time is slipping by
> Like geese that to the far horizon fly.
> My eyebrows now have turned as white as snow,
> Faded my ruddy cheeks of long ago;
> And sad at heart I gaze back at the glades

第五章 中西合璧之杰作

Where wild winds bluster as the daylight fades.①

第四首：

聪明伶俐自天生，懵懂痴呆未必真。
嫉妒每因眉睫浅，戈矛时起笑谈深。
九曲黄河心较险，十重铁甲面堪憎。
时因酒色亡家国，几见诗书误好人！
Now some are born intelligent,
Some hide the gifts that Heaven has sent;
The merest glance may make you foes,
And laughing chat may end in blows.
Men's hearts are devious as a stream,
And stern as mail their faces seem;
Women and wine make kingdoms fall,
But study does no harm at all.②

第五首：

不是姻缘莫强求，姻缘前定不须忧；
任从波浪翻天起，自有中流稳渡舟。
Now if Fate is against it, 'tis folly to wed;
But if Fate has ordained it, you've nothing to dread;
Though the billows roll high and the thunderclouds form,
Still your conjugal vessel will weather the storm.③

第六首：

连宵风雨闭柴门，落尽深红只柳存。

---

① 杨宪益、戴乃迭：《宋明平话选（汉英对照）》，北京外文出版社，2007年，第39页。
② 杨宪益、戴乃迭：《宋明平话选（汉英对照）》，北京外文出版社，2007年，第73页。
③ 杨宪益、戴乃迭：《宋明平话选（汉英对照）》，北京外文出版社，2007年，第456页。

中西同情——冯梦龙"三言"传入西方之考析

欲扫苍苔且停帚,阶前点点是花痕。
Through wind and pelting rain all night,
My wooden door was bolted tight;
Today the dark red flowers are gone,
The willow's green is left alone;
And, come to sweep the moss away,
I stay my broom here in dismay;
For, starring all the steps nearby,
The crimson, wind-blown petals lie.[①]

第七首:

渔船载酒日相随,短笛芦花深处吹。
湖面风收云影散,水天光照碧琉璃。
I bring wine with me here every day on my fisherman's boat;
From the depth of the flowering reeds my soft melodies float;
Wind is hushed on the lake, and no shadows of clouds sail by,
While as bright as green glass are the water and radiant sky.[②]

第八首:

日日深杯酒满,朝朝小圃花开。
自歌自舞自开怀,且喜无拘无碍。
青史几番春梦,黄泉多少奇才。
不须计较与安排,领取而今见在。
Each day I fill my cup with wine;
My little garden blossoms gay;
Each day I sing and dance for joy,
And cast all gloom and care away.
The past is but an empty dream,

[①] 杨宪益、戴乃迭:《宋明平话选(汉英对照)》,北京外文出版社,2007年,第698页。
[②] 杨宪益、戴乃迭:《宋明平话选(汉英对照)》,北京外文出版社,2007年,第768页。

第五章　中西合璧之杰作

Great men have died and turned to clay;
Then strive no more for rank or fame,
But take your pleasure while you may.①

第九首：

弱为强所制，不在形巨细。
蝍蛆带是甘，何曾有长喙？
Tis not a creature's size alone
That makes it weak or strong;
A centipede can kill a snake,
Although it is not long.②

第十首：

破布衫中破布裙，逢人便说会烧银。
自家何不烧些用？担水河头卖与人。
Though their clothes are too tattered to keep out the cold,
They assure you they change all base metals to gold.
Then why don't they make gold for their own uses, pray?
Why just carry the burden for others all day?③

第十一首：

剧贼从来有贼智，其间妙巧亦无穷。
若能收作公家用，何必疆场不立功？
Great thieves have keen intelligence and guile,
And practise many a cunning trick and wile;
Enlist these gifts, my prince, for law and order,

---

① 杨宪益、戴乃迭：《宋明平话选（汉英对照）》，北京外文出版社，2007年，第928页。
② 杨宪益、戴乃迭：《宋明平话选（汉英对照）》，北京外文出版社，2007年，第1000页。
③ 杨宪益、戴乃迭：《宋明平话选（汉英对照）》，北京外文出版社，2007年，第1032页。

And they will beat the foeman on our border!①

辛正坤说:"用印欧语译汉诗,通常很难逼真地模拟汉诗的建行形式,(尤其是诗行长度),有时甚至连近似模拟都办不到。"②穆诗雄也说:"一般而论,也不可能译出中国古诗那样整齐的外形来。即使是亦步亦趋,也难以构成中国古诗那样整齐的外形,根本原因在于拼音文字与表意文字的根本差别。更何况,一首诗是一个有机的整体,用另一种语言载体去模拟不可能保存原来的形式。能文者或许能译出长短完全相同的东西来,从理论上说也可能有这样的巧合,但一般而论极难实现。"③杨译诗词的行数与原诗词都是一致的,但其外形是无法像原诗词一样整齐划一。如第三首、第四首、第五首、第六首、第七首、第十一首这样的七言诗翻译成英诗时其音节数分别为十音节、八音节、十二音节、八音节、十四音节、十一音节不等。但是,杨氏采用押尾韵的方式将这些诗词翻译成英文韵诗。其中,第三首、第四首、第五首、第六首、第七首、第十首、第十一首都是采用 aabb 两行一韵的格式;第八首和第九首采用的是 abcb 隔行韵的格式,这种押韵的方式使译作充满了音乐美感。

(三)译成自由诗

自由诗 free verse 这个词组译自法语 vers libre,而后者最早见于英语文献是在 1902 年。vers libre 在法语有摆脱了传统格律束缚的含义,犹如奴隶获得自由一样,直译应为"获得解放了的诗"。④《牛津英语词典》的定义是:"不遵守传统的,尤其是有关步格和韵式的格律,节奏和诗行长度不定可变的诗歌写作。"杨氏将以下四首破题诗词翻译成了自由诗。

第十二首:

蠢动含灵俱一性,化胎湿卵命相关。
得人济利休忘却,雀也知恩报玉环。
All living creatures share a common nature,

---

① 杨宪益、戴乃迭:《宋明平话选(汉英对照)》,北京外文出版社,2007 年,第 1120 页。
② 辛正坤:《中西诗比较鉴赏与理论》,清华大学出版社,2003 年,第 17 页。
③ 穆诗雄:《跨文化传播——中国古典诗歌英译论》,中国科学技术大学出版社,2004 年,第 53 页。
④ 傅浩:《论英语自由诗的格律化》,《外国文学评论》,2004 年第 4 期,第 60~67 页。

Whether they are mammals or hatched out from eggs;
If you are good to them they won't forget it——
Just think of the bird who repaid its protector with rings!①

第十三首：

闲向书斋阅古今，偶逢奇事感人心；
忠臣翻受奸臣制，肮脏英雄泪满襟。
休解绶，慢投簪，从来日月岂常阴。
到头祸福终须应，天道还分贞与淫。
At leisure in my study, reading history,
I came upon a strange and moving tale
Of a good official crushed by an evil lord;
And my gown is stained with tears for the gallant man.
But do not spurn office because of such injustice,
For the sun and moon cannot be dimmed forever,
And retribution is bound to come at last,
When justice is meted out to good and evil.②

第十四首：

年少争夸风月，场中波浪偏多。
有钱无貌意难和，有貌无钱不可。
就是有钱有貌，还须著意揣摩。
知情识趣俏哥哥，此道谁人赛我。
All young men like to boast of their adventures,
For there's no plain sailing in the sea of love;
Money without good looks will win no hearts,
Yet neither will looks without money prove enough;
And money and looks combined will still fall short

---

① 杨宪益、戴乃迭：《宋明平话选（汉英对照）》，北京外文出版社，2007年，第150页。
② 杨宪益、戴乃迭：《宋明平话选（汉英对照）》，北京外文出版社，2007年，第357页。

Without the wish to please and courtesy.
But a handsome youth who is considerate too
Will beat all rivals in the lists of love.①

第十五首：

荣枯本是无常数，何必当风使尽帆？
东海扬尘犹有日，白衣苍狗刹那间。
Who can foretell if fortune will endure?
When you have wealth, why should you strive for more?
Clouds change their shape each second in the sky,
And even oceans may at last run dry.②

  杨氏翻译这四首诗词时保持了诗行数的一致性。但是每首英诗不仅外形没有整齐划一，而且音节数都不一样，更没有严格押韵，只是排列上还是和诗歌一样，所以可以称它们为自由诗。另外，杨氏只是用意译的方式将原诗词的意思翻译出来。例如："休解绶，慢投簪，从来日月岂常阴"这个诗句中"绶"是古代官员佩戴在腰间的绶带，"簪"是冠饰，两者都是区分官职高低的最明显的标志。杨氏将该句译为"But do not spurn office because of such injustice"，用意译的方式直截了当地告诉目的语读者其意思——不要因为遭到一时的不公正待遇而辞官弃职。这样翻译的好处是既准确地表达了原诗的意思，又避免介绍中国文化中所特有的"绶"和"簪"。虽然这四首诗词的翻译在风格上没有近似原文，但是做到了内容上忠实、语言上达意。

  通过对杨译《宋明评话选》中十五首破题诗词翻译的研究发现：对于使用典故过多且富有深邃的中国文化内涵的诗词，在不影响小说故事的整体译介的情况下，杨氏采取省略不译的方法。但是杨氏把百分之八十七的破题诗词都翻译出来了，其中九首破题诗词被翻译成英文韵诗，四首破题诗词被翻译成英文自由诗。杨氏翻译的英文韵诗虽然在外形上无法像原诗词一样整齐划一，但是其行数与原诗词行数保持一致。同样是七言诗被翻译成英文韵诗时每行的音节数虽然不一样，但是都采用押尾韵的方式。杨氏翻译的自由诗与

---

① 杨宪益、戴乃迭：《宋明平话选（汉英对照）》，北京外文出版社，2007年，第583页。
② 杨宪益、戴乃迭：《宋明平话选（汉英对照）》，北京外文出版社，2007年，第1080页。

原诗词在外形上没有整齐划一，音节数也不一致，更没有严格押韵，但是都以诗歌形式排列，以意译的方法把诗词的意象准确地表达出来。

翻译是语言的转换，更是文化的导入，因而翻译活动的实质是一种文化信息互动的复杂的思维转换活动。文化差异的绝对性使文化翻译呈现出不可能的特点，并使文化信息在翻译过程中的流失成为不可回避的语言现象，因而尽善尽美的文化翻译是很少有的。杨氏对《宋明评话选》中文化内容的翻译不是局限于某一种译法，而是数法并重不拘一格，或省译，或套译，或直译，或意译，杨氏基本上遵循了以源语文化为归宿的原则。杨氏在翻译诗词时，既符合了刘重德的"内容上忠实、语言上达意、风格上近似"的翻译标准，也尽可能做到了许渊冲倡导的"意美、音美、形美"。总之，杨氏夫妇为弘扬中国传统文化做出了巨大的贡献。

第七节　完美句号：杨曙辉、杨韵琴与"三言"全译本

杨曙辉（Shuhui Yang）是美国缅因州贝兹大学中国语言与文学教授，从事文学、哲学与社会历史学的研究，特别是致力于明清白话小说的研究。杨韵琴（Yunqin Yang）是联合国纽约总部秘书处同声传译。杨曙辉、杨韵琴花了15年时间完成"三言"全部作品的翻译，分别于2000年、2005年、2009年由华盛顿大学出版社出版《喻世明言》(*Stories Old and New：A Ming Dynasty Collection*)、《警世通言》(*Stories to Caution the World：A Ming Dynasty Collection Volume 2*)和《醒世恒言》(*Stories to Awaken the World：A Ming Dynasty Collection Volume 3*)。120篇"三言"小说不再是节译或选译，而是有了完整版的译文，这在"三言"的海外传播史上是第一次，"三言"全译本也成为迄今为止最后也是最新的版本。岳麓出版社的大中华文库系列丛书也分别于2007年、2009年和2011年收录了该"三言"全译本。在充分参考、借鉴前人译文的基础上，他们的译文质量达到一个全新的高度，实现了忠实与通顺的统一，无论是篇首破题诗还是文中的唐诗、宋词、俗谚语都一一翻译，而且原文中的眉批也做了翻译，并以括号+斜体的方式呈现。"三言"全译本是"三言"传入西方历史上的一次重大突破，在美国问世至今，已成为研究和教授中国古典文学的重要参考书目。

杨曙辉、杨韵琴将"三言"全译本作为一个完整的有机整体介绍给英语世

界的读者,全面呈现原作的文学风格和文学技巧,让国外读者了解完整的拟话本小说。"三言"全译本不仅对汉语典籍英译和汉学研究有着重要意义,同时也是英语文学世界的宝贵财富。路旦俊指出美国 Choice 杂志称杨氏"三言"全译本"增添了一个非常重要的亚洲文学或中国历史的译本"。[①] 颜明指出何谷理教授称赞其"为英语读者提供了一道罕见的大餐:让他们对 17 世纪的中国短篇小说艺术有了一个前所未有的了解"。[②] 颜明在考察"三言"翻译概况的基础上对"三言"全译本的译者背景、翻译思想和翻译策略择要加以介绍。分析了全译本的"'神似'与'过与不及'""忠实于原著与原作者"和"以读者为中心"的翻译思想和策略,指出"三言"全译本不仅对汉语典籍英译、汉学研究有着重要意义,同时也是英语文学世界的宝贵财富。杨曙辉和杨韵琴[③]指出翻译有不同程度的忠实,更有不同层次的忠实。就文学翻译而言,最高层次的应该是文学风格的忠实。文学翻译"就翻译目的而言,要求再现原作的独特的艺术效果;就手段而言,要求反映原作特有的表现风格"。但是真要能做到反映原作的表现风格,其实很难。再高明的译者也只能"过则求其勿太过,不及则求其勿太过于不及"。王华玲和屠国元[④]对"三言"在国内外的翻译研究进行了综述,还对"三言"翻译的研究进行了反思和展望。他们相信,随着"三言"全译本的出版,其价值将会被重新评估;"三言"翻译研究也会迎来多方面、多层次、多角度的大范围开展,最终取得令人瞩目的成绩。

笔者将从文化翻译观视角对杨曙辉、杨韵琴"三言"全译本进行研究。20世纪七八十年代,欧洲文化学派的兴起打破了翻译纯属语言转换的传统观念。文化翻译学派领军人物、英国沃里克大学翻译和比较文化研究中心教授苏珊·巴斯奈特认为翻译绝不是纯粹的语言行为,而是植根于文化深处的一种行为,翻译就是文化内部和文化之间的交流。翻译的主旨是宣扬本国文化和传播外来文化,保持文化多样性和促进文化多元化发展。她于 1980 年出版了一部里

[①] 路旦俊:《"三言"英译的比较研究》,《求索》,2005 年第 4 期,第 163～166 页。
[②] 颜明:《既有内美,又重修能——"三言"首部英文全译本介评》,《中国翻译》,2013 年第 2 期,第 77～81 页。
[③] 杨曙辉、杨韵琴:《探析实现语言风格忠实之"捷径"——以明清小说"三言"英译为例》,《中国翻译》,2016 年第 3 期,第 101～105 页。
[④] 王华玲、屠国元:《"三言"翻译研究史论》,《湖南科技大学学报(社会科学版)》,2017 年第 6 期第 155～162 页。

程碑式的著作——《翻译研究》①,将翻译作为一门独立的学科范式来研究。1990年苏珊·巴斯奈特和安德烈·勒菲韦尔合著《翻译、历史与文化》②,首次全面论证了翻译研究的"文化转向",使翻译研究从语言层面的规定性研究转向文化观下的描述性研究。

文化翻译观的主要内容包括:第一,翻译应该以文化作为翻译的单位而不应停留在以前的语篇之上;第二,翻译不只是一个简单的译码重组过程,更重要的还是一个交流的行为;第三,翻译不应局限于对源语文本的描述,而在于该文本在译语文化里功能的等值;第四,在不同历史时期,文化有不同的原则和规范。但说到底,这些原则和规范都是为了满足不同的需要。翻译就是满足文化的需要和一定文化里不同群体的需要。③ 巴斯奈特把文化作为翻译的单位,把翻译的目的定义为文化交流的需要,认为翻译的对等是原文与译文之间文化功能的对等,这无疑突破了传统的翻译观念,也顺应了当代世界各国之间文化交流日益加强的趋势。

语言是文化的载体和反映,由于不同的国家存在不同的地理环境、风俗习惯、社会制度和思维方式,所以把一种文化中的语言表现形式变成另一种文化中的语言表现形式存在很大的难度。巴斯奈特文化翻译观认为译者在翻译时应该尽可能移植或传递源语文化,使译语读者能够领略异域文化特色,获得源语读者之源语文化相同的感受,这样才能达到文化交流的目的。巴斯奈特文化翻译观的提出,给译者在促进各民族文化交流与繁荣的前提下,解决翻译中的文化问题带来了契机。美国翻译研究的领军人物韦努蒂是位美籍意大利人,《译者的隐身》是他主要的翻译学著作之一,他提出"归化"是英美帝国主义的文化征服工具,"异化"才会尊重和体现原文的诗学价值和文化身份。④ 读起来像本土语言写作的译文,里面必然会有本土价值取向的侵入。反之,读起来像译文的译文则对原文中语言文化价值差异采取宽容的态度,而对本土的主流文化价值观采取不妥协不迁就的抵制态度。⑤ 杨氏"三言"全译本主要遵

---

① Bassnett, Susan. *Translation Studies*. London: Methuen, 1980./(third edition) Shanghai: Shanghai Foreign Language Education Press, 2004.

② Bassnett, Susan. & Lefevere, Andre. *Translation, History & Culture*. London: Cassell, 1990/Shanghai: Foreign Language Education Press, 2001.

③ 许钧:《当代英国翻译理论》,湖北教育出版社,2004年,第360~386页。

④ Venuti, L. *The Translator's Invisibility*. London and New York: Routledge, 1995.

⑤ 王东凤:《帝国的翻译暴力与翻译的文化抵抗:韦努蒂抵抗式翻译观解读》,《中国比较文学》,2007年第4期,第69~85页。

中西同情——冯梦龙"三言"传入西方之考析

循"异化"的翻译策略,在最大程度上向英语文化读者介绍中国古典文学和中国传统文化。笔者将以"三言"全译本中俗谚语为研究对象,从文化翻译观视域探讨杨氏"三言"全译本中俗谚语的翻译手法,对于没能实现文化功能等值的句子提出商榷。

"三言"的作者冯梦龙以整理编辑通俗文学而著称,他善用俚语俗谚语,"三言"中含有900多条俗谚语,杨氏"三言"全译本把所有的俗谚语都进行了翻译,除了少部分俗谚语用"归化"的翻译策略,绝大多数采用的是"异化"的翻译策略,借以对外传播中国文化。下文将对杨氏"三言"全译本的俗谚语的翻译方法进行归纳总结。

一、套译法

虽然相距甚远,中西方具有某些相似的认知方式,所以一些英汉俗谚语拥有相同或相似的文化内涵和文化形象,给读者带来相同的情感意义,此时采用套译法最为合适。例如:

例句1:光阴似箭。
　　　　Time flew like an arrow.①

例句2:有志者事竟成。
　　　　Where there is will, there is a way.②

例1:时间过得飞快,英汉两种文化都认同可以用"箭"的高速飞行来比喻时间过得飞快。例2:中国一贯倡导从小要立下志向,通过艰苦奋斗实现自己的目标,英语文化也有相同的认知,所以英汉文化都有"有志者事竟成"这个谚语。

虽然套译法不常见,却是翻译的首选方法。"三言"还有一些俗谚语可以改用套译法翻译,这样可以避免译文冗长累赘。例如:

例句3:人不可貌相,海水不可斗量。
　　　　You can't judge a man by his looks, nor measure the sea with a

----

① Feng, Menglong. *Stories to Awaken the World*. translated by Shuhui Yang and Yunqin Yang. Changsha: Yuelu Publishing House, 2011, P175.

② Feng, Menglong. *Stories to Awaken the World*. translated by Shuhui Yang and Yunqin Yang. Changsha: Yuelu Publishing House, 2011, P143.

pitcher.[①]

例句 4：隔墙须有耳，窗外岂无人。

Walls have ears；windows have eyes.[②]

杨氏对这两个谚语进行了逐字逐句的翻译，显得译文语义重复，冗长累赘。如果使用套译法，改译成"You can't judge by appearances."和"Walls have ears."，译文言简意赅，英语读者也可以准确理解其中含义。

二、直译法

由于各民族文化的差异，大部分英汉俗谚语承载的文化内涵是不同的。为达到传播异域文化的效果，在异化策略的指导下经常采用直译法，在"三言"的俗谚语翻译中采用这种翻译手法最为常见。例如：

例句 5：满招损，谦受益。

Conceit spells loss；modesty brings benefit.[③]

例句 6：要知天下事，须读古人书。

To know all that happens under the sun, be sure to read books by our ancestors.[④]

例句 7：靠山吃山，靠水吃水。

Live on the mountain, live off the mountain；Live by the water, live off the water.[⑤]

中国文化注重礼让与谦虚。例 5 采用直译的方法向英语文化介绍了"谦虚"这一中国传统美德。中国拥有几千年的文明，我们的祖先为我们创造了辉煌的历史，给我们留下了蕴含智慧的宝贵书籍，例 6 的直译也向英语读者介绍

---

① Feng, Menglong. *Stories to Awaken the World*. Translated by Shuhui Yang and Yunqin Yang.Changsha：Yuelu Publishing House,2011,P147.

② Feng, Menglong. *Stories to Awaken the World*. Translated by Shuhui Yang and Yunqin Yang.Changsha：Yuelu Publishing House,2011,P1965.

③ Feng, Menglong. *Stories to Caution the World*. Translated by Shuhui Yang and Yunqin Yang.Changsha：Yuelu Publishing House,2009,P85.

④ Feng, Menglong. *Stories to Awaken the World*. Translated by Shuhui Yang and Yunqin Yang.Changsha：Yuelu Publishing House,2011,P65.

⑤ Feng, Menglong. *Stories to Awaken the World*. Translated by Shuhui Yang and Yunqin Yang.Changsha：Yuelu Publishing House,2011,P119.

了中华民族深厚的文化底蕴和勤奋好学的精神面貌。中国地大物博,幅员辽阔,例 7 则充分展示了中国丰富的自然资源,多变的地形地貌,以及人们依靠大自然的生活方式。

直译法是杨氏在翻译"三言"的俗谚语时最常见的方法,但是有些时候直译却没能把俗谚语中的文化内涵准确表达出来,反而令英语读者费解。例如:

例句 8:一女不吃两家茶。

A woman should not drink tea from two different families.①

例句 9:在他矮檐下,怎敢不低头。

If the eaves of the house are low, you might as well lower your head.②

例 8"一女不吃两家茶"真正的含义指的是一名女子不能订婚许配给两家。直译成"A woman should not drink tea from two different families",会让英语读者百思不得其解。所以要改译成"A good woman should not take betrothal gifts from two families."。例 9"在他矮檐下,怎敢不低头"比喻寄人篱下,不敢有自己的主张,只得顺从。所以要改译成"A man who's fed by another will hardly dare to raise his head."。所以当用直译的手法无法让英语读者领会其内涵意义时,应该改用意译的手法,把内涵意义直接表达出来。

三、直译加注法

从文化视角来看,汉语中蕴涵着许多中华民族特有的文化,从而使英语读者产生陌生感或在理解上存在困难。如果直译不能够完全译出俗谚语的文化内涵,这时需要添加注释做出解释,从而达到传播异域文化的目的。例如:

例句 10:乌鸦与喜鹊同行,吉凶事全然未保。

A crow and a magpie when together bring either joy or woe for all one knows.③ (Note: A crow symbolizes misfortune and a

---

① Feng, Menglong. *Stories to Awaken the World*. translated by Shuhui Yang and Yunqin Yang. Changsha: Yuelu Publishing House, 2011, P295.

② Feng, Menglong. *Stories Old and New*. translated by Shuhui Yang and Yunqin Yang. Changsha: Yuelu Publishing House, 2007, P821.

③ Feng, Menglong. *Stories to Caution the World*. translated by Shuhui Yang and Yunqin Yang. Changsha: Yuelu Publishing House, 2009, P847.

magpie good luck.①)

例句 11：青龙共白虎同去,吉凶事全然未保。

A green dragon and a white tiger bring either joy or woe, when together.②(Note: A green dragon symbolizes luck and a white tiger misfortune.③)

同一种动物在英汉文化中可能会产生不同的联想。例 10 和例 11 采取直译的方法,把乌鸦、喜鹊、青龙、白虎直接用相应的英文中的动物词语表示出来。文后加注释解释:在中国文化中乌鸦和白虎代表"不幸",喜鹊和青龙代表"好运"。这样处理之后,英语文化读者就能够准确理解其中的意思。

例句 12：未曾灭项兴刘,先见筑坛拜将。

Before Xiang Yu's defeat and Liu Bang's rise, A platform was built to honor the Marshal.④(Note: Liu Bang(256—195B.C.E.) was the founder of the Han dynasty. Xiang Yu(232—202 B.C.E.), king of Chu, was his major rival in contending for the throne. Before he became emperor, Liu Bang enlisted the service of Han Xin(d.196 B.C.E.) and built a platform for a grand ceremony honoring him as grand marshal. Later, Han Xin proved to be instrumental in the defeat of Xiang Yu.⑤)

例句 13：周郎妙计安天下,赔了夫人又折兵。

Zhou Yu's clever plan—how it was shattered; He lost both—the lady and the battle!⑥ (Note: According to the Romance of the Three Kingdoms, Zhou Yu(175—210), military adviser Sun

---

① Feng, Menglong. *Stories to Caution the World*. translated by Shuhui Yang and Yunqin Yang. Changsha: Yuelu Publishing House, 2009, P877.

② Feng, Menglong. *Stories to Awaken the World*. translated by Shuhui Yang and Yunqin Yang. Changsha: Yuelu Publishing House, 2011, P303.

③ Feng, Menglong. *Stories to Awaken the World*. translated by Shuhui Yang and Yunqin Yang. Changsha: Yuelu Publishing House, 2011, P311.

④ Feng, Menglong. *Stories Old and New*. translated by Shuhui Yang and Yunqin Yang. Changsha: Yuelu Publishing House, 2007, P35.

⑤ Feng, Menglong. *Stories Old and New*. translated by Shuhui Yang and Yunqin Yang. Changsha: Yuelu Publishing House, 2007, P107.

⑥ Feng, Menglong. *Stories to Caution the World*. translated by Shuhui Yang and Yunqin Yang. Changsha: Yuelu Publishing House, 2009, P1095.

Quan of Wu, devised a plan to capture Liu Bei, Sun's rival, by offering him Sun's sister as wife so as to lure him to Wu region to pick up the bride. But Liu Bei's military adviser, the great strategist Zhuge Liang, saw through the plot and beat Zhou Yu at his own game by having Liu Bei successfully take away the bride and return to his own territory safe and sound. Zhou Yu led his troops in a chase but was defeated by Liu Bei's general Zhang Fei. This story is invariably cited in reference to situations whereby one ends up suffering a double loss through actions intended to produce a gain.①)

例 12 涉及历史人物刘邦、项羽和韩信的故事,例 13 涉及历史人物周瑜、刘备和诸葛亮的故事,这些人物中国人耳熟能详,而英语读者往往有较强的陌生感,杨氏用注释详细介绍了相关的历史典故,这样读者既能了解这些典故又能准确理解谚语的意思,更好地认识中国文化。

当译文中含有在英汉语中会产生不同文化意象的词语时,若直译却不加注释就会妨碍英语读者的正确理解。例如:

例句 14: 有眼不识泰山。

My eyes failed to recognize Mount Tai.②

例句 15: 宁为太平犬,莫作离乱人。

Far better to be a dog in days of peace than to be a human in times of war.③

例 14:在汉语文化中,"有眼不识泰山"被用来比喻见闻太窄,认不出地位高或本领大的人。杨氏把"泰山"直译成"Mount Tai",那英语读者只会理解"我认不出这座叫'泰山'的山",并没有别的联想。没有传达出真正的文化意象,应该加注释说明"Mount Tai is compared to a man of high rank or great ability."。例 15:在汉语文化中"狗"被认为是劣等、肮脏、下贱、势利的动物。而在英语文化中"狗"是忠诚的代名词,是人类最好的朋友,跟狗有关的联想都

---

① Feng, Menglong. *Stories to Caution the World*. translated by Shuhui Yang and Yunqin Yang.Changsha: Yuelu Publishing House, 2009, P1167.

② Feng, Menglong. *Stories Old and New*. translated by Shuhui Yang and Yunqin Yang.Changsha: Yuelu Publishing House, 2007, P285.

③ Feng, Menglong. *Stories to Awaken the World*. translated by Shuhui Yang and Yunqin Yang.Changsha: Yuelu Publishing House, 2011, P1083.

是积极肯定的。所以英语读者无法理解该句译文中"狗"和"人"之间的对比，应该注释说明"In Chinese culture, the dog is considered to be inferior, filthy, degrading and snobbish."。

四、意译法

不同的民族具有文化的个性和特殊性，涉及具有文化特色的词语既要忠实文化形象，又要准确传达其内涵意义。汉语中大多数俗谚语在英语中找不到可以套译的表达，用直译法或直译加注也无法保留汉语中的文化形象和文化内涵，从而使译文成为一堆毫无意义的词语的堆积。针对这个问题，杨氏用意译法将其隐含的语义表达出来，以适应英文读者的需求。

例句 16：贵人上宅，柴长三千，米长八百。

After an important person visits your home, you'll have firewood and rice aplenty.[①]

例句 17：瓜田不纳履，李下不整冠。

To avoid suspicions, don't bend to pull your shoes in a melon field nor reach to adjust your cap under a plum tree.[②]

例句 18：时来风送滕王阁，运去雷轰荐福碑。

When your time comes, good luck falls in your lap; When your time goes, bad luck follows your heels.[③]

(Literally, "When your time comes, the wind will send you to the Pavilion of Prince Teng." This is from a Tang dynasty legend about Wang Bo (649—676), a famous poet and master of prose. He was on his way to visit his father in Jiangxi when a gust of wind blew him to the prefect's banquet in the Pavilion of Prince Teng in the city of Nanchang by West River, and that was how he came to write his best-known piece, "A Preface to

---

① Feng, Menglong. *Stories to Awaken the World*. translated by Shuhui Yang and Yunqin Yang. Changsha: Yuelu Publishing House, 2011, P1307.

② Feng, Menglong. *Stories to Caution the World*. translated by Shuhui Yang and Yunqin Yang. Changsha: Yuelu Publishing House, 2009, P709.

③ Feng, Menglong. *Stories to Caution the World*. translated by Shuhui Yang and Yunqin Yang. Changsha: Yuelu Publishing House, 2009, P735.

the poem on the Pavilion of Prince Teng".)①
(Literally,"When your time goes,a thunderbolt will smash the stone tablet of Jianfu Temple." This is from a Song Dynasty story:When the famous essayist and poet Fan Zhongyan(989—1052)was prefect of Raozhou, a poverty-stricken scholar went to seek his help.Fan Zhongyan offered to make him one thousand rubbings of a Jianfu Temple stone tablet with inscriptions by the most popular calligrapher of the day, Quyang Xun, and each rubbing would be worth a thousand in cash. On the very night before the rubbings were to be done, the stone tablet was destroyed by a thunderbolt.)②

例16"柴长三千,米长八百"中的"三千""八百"意思是"有足够的柴和米",并不是真的指数量,所以意译为"you'll have firewood and rice aplenty"最为合适。例17"瓜田不纳履,李下不整冠"字面意思是"经过瓜田不可弯腰提鞋子,走过李树下不要举手端正帽子",其真正含义是不要做以上的动作避免别人怀疑你要偷瓜或偷李。所以译文增加了"To avoid suspicions",这样读者才能真正读懂言下之意。例18"时来风送滕王阁,运去雷轰荐福碑"的真正的含义是"运气好时,眼看无法实现的愿望实现了;运气不好时,眼看就能到手的东西落空了"。杨氏用了意译的手法翻译成"When your time comes, good luck falls in your lap;When your time goes, bad luck follows your heels."。该译文准确易懂。但杨氏并没有就此止步,他还在文后做了长篇注释,先是提供了这句俗谚语的直译文本,然后进一步介绍英文读者陌生的两个典故——"滕王阁"和"荐福碑",最大限度地向英语文化读者介绍了中国传统文化,实现了跨文化交流。

巴斯奈特文化翻译观认为,翻译的目的是突破语言障碍,实现并促进文化交流。"归化"翻译策略是用目的语的主流语言文化价值观抹去来自异域文化的差异。"异化"翻译策略则可以向目的语文化介绍源语文化的种种差异,重构源语文化的文化身份和原型,从而达到文化传播和交流的目的。杨氏在翻

---

① Feng, Menglong. *Stories to Caution the World*. translated by Shuhui Yang and Yunqin Yang.Changsha:Yuelu Publishing House,2009,P759.
② Feng, Menglong. *Stories to Caution the World*. translated by Shuhui Yang and Yunqin Yang.Changsha:Yuelu Publishing House,2009,P759.

译"三言"的俗谚语时主要遵循"异化"的翻译策略,采用套译、直译、直译加注和意译等手法来实现中国传统文化的传播,促进中西方的跨文化交流。杨曙辉、杨韵琴的"三言"全译本是"三言"传入西方历史上的一次重大突破,表明作为经济强国的中国在文化交流中也变得更加包容、更加自信,"三言"在西方的传播终于画上一个圆满的句号。

第六章　余论：人之同心，情之同种

东方与西方，共住地球村，身虽不同心却相同，身虽不同情却同种。双方既不同又相同，就必然会产生交流。"三言"诞生于中国晚明社会这一特殊历史时期，真实地反映了鲜明的时代特征，充分展示了冯梦龙提出的"情真说"与"情教说"理念，为反对封建主义、反对程朱理学的"理"与"法"提供了强大的思想武器，充满资产阶级人道主义思想，充分显示了早期启蒙思想所特有的光辉。《十日谈》是意大利著名思想家和文学家薄伽丘的不朽巨著，更是文艺复兴的扛鼎之作，开创了西方短篇小说的先河，在艺术性和思想内容上都达到文艺复兴时期文学的巅峰。其锋芒直指封建社会与天主教会，提倡"人性"，反对"神性"；提倡"理性"，反对"迷狂"；提倡"个性解放"，反对"宗教桎梏"与"禁欲主义"。薄伽丘宣扬人文主义，尊重女性，维护妇女权利，提倡男女平等，与冯梦龙的思想极为相似，冯梦龙因此被后世的人尊称为中国的"薄伽丘"。正是这种相似之处，使得文化交流与传播的双方有了共通的意义空间。

"三言"于17世纪上半叶在国内出版，并很快随商船由商人传播至海外，成为国外著名图书馆的珍藏，为文化交流留下珍贵的实物证据。历史上"三言"的翻译者可以分成四类，分别是明清传教士、西方外交官、西方职业汉学家、华裔或中国学者。明清传教士与商人一样是"三言"外传的最早传播者。从1735年殷弘绪第一个法语译本出版，到1922年瞿雅各翻译《醒世恒言》中的《李汧公穷邸遇侠客》在上海出版，共有6个传教士选译并出版了12篇"三言"故事，其中有4篇被重复翻译2次以上。尽管参与传播的传教士人数不多，选译的作品数量也只占"三言"总作品数的十分之一，但是已经开创了"三言"西传的历史。与冯梦龙一样，传教士也想利用文学创作劝善惩恶，宣扬中国儒家的伦理与道德，达到社会教化作用。他们在选译"三言"时，严格执行一套标准：故事内容应与基督教的伦理道德相符，宣扬忠孝节义、扬善除恶。其传播的目的是贯通基督教文化和儒家文化，努力寻求相似之处，为"礼仪之争"

中的传教立场辩护。传教士获得部分预期的传播效果,在"礼仪之争"的特定阶段获得了教皇的支持与肯定。但是,欧洲的地主贵族、政治人物、知识分子以及普通百姓却有着不同的价值取向,凭借遥远的中国故事所反映出来的理性与智慧,谈天说地,随意加工。启蒙思想的知识分子利用自己加工过的中国形象,指桑骂槐,指摘时事,以此为政党斗争的工具,互相攻讦,巧妙地规避各种政治迫害。他们还利用"三言"所反映的优秀的伦理道德训诫欧洲民众,实现思想启蒙。对于普通的知识分子或一般民众来说,使用来自中国的风物、谈论来自中国的故事,不但非常时尚,而且极具异国情调。传教士原本为了护教而精心组织的文献,却意想不到地为启蒙思想家提供了反封建、反专制、反教权的思想武器,为普通百姓提供茶余饭后的谈资,收到传教士所始料未及的效果。

西方外交官是紧接其后的"三言"传播者。托马斯·斯当东是第一个从事"三言"翻译与传播的西方外交官,他翻译的《范鳅儿双镜重圆》1815年发表在《中国与英国商业关系杂评》上,此后共有8名西方外交官加入翻译工作,一共翻译14篇。与传教士相比,人数已有所增加,作品数量也提高了一点。他们在翻译过程中往往省略原话本小说的"入话"部分,省略篇首破题诗,省略文中的诗词和俗谚语。除了反映忠孝节义的儒家思想,作品的主题还延伸到反封建理学与市民喜剧上。外交官的传播动机除了传教的因素,更多的是出于外交或商业利益的缘故,试图通过"三言"等白话小说了解中国百态,特别是普通民众的生活方式、思想感情和伦理道德,以便更好地服务于传教、外交或商业目的。"三言"成为他们瞭望中国的绝佳窗口。

职业汉学家注意到传教士与外交官的"三言"译文,纷纷加入翻译与研究"三言"的工作。如果说商人将"三言"中文原作带到国外,传教士与外交官只负责翻译与介绍,那么国外职业汉学家则开创了"三言"的研究工作。他们不仅扩大"三言"的翻译,也开始写论文评论"三言"的创作。雷慕沙是最早翻译"三言"的西方职业汉学家,他翻译的《中国短篇故事集》1827年出版。此后,共有12位法国和德国的职业汉学家从事"三言"的翻译与研究,共翻译32篇,研究论文42篇。至少6位俄苏汉学家翻译了19篇,1位新西兰汉学家翻译了1篇,10位日本汉学家翻译了《醒世恒言》、《今古奇观》以及其他"三言"作品24篇,14位英国汉学家翻译了32篇作品。无论从参与传播人数和翻译作品的数量,还是译文的质量上看,都有了量的和质的飞跃。许多相同的作品被不同国籍的汉学家选中,翻译成不同的语言,有的甚至被多次翻译成同一种语言。比如,《金玉奴棒打薄情郎》被翻译成英语6次、法语2次、德语1次;《滕大尹鬼断家私》被翻译成英语4次、法语3次、德语2次;《庄子休鼓盆成大道》被翻译成英语5次、法语2次、德语2次、俄语至少1次;《杜十娘怒沉百宝箱》被翻译成英语6次、德语和日语各1次;《卖油郎独占花魁》被翻译成英语4次、法语、日语和德语各1次。

翻译与研究论文是职业汉学家传播"三言"的主要方式。他们以之为教材为国外培养懂汉语、了解中国的各种人才,这是他们的重要目的和传播动机。他们依然以选译"三言"作品为主,但是主题进一步扩大,不再局限于宣扬儒家思想道德,主题逐渐延伸至反封建反理学的主题、市民喜剧以及神仙志怪等,尽管所占比例不大。作品也仅限于《夸妙术丹客提金》、《灌园叟晚逢仙女》、《张古老种瓜娶文女》、《十三郎五岁朝天》和《白娘子永镇雷峰塔》等少数几篇。

冯梦龙原著中有许多作品涉及赤裸裸的色情描写,无论是明清传教士、西方外交官还是职业汉学家,他们在选译"三言"作品时均不约而同地选其精华,弃其糟粕,选择不予翻译,唯有英国汉学家阿克顿是个例外。为了更好地突出反封建、反理学的主题,更好地揭露佛教清规戒律对人性的压制,阿克顿非常忠实地翻译了其中的一篇作品,即《赫大卿遗恨鸳鸯绦》。

海外华裔或中国学者是"三言"外传的后来者,20世纪20年代才开始加入传播"三言"的热潮。从1939年宋美龄翻译《俞伯牙摔琴谢知音》,到2009年杨曙辉与杨韵琴翻译《警世通言》,共有13名华裔或国内学者翻译了全部120篇作品。他们有的是选译,有的是全部翻译,在他们的努力下,"三言"终于有了全译本。除了杨曙辉与杨韵琴的全译本,11名华裔或国内学者依然和西方前辈一样,偏爱翻译以忠孝节义为主题的作品,回避与色情相关的作品。

但是,经过自近代以来的西学浸润,这些华裔或中国学者学贯中西,以向西方介绍汉学为主要目标,成就突出。尽管起步晚,由于学识渊博,拥有扎实与高深的文学与语言基础,较少对原著的误读或误译,因而很快就赶上西方同行。他们翻译的"三言"作品不但篇幅长,容纳的内容广,而且包括汉语对联和诗词。虽然翻译难度很大,但因为博学的知识、高度的文字修养以及兼通诗与文的翻译技巧,译文都相当忠实与通顺,其成就超过大多数国外前辈,为"三言"在国外的传播画下圆满的句号。

"三言"一共有120篇作品,按主题划分有5类:其一,歌颂和宣扬忠孝节义等传统儒家伦理道德的主题,一共49篇(《喻世明言》21篇、《警世通言》11篇、《醒世恒言》17篇),其中有36篇歌颂忠孝节义的作品被翻译成西方语言,占其总数的73.5%(36/49)。其二,神仙志怪的主题,一共31篇(《喻世明言》

12篇、《警世通言》11篇、《醒世恒言》8篇),有10篇神仙志怪的作品被翻译成西方各种文字,占其总数的32.3%(10/31)。其三,反封建、反理学的主题,一共20篇(《喻世明言》3篇、《警世通言》13篇、《醒世恒言》4篇),其中被翻译的反封建、反理学作品有9篇,占其总数的45%(9/20)。其四,宣扬因果报应、扬善除恶的主题,一共16篇(《喻世明言》2篇、《警世通言》12篇、《醒世恒言》2篇),其中7篇因果报应的作品被翻译成西方文字,占其总数的43.8%(7/16)。其五,市民喜剧的主题一共13篇(《喻世明言》4篇、《警世通言》3篇、《醒世恒言》6篇),其中8篇市民喜剧被翻译成西方文字,占其总数的61.5%(8/13)。当然,有许多作品的主题具有交叉性。

除了杨曙辉与杨韵琴翻译的"三言"全译本,历史上一共有67篇"三言"作品被翻译并传播至西方。其中有36篇歌颂忠孝节义的作品被翻译成西方语言,占总数的53.7%(36/67);被翻译的反封建、反理学作品有10篇,占总数的14.9%(10/67);有9篇神仙志怪的作品被翻译成西方各种文字,占总数的13.4%(9/67);8篇市民喜剧作品被翻译成西方文字,占总数的11.9%(8/67);7篇因果报应的作品被翻译成西方文字,占总数的10.4%(7/67)。由此可以看出,西方人最喜欢的是以忠孝节义为主题的作品,而其他主题的作品则相差不大。

在"三言"的传播者中,有一些特别有趣的现象,从职业或者身份来划分,"三言"的传播者可以分为四类,分别是:明清传教士6人;西方外交官8人;西方职业汉学家43人;华裔或国内学者13人,一共70人。从传播者的彼此关系来划分,他们中的许多人又可以划分为三种关系,分别是:其一,师徒关系。比如,法国汉学家雷慕沙是儒莲的老师,儒莲又是德里文的老师,三代师徒先后翻译"三言"。又比如,英国汉学家亚瑟·韦利是豪威尔、西里尔·白之的老师。韦利从事"三言"的研究和评论并为弟子的译本作序;豪威尔和白之这对师兄弟则从事翻译和研究。其二,夫妻关系。闻名全国的翻译家杨宪益、戴乃迭夫妇具有"天作之合"的美誉,他们一同从事"三言"的翻译与传播工作。杨曙辉、杨韵琴夫妇加入"三言"的翻译,并为此画上一个圆满的句号。其三,朋友关系。华裔汉学家王际真和亚瑟·韦利是朋友关系,韦利应邀为王际真的译文作序。王惠民与陈陈是多年的至交;王际真与另一名华裔汉学家张心沧是朋友,他们一同从事翻译"三言",传播中国文化的工作。

如果说传教士与外交官翻译或研究"三言"多出于宗教、政治、商业或外交的目的,那么国外职业汉学家、华裔或中国学者对"三言"的传播则是完全出于对中国文学本身的兴趣,致力于向海外介绍中国古典文学,传播中国文化,培养汉学人才。职业汉学家和华裔学者能够自觉使用跨文化的比较研究方法，希望通过比较与融合使得西方读者能够通过文学来了解和考察中国的国情与传统文化。在他们的共同努力下，一幅绚丽多彩的中国画卷缓缓向世界展开。

研究文学的翻译、评论、借鉴和影响有助于在不同的文化背景下发展国际文学交流，对不同国家的文学进行宏观的观察，提高对外国文学的深刻理解和融会贯通，促进本民族文学的进步与完善。"三言"在国外的传播史表明：一个民族的优秀文学总是本民族文化精髓的结晶，总要深刻反映该民族的精神面貌，真实表现其内在特征。儒家思想历来就是中国文学的灵魂，也是中华文化的灵魂。几个世纪以来，国外人士对中国文学致力探索的正是这种灵魂。中国文学在国外流传的历史，就是中华文明反复呈现于他国的历史，是他国人民不断探求中华文明的历史。明清传教士、西方外交官、西方职业汉学家以及华裔学者或中国学者对"三言"的翻译与研究深化了国外人士对中国风俗习惯、伦理道德以及文化心理的认知，使他们充分领略到儒家思想的"仁义礼智信"。

"三言"在国外的传播史告诉我们，中国文学乃至中国文化在国外的传播与影响不仅取决于国外汉学的发展水平，更取决于自身的发展和提高，培养出像冯梦龙那样需要世界研究、更经得起研究的文坛巨子。中国文学无须迎合西方人的趣味以抬高身价，无须跃过汉学家的龙门以获得世界的认可，而是立足于艺术上的崇高追求，加强文化上的自我反省，写出具有"中国灵魂"的文学著作。

文化需要交流，交流促进发展，过去是这样，未来也是如此。近三百年的"三言"外传史证明：任何一个时代，任何一个民族的伟大作家最终极的关怀是一致的，那就是人的价值。正像王蒙说的那样，"最关键的要素是要写得深刻。写得深刻，其作品就会具有民族的特性、地方的特性、人的特性，也会同时具有一种普遍性，一种共同性。一个为人类，不仅仅是今天的人类，也为未来的人类所理解的可能性"[①]。正所谓"人之同心，情之同种"，无论身处何时，无论身居何处，东西同情。

最后，必须坦言，在本书的写作过程中，资料的收集难度很大，因为"三言"外传的时间跨度近三百年，各种刊本、各种选本以及各种语言的译本散落在世界各地，要收集完整难度很大。对全部译文篇目进行准确考据难度更大，因为绝大多数篇目的翻译采用意译的方法，且未指出出处。前人的许多研究以及资料也有诸多不足之处，比如译文的篇目考据有误、文字翻译不够准确，存在

---

① 王蒙：《文学·社会·民族·世界》，《文艺报》，1988年9月10日。

较大的误导。因此,对文本的细读与判断显得异常重要,耗时费力,去伪存真确实不易。

必须指出,要认真研读所有"三言"外语译本,对译者的传播动机与传播效果进行揣摩与推断,对译文质量进行评析非常不容易。由于涉及不同语言的译文,笔者有把握的只有英文,能够阅读并理解日文。对法语、俄语还有其他语种一无所知,无法直接对其他语种的译文质量与研究进行研读与评判。虽然某些语言的译文或研究论文也有了英文版本,虽然许多朋友精通法语与俄语,在他们的帮助下对法语与俄语译文篇目做了一些考据、推敲与判断,但是通过转手获得的资料可能还不够可靠,不够科学。因此,许多结论显得草率,有待改进,不够科学,当需斟酌。

参考文献

一、冯梦龙原著

1. 冯梦龙:《冯梦龙全集——古今小说》,上海古籍出版社,1993年。
2. 冯梦龙:《情史》,上海古籍出版社,1993年。
3. 冯梦龙:《太霞新奏》,上海古籍出版社,1993年。
4. 冯梦龙:《山歌》,上海古籍出版社,1993年。
5. 冯梦龙:《全像古今小说》,沈阳出版社,1995年。
6. 冯梦龙:《喻世明言》,沈阳出版社,1995年。
7. 冯梦龙:《醒世恒言》,沈阳出版社,1995年。
8. 冯梦龙:《警世通言》,沈阳出版社,1995年。
9. 冯梦龙:《全像古今小说》,福建人民出版社,1980年。
10. 冯梦龙:《今古奇观》,三晋出版社,2008年。

二、"三言"外语译本

1. Acton, Harold & Lee, Yi-Hsieh. *Glue & Lacquer*. London: Golden Cockerel, 1941.
2. Acton, Harold & Lee, Yi-Hsieh. *Four Cautionary Tales*. London: John Layman, 1931.
3. Birch, Cyril. *Stories from a Ming Collection*. London: Bodlay Head, 1958.
4. Birch, Cyril. *Translating Chinese Plays: Problems and Possibilities*. Literature East and West, Vol. XIV: 4, Dec., 1970.
5. Birch, Cyril. "Feng Meng-lung and the Ku-chin Hsiao-shuo". *Bulletin of the School of Oriental and African Studies*, Vol. 18, 1956.
6. Birch, Cyril. *Gu Jin Xiao Shuo*. London: Bodley Head, 1958.
7. Birch, Cyril. *Ku-chin Hsiao-shuo: A Critical Examination*. London: London University Press, 1954.

8.Bishop,John.*Studies in Chinese Literature*.Harward：Harward University Press,1965.

9.Bishop,John.*The Colloquial Story in China：A Story of San-yan Collections*.Harward：Harward University Press,1956.

10.Brookes,R.*The General History of China by J.B.du Halde*.London：John Watts,1736.

11.Cave,Edward.*A Description of the Empire of China and Chinese Tortary，together with the Kingdoms of Korea and Tibet*．London：T.Gardner,1741.

12.Chang,H.C.*Chinese Literature：Popular Fiction and Drama*.Edinburgh：Edinburgh University Press,1973.

13.Davis,John Francis.*Chinese Novels*.London：John Murry,1822.

14.Davis,John Francis.*Observations on the Language & Literature of China，Scholars' Facsimiles & Reprints Delmar*.New York：Delmar,1976.

15.Dolby,W.*The Perfect Lady by Mistake and Other Stories by Feng Menglong*.London：Paul Eric,1976.

16.Du Halde.*A Description of the Empire of China and Chinese Tortary，together with the Kingdom of Korea*.Vol.Ⅲ,London：T Gardner,1741.

17.Du Halde.*The General History of China*.Vol.Ⅰ.London：John Watts,1736.

18.Du Halde.*The General History of China*.Vol.Ⅲ.London：John Watts,1736.

19.Feng, Menglong. *Stories Old and New*. Translated by Shuhui Yang and Yunqin Yang.Changsha：Yuelu Publishing House,2007.

20.Feng, Menglong. *Stories to Caution the World*. Translated by Shuhui Yang and Yunqin Yang.Changsha：Yuelu Publishing House,2009.

21.Feng, Menglong. *Stories to Awaken the World*. Translated by Shuhui Yang and Yunqin Yang.Changsha：Yuelu Publishing House,2011.

22.Goldsmith,Oliver.*The Citizen of the World*.London：J.M.Dent & Sons LTD & New York：E.P.Dutton & Co.Inc.,1886.

23.Goldsmith,Oliver.*The Works ed.by J.Gibbs*.5 Vols.London：George Bell,1886.

24.Hanan,Patrick.*The Chinese Vernacular Story*.Harvard：Harward University Press,1981.

25.Hanan,Patrick.*Falling in Love：Stories from Ming China*.Honolulu：University of Hawaii Press,2006.

26.Howell,E.B.*The Inconstancy of Madam Chuang and Other Stories from the Chinese*.London：T.Werner Laurie Ltd.,1924.

27.Howell E.B.*The Restitution of the Bride and Other Stories from the Chinese*.New York：Brentano's,1926.

28.Hsia,Chih-tsing.*The Classic Chinese Novel：A Critical Introduction*.New York：Columbia University Press,1968.

29.Lin, Yu-tang.*Widow，Nun and Courtesan：Three Novelettes from the Chinese*．New

York: John Day Company, 1951.

30. Mathers, E. Powys. *Chinese Love Tales*. New York: Avon Publications, 1935.

31. Percy, T. *The Matrons: Six Short Histories*. London: Dodsley, 1762.

32. Skachkov, P. E. "Bibliografija Kitaja". Moscow-Le-Ningrad, 1932.

33. Voltaire. *Ancient and Modern History. Works of Voltaire*. Volume XIII. New York: E. R. DuMont, 1901.

34. Waley, A. *More Translations from the Chinese*. London: Allen & Unwin, 1919.

35. Wang, Chi-chen. *Traditional Chinese Tales*. New York: Greenwood Press, 1943.

36. Wang, Ted & Chen, Chen. *The Oil Vendor and The Courtesan: Tales from the Ming Dynasty*. New York: Welcome Rain Publishers, 2007.

37. Yang, Shuhui & Yang, Yunqin. *Stories to Awaken the World: A Ming Dynasty Collection*. Washington: University of Washington Press, 2000.

38. Yang, Shuhui & Yang, Yunqin. *Stories Old and New: A Ming Dynasty Collection*. Washington: University of Washington Press, 2007.

39. Yang, Shuhui & Yang, Yunqin. *Stories to Cautionn the World: A Ming Dynasty Collection*. Washington: University of Washington Press, 2009.

三、有关研究的外文论著

1. Boccaccio, Giovanni. *The Decameron*. Yili: Yili People's Press and Kewen Press, 2001.

2. Bassnett, Susan & Lefevere, Andre. *Translation, History & Culture*. London: Cassell, 1990. / Shanghai: Foreign Language Education Press, 2001.

3. Bassnett, Susan. *Translation Studies*. London: Methuen, 1980. / (third edition) Shanghai: Shanghai Foreign Language Education Press, 2004.

4. Cordier, Henri. *Bibliotheca Sinica*. Vol. I - II, Paris, 1904.

5. Cordier, Henri. Vol. 1: *Preliminary Essay on the Intercourse between China and the Western Nations previous to the Discovery of the Cape*. Route, London, 1915.

6. Cordier, Henri. *China in Western Literature, a Continuation of Cordier's Bibliotheca Sinica*. New York & Haven Conn: Far Eastern Publications. Yale University, 1958.

7. Cordier, Henri. *Index Sinicus: a catalogue of articles relating to China in periodicals and other collective publications*. 1920-1955, Cambridge: W. Heffer, 1964.

8. Demieville, Paul. *Apercu Historique des Etudes Sinogiqudes en France*. XIX. Bulletin of the Institute Eastern Culture. Tokyo: The TOHO Gakkai, 1966.

9. Demieville, Paul. *Apercu Historique des Etudes Sinologiques en Trance*. II. Acta Asiatica. Bulletin of the Institude Eastern Culture. Tokyo: The TOHO Gakkai, 1996.

10. Demieville, Paul. *Apercu Historique des Etudes Sinologiques en Trance*. III. Acta

Asiatica.*Bulletins of the Institute Eastern Culture*.Tokyo：The TOHO Gakkai,1966.

11.Giles，H.A.*A History of Chinese Literature*.London：William Heineman,1901.

12.Hanan,Patrick.*The Chinese Short Story：Studies in Dating，Authorship，and the Formative Period*.Harward：Harward University Press,1973.

13.Hatim，Basil.*Communication Across Cultures：Translation Theory and Contrastive Text Linguistics*.Exeter：University of Exeter Press,1997.

14.Hsia，Chih-tsing. *C. T. Hsia on Chinese Literature*.New York：Columbia University Press,2004.

15.Hsu,Pi-ching.*Beyond Eroticism：A Historian's Reading of Humour in Feng Menglong's Child's Folly*.University Press of America,INC.,2006.

16.Kernn,J.K.*The Individual and Society in the Chinese Colloquial Short Story：The Chin-ku-chi-kuan*.Bloomington：Indiana University,1974.

17.Lefevere, Andre. *Translations，Rewriting，and Manipulation of Literary Fame*. Shanghai：Shanghai Foreign Language Education Press,2004.

18.Magalhars,Gabriel de.*The Gems of Chinese Literature*.Shanghai：Kelly & Walsh,1883.

19.Morrison，Robert.*Horae Sinicae：Translation from the Popular Literature of the Chinese*.London：Black & Parry,1812.

20.Qian,Zhongshu.*A Collection of Qian Zhongshu's English Essays*.Beijing：Foreign Language Teaching and Research Press,2005.

21.Riftin，B. *The Research of Chinese Ancient Literature in Soviet Union*. Harvard：Harvard University Press,1983.

22.Venuti,L.*The Translator's Invisibility*.London and New York：Routledge,1995.

23.Waley A.*A Hundred and Seventy Chinese Poems*.London and New York：Constable,1918.

24.Waley A."Courtship & Marriage in Early Chinese Poetry".*Asia*,June,1936.

25.Yang，Shuhui.*Appropriation and Representation：Feng Menglong and the Chinese Vernacular Story*.Michigan：Centre for Chinese Studies.The University of Michigan Ann Arbor,1998.

四、有关研究的汉语论著

1.阿诺德·汤因比著,晏可佳等译:《一个历史学家的宗教观》,四川人民出版社,1990年。

2.埃德温·赖肖尔:《中国的问题》,理想出版社,1955年。

3.艾梅兰著,罗琳译:《竞争的话语:明清小说的正统性、本真性及所生成之意义》,江苏人民出版社,2005年。

4. 安冈昭男著,胡连成译:《明治前期日中关系史研究》,福建人民出版社,2007年。
5. 安田朴著,耿昇译:《入华耶稣会士儒教观》,载《明清间入华耶稣会士和中西文化交流》,巴蜀出版社,1993年。
6. 安田朴著,耿昇译:《中国文化西传欧洲史》,商务印书馆,2000年。
7. 安田朴著,许钧、钱林森译:《中国之欧洲》,广西师范大学出版社,2008年。
8. 包惠南:《文化语境与语言翻译》,中国对外翻译出版公司,2001年。
9. 薄迦丘著,许抚琴、高丽等译:《十日谈》,伊犁人民出版社,2001年。
10. 曹丕:《魏文帝集全译》,贵州人民出版社,2009年。
11. 曹卫东:《中国文学在德国》,花城出版社,2002年。
12. 陈平原等:《晚明与晚清:历史传承与文化创新》,湖北教育出版社,2005年。
13. 陈友冰:《英国汉学的阶段性特征及成因探析:以中国古典文学研究为中心》,《汉学研究通讯》,1997年第8期,第34~47页。
14. 陈序经:《中国文化的出路》,中国人民大学出版社,2004年。
15. 程国赋:《三言两拍传播研究》,中国社会科学出版社,2006年。
16. 崔维孝:《明清之际西班牙方济会在华传教研究(1579—1732)》,中华书局,2006年。
17. 戴仁主编,耿昇译:《法国当代中国学》,中国社会科学出版社,1998年。
18. 戴维扬:《从〈交友论〉看中西思想文化交流史上的一个范例:利玛窦与徐光启》,载《纪念利玛窦来华四百周年中西文化交流国际学术会议》论文集,辅仁大学出版社,1983年。
19. 都贺庭钟著,李树果译:《日本读本小说名著选》上篇《古今奇谈英草纸》,天津人民出版社,2005年。
20. 恩格斯:《马克思恩格斯选集》第3卷,人民出版社,1972年。
21. 《法国汉学》丛书编辑委员会:《法国汉学》第4辑,中华书局,1999年。
22. 范存忠:《中国文化在启蒙时期的英国》,上海外语教育出版社,1991年。
23. 方豪:《中西交通史》,上海人民出版社,2008年。
24. 费赖之著,冯承钧译:《在华耶稣会士列传及书目》上册,中华书局,1995年。
25. 冯天瑜、何晓明、周积明著:《中华文化史》,上海人民出版社,2005年。
26. 弗朗索瓦·于连著,张放译:《〈经由中国〉从外部反思欧洲:远西对话》,大象出版社,2005年。
27. 弗朗索瓦·魅奈著,谈敏译:《中华帝国的专制制度》,商务印书馆,1992年。
28. 弗朗西斯·约斯特著,廖鸿钧等译:《比较文学导论》,湖南文艺出版社,1988年。
29. 伏尔泰著,曹德明、沈昉等译:《伏尔泰中短篇小说集》,译林出版社,2000年。
30. 傅浩:《论英语自由诗的格律化》,《外国文学评论》,2004年第4期,第60~67页。
31. 盖纳吉·弗拉基米罗维奇·德拉奇:《世界文化百题》,敦煌文艺出版社,2004年。
32. 高洪钧编:《冯梦龙集:笺注》,天津古籍出版社,2006年。

33. 格林堡著,康成译:《鸦片战争前中央通商史》,商务印书馆,1961年。
34. 耿昇、何高济:《柏朗嘉宾蒙古行记,鲁布鲁克东行记》,中华书局,1985年。
35. 顾长声:《从马礼逊到司徒雷登:来华新教传教士评传》,上海书店出版社,2005年。
36. 辜鸿铭著,黄兴涛译:《中国人的精神》,海南出版社,2007年。
37. 辜正坤:《中西诗比较鉴赏与理论》,清华大学出版社,2003年。
38. 辜正坤:《从中西文明比较看中国崛起及战略思考》,《科学中国人》,2003年第7期,第17~19页。
39. 辜正坤:《中西文化比较导论》,北京大学出版社,2007年。
40. 郭建中:《文化与翻译》,中国对外翻译出版公司,2000年。
41. 郭庆光:《传播学教程》,中国人民大学出版社,1999年。
42. 赫德逊著,李申等译:《欧洲与中国》,中华书局,1995年。
43. 何培忠主编:《当代国外中国学研究》,商务印书馆,2006年。
44. 何寅、许光华:《国外汉学史》,上海外语教育出版社,2002年。
45. 何兆武:《中西文化交流史论》,中国青年出版社,2001年。
46. 何兆武:《文化漫谈:思想的近代化及其他》,中国人民大学出版社,2004年。
47. 何兆武、何高济译:《利玛窦中国札记》上册,中华书局,1983年。
48. 亨利·考狄著,唐玉清译:《18世纪法国视野里的中国》,上海书店出版社,2006年。
49. 侯景文:《耶稣会士会宪》,台湾光启出版社,1976年。
50. 胡适著,唐德刚编:《胡适口述自传》,安徽教育出版社,2005年。
51. 胡士莹:《话本小说概论》,中华书局,1980年。
52. 胡阳、李长铎:《莱布尼茨:二进制与伏羲八卦图考》,上海人民出版社,2006年。
53. 黄鸣奋:《英语世界中国古典文学之传播》,学林出版社,1997年。
54. 黄一农:《两头蛇:明末清初的第一代天主教徒》,上海古籍出版社,2006年。
55. 蒋骁华、姜苏:《以读者为中心:"杨译"风格的另一面:以杨译〈宋明评话选〉为例》,《外国语言文学》,2007年第3期,第188~197页。
56. 柯丽美:《英国汉学家魏利飞生及其中国诗人传记论述》,台北学生出版社,1977年。
57. 孔丘、孟轲等:《四书·五经》,北京出版社,2006年。
58. 莱布尼茨著,梅谦立、杨保筠译:《中国近事:为了照亮文明这个时代的历史》,大象出版社,2005年
59. 乐黛云主编:《跨文化对话》,上海文化出版社,1998年。
60. 乐黛云等:《比较文学原理新编》,北京大学出版社,1998年。
61. 乐黛云、张辉编:《文化传递与文学形象》,北京大学出版社,1999年。
62. 乐黛云、李比雄主编:《跨文化对话第21辑》,江苏人民出版社,2007年。
63. 乐黛云、李比雄主编:《跨文化对话第22辑》,江苏人民出版社,2007年。
64. 雷蒙·道森著,常绍民、明毅译:《这个变色龙——对于欧洲中国文明观的分析》,中

华书局,2006年。

65.雷慕沙:《中国短篇故事集》,巴黎蒙塔迪埃出版社,1827年。
66.李福清(B.Riftin):《李福清论中国古典小说》,洪叶文化事业有限公司,1997年。
67.李兰琴:《中外友好史话》,湖南人民出版社,1986年。
68.利玛窦、金尼阁著,何兆武、何高济译:《利玛窦中国札记》,中华书局,1983年。
69.利玛窦著,罗渔译:《利玛窦书信集》下册,辅仁大学出版社,1986年。
70.李明滨:《中国文学在俄苏》,花城出版社,1990年。
71.利奇温著,朱杰勤译:《十八世纪中国与欧洲文化的接触》,商务印书馆,1991年。
72.李庆:《日本汉学史:成熟和迷途》,上海外语教育出版社,2002年。
73.李树果译:《日本读本小说名著选》,天津人民出版社,2005年。
74.李万钧:《中西文学类型比较史》,海峡文艺出版社,1995年。
75.李喜所主编:《五十年中外文化交流史》第二卷,世界知识出版社,2002年。
76.李新庭:《冯梦龙"三言"在俄国》,《河北北方学院学报》,2010年第4期,第4~6页。
77.李新庭:《明清传教士与冯梦龙"三言"在国外的传播》,《福建师范大学出版社》,2010年第6期,第64~76页。
78.李新庭:《新西兰汉学家韩南与冯梦龙的〈古今小说〉》,《牡丹江大学学报》,2010年第9期,第52~54页。
79.李新庭:《华裔汉学家王际真与"三言"翻译》,《大连海事大学学报(社会科学版)》,2011年第1期,第112~115页。
80.李新庭:《华裔汉学家张心沧与"三言"的翻译》,《淮北师范大学学报》,2011年第1期,第154~156页。
81.李新庭:《道格拉斯与〈中国故事〉》,《中国社会科学版》,2020年12月2日。
82.李约瑟:《中国科学技术史》第四卷第二分册,科学出版社,1975年。
83.李贽:《焚书》卷三,上海古籍出版社,1993年。
84.李贽:《与友人书》,《续焚书》卷一,上海古籍出版社,1993年。
85.李贽:《赠利西泰》,《焚书》卷六,上海古籍出版社,1993年。
86.林金水:《利玛窦与中国》,中国社会科学出版社,1996年。
87.林金水、谢必震:《福建对外文化交流史》,福建教育出版社,1997年。
88.林仁川、徐晓望:《明末清初中西文化冲突》,华东师范大学出版社,1999年。
89.刘东编:《中国学术》总第23辑,商务印书馆,2005年。
90.刘耘华:《诠释的圆环:明末清初传教士对儒家经典的解释及其本土回应》,北京大学出版社,2005年。
91.楼宇烈、张西平编:《中外哲学交流史》,湖南教育出版社,1998年。
92.路旦俊:《"三言"英译的比较研究》,《求索》,2005年第4期,第163~166页。
93.陆坚、王勇主编:《中国典籍在日本的流传与影响》,杭州大学出版社,1990年。
94.鲁日满著,何高济译:《鞑靼中国史》,中华书局,2008年。

95.陆树仑:《冯梦龙研究》,复旦大学出版社,1987年。
96.陆挺、徐宏主编:《人文通识讲演录:文学卷》,文化艺术出版社,2007年。
97.鲁迅:《中国小说史略》,上海古籍出版社,1998年。
98.罗新璋编:《翻译论集》,商务印书馆,1984年。
99.马伯乐著,马利红译:《汉学》,载《汉学研究》第3集,1998年。
100.马积高:《宋明理学与文学》,湖南师范大学出版社,1989年。
101.马森著,杨德山译:《西方人的中国及中国人观念:1840—1876年》,中华书局,2006年。
102.马祖毅,任荣珍:《汉籍外译史》,湖北教育出版社,1997年。
103.门多萨著,何高济译:《中华大帝国史》,中华书局,1998年。
104.孟德卫著,汪文君等译:《1500—1800年中西的伟大相遇》,新星出版社,2007年。
105.孟华:《伏尔泰与中国》,《中国比较文学通讯》,1989年第3期。
106.莫东寅:《汉学发达史》,大象出版社,2006年。
107.穆尔著,郭舜平译:《基督教简史》,商务印书馆,1989年。
108.穆诗雄:《跨文化传播:中国古典诗歌英译论》,中国科学技术大学出版社,2004年。
109.内藤湖南著,储元熹等译:《日本文化史研究》,商务印书馆,1997年。
110.帕拉福克斯大主教著,何高济译:《鞑靼征服中国史》,中华书局,2008年。
111.裴化行著,萧睿华译:《天主教十六世纪在华传教志》,商务印书馆,1936年。
112.钱林森:《中国文学在法国》,花城出版社,1990年。
113.钱林森:《法国作家与中国》,福建教育出版社,1995年。
114.钱婉约:《从汉学到中国学:近代日本的中国研究》,中华书局,2007年。
115.乔万尼·薄伽丘著,钱鸿嘉等译:《十日谈》,译林出版社,1992年。
116.曲小强:《自然与自我:从老庄到李贽》,济南出版社,2007年。
117.饶芃子:《中国文学在东南亚》,花城出版社,1999年。
118.荣振华著,耿昇译:《在华耶稣会士列传及书目补编》下册,中华书局,1995年。
119.儒莲:《中国故事集》,巴黎哈歇特出版社,1860年。
120.上田秋成著,李树果译:《日本读本小说名著选》上篇《古今怪谈雨月物语》,天津人民出版社,2005年。
121.沈从文:《沈从文自传》,江苏文艺出版社,1995年。
122.沈定平:《明清之际中西文化交流史》,商务印书馆,2007年。
123.沈福伟:《中西文化交流史》,上海人民出版社,2006年。
124.沈福伟:《西方文化与中国》,上海教育出版社,2003年。
125.施建业:《中国文学在世界的传播与影响》,黄河出版社,1993年。
126.斯当东著,叶笃义译:《英使谒见乾隆纪实》,上海书店出版社,2005年。
127.宋丽娟、孙逊:《"中学西传"与中国古典小说的早期翻译(1735—1911):以英语世界为中心》,《中国社会科学》2009 年第 6 期,第 185～200 页。

128. 孙楷第:《日本东京所见小说目录》,人民文学出版社,1958 年。
129. 孙楷第:《戏曲小说书录解题》,人民文学出版社,1990 年。
130. 孙楷第:《中国通俗小说书目》,人民文学出版社,1982 年。
131. 谭树林:《马礼逊与中西文化交流》,中国美术学院出版社,2004 年。
132. 谭耀炬:《三言二拍语言研究》,四川出版集团,2005 年。
133. 谭正璧:《三言两拍资料》,上海古籍出版社,1980 年。
134. 唐德刚编:《胡适口述自传》,安徽教育出版社,2005 年。
135. 汤森著,王振华译:《马礼逊:在华传教士的先驱》,大象出版社,2002 年。
136. 汤因比、池田大作:《展望 21 世纪》,国际文化出版社,1985 年。
137. 田真:《世界三大宗教与中国文化》,宗教文化出版社,2002 年。
138. 王尔敏:《中国文献西译书目》,台湾商务印书馆股份有限公司,1975 年。
139. 王本朝:《20 世纪中国文学与基督教文化》,安徽教育出版社,2000 年。
140. 王东凤:《帝国的翻译暴力与翻译的文化抵抗:韦努蒂抵抗式翻译观解读》,《中国比较文学》,2007 年第 4 期,第 69～85 页。
141. 王艮:《王兴斋先生遗集》,江苏教育出版社,2001 年。
142. 王华玲、屠国元:《"三言"翻译研究史论》,《湖南科技大学学报(社会科学版)》,2017 年第 6 期,第 155～162 页。
143. 王介南:《中外文化交流史》,山西出版集团书海出版社,2004 年。
144. 王丽娜:《中国古典小说戏曲名著在国外》,学林出版社,1988 年。
145. 王凌:《畸人·情种·七品官》,海峡文艺出版社,1992 年。
146. 王美秀等:《基督教史》,江苏人民出版社,2006 年。
147. 王蒙:《文学·社会·民族·世界》,《文艺报》1988 年 9 月 10 日。
148. 王秋桂编:《中国古典小说论集》,台北联经出版事业公司,1979 年。
149. 王守仁:《王文成公全书》,中华书局,2015 年。
150. 王祥云:《中西方传统文化比较》,河南人民出版社,2006 年。
151. 王晓平:《近代中日文学交流史稿》,中华书局,1987 年。
152. 王晓平:《日本中国学述闻》,中华书局,2008 年。
153. 王心欢:《"三言二拍"中的俗谚语》,《明清小说研究》,1999 年第 3 期,第 58～73 页。
154. 王意如:《中国古典小说的文化透视》,文汇出版社,2006 年。
155. 王治心:《中国基督教史纲》,上海古籍出版社,2004 年。
156. 王中田:《江户时期日本儒学研究》,中国社会科学出版社,1994 年。
157. 维吉尔·毕诺著,耿昇译:《中国对法国哲学思想形成的影响》,商务印书馆,2000 年。
158. 卫匡国著,何高济译:《鞑靼战纪》,中华书局,2008 年。

159.威利斯顿·沃尔克著,孙善玲译:《基督教会史》,中国社会科学出版社,1991年。
160.卫三畏著,陈俱译:《中国总论》,上海古籍出版社,2005年。
161.温伟耀:《生命的转化与超拔:我的基督宗教汉语神学思考》,宗教文化出版社,2009年。
162.武安隆:《遣唐使》,黑龙江人民出版社,1985年。
163.吴孟雪、曾丽雅:《明代欧洲汉学史》,东方出版社,2000年。
164.西利尔·白之著,微周等译:《白之比较文学论集》,湖南文艺出版社,1987年。
165.夏启发:《明代公案小说研究》(博士论文),北京:中国社会科学院,2001年。
166.晓蓉:《王蒙盛赞中国文学国际讨论会》,载《文艺报》,1986年。
167.夏瑞春编,陈爱政译:《德国思想家论中国》,江苏人民出版社,1995。
168.夏咸淳:《晚明士风与文学》,中国社会科学出版社,1994年。
169.谢和耐著,于硕等译:《中国文化与基督教的冲撞》,辽宁人民出版社,1989年。
170.谢和耐著,何高济译:《中国人的智慧》,上海古籍出版社,2004年。
171.忻剑飞:《世界的中国观:近三千年来世界对中国的认识史纲》,学林出版社,1991年。
172.徐怀启:《古代基督教史》,华东师范大学出版社,1988年。
173.徐静波:《东风从西边吹来:中华文化在日本》,云南人民出版社,2004年。
174.许钧:《当代英国翻译理论》,湖北教育出版社,2004年。
175.徐明德:《论明清时期的对外交流与边治》,浙江大学出版社,2006年。
176.徐宗泽:《中国天主教传教史概论》,上海圣教杂志社,1938年。
177.徐宗泽:《明清间耶稣会士译著提要》,上海书店出版社,2006年。
178.许明龙:《欧洲十八世纪中国热》,外语教学与研究出版社,2007年。
179.严复:《天演论·译例言》,科学出版社,1971年。
180.颜明:《既有内美,又重修能:"三言"首部英文全译本介评》,《中国翻译》,2013年第2期,第77~81页。
181.严绍璗:《中日古代文学关系史稿》,湖南文艺出版社,1987年。
182.严绍璗、王晓平:《中国文学在日本》,花城出版社,1990年。
183.严绍璗:《日本中国学史》,江西人民出版社,1991年。
184.严绍璗、源了圆:《中日文化交流史大系》,浙江人民出版社,1996年。
185.阎宗临著,阎守诚译:《传教士与法国早期汉学》,大象出版社,2003年。
186.杨曙辉、杨韵琴:《探析实现语言风格忠实之"捷径":以明清小说"三言"英译为例》,《中国翻译》,2016年第3期,第101~105页。
187.杨宪益、戴乃迭:《宋明平话选(汉英对照)》,北京外文出版社,2007年。
188.杨晓东:《冯梦龙研究资料汇编》,广陵书社,2007年。
189.叶胜年:《西方文化史鉴》,上海外语教育出版社,2002年。
190.叶渭渠、唐月梅著:《日本文学简史》,上海外语教育出版社,2006年。

191.游友基:《冯梦龙论》,西南师范大学出版社,1996年。

192.袁中道:《珂雪斋集》,上海古籍出版社,2019年。

193.岳峰:《架设东西方的桥梁》,福建人民出版社,2004年。

194.约·罗伯茨著,蒋重跃、刘林海译:《十九世纪西方人眼中的中国》,中华书局,2006年。

195.张柏然、许钧编:《文学翻译杂合研究》,上海译文出版社,2005年。

196.张国刚:《中西文明的碰撞》,广东人民出版社,1996年。

197.张国刚:《明清传教士与欧洲汉学》,中国社会科学出版社,2001年。

198.张国刚:《从中西初识到礼仪之争》,人民出版社,2003年。

199.张国刚、吴莉苇:《启蒙时代欧洲的中国观:一个历史的巡礼与反思》,上海古籍出版社,2006年。

200.张弘:《中国文学在英国》,花城出版社,1991年。

201.张辉:《熟语:常规化的映现模式和心理表征》,《现代外语》,2003年第3期,第249～258页。

202.张经浩等:《名家·名论·名译》,复旦大学出版社,2005年。

203.张梅:《中西诗词特点析》,《理论导刊》,2009年第8期,第123～125页。

204.张孟闻:《李约瑟博士及其〈中国科技史〉》,华东师范大学出版社,1989年。

205.张伟:《汉学家港督戴维斯》,百花文艺出版社,2004年。

206.张维华主编:《中国古代对外关系史》,高等教育出版社,1993年。

207.张西平:《传教士汉学研究》,大象出版社,2005年。

208.张西平:《欧美汉学研究的历史与现状》,大象出版社,2006年。

209.张星烺:《中西交通史料汇编》,中华书局,2003年。

210.郑判龙、李钟殷主编:《朝鲜-韩国文化与中国文化》,中国社会科学出版社,1995年。

211.郑振铎:《中国文学研究》,人民文学出版社,2000年。

212.中国社会科学院情报研究所编:《外国研究中国》第1辑,商务印书馆,1978年。

213.中国社会科学院文献情报中心编:《俄苏中国学手册》,中国社会科学出版社,1986年。

214.邹广胜:《谈杨宪益与戴乃迭古典文学英译的学术成就》,《外国文学》,2007年第5期,第119～124页。

215.周庭祯:《中国十大名著选译》,香港英语出版社,1970年。

216.周一良主编:《中外文化交流史》,河南人民出版社,1987年。

217.朱勃:《比较教育史略》,广东高等教育出版社,1988年。

218.朱谦之:《中国哲学对欧洲的影响》,上海世纪出版集团,2005年。

219.朱绍侯、张海鹏、齐涛主编:《中国古代史》,福建人民出版社,2000年。

220.朱政惠编:《海外中国学评论》第1辑,上海古籍出版社,2006年。

221.庄群英、李新庭:《杨译〈宋明平话选〉中的诗词翻译:以篇首破题诗的翻译为例》,《宜春学院学报》,2010年第7期,第147~149页。

222.庄群英、李新庭:《杨译〈宋明平话选〉俗谚语翻译探究》,《牡丹江大学学报》,2010年第9期,第117~120页。

223.庄群英、李新庭:《杨译〈宋明平话选〉中文化内容的翻译:以〈卖油郎独占花魁〉的翻译为例》,《河北北方学院学报(社会科学版)》,2011年第1期,第24~27页。

224.庄群英、李新庭:《英国汉学家西里尔·白之与〈明代短篇小说选〉》,《长春理工大学学报》,2011年第7期,第77~79页。

中西同情——冯梦龙"三言"传入西方之考析

附 录

附录一 "三言"译本之封面、扉页、插图

图1 1736年英文版《中华帝国全志》封面　图2 1736年英文版《中华帝国全志》扉页

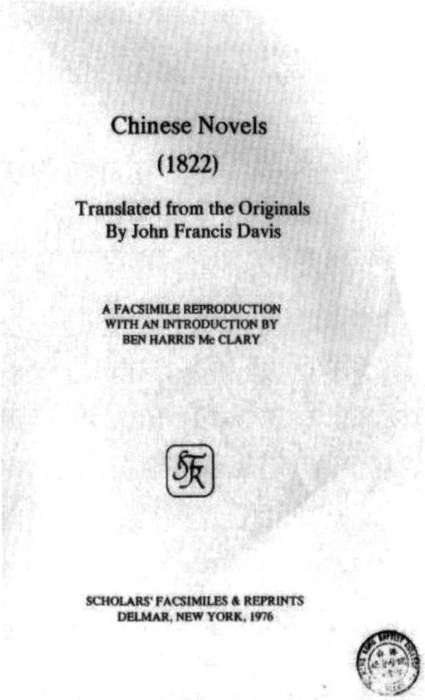

附 录

图3 德庇时所译《中国小说选》封面

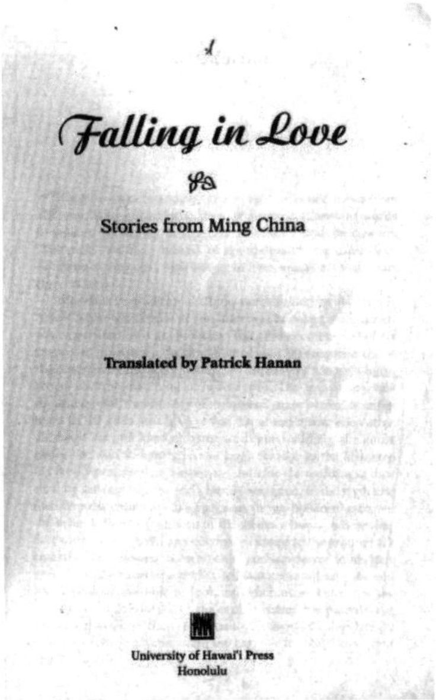

图4 韩南所译《恋爱:明代小说选》封面

图5 西里尔·白之所译《中国故事集》封面

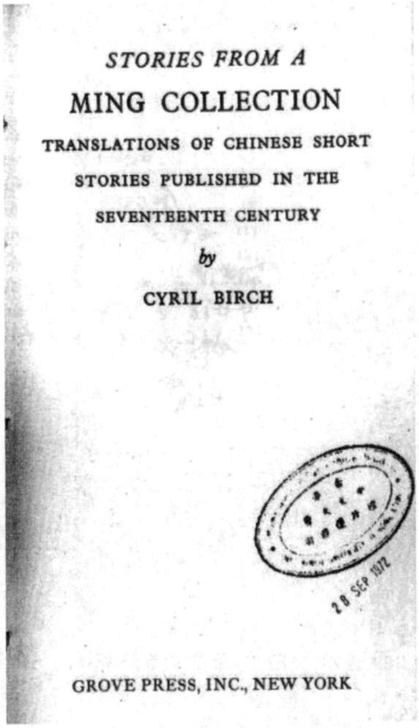

图6 西里尔·白之所译《明代短篇小说选》封面

中西同情——冯梦龙"三言"传入西方之考析

图7 西里尔·白之所译
《金玉奴棒打薄情郎》插图

图8 西里尔·白之所译
《穷马周遭际卖䭔媪》插图

图9 西里尔·白之译文《负尸行》
插图

图10 西里尔·白之译文《金丝雀谋杀案》
插图

附　录

图 11　西里尔·白之译文《仙女拯救》插图

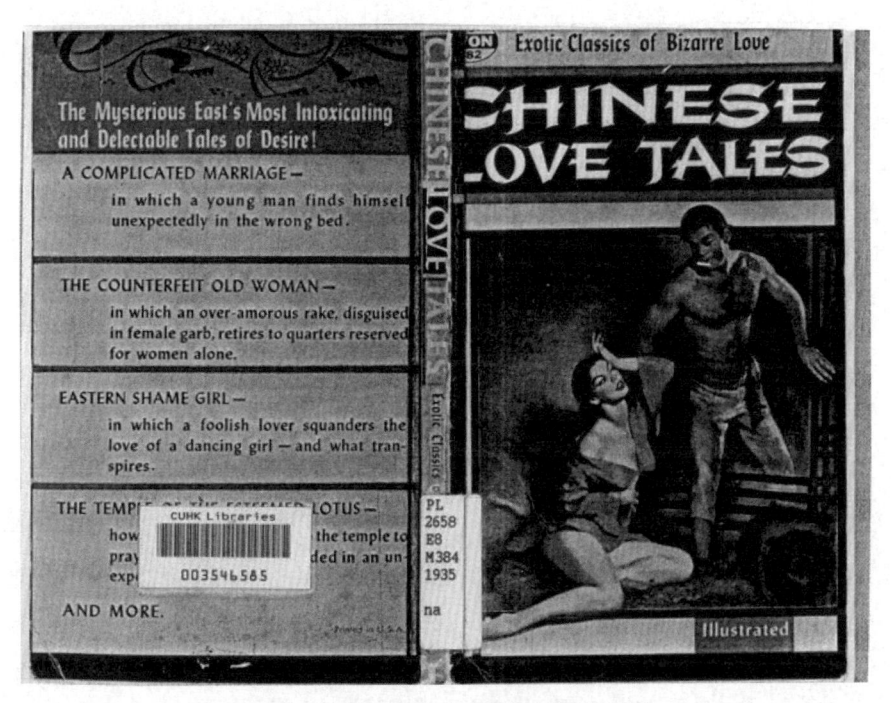

图 12　马瑟斯所译《中国恋爱故事》封面

189

图 13　道格拉斯所译《中国故事集》封面 　　图 14　道格拉斯所译《危险之中》插图

图 15　道格拉斯所译《双胞胎》插图 　　图 16　道格拉斯所译《结婚两次的夫妻》封面

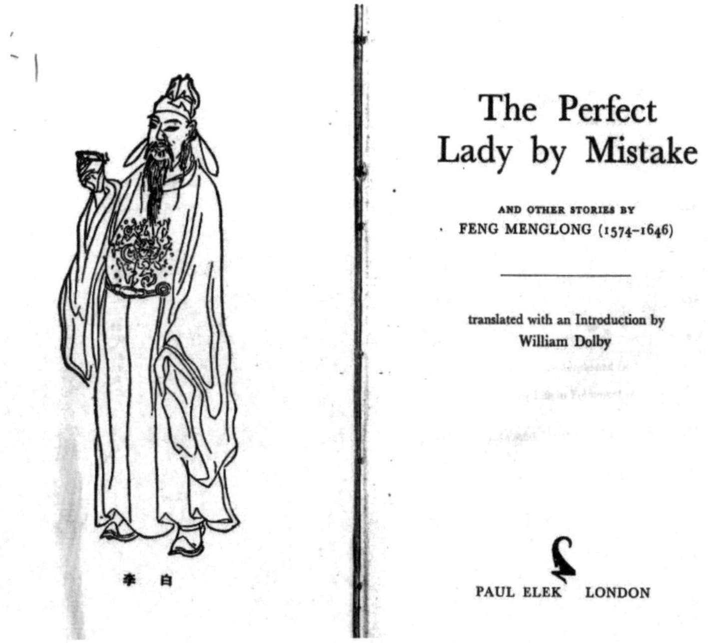

附 录

图17 威廉·铎比所译《美女错及冯梦龙其他故事》封面

图18 威廉·铎比所译《美女错及冯梦龙其他故事》插图

图19 威廉·铎比译文《两县令竞义婚孤女》插图

191

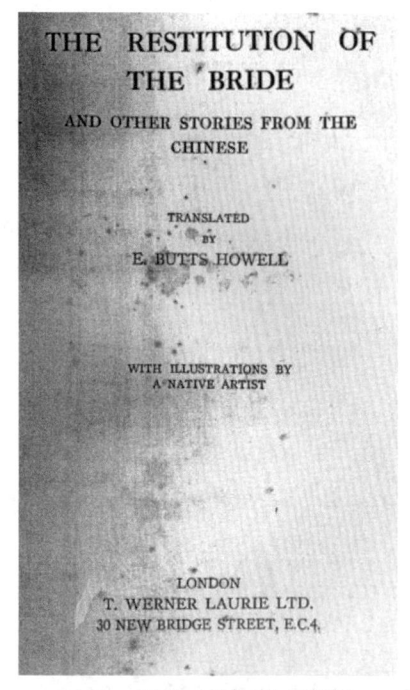

中西同情——冯梦龙"三言"传入西方之考析

图 20　豪威尔所译《归还新娘及其他故事》封面

图 21　豪威尔所译《归还新娘及其他故事》扉页

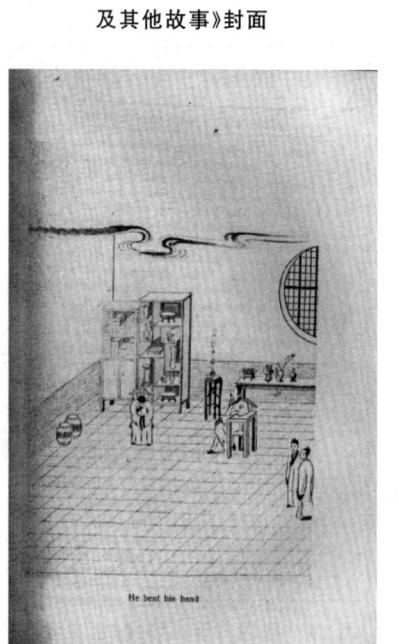

图 22　豪威尔所译《归还新娘》插图

图 23　豪威尔所译《年轻的大臣》插图

图 24　王惠民、陈陈所译
《卖油郎独占花魁：明代短篇小说选》封面

图 25　王惠民、陈陈所译
《徐老仆义愤成家》插图

图 26　王惠民、陈陈所译《乔太守乱点鸳鸯谱》插图

图27 王惠民、陈陈所译《赫大卿遗恨鸳鸯绦》插图

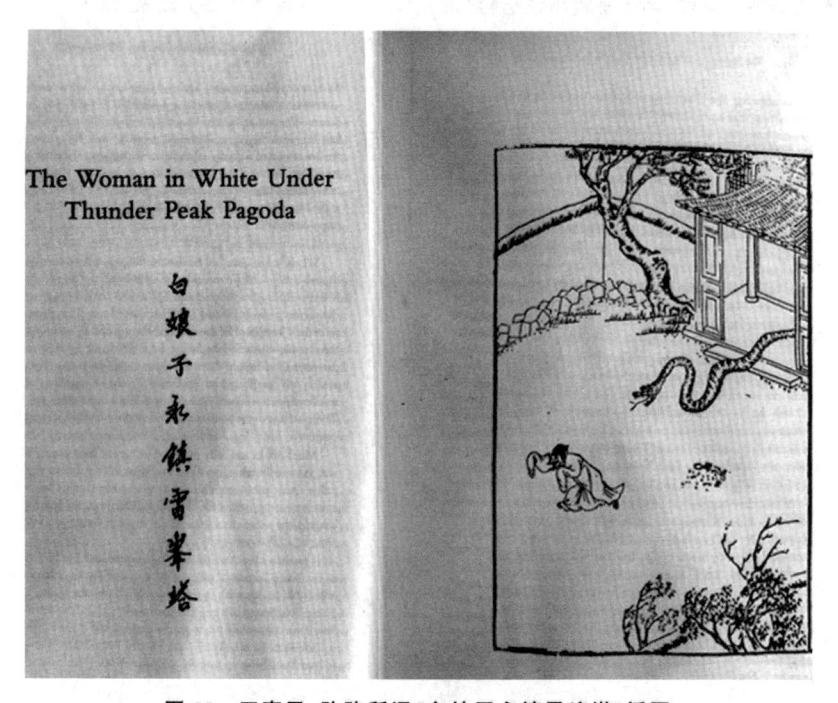

图28 王惠民、陈陈所译《白娘子永镇雷峰塔》插图

附　录

图29　王惠民、陈陈所译《况太守断死孩儿》插图

图30　王际真所译《中国传统故事集》封面

图31　林语堂所译《寡妇·尼姑·妓女》封面

195

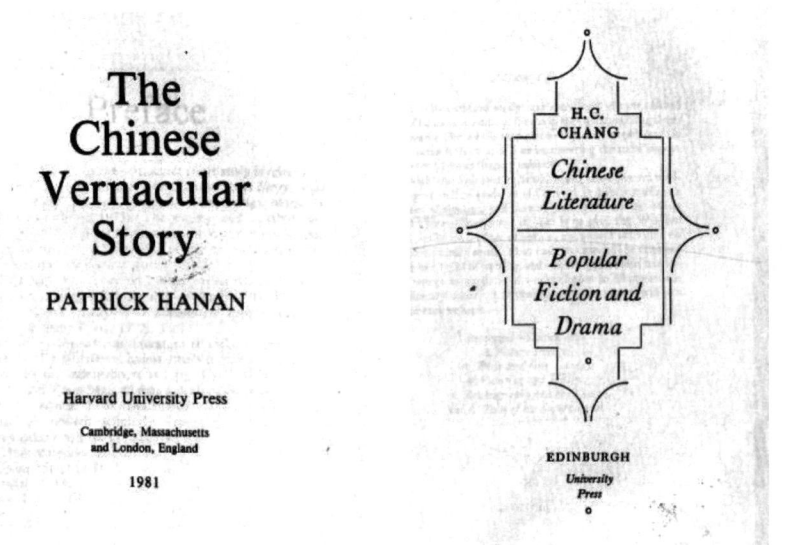

图 32　韩南所译《中国白话小说集》封面　　图 33　张心沧所译《中国文学》封面

附录二　"三言"中文刊本或选本在国外之收藏

外国图书馆收藏的"三言"、《今古奇观》以及"三言"之其他选本,有以下几种。

1.《古今小说》

明泰昌、天启间天许斋刊本。扉页题《全像古今小说》,目录前题《古今小说一刻》,禄天馆主人序,有图四十页,日本内阁文库藏(此本间有缺页)。

明刊本,日本前田侯家尊经阁藏。

2.《喻世明言》

明衍庆堂刊本,二十四卷二十四篇。封面题《重刻增补古今小说》。收《古今小说》二十一篇（当系《古今小说》残版）、《警世通言》一篇、《醒世恒言》二篇。日本内阁文库藏。

3.《警世通言》

明金陵兼善堂刊本。题可一主人评，无碍居士校，豫章无碍居士序，有图四十页。日本德川侯爵家蓬左文库藏。

同上书。日本仓石武四郎博士藏。

4.《醒世恒言》

明叶敬池刊本，封面题《绘像古今小说》。陇西可一居士序，有图四十页，日本内阁文库藏。

明金阊叶敬溪刊本，日本吉川幸次郎先生藏，间有残缺）

明金阊叶敬溪刊本。英国博物院藏（原书共分二十册，每册二卷，缺图、序、第二册）。

明衍庆堂刊足本，无图，日本内阁文库藏。

明衍庆堂四十卷原刊本。法国巴黎国家图书馆藏原书裁去第二十三回，并对《卖油郎独占花魁》、《钱秀才错占凤凰俦》、《乔太守乱点鸳鸯谱》等篇略涉淫秽处也有裁割）。

明衍庆堂刊删本。日本东京文理科大学藏（原书删去第二十三卷《金海陵纵欲亡身》一篇）。

5.《今古奇观》

明吴郡宝翰楼刊本。扉页题《喻世明言二刻》。法国巴黎国家图书馆藏。

清初同文堂刊本。四十卷，封面题《绣像今古奇观》，墨憨斋手定。首有姑苏笑花主人漫题（序），正文前署姑苏抱瓮老人辑，笑花主人阅。有图二十页，英国博物院藏。

6.《觉世雅言》

明刊本，共八卷。第一卷《张淑儿巧智脱杨生》、第二卷《陈御史巧勘金钗钿》、第四卷《杨八老越国奇逢》、第五卷《白玉娘忍苦成夫》、第六卷《旌阳宫铁树镇妖》、第七卷《吕洞宾飞剑斩黄龙》、第八卷《黄秀才徼灵玉马坠》,选自"三言";第三卷《夸妙术丹客提金》,选自《初刻拍案惊奇》,法国巴黎国家图书馆藏。

7.《警世奇观》

清代叶岑翁袖珍刊本,卷首自序署"龙钟道人",选"三言""初拍"及李渔《无声戏》。日本长泽规矩也收藏。

8.《再团圆》

清泉州尚志堂刊本,清乾隆间无名氏辑,封面署步月主人。选《古今小说》、《通言》及《初拍》。日本内阁文库藏。另外,东方国家如朝鲜、越南、新加坡,西方国家如瑞典、捷克斯洛伐克等,也都早有"三言"和《今古奇观》原书流传,因收藏情况不详,这里从略。

附录三 "三言"译文篇目

一、明清时期(16世纪—19世纪40年代)

(一)法文译本

1.最早翻译"三言"作品的是耶稣会士殷弘绪(Père d' Entrecolles),他翻译了四篇小说,分别是《庄子休鼓盆成大道》、《吕大郎还金完骨肉》以及《怀私怨狠仆告主》中的两个故事共四篇,首见于1735年法国巴黎出版的《中华帝国全志》(*Description Georaphique de I' Empire de la Chine et de la Chine et de la Tartarie Chinoise*)四卷本,1735年在巴黎勒梅尔西埃出版社出版(杜赫德(Du.Halde)主编。它们也是中国小说中最早被译为西文的作品之一。此书1736年由舒尔利尔拉埃出版社(H.Scheurleer La Haye)再版,在欧洲有广泛影响。

2.署名 le Citoyen 翻译的《讽刺作品》("Satirede Petrone",即《庄子休鼓盆成大道》),载 1803 年巴黎版《国外杂志》(*Journal Etranger*)。

3.著名汉学家儒莲(S.Julien)分别译《豹子复仇,猎物的故事》("Le Leopard Vengeur,histoire tiree dulivre intitule Sing-chi-heng-yan",即《大树坡义虎送亲》)载《亚洲杂志》(*Journal Asiat*)第 5 辑(1824 年);《家庭肖像》("Le Portrait de famille"),载《文学报》(*Garette Litteraire*,1830 年 12 月 9 日、16 日、23 日)。《滕大尹鬼断家私》与《刘小官雌雄兄弟》("Tse hiong hiongti,ou les Deux freres de sexe different")的译文还收入儒莲编译的《中国孤儿》(*L'Orphelin de la Chine*,巴黎 1834 年版)、《中印故事集》第 3 卷(Les Avadanas Ⅲ,巴黎 1853 年版)和《中国小说选》(*Nouvelles Chinoises*,巴黎哈歇特出版社 1860 年版)。

4.著名汉学家雷慕沙(Abel-Remusat)编辑的《中国短篇故事集》(*Contes Chinois*)三卷本,1827 年由巴黎蒙塔迪埃出版社出版。第一卷收有《孝女的英雄故事》("L'Heroisme dela piete fiale",即《蔡小姐忍辱报仇》,译者朱刊安)和《善心的丈夫》("Les Tendres epoux",即《宋金郎团圆破毡笠》)、第二卷收有《三兄弟》("Les trois frares",即《三孝廉让产立高名》)、《被惩处的罪人》("Le Crime puni",即《怀私怨狠仆告主》)、《揭穿诽谤》("La Calomnie demasquee",即念亲恩孝女藏儿》)、《范希周的故事》("Histoire de Fan-hi-tchou",即《范鳅儿双镜重圆》)。第三卷收有《宋国的夫人》("La Matrone du pays de Soung",即《庄子休鼓盆成大道》,译者殷弘绪)。

(二)英文译本

1.《中华帝国全志》(*The General History of China*)的第一个英文版 1741 年在伦敦出书,这是约翰·瓦茨(John Watts)组织人力以较快的时间由法文版译成的,译者叫爱德华·凯夫(Edward Cave),内容对法文版有所删节,但仍包括《庄子休鼓盆成大道》、《吕大郎还金完骨肉》以及《怀私怨狠仆告主》中的两个故事共四篇作品的译文。

2.《中华帝国全志》的第二个英文版 1738—1741 年在伦敦由佳德纳公司出版(T.Gardner),译者叫布鲁克斯(Brooks),从法文版译成的全译本,亦包括上述四篇作品。译文经过居留中国 32 年之久的耶稣会士龚当信(Pere Contancin)以及当时的文坛领袖——著名作家兼词典编纂家约翰逊(Samuel Johnson)的悉心校阅,译文质量高于第一版。

3.托马斯·帕西(Thomas Percy)编译的《夫人的故事:六个短篇小说》(*The Matrons,Six Short Stories*),1762年由伦敦多兹利(R.&J.Dodsley)出版社出版,其中包括《庄子休鼓盆成大道》(*The Chinese Matron*),这也是根据《中华帝国全志》法文版译出的。此书为一小型选本,其他五篇选译的是古希腊、法国、英国、土耳其和罗马的作品。[1762年,戴伊·阿鲁托(DeyAruto)也从法文转译了《庄子休鼓盆成大道》,发表处所不详。]

4.韦斯顿(Stephen Weston)译《范希周》(*Fan-hy cheu:a tale*;即《范鳅儿双镜重圆》),1814年于伦敦出版。此书是英汉对照本,附有注释和中文语法讲解,是为外国人学习中文用的。

5.托马斯·斯当东(Thomas Staunton)译《范希周》(Fan hy cheu),1815年于伦敦出版。此书亦为英汉对照本,且英译文是将直译与意译同时并列,亦附注释和中国语法讲解,更便于学习中文。这篇译本还收入托马斯·斯当东所著《中国与中英商业关系杂评》第2部,1828年出版。

6.托姆斯(P.P.Thoms)译《相爱的一对儿》(*The Affectionate Pairs,or The History of Sungkin.A Chinese Tale*,即《宋金郎团圆破毡笠》),1820年由伦敦布莱克印刷所出版。1822年出版的《亚洲杂志》(AJ)第12期,对此书译文有评介。

7.德庇时(John Francis Davis)翻译《中国小说集》(*Chinese Novels*),1822年伦敦约翰麦里公司出版。德庇时曾经是驻华公使,商务监督,1844—1848年任香港总督。德庇时的主要著作有《中国诗歌论》,《中国人:中华帝国及其居民概述》与《中国概况》等并英译过若干部中国戏剧与小说。他在《中国小说集》序言中说自己不是出于文学的目的进行评介的,并且说获取中国内情的最有效的办法之一就是翻译中国的通俗小说,主要是戏剧和小说。

8.斯洛斯(R.Sloth)译《王娇鸾百年长恨》(*Wang Keaou Lwan pih neen chang han or The Lasting Resentment Of Miss Keaou Lwan Wang,a Chinese Tale*),1839年由广东出版社营业所出版。此书曾转译为德文。

(三)日本语译本

1.冈田白驹选译刊行《小说精言》四卷,并加以训点和注释。内容包括《醒世恒言》中的《十五贯戏言成巧祸》《乔太守乱点鸳鸯谱》《张淑儿巧智托杨生》《陈多寿生死夫妻》四篇,1743年出版。

2.冈田白驹选译刊行《小说奇言》五卷,并加以训点和注释。内容包括《唐解元一笑姻缘》《警世通言》)、《刘小官雌雄兄弟》《醒世恒言》)、《滕大尹鬼断家私》《喻世明言》)、《钱秀才错占凤凰俦》(《醒世恒言》)、《梅岭恨迹》(《西湖佳话》),1753年出版。

3.泽田一斋选译刊行《小说粹言》,并加以训点和注释。内容包括《王安石三难苏学士》(《警世通言》)、《吕大郎还金完骨肉》(《警世通言》)、《拗相公饮恨半山堂》(《警世通言》)、《两县令竞义婚孤女》(《醒世恒言》)、《乐小官团圆破毡笠》(《警世通言》)、《杜十娘怒沉百宝箱》(《警世通言》)、《白娘子永镇雷峰塔》(《警世通言》),1758年出版。

4.西田维则以"近江赘世子"为笔名翻译《通俗赤绳奇缘》(即《卖油郎独占花魁》),1761年出版。

5.石川雅望以"东都逆旅主人"和"东都六树园"为笔名译《通俗醒世恒言》,1789年出版。内容包括《小水湾天狐诒书》《吴衙内邻舟赴约》《一文钱小隙造奇冤》《施润泽滩阙遇友》。

6.江东月池睡云庵主译《通俗绣像新裁绮史》,内容包括《卖油郎独占花魁》,1799年出版。

7.淡斋主人译,青木正儿校注《通俗古今奇观》,内容包括《庄子休鼓盆成大道》《赵县君乔送柑黄》《卖油郎独占花魁》。1814年岩波文库出版。

(四)德文译本

1.《中华帝国全志》(Ausfuhrl, Beschreibung deschines. Reichs under Gross)德译文四卷本,1747年由塔尔塔伦罗斯托克出版社出版,卷三有《庄子休鼓盆成大道》、《怀私怨狠仆告主》、《念亲恩孝女藏儿》以及《吕大郎还金完骨肉》四篇作品的译文。

2.据亨利·考狄(Henri Cordier)《汉学书目》介绍,汉学家雷慕沙(Abel-Remusat)编辑的《中国短篇故事集》法文版三卷本,1827年由莱比锡庞帝奥米歇尔森出版公司(Ponthieu, Mchelcen)出版了德译三卷本(*Chinesische Erzaihlungen*),内容全与法文版相同,共译有"三言"中的七篇作品。

(五)俄语译文

1.据李福清研究,1763年俄国《纯朴的习题杂志》三月号发表了无名氏根据英国知名作家哥尔得斯密司(Oliver Goldsmith)英译本《中国中篇小说》而翻译的俄译本。其中包含有《今古奇观》第20卷《庄子休鼓盆成大道》。

2.据亨利·考狄《汉学书目》介绍,《中华帝国全志》俄译两卷本于1774—1777年由北京俄国传教会翻译出版,包括《庄子休鼓盆成大道》《怀私怨狠仆告主》《吕大郎还金完骨肉》中的两个故事的译文。

3.1785年圣彼得堡出版了一本小说集《庄子与田氏》,共收入4篇小说。李福清经过考证,这些小说转译自杜赫德《中华帝国全志》的法文版本。俄译文删去了小说的入话,直接从故事内容开始,并连原话本里面的诗也一同译出。更有意思的是,在这本小说集里,编者有意将这四篇话本小说同另外三篇西班牙小说结集出版。这本译文没有序言也没有注解,李福清认为这是同类作品,尽管所描写的社会习俗不同,但大意却是相通的。如果说中国小说描写的是女人的不忠诚,西方小说描述的却是男人的不忠诚。

4.1788年,上下两卷本的俄译文学作品选集《译自各种外文书的阿拉伯、土耳其、中国、英国、法国的牧人、神话小说选》。该书中有一篇话本小说《善有善报》,由英译本《今古奇观》第31卷《吕大郎还金完骨肉》转译。

5.1810年俄国《儿童之友》杂志第11期出版了《中国逸事》故事集,其中有一篇讲述一个炼丹术士的故事,李福清认为是《今古奇观》第39卷《夸妙术丹客提金》的俄译文,译者删去"入话",并改写了某些细节,如译文中丹客说他要去给父亲送葬,原文是母亲。李福清认为故事翻译得不错,保留了中国小说的风味。

6.1827年莫斯科《电报》杂志第20期出版了《中国民间故事》,书中包含2篇中国故事。李福清考证后认为这不是中国民间故事,而是话本小说《今古奇观》中的2篇小说。俄译文转译自法国著名汉学家雷慕沙的2篇法语版本的小说。2篇作品分别是第31卷《吕大郎还金完骨肉》和第29卷《怀私怨狠仆告主》。

7.1839年俄国《祖国之子》杂志发表了《中国逸事》11篇中国小说,其中有一篇讲述江州县令准备将女儿嫁给某一官员的儿子,忽然发现女儿的丫环在一旁哭泣,询问后明白此丫环原是官家小姐,父亲死后卖身为奴。后来丫环连同小姐一同嫁给那个官家的两个儿子。李福清认为原作是《今古奇观》第2卷《两县令竞义婚孤女》。

二、近现代时期(鸦片战争至今)

(一)法语译本

1.帕维(T.Pavie)译《牡丹》(Les Pivoines,即《灌园叟晚逢仙女》)、《诗人李太白》("Le Poete Ly-Tai-Pe, nou-velle",即《李谪仙醉草吓蛮书》)和《摔琴》

("Leluthbriso:nouvellehistorique",即《俞伯牙摔琴谢知音》),收入帕维译著《中短篇小说选》(*Choix de Contes et Nouvelles*)一书,此书 1839 年由巴黎迪普拉出版社出版。《牡丹》一篇另外收入在巴黎戈蒂埃出版社出版的《通俗小说丛书》(*Nouvelle Bibliotheque Populaire a 10 Centimes*)第 77 号及巴黎出版的《中国短篇小说选》,并曾由奥利芬特转译为英文。

2.英国驻华领事官嘉托玛(C. T. Gardner 1842—1914)摘译的《两县令竞义婚孤女》,载《华北捷报》(*N. C. Herald*,1868 年 10 月 17 日)。他写有关于中国社会的文章多篇,此译文系摘自他 1868 年 10 月 9 日在宁波所作的题为《翻译短篇小说》的学术报告。

3.荷兰汉学家施古德(Gustave Schlegel)翻译的《卖油郎独占花魁》(*LeVendeur d'hui-Ie qui seul possedela Veine-de-beaute on splendeurs etmiseres des courtisanes chinoises*),1877 年分别由荷兰莱顿布里尔与巴黎梅松纳术出版社出版。此书为法汉对照的单行本,附有音译。格里泽巴赫曾将此书转译为德文。

4.勒格朗(E. L. J. Legrand)译《宋国的夫人》(*La Matron du pays de Soung-Les Deux jUmelles*[contes ehinois],即《庄子休鼓盆成大道》),1884 年由巴黎拉于尔出版社出版。

5.法国汉学家,法兰西学院院士,儒莲的继承人德里文(Hervey de Saint-Denys)编译的《三种中国小说》(*Trois Nouvelles Chinoises*),1885 年由巴黎欧内斯特勒鲁出版社出版。书中三篇译文是《炼金者》("Les Alchimistes",即《夸妙术丹客提金》)、《看财奴刁买冤家主》("Comment 1e ciel donne et reprend des richesses")、《钱秀才错占凤凰俦》("Mariage force")。

6.德里文译《徐老仆义愤成家》("Un Ser-viteurm Oritant"),收入《中日学会纪念集》(*Momoires de 1a Soc.Sinico-Japonaise*)1887 年 4 月号及 7 月号。

7.德里文编译的另一本《三种中国小说》1889 年由巴黎 E.当蒂出版社出版。书中三篇译文是《蒋兴哥重会珍珠衫》("La Tunique de perles")、《徐老仆义愤成家》以及《唐解元玩世出奇》("Tang,Le kiai-youen"),《通报》1890 年第 1 期载有荷兰汉学家施古德对此书的评论。

8.德里文编译的《六种中国小说》(*Six Nouvelles*),1892 年由巴黎梅松纳夫书局出版。书中六篇译文是:《敲诈》("Chantage",即《赵县君乔送黄柑子》)、《女子与负心的丈夫》("Femme et mariingrats",即《金玉奴棒打薄情郎》)、《唐壁妻重会未婚夫》("Comment le mandarin TanPi perdit et retrouva sa fiancce",即《裴晋公义还原配》)、《真诚的友谊》("Veritable amitie",即《吴

保安弃家赎友》)、《揭开屏风的秘密》("Paravent revelateur",即《崔俊臣巧会芙蓉屏》)以及《一件著名的诉讼》("Une Cause Celebre",即《陈御史巧勘金钗钿》)。

9. 戈蒂埃(Judith Gautier)摘译的《丧扇》("L'even-tail de deuil Conte chinois",即《庄子休鼓盆成大道》),载《费加罗报》(*Figaro*)(1893年1月31日)。

10. 德·比西(De Bussy)译《兄弟相爱的乡里》("Le village de L'amour fraternal",即《三孝廉让产立高名》)、《双义祠》("Le Temple de la double vertu",即《吴保安弃家赎友》)、《无心肝的丈夫》("Le mari sans coeur",即《金玉奴棒打薄情郎》)、《芙蓉屏》("L'ecran d'hibiscus",即《崔俊臣巧会芙蓉屏》),收入1897年上海出版的法文版《中国文化教程》第1卷。

11. 法国耶稣会士戴遂良(Leon Wieger)节译的《遗嘱》("Le Testament",即《滕大尹鬼断家私》)、《伸张正义者》("Le Justicier,即《李岍公穷邸遇侠客》)、《破毡笠》("La Colotte de feutae",即《宋金郎团圆破毡笠》)、《白孝髻》("Le Chigono blanc",即《吕大郎还金完骨肉》)、《摆渡的人》("Le Passeur",即《怀私怨举仆告主》),并收入其编著的《汉语入门》(*Rudiments*)第5、6卷,1903年由上海长老会印刷所出版。

12. 夏宠蒂埃(L.Charpentier)译《李太白》("Li-Tai-Pe",即《李谪仙醉草吓蛮书》),收入其编译的《浪漫小说》(*Le Roman romanesque*)一书,1904年出版,书中附有汉文原作及汉音音译。

13. 蒙的克拉特(Montuclat)译《范希周的故事》("Histoire de Fan-hsi-tcheou ou la Fidelite, Recompensee",即《范鳅儿双镜重圆》),载《中国》(*Le Chine*)14号(1912年3月15日)。

14. 苏利埃·德·莫朗(Soulie de Morant)编译的法文版《中国爱情故事集》(*Contes galants*)一书,1921年巴黎法斯凯尔出版社出版。书中有《宝莲寺》("Le Monstere du precieux-lotus",即《汪大尹火焚宝莲寺》)、《乔太守乱点鸳鸯谱》("L'union embrouill6e")、《刘小官雌雄兄弟》("La Fausse vieille")、《蹊跷的婚姻》("Les maris adroits",即《钱秀才错占凤凰俦》)、《衙内的婚事》("Le Mariage de Ya-nei",即《吴衙内邻舟赴约》)。

15. 吴益泰(Ou, Itai)译《机运何时来到》("Quand la fortune arrive",即《转运汉巧遇洞庭红》),载《中国》杂志1921年第1卷(附中文原作)。

16. 玛格丽特(Lucie Paul Margueritte)摘译的《刘小官雌雄兄弟》(*A Jolie fiile, joli jarson*)、《陈御史巧勘金钗钿》(*Procs ds epingles dor*)、《范鳅儿双镜重圆》(*Miroir de beaute*)、《卖油郎独占花魁》(*Les amours de Madame*

Fleur),1922年由弗拉马里翁出版社出版。

17.玛格丽特译《角哀:不愉快的愉快》(Ts'lng,ngai,au les plaisirs contraries,即《羊角哀舍命全交》),1927年由巴黎拉丁尔出版社出版。

18.莱维与勒纳·戈德曼(Rene Goldman)合译的《西山鬼怪;七篇中国古典短篇故事》(L'antre aux fantomes des collines de I'Ouest;Sept contes chinois anciens XII-XIV),1972年由巴黎伽利玛尔出版社出版,选译《京本通俗小说》及"三言"故事七篇,原书未见。

(二)英语译本

1.塞缪尔·白之(Samul Birch)翻译《忍不住的寡妇》("The Impatient Widow,a Chinese Tale",即《庄子休鼓盆成大道》)。载《亚洲杂志》(Asiatic Journal)第2辑(1843年1月号)。此译文又以《中国的寡妇,("The Chinese Widow")为题,载《凤凰》杂志(The Phoenix)第二卷(1872年)。

2.塞缪尔·白之译《生死之交》("Friends till Death",即《羊角哀舍命全交》),载《亚洲杂志》(Journal Asiatique)第4辑(1845年3月)。此篇译文于1847年被转译为俄文,由圣彼得堡《祖国纪事》杂志出版。

3.塞缪尔·白之译《杜十娘怒沉百宝箱》("The Casket of Gems"),载《凤凰》杂志第2卷(1871—1872年)。此篇译文还曾由《凤凰》杂志编辑部出版了单行本(1872年)。

4.西尔(H.C.Sirr)译《鳏夫哲学家》("Chow-an-se; or the Widower Turned Philosopher,A Chinese Novel",即《庄子休鼓盆成大道》),收入《中国与中国人》(China and Chinese)一书卷二,1849年由伦敦奥尔公司(Wm.S.Orr&Co.)出版。

5.俄理范(L.Olsphant)译《灌园叟晚逢仙女》),载《中国评论》(China Review)20卷(1851年,226-246页)。这是由帕维的法译文《牡丹》(Les Pivoines)转译的。

6.埃德温·埃文斯(Edwin Evans)译《玉奴,团头的女儿》("Yuk Noo,The Round Head's Daughter,A Romance of 1 600 Years Ago",即《金玉奴棒打薄情郎》),载《中国杂志》(The China Magazine)1866年第2期。

7.英国驻福州副领事贾禄(Charles Carroll)译《蒋兴哥重会珍珠衫》("The Pearl-Embroidered Garment",载《凤凰》杂志第3期(1870年9月)。

8.贾禄译《蒋兴哥重会珍珠衫》,译题为《治愈嫉妒》("A Cure for Jealousy"),载《凤凰》杂志第一卷(1870年)及第2卷(1871年)。

9.奥古斯塔·韦伯斯特(Augusta Webster)译《俞伯牙的琴》(*Yu-Pe-Ya's Lute, A Chinese Tale, in English Verse*,即《俞伯牙摔琴谢知音》),1874年由伦敦麦克米兰出版社出版。

10.L.M.斐(L.M.Fay)译《俞伯牙摔琴谢知音》("The Broken Lute or Friendship's Last Offering"),载《远东》杂志(*FE*)1877年第3期。

11.道格拉斯(Robert Kenaway Douglas)译《在危险中》("Within His Danger",即《怀私怨狠仆告主》)、《易变的寡妇》("A Fickle Widow",即《庄子休鼓盆成大道》)、《女秀才移花接木》("A Chinese Girl Grudate")、《情妇与炼金术》("Love and Alchemy",即《夸妙术丹客提金》)四篇作品,收入他编译的《中国故事集》(*Chinese Stories*),1893年分别由爱丁堡及伦敦布莱克伍德父子公司出版。

12.R.W.赫斯特(R.W.Hurst)译《三孝廉让产立高名》("Story of the Three Unselfish Literati")、《中国的灰姑娘》("Story of a Chinese Cinderella",即《两县令竞义婚孤女》),载《中国评论》(*China Review*)1886—1887年第15卷。

13.弗雷德里克·亨利·贝尔弗(Frederk Henry Balfour 1846—1909)译《花仙》("The Flower Fairies",即《灌园叟晚逢仙女》),载《中国评论》1879—1880年第8卷。此译文又收入1887年伦敦特律纳公司出版的由鲍尔弗译著的《中国拾零》(*Leaves from my Chinese Scrapbook*)一书。

14.法瑟·亨宁豪斯(Father Henninghaus)译《狠心的丈夫》("The Heartless Husband",即《金王奴棒打薄情郎》),载上海版《亚东杂志》(*The East Of Asia Magazine*)1902年1月第一卷第二号。

15.弗雷德里克·H.马顿斯(Frederick H.Martens)译《狠心的丈夫》("Heartless Husband",即《金玉奴棒打薄情郎》),收入德国汉学家卫礼贤(Wilhelm)编著的英文版《中国优美故事》(*Chinese Fairy Book*)一书。此书1921年由纽约斯托克斯出版社(Stokes)出版。

16.美国传教士,曾任武昌文华大学校长翟雅各(James A. Jackson, 1851—1918)译《醒世恒言》中的《李岍公穷邸遇侠客》(*Li, Duke of Ch'ien and the Poor Scholar Who Met a Chivalrous Man. A Chinese Novel*),1922年在上海出版,为英汉对照本。

17.豪威尔 E.B.(Howell E.Butts)编译的《不坚定的庄夫人及其他故事》(*The Inconstancy of Madam Chuang and Other Stories from the Chinese*)一书,从《今古奇观》中选译了六篇作品:《不坚定的庄夫人》("The Inconstancy of Madam Chuang",即《庄子休鼓盆成大道》)、《使节,琴与樵夫》("The Minister,the Lute and the Wood-cutter",即《俞伯牙摔琴谢知音》)、《李太白的外交手段》("The Diplomacy of Li T'ai-po",即《李谪仙醉草吓蛮书》)、《李岘公历险》("The Wonderful Adventure of Li,Duke Ch'ien",即《李岘公穷邸遇侠客》)、《滕大尹断案》("The Judgment of Ma-gistrate T'eng",即《滕大尹鬼断家私》)、《代人成婚》("Marriage by Proxy",即《钱秀才错占凤凰俦》)。此书1905年由别发洋行分别在上海、香港、新加坡出版,1924年由伦敦沃纳·劳里有限公司再版。书内附插图12幅。有1905年译者写于天津的序言。序言对《今古奇观》的作者及成书情况作了介绍。豪威尔的上述《不坚定的庄夫人》一篇译文又收入高克毅(Kao,G)编译的《中国的智慧与幽默》(*Chinese Wit and Humor*)一书之重印本,1974年由纽约斯特林出版社出版。

18.豪威尔编译的《归还新娘及其他中国故事》(*The Restitution of the Bride and Other Stories from the Chinese*)一书,亦从《今古奇观》中选译了六篇作品:《归还新娘》("The Restitution Of the Bride",即《裴晋公义还原配》)、《年幼的臣子》("The lnfant Courtier",即《十三郎五岁朝天》)、《若虚的命运》("The Luck of Jo-Hsu",即《转运汉遇洞庭红》)、《名妓》("The Courtesan",(即《杜十娘怒沉百宝箱》)、《不幸的秀才》("The Luckless Graduate",即《钝秀才一朝交泰》)、《羊角哀舍命全交》("The Sacrifice of Yang Chiao-Ai")。此书1926年分别由纽约布伦和塔诺和伦敦沃纳·劳里有限公司出版。书为黑皮精装,封面有"今古奇观"汉字,扉页印"寒江独钓"图一幅。书中亦附插图,并有译者序言。豪威尔在这个译本的序言中说,他的第一个选译本《今古奇观:不坚定的庄夫人及其他故事》出版以后,得到英国出版界的重视,第二个选译本即是应英国出版家沃纳劳里之约而进行的,第二个选译本中的《不幸的秀才》在欧洲是第一次被翻译介绍。豪威尔的序言还说,法国汉学家伯希和(Paul Pelliot,1878—1945)曾在巴黎版《通报》第24卷(1925年第1号)发表文章,评论了他的第一个选译本。

19.豪威尔译《沈烁遭害》("The Persecution of Shen Lieh",即《沈小霞相会出师表》),载《中国科学与美术杂志》(*China Journal of Science and Arts*)1924年第三期及1925年第3期。又译《羊角哀舍命全交》("The Sacrifice of Yang Chiao-ai"),载《中国科学与美术杂志》1927年第6期。

20.德福纳罗(Carlo de Fornaro)编译的《中国的十日谈》(*Chinese Decameron*),1929年在纽约出版,书中选译了《醒世恒言》中的五篇作品:《汪大尹火焚宝莲寺》("The Monastery of the Esteemed Lotus")、《化装的妻子》("The Counterfeit Old Woman",即《刘小官雌雄兄弟》)、《乔太守乱点鸳鸯谱》("A

Marriage Confusion")、《吴衙内邻舟赴约》("The Wedding of Ya-Nei")、《蹊跷的丈夫》("Crafty Husbands",即《钱秀才错占凤凰俦》)。这五篇作品都是从莫朗编译的法文本《中国优美故事集》转译的。

21. 哈德森(E.Hudson)节译《崔俊臣巧会芙蓉屏》("The Hibiscus Painting"),载《中国科学与美术集志》(*ChJ*)1929年第10期。

22. 法国汉学家莫朗(Soulie de Morant)编译的英文本《中国爱情故事集》(*Chinese Love Tales*),选译《警世通言》一篇:《蒙辱的东方女子》("Eastern Shame Girl",即《杜十娘怒沉百宝箱》);选译《醒世恒言》六篇:《吴衙内邻舟赴约》("The Wedding Of Ya-Nei")、《闹樊楼多情周胜仙》("A Strange estiny")、《陆五汉硬留合色鞋》("The Error Of the Embroidered Slipper")、《刘小官雌雄兄弟》("The Counterfeit Old Woman")、《汪大尹火焚宝莲寺》("The Monastery of the Esteemed Lotus")以及《乔太守乱点鸳鸯谱》("A Complicated Marriage"),1935年由纽约艾枫(Avon)出版社出版。

23. 马瑟斯(Mathers,E.P.)译《中国爱情故事》,共选译"三言"中的七篇作品:《衙内的婚事》("The Wedding of Ya-Nei",即《吴衙内邻舟赴约》)、《复杂的婚礼》("A Complicated Marriage",即《乔太守乱点鸳鸯谱》)、《奇怪的命运》("A Strange Destiny",即《闹樊楼多情周胜仙》)、《绣花鞋误》("The Error of the Embroidered Slipper",即《陆五汉硬留合色鞋》)、《老妇化装》("The Counterfelt Old Woman",即《刘小官雌雄兄弟》)、《汪大尹火焚宝莲寺》("The Monastery of the Esteemed Lotus")以及《杜十娘怒沉百宝箱》("The Eastern Shame Girl"),1935年由纽约艾文出版公司出版(Avon Pubilcations)。

24. 楚(Chu.T.K.)译《庄子休鼓盆成大道》("The Story of Chuang Tzu"),收入其编译的《中国故事集》(*Stories from China*)一书。此书1937年由伦敦基根保罗特鲁布纳有限公司出版。

25. 弗里茨·鲁舍(Fritz Ruesch)译《卖油郎与歌女》(*The Oil Vendor and the Sing-Song Girl:a Chinese Tale in Five Cantos*),1938年由纽约鲁舍出版社出版。此译本是根据德国汉学家洪德豪森之德译本转译的。

26. 宋美龄(Chiang Kal-Shek,Madame)译《琴的传奇》("The Legend of the Lute",即《俞伯牙摔琴谢知音》),载《通报》35卷142号(1939年1月)。

27. 李志堂译《崔宁的悲剧》("The Tragedy of Tsui Ning",即《十五贯戏言成巧祸》),载《天下月刊》(*THM*)第10期(1940年)。

28. 阿克顿(Acton,Harold)与李意协(Lee Yi-hsieh)合作编译约《胶与漆》(*Glue and Lacquer*),共选译《醒世恒言》中的四篇作品:《赫大卿遗恨鸳鸯绦》

("The Mandarin-duck Girdle")、《兄弟？新娘？》("Brother or Bride?"，即《刘小官雌雄兄弟》)、《舟中的爱情》("Love in a Junk"，即《吴衙内邻舟赴约》)、《百年好合》("The Everlasting Couple"，即《陈多寿生死夫妻》)，1941年由伦敦金鸡出版社(The Golden Cockerel Press)出版。此书另有1947年伦敦约翰莱曼出版社出版(London: J. Lehmann)，书名改为《四谕书》(*Four Cautionary Tales*)，书中附译者注释及韦利所撰导言。

29.王际真(Chi-chen Wang)编译的《中国传统故事集》(*Traditional Chinese Tales*)，选译《醒世恒言》四篇作品：《错斩崔宁》("The Judicial Murder of Tsui Ning"，即《十五贯戏言成巧祸》)、《爱花人与花仙》("The Flower Lover and the Fairies"，即《灌园叟晚逢仙女》)、《卖油郎独占花魁》("The Oil Peddler and the Queen Of Flowers")、《三兄弟》("The Three Brothers"，即《三孝廉让产立高名》)。此书1944年由纽约哥伦比亚大学出版社出版，1968年由纽约格林伍德出版社再版(New York: Greenwood)，1975年又由康涅狄格州西港格林伍德出版社再版。《爱花人与花仙》之译文1946年另由纽约阿奇韦出版社出版了单行本；《错斩崔宁》之译文另收入约翰·D.约哈南(John D. Yohanan)编辑的《亚洲文学宝藏》(*A Treasury of Asian Literature*)一书，此书1956年由纽约新美利坚图书馆(New American Library)出版。另外，王际真翻译的《玉观音》("The Jade Kuan-Yin"，即《崔待诏生死冤家》)，收入西里尔·白之(Yril Birch)编辑的《中国文学选》(*Anthology of Chinese Literature*)一书，1972年由纽约格罗夫出版社出版。

30.林语堂(Lin Yu-tang)编译的《杜小姐》(*Miss Tu*，即《杜十娘怒沉百宝箱》)，1950年由伦敦海尼曼公司出版(London Heinemann)。

另外，林语堂还编译《寡妇·尼姑·妓女》(*Widow, Nun and Courtesan*)一书，包括《庄寡妇》("Widow Chuan")、《泰山尼姑》("Nun of Taishan")和《杜小姐》("Miss Tu")三篇译文，1951年由纽约约翰戴伊出版社出版(New York: The John Day Company)，1971年由香港格林伍德出版社重印(Hong kong: Greendwood)。

31.约翰·莱曼·毕晓普(John Lyman Bishop)译著《三言选集：中国十七世纪白话短篇小说研究》(*The San-yen Collections: A Study of Colloquial Short Story in Seventeenth Century China*)，1953年由哈佛大学出版社出版。另外，毕晓普的题为《中国白话短篇小说：三言选集研究》的专著，1965年由哈佛大学出版社出版，这两种研究著作中部包括"三言"的选译文。

32.西里尔·白之(Cyril Birch)的哲学博士论文《古今小说考评》("Ku-chin-hsiao-shuo: A Critical Examination"),1955年发表于伦敦大学,列为伦敦大学《东方与非洲研究学院论文集》之一,其中包括《古今小说》的译文。

另外,白之编译的《明代短篇小说选》(Stories from a Ming Collection)一书,收有《古今小说》的六篇译文:《乞丐夫人》("The Lady Who Was a Beggar",即《金玉奴棒打薄情郎》)、《珍珠衫》("The Pearl-Sewn Shirt",即《蒋兴哥重会珍珠衫》)、《酒与蒸饼》("Wine and Dumplings",即《穷马周遭际卖䭔媪》)、《吴保安的故事》("The Story of Wu Pao-an",即《吴保安弃家赎友》)、《金丝雀人命案》("The Canary Murders",即《沈小官一鸟害七命》)、《仙女拯救》("The Fairy's Rescue",即《张古老种瓜娶文女》)。此书1958年由伦敦博德利黑德出版社(London:Bodley Head)和纽约格拉夫出版社(New York:Grove Press)同时出版。1959年由布鲁明顿印第安纳大学出版社再版。书中每篇译文之前,有译者对原作内容的概括介绍和简短评论,书前并有译者所撰"导言"一篇。这篇"导言"认为,《古今小说》的内容异常丰富,它真切地反映了明代的社会现实和人民的某些理想,如赞美两性关系的道德准则,歌颂友情的忠诚无私,崇敬古代英雄的侠义行为等等,它的一些有关因果报应的故事,也都充满着对慈爱精神的表彰和对邪恶事物的深恶痛绝。伯奇这一译本的译文流畅可读,生动有趣,能传达原著的风貌,西方学者有较高的评价。

33.杨宪益与戴乃迭合译的《名妓的宝箱:中国10—17世纪小说选》一书,1957年由北京外文出版社出版,共译"三言"14篇作品,包括《崔待诏生死冤家》、《十五贯戏言成巧祸》、《简帖僧巧骗皇甫妻》、《滕大尹鬼断家私》、《金玉奴棒打薄情郎》、《沈小霞相会出师表》、《杜十娘怒沉百宝箱》、《卖油郎独占花魁》、《灌园叟晚逢仙女》、《崔俊臣巧会芙蓉屏》、《卢太学诗酒傲公侯》、《转运汉巧遇洞庭红》、《夸妙术丹客提金》和《逞多财白丁横带》。书中有明刊本插图二十幅,书前有译者所撰"序言"。

杨宪益与戴乃迭合译《懒龙:明代小说选》(Lazy Dragon: Chinese Stories from the Ming Dynasty),1981年由香港联合出版公司出版(Hongkong:Joint Publishing co.)。共收入作品10篇,其中8篇是《十五贯戏言成巧祸》、《滕大尹鬼断家私》、《金玉奴棒打薄情郎》、《杜十娘怒沉百宝箱》、《卖油郎独占花魁》、《三现身包龙图断冤》和《杨八老越国奇逢》,另外2篇选自"二拍"。

另外,杨宪益与戴乃迭还合译《宋明评话选》,2007年由外文出版社出版,收录在大中华文库中,全书共选译"三言二拍"20篇作品,其中15篇选自"三言",分别是:《崔待诏生死冤家》、《小夫人金钱增年少》、《十五贯戏言成巧祸》、《简帖僧巧骗皇甫妻》、《小水湾天狐诒书》、《滕大尹鬼断家私》、《刘小官雌雄兄弟》、《金玉奴棒打薄情郎》、《沈小霞相会出师表》、《宋小官团圆破毡笠》、《杜十娘怒沉百宝箱》、《卖油郎独占花魁》、《灌园叟晚逢仙女》、《钱秀才错占凤凰俦》和《卢太学诗酒傲王侯》。尽管《宋明评话选》与《懒龙:明代小说选》很多篇目相同,但是翻译的风格却有很大不同。前者是直译,而后者更多是意译。

34.周庭祯(T.C.Duncan Chou)编译《中国十大名著选译》(*Selection from 10 Best-known Chinese Classical Novels Translated*)一书,其中收录有《杜十娘怒沉百宝箱》的三种译文,译者分别为豪威尔、梁金(George Kin Luang)以及 V.P.庭(V.P.Ting),1970 年由香港英语出版社出版。

35.谢周康(Sie,Cheou-Kang)译著《蝴蝶梦与其他故事》(*A Butterfly's Dream and Other Chinese Tales*)一书,其中有《庄子休鼓盆成大道》之译文,1970 年由佛蒙特州拉特兰查尔斯塔 E 特尔公司出版(Rutland,Vt.:C.E. Tuttle co.)。

36.张心沧(Chang,H.C.)译著的《中国文学:通俗小说与戏剧》(*Chinese Literature:Popular Fiction and Drama*),1973 年由芝加哥奥尔丁出版公司及爱丁堡大学出版社出版(Edinburgh:University Press),书中有《管家的夫人》("The Clerk's Lady")、《双镜》("The Twin Mirrors",即《范鳅儿双镜重圆》)和《白娘子》("Madam White",即《白娘子永镇雷峰塔》)三篇故事的译文。

37.夏志清(Hsia,C.T.)与苏珊·阿诺德·佐纳纳(Susan Arnold Zonana)合译的《死婴案》("The Case of the Dead Infant",即《况太守断死孩儿》),载《译丛》(*Renditions*)1974 年第 2 期。

38.克恩(Kernn,Jean E.)的哲学博士论文《中国白话短篇小说中的个人与社会:今古奇观》("The In-dividual and Society in the Chinese Colloquial Short Story:The Chin-ku-ch'i-kuan"),1974 年发表于布卢明顿印第安纳大学,其中有"三言"之片段译文。

39.多比·威廉(Dolby William)编译的《冯梦龙著"美女错"及其他故事》(*The Perfect Lady by Mistake and Other Stories by Feng Meng-lung*)一书,包括《钱秀才错占凤凰俦》("The Perfect Lady by Mistake")、《李谪仙醉草吓蛮书》("Li Bai,God in Exile,Drunken Draft his Letter to Daunt the Barbarrians")、《十五贯戏言成巧祸》("A Joke over Fifteen Strings of Cash Brings Uncanny Disaster")、《羊角哀舍命全交》("Yang Jiao Throw Away his Life in Fulfilment of a Friendship")、《大树坡义虎送亲》("On Big Tree Slop a Faithful Tiger Acts Best Man")、《两县令竞义婚孤女》("Two Magistrates Vie to Marry an Orphaned Girl")等六篇故事,1976 年由伦敦保罗艾莱克出版公司

出版(London:Paul Elek Book Limited)。

40. Joseph S.M.Lau 和马幼恒(Y.W.Ma)编著的《中国传统短篇小说——主题与变化》(*Traditional Chinese Story：Themes and Variation*),共收录了"三言"17篇,分别是:《崔待诏与他的鬼妻》("Artisan Ts'ui and His Ghost-Wife",即《崔待诏生死冤家》)、《范鳅儿的双镜》("Loach Fan's Double Mirror",即《范鳅儿双镜重圆》)、《癞道人除鬼记》("A Mangy Taoist Exorcises Ghosts",即《一窟鬼癞道人除怪》)、《赵太祖千里送京娘》("The Sung Founder Escorts Ching-niang One Thousand Li")、《雷峰塔下的囚徒》("Eternal Prisoner under the Thunder Peak Pagoda",即《白娘子永镇雷峰塔》)、《杜十娘怒沉百宝箱》("Tu Shi-niang Sinks the Jewel Box in Anger")、《况太守断死孩儿》("The Case of the Dead Infant")、《卖油郎向名妓求爱》("The Oil Peddler Courts the Courtesan",即《卖油郎独占花魁》)、《生死与共的夫妻》("The Couple Bound in Life and Death",即《陈多寿生死夫妻》)、《泄露罪犯的靴子》("The Boot that Reveals the Culprit",即《勘皮靴单证二郎神》)、《酿成了灾祸的玩笑话》("The Jest that Leads to Disaster",即《十五贯戏言成巧祸》)、《徐老仆》("Old Servant Hsu",即《徐老仆义愤成家》)、《重会珍珠衫》("The Pearl Shirt Reencountered",即《蒋兴哥重会珍珠衫》)、《新桥市韩五娘卖春情》("Han Wu-niang Sells Her Charms at the New Bridge Market")、《吴保安赎友》("Wu Pao-an Ransoms His Friend",即《吴保安弃家赎友》)、《滕大尹与继承案》("Magistrate T'eng and the Case of Inheritance",即《滕大尹鬼断家私》)、《宋四公大闹禁魂张》("Sung the Fourth Raises Hell with Tightwad Chang"),1978年由美国哥伦比亚大学出版社出版。

41. 安妮·麦克拉伦(Anne E.McLaren)译《中国的荡妇:明代短篇小说集》(*The Chinese Femme Fatale：Stories from Ming Period*),收录"三言"作品三篇,分别是《计押番金鳗产祸》("The Calamitous Golden Eel")、《蒋淑真刎颈鸳鸯会》("Lovers Murdered at a Rendezvous")以及《一文钱小隙造奇迹》("A Squabble over a Single Copper Cash Leads to Strange Calamities"),1994年由澳大利亚的野牡丹出版公司出版。

42. 杨曙辉(Shuhui Yang)与杨韵琴(Yunqin Yang)合译《古今小说》(*Stories Old and New：A Ming Dynasty Collection*),2000年由华盛顿大学出版社出版;《警世通言》(*Stories to Caution the World：A Ming Dynasty Collection Volume 2*),2005年由华盛顿大学出版社出版;《醒世恒言》(*Stories to Awaken the World：A Ming Dynasty Collection Volume 3*),2009年由华盛顿

大学出版社出版。岳麓书社于 2007 年出版大中华文库系列之《喻世明言》汉英对照译本,于 2009 年出版《警世通言》汉英对照译本,2011 年出版《醒世恒言》"三言"的汉英对照译本。

43.王惠民(Ted Wang)与陈陈(Chenchen)合译《庄子休鼓盆成大道:明代短篇小说选》,共选译"三言二拍"中的 10 篇作品,2004 年由东桥挪沃康出版公司(EasrBridge:Norwalk Conn)出版。

另外,王惠民(Ted Wang)与陈陈又合译《卖油郎独占花魁:明代短篇小说选》(*The Oil Vendor and the Courtesan: Tales from the Ming Dynasty*),共选译了"三言"的 8 篇作品,分别是:《卖油郎独占花魁》("The Oil Vendor and the Courtesan")、《滕大尹鬼断家私》("Governor Teng Craftily Resolves a Family Dispute")、《白娘子永镇雷峰塔》("The Woman in White Under Thunder Peak Pagoda")、《乔太守乱点鸳鸯谱》("Judge Qiao Mismatches the Madarin Ducks")、《况太守断死孩儿》("Lord Kuang Solves the Case of the Dead Infant")、《徐老仆义愤成家》("The Faithful Old Servant")、《施润泽滩阙遇友》("Weaver Shi Meets a Friend at the Strand")以及《赫大卿遗恨鸳鸯绦》("The Man Who Lost His Yin-Yang Cord and His Life in a Nunnery"),2007 年由纽约维尔康·雨出版公司(New York:Weclome Rain Publishers)出版。

44.韩南(Hanan,Patrick)翻译《恋爱:明代中国小说选》(*Falling in Love: Stories from Ming China*),共收入其翻译的六篇明代小说,其中有《卖油郎独占花魁》,该书 2006 年由夏威夷大学出版社出版。

(三)日本语译本

1.服部诚一训点本《劝惩绣像奇谈》,1884 年出版,其中选有《今古奇观》的四篇作品。

2.《世界短篇小说大系》,1926 年出版,其中选译了《今古奇观》的数篇作品。

3.佐藤春夫译《今古奇观》,大正十五年(1926)出版,列为"中国文学大观"第十一卷。

4.《世界短篇杰作全集》,1932 年出版,其中选译《今古奇观》的数篇作品。

5.井上冬梅译《今古奇观》,1942 年东京清水书店出版。

6.神谷衡平译《念亲恩孝女藏儿》,载《中国语杂志》,1947 年第 4 期。

7.奥野信太郎,《庄生敲盆的故事》,载《世界小说》,1948 年 3 月号。

8.鱼返善雄译《苏东坡之妹》,载《桃源》,1946年第6期。

9.鱼返善雄译《李谪仙醉草吓蛮书》,载《桃源》,1949年第1期。

10.千田九一与驹田信二合译《今古奇观——明短篇小说集》(上下两册),1958年东京平凡社第五版。

11.辛岛骁译"三言二拍",1958年由东洋文化协会出版。这部书原拟全译"三言二拍",但《醒世恒言》、《警世通言》、《拍案惊奇》三种均未译全。1978年小野曾发表对此译本的书评。

12.1958年平凡社出版的上下两卷本《中国古典文学全集》,下卷收有松枝茂夫所译"三言二拍"中的作品数篇。

13.1965年集英社的《世界短篇文学全集——中国文学》,收有奥野信太郎和佐藤一郎所译《今古奇观》中的数篇作品。

14.1965年东京平凡社出版的《中国八大小说》,收有山木哲也摘译的《卖油郎独占花魁》和服部昌之摘译的《庄子休鼓盆成大道》。前者附有九州大学藏金谷园本《今古奇观》插图一幅,后者附有仓石武四郎氏藏兼善堂本《警世通言》插图一幅。

15.驹田信二与立间祥介合译《今古奇观》,1973年东京平凡社出版。

16.竹内紫翻译《醒世恒言》,1990年明德出版社。

(四)德语译本

1.阿道夫·伯特格(Adolf Bottger)译《王娇鸾百年长恨》(Wang Keaous Lwan pih.neen chang han, oder die blutige Racheeiner jungen Frau),1847年由莱比锡尤拉尼出版社出版单行本,此书是由斯洛斯英译本转译的。

2.格里泽巴赫(E. Grisebach)译著的《不忠实的寡妇:漫步世界文学》(Die treulose Witwe Eine chinesische Novelle und ihre Wanderung durch die Weltliteratur)一书,1873年由维也纳勒斯纳出版社出版,书中《庄子休鼓盆成大道》的德译文由塞缪尔·白之的英译文转译。此书的修订版有三种:1877年斯图加特克勒纳出版社版;1883年莱比锡弗里德里希出版社版;1921年慕尼黑海波利翁出版社版。

3.格里泽巴赫编译的《今古奇观:中国的一千零一夜》(Neue Und alte Novellen der chinesischen 1001 Nacht),1880年由斯图加特格布吕德尔克勒纳出版社出版,书中收有《生死之交》("Die Freunde bis in den Tod",即《羊角哀舍命全交》)以及《庄生与田氏夫人的故事》("Gesohiehte Tschuang songes Und seiner GattinTian-schi",即《庄子休鼓盆成大道》);另外,格布吕德尔克勒纳出版社1881年出版的由格里泽巴赫编译的另一本《今古奇观：中国的一千零一夜》，收有《商人转运汉历险记》("Das abenteue des kaufmanns Tschan-yi"，即《转运汉巧遇洞庭红》)和《王娇鸾百年长恨》("Die ewige Rache des Frauleins Wangkiau-luan")。

4.格里泽巴赫编译的《中国小说》(Chinesische Novellen)一书，1884年由莱比锡蒂尔出版社出版，书中收有《女秀才移花接木》("Die seltsame Getiebte des Studiens Ming-i")和《杜十娘怒沉百宝箱》("Tu-schl-niangwirft entrastet das juwelenkstchen in die Fluten")；另外，1886年柏林勒曼出版社出版的由格里泽巴赫编译的《中国小说》,(Chinesische Novellen)一书，收有《卖油郎独占花魁》，这是由荷兰汉学家施古德(Gustave Schlegel)的法译文转译。

5.格里泽巴赫编译的另一本《中国小说》(Chinesische Novellenbuch)，1945年由巴塞尔比克霍伊泽尔出版社出版，书中收有《女秀才移花接木》、《羊角哀舍命全交》、《杜十娘怒沉百宝箱》、《转运汉巧遇洞庭红》、《王娇鸾百年长恨》和《庄子休鼓盆成大道》。另外，格里泽巴赫译《今古奇观：德译本中国小说》(Kinku kikuan:Chlnesische Novolle ins.Deuts the tibersetzen)，1947年由不来梅-霍恩多恩出版社出版，原书未见。

6.乔治·嘎伯冷兹(George Gabelentz)译《狠心夫》(Derhart eigentl dnnn]herzige Gatte，即《金玉奴棒打薄情郎》)，收入其编著的《中国语法入门》(Anfangsrttnde der chinesischen Grammatik)一书。1883年由莱比锡魏格尔出版社出版，书中附有中文原文。

7.威廉·塔尔(Wilhelm Thal)编译的《中国小说》(Chinesische Novellen)，收有《看财奴刁买冤家主》、《陈御史巧勘金钗钿》和《怀私怨狠仆告主》。1900年由莱比锡伊泽纳赫出版社出版。

8.屈内尔(P.Kuhnel)编译的《神秘的图画与另外三篇小说》(Das geheimnisvolle Bild und andere drei Novetlen)一书，收有《神秘的图画》("Das geheimnisvolle Bild"，即《滕大尹鬼断家私》)、《唐解元相亲》("Die Brautfahrt desLicentiaten Th'ang"，即《唐解元玩世出奇》)。1902年在柏林出版。

9.屈内尔编译的《中国小说》(Chinesische Novelien)一书，选译《今古奇观》的八篇作品：《相爱者的分离与重逢》("Die getrennten und wildervereinten Liebenden"，即《裴晋公义还原配》)、《炼金者》("die Goldmacher"，即《夸妙术丹客提金》)、《诗人李太白》("der Dichter Li Tai-po"，即《李谪仙醉草吓蛮书》)、《爱情至上》("Liebe uberwind alles"，即《唐解元玩世出奇》)、《摔琴》("die Zerbrochene Laute oder des Freundes letze Gabe"，即《俞伯牙摔琴谢知音》)、

《遗言》("das vermchtnis",即《滕大尹鬼断家私》)、《违反意愿的丈夫》("der Gatte wider Willen",即《钱秀才错占凤凰俦》)和《捕鸟的罗网》("Der Gimpelfang",即《赵县君乔送黄柑》)。1914年由慕尼黑格舆尔格穆勒出版社出版,1924年重印。1966年慕尼黑戈尔德曼出版社再版本书名题为《违反意愿的丈夫》。

10.格赖纳(L Greiner)翻译《花仙与花叟的故事》("Blumenmarchen"and "Blumennarr",即《灌园叟晚逢仙女》,收入其编译的《中国短篇集》(*Chinesische Abende*)。1913年由柏林埃里希赖斯出版社出版。

11.鲁德尔斯贝格(H. Rudelsberger)编译的《中国小说》(*Chinesische Novellen aus dem Urtext Ubertragen*),1914年由莱比锡岛社出版,共二卷。卷一收有《寡妇与哲学家》("Die Witwe und der Philosoph",即《庄子休鼓盆成大道》);卷二收有《乱配新娘》("Die falsche Braut",即《乔太守乱点鸳鸯谱》)、《九转的故事》("Die Gescbichte von den neun Wandlungen",即《夸妙术丹客提金》)、《机智的诗人李太白》("Die Abenteuer des Dichters Ii-tai-pal",即《李谪仙醉草吓蛮书》)、《违反意愿的新郎》("Die Brautigam wider Willen",即《钱秀才错占凤凰俦》)、《瑞虹小姐的孝心》("Die Geschichte von der kindesliebe des Frauleln Regenbogen",即《蔡小姐忍辱报仇》)。

12.卫礼贤(Richard Wihelm)编译的《中国民间小说》(*Ghinesische Volksmdrchen*)一书,收有《外表忠实的妇女:庄子及其夫人》("Weibertreu, Dschuang,Dsi und seine Frau",即《庄子休鼓盆成大道》和《狠心的丈夫》("Der herzlose Gatte",即《金玉奴棒打薄情郎》)。1919年由耶纳迪德里希出版社出版。另外,卫礼贤译《杜十娘的故事》("Die Geschichte der Tuschiniang"),载《科学与艺术中国》(*Chnesische Blater far Wissenschaft und Kunst*)(1925—1927年)。

13.瓦尔特·冯·施措达(Walter Von Strzoda)译《卖油郎独占花魁》(*Der Olha ndler und die Blumenk Snigin*),1920年由慕尼黑海波利翁出版社出版。

14.施措达编译的《赵夫人的黄柑子》(*Die gelben Orangen der Prinzessin Dschau*),1922年由慕尼黑海波利翁出版社出版,书中收有《今古奇观》五篇作品的译文:《知县的报复》("Die Rache de Dschih-hien",即《卢太学诗酒傲公侯》)、《婚礼中的三次考试》("Die Dreil Hochzeitspru fungen",即《苏小妹三难新郎》)、《借例子检验》("Die Probe aufs Exempel",即《庄子休鼓盆成大道》)、《赵夫人的黄柑》("Die gelben Orangen der Prinzessin Dschau",即《赵县君乔

送黄柑子》)、《炼金者》("Der alchimist",即《夸妙木丹客提金》)。

15.洪德豪森(Vincenz Hundhausen)翻译《卖油郎和妓女》(*Der Olhandler und das Freuden-machen*),1928年分别由北京及莱比锡北京出版社(Peking Verlag)出版。此译本曾由 F.鲁舍转译成英文。

16.林秋生(Lin Tsui-sen)译《陈御史巧勘金钗钿》,题目为《钗,选自中国小说今古奇观》("Der Pfeil, eine chinesische Erzahlung aus Gin Gn Ki Guan"),载《中国学》(*Sinica*)1929年第9卷。

17.弗郎茨·库恩(Franz Kuhn)是德国汉学奇才,译《神秘的图画》("Das Geheimnisvolle Bildnis",即《滕大尹鬼断家私》),载《中国学》1925—1927年第1、2卷。又译《杜十娘怒沉百宝箱》("Entrusret wirft Fratlein Du schi das ju-wdkastchen in Fluten"),载《中国学》1935年第10卷。又译《金钗钿》("Die goldenen Haarpfeile",即《陈御史巧勘金钗钿》),载《中国学》1937年第12卷。

18.库恩译《珍珠衫》(*Das Perlenhemd*),即《蒋兴哥重会珍珠衫》),1928年出版。

19.库恩译《神秘的画像》("Das mysteriose Portrat",即《滕大尹鬼断家私》),又载柏林版《亚东杂志》(*Ostasiatische Zeitschrift*)1930年第16期。

20.库恩编译《十三层塔》(*Die dreizehnstockige Pagode*),1940年由柏林施泰尼格尔出版社出版。书中包括《今古奇观》的六篇作品:《鱼钗钿》("Die goldenen Haarpfeile",即《陈御史巧勘金钗钿》)、《违背意愿的求婚者》("Freier wider Willen",即《钱秀才错占凤凰俦》)、《乱配的新娘》("Die falsche Braut",即《乔太守乱点鸳鸯谱》)、《玫瑰水彩画》("Das Rosenaquarell",即《崔俊臣巧会芙蓉屏》)、《唐解元玩世出奇》("Der illustre Doktor Tang spielt seiner Mitwelt eine wundervolle Komgdie vor")、《炼金术》("Der Alchemist",即《夸妙术丹客提金》)。

21.库恩编译的《中国著名小说》(*Chinesische Meisterno-ellen*),1941年由莱比锡岛社出版。书中包括《今古奇观》的两篇作品:《神秘的图像》("Das geheimnisvolle Bild",即《滕大尹鬼断家私》)、《团头的女儿》("Die Tochterdes Betterklinigs",即《金玉奴棒打薄情郎》)。

22.库恩译《今古奇观》(*Kin ku ki kwan:wundersame Geschlchten aus alter und neuer Zeit*),1952年由苏黎世马尼斯出版社出版。

23.莱奥·格赖纳(Leo Greiner)与邹秉书(Tsou,Ping Shou)合译《花的魔力:中国小说今古奇观》(*Blumenzauber:eine chinesische Novelle,entstammt dem kin ku kuan*),1953年由苏黎世迪瓦格出版社出版。

24.约翰纳·赫茨费尔特(Johanna Herzfeldt)译《中国的十日谈：今古奇观》(Das Chinesische Dekameron, Kin ku ki kuan)，1957年由鲁道尔施塔特格赖芬出版社出版。

25.Fung Tat-Hang编译《中国近世爱情的园圃：明代著名爱情小说选》(Neuer chineslsche Liebesgarten: Novellen aus den berUhmtesten: erotischen Sammlungen der Ming-zeit)，1938年由蒂宾根埃德曼出版社出版。此为"三言二拍"之选译本，原书未见。

26.Fung Tat-Hang编译《美妾及中国明代爱情故事》(Die schone Konkubine und andere chineslsche Liebesgeschichten aus der Ming-Zeit)，1970年由慕尼黑海涅出版社出版。此为"三言"之选译本，原书未见。

(五)俄罗斯语译文

1.1841年圣彼得堡《灯塔》杂志第17和18期发表了P.Korsakov的《中国中篇小说》。李福清认为这并不是Korsakov的作品或译自中国小说，而是从英文杂志《国外季刊评论》(Foreign Quarterly Review)转译的一篇长篇书评。该评论详细介绍了英译文《今古奇观》第35卷《王娇鸾百年长恨》，几乎复述了整个小说情节，甚至引用了译文中的英文诗歌。通过俄译文，俄国读者完全了解了该故事。

2.1847年圣彼得堡《祖国纪事》杂志发表了一俄译文小说《死后友人》，李福清认为这是《今古奇观》第12卷《羊角哀舍命全交》的俄译文，转译自1845年《亚洲杂志》(Journal Asiatique)出版的由塞缪尔·白之(Samul Birch)翻译的英译本。两种译本的标题也一样，英文是"Friends till Death"。

3.1909年俄国《活的古代》杂志发表了亚·伊·伊凡诺夫翻译的《今古奇观》第36卷《十三郎五岁朝天》。

4.1924年苏联《东方》杂志第4期发表了瓦西里耶夫(王西里)翻译的《今古奇观》第19卷《俞伯牙摔琴谢知音》。

5.1929年苏联出版的《中国现代小说集》，附录中收有《今古奇观》的两篇作品，内容不详。

6.苏联汉学家维里古斯和齐佩罗维奇合作编译的《今古奇观》1954年于莫斯科出版，共译《今古奇观》中作品九篇。此译本的再版修订本共选译《今古奇观》中作品十二篇，包括《蒋兴哥重会珍珠衫》、《沈小霞相会出师表》等，1962年在莫斯科出版，为两卷本，附插图。

7.敏什科夫译，《卖油郎与花魁》(话本集)，国家出版社，1962年。

8.佐格拉芙译,《十五贯》,东方文献出版社,1962年。

9.敏什科夫译,《十五贯》(中国中世纪话本小说集),艺术出版社,1957年。

10.韦利古斯·齐佩罗维奇译,《今古奇观》(两卷本),东方文献出版社,1962年。此译本共选择《今古奇观》中的作品十二篇,包括《蒋兴哥重会珍珠衫》《沈小霞相会出师表》等。

11.莫斯科大学亚非学院教授沃斯克列先斯基编译的《闲龙劣迹:十七世纪话本小说十六篇》,1966年由莫斯科文学出版社出版。此书选译"三言二拍"中的作品,书名《闲龙劣迹》系据"二拍"中《神偷寄兴一枝梅,侠盗惯行三昧戏》所题。书前有维克多勒·什科罗夫斯基所作《中国中世纪导论》,书后有译者所作注释及"译后记"。

12.沃斯克列先斯基(华克生)编译《银还失主》和《道士之咒语》两本话本选集,1982年由苏联科学出版社东方文学总编辑部出版。这两本书共选译"三言"作品十篇,其中包括《陈御史巧勘金钗钿》、《张道陵七试赵升》《宋四公大闹禁魂张》、《汪信之一死救全家》和《白娘子永镇雷峰塔》等。译文中的诗词部分是由苏联研究明代的汉学家伊·斯米尔诺大翻译的。两书均有沃斯克列先斯基所作内容丰富的"前言"和注释。"前言"除介绍各篇话本中不同类型的人物和情节冲突以外,还介绍了欧洲及其他国家研究翻译中国话本的情况,注释中含有不少关于中国古代社会生活的知识。

(六)拉丁语译文

耶稣会传教士晁德莅译著的《中国文化教程》(*Cursus Literaturae Sinicae*)第一卷,收有《今古奇观》的译文四篇,分别为《兄弟相爱的乡里》(即《三孝廉让产立高名》)、《双义祠》(即《吴保安弃家赎友》)、《无心肝的丈夫》(即《金玉奴棒打薄情郎》)、《芙蓉屏》(即《崔俊臣巧会芙蓉屏》)。《中国文化教程》共五卷,1879—1883年在上海出版,1909年再版,为拉丁文与汉文对照本。晁德莅这四篇《今古奇观》的拉丁文译本曾经由德比西转译为法语。

(七)意大利语译文

福格斯(E. W. Foulgues)译《宋国的寡妇:中国小说》(*La Vedova del paese di Sung Novelle cinesi*,即《庄子休鼓盆成大道》),1911年由那波利卢布拉诺与费拉拉出版社出版。

艾尔维诺·坡卡(Ervino Pocar)译《珍珠衫》(*La Camilia di perle staria*

d'amore cinese),1959 年由米兰萨基雅托尔出版社(Saggiatore)出版。此译本是根据库恩译本《珍珠衫》转译。

(八)荷兰语译文

让·藤·布林克(Jen Ten Brink)编辑的《中国小说》(*Een chlneesche roman*)一书,收有施古德翻译的《卖油郎独占花魁》。布林克撰写的评介文章《中国古典作品中的七颗星》("De Chineesche klaasje Zevenster"),曾对此译文加以评论。布林克的文章载 1884 年莱顿出版的《文学评论》(*Litterarische Schetsen en Krltieken*)第 12 辑。

阿姆斯特丹出版的《中国》(*China*)杂志第 3 期载《庄子休鼓盆成大道》的译文,题为《不忠诚的鳏夫:庄子篇》("Ontrouwe weduwen Een episode uit het leven Van dem Wifsgeer Tswangtse")。

(九)丹麦语译文

维格·冯·施米特(Vigo von Schmidt)译《卖油郎独占花魁》,由上述施古德的荷兰译文转译,发表处不详。

伊万与亚夫萨·古桑合译《中国古代故事》,1958 年在萨拉热窝 Narodna Prosvjeta 出版,附有插图。这是根据苏联维里古斯和茨彼洛维奇合译的《今古奇观》1954 年版转译的。

(十)波兰译文

让·维普勒尔(Jan Wypler)选译《今古奇观》(*Malronek nikcremny i inne opowidania chifiskie*),1958 年由卡托维兹斯拉斯科出版社出版,原书未见。

(十一)匈牙利译文

科纳尼·卡塔林(Kerneny Katalin)译《卖油郎》(*Az Olajaruses a kurtizan slbeszelesak a Csin ku esi kuan c gyutemenybol*),1958 年由布达佩斯欧罗巴出版社出版。书前附有弗伦斯·诺奎(Ference Jokei)所作"序言"。

卡拉斯·冒顿(Kalisz Mirton)选译《今古奇观)(*Mostani es regi idok csodalastos latvanyai*),1958 年由布达佩斯欧罗巴出版社出版。

附录四　国外对"三言"之评论

关于"三言"的外文研究著作,问世时间最早者为日文著作。西方学者发表有关专题论文虽然开始于20世纪30年代末,但在60和70年代却出版相当多的论著,且有相当一部分专著单行本出版。从东西方学者(包括外籍华裔学者)所出版的论著来看,他们的研究范围非常广泛,包括作者评介、作品的社会背景、发展源流、故事考证、艺术分析以及与世界名著的比较等。

一、英语部分

1.英国领事馆官员和著名汉学家翟理斯(Herbert Allen Giles 编《中国文学史》1901年由伦敦威廉海涅公司出版。该书对中国历史小说进行评介,包括明代《今古奇观》,无论在翻译还是在评论中国文学的过程中,翟氏最可贵之处在于他写下了许多题注和脚注。他以干练的语言写下许多能经受时间考验的注释,反映了他对当时社会和文化的深刻观察和独到的见解,非常有利于西方读者更好地了解中国文学。

2.西里尔·白之(Cyril Birch)的哲学博士论文《古今小说考评》("Ku-chin Hsiao-shuo: A Critical Examination"),1954年发表于伦敦大学。

3.西里尔·白之著《冯梦龙与古今小说》("Feng Meng-lungh and the Ku-chin Hsiao-shuo"),载《东方与非洲研究学院学报》(*Bulletin of the School of Oriental and African Studies*)第18期。此文着重探讨冯梦龙与《古今小说》所收四十篇作品之关系,考证其中掺入的冯梦龙本人的作品。

4.约翰·L.毕晓普(John Bishop)著《中国白话短篇小说"三言"探研》(*The Colloquial Short Story in China: A Story of San-yen Collections*),1956年哈佛大学出版社出版。此书着重分析"三言"的叙事技巧并考证"三言"故事的资料来源。书中附录译文四篇。作者在书中还谈到西方翻译"三言"的英译文情况,认为这些译文对研究者提供了有用的资料,并指出译文中的一些错误。

5.普什克著《中国白话短篇小说新探》("New Studies of the Chinese Colloquial Short Story"),载《东方文库》第25期第3号。此文是对约翰·L.毕晓

普《中国白话短篇小说"三言"探研》一书的评论。

6. 李田意(Li,Tien-i)撰"冯梦龙"(Feng Meng-lung)词条收入卡林顿·古德里奇(Carrington Goodrich)与赵迎芳(Chao Ying Fang)合编的《明代传记辞典》(Dictionery of Ming Biography 1368—1644)卷 1,1976 年由纽约哥伦比亚大学出版社出版。

7. 夏志清(Hsia,C.T.)著《中国短篇小说中的个人与社会》("To What Fyn Lyve I Thus? —Society and Self in the Chinese Short Story"),载《凯尼恩评论》(Kenyon Review)第 24 期(1962)。又收入 1968 年由纽约哥伦比亚大学出版社出版的夏志清著《中国古典小说评介》(The Classic Chinese Novel:A Critical Introduction)一书。此文深入分析了"三言"中的作品,认为"三言"代表中国明代白话短篇小说的最伟大的成就。

8. 雷威安著《明代两篇哲理性的短篇小说及其来源》("Deux conies philosophiques Mng et leur sources"),载河内版《法国远东学院学报》(Bulletin de Ecole Fransaise d'Extreme-Orient 第 53 期(1967)。

9. 韩南(Hanan,Patrick)著《古今小说中一些故事的作者》("The Authorship of Some Ku-chin Hsiao-shuo Stories"),载《哈佛亚洲研究学报》(Harvard Journal Asiatic Studies)第 29 期(1969 年)。此文探讨《古今小说》中的属于冯梦龙的作品。

10. 韩南著《珍珠衫及名妓宝箱故事的形成》("The Making of The Pearl-sewn Shirt and The Courtesan's Jewel Box"),载《哈佛亚洲研究学报》第 33 期(1973 年)。此文对"三言"中两篇名作《蒋兴哥重会珍珠衫》及《杜十娘怒沉百宝箱》作了比较分析,并考证两篇作品的来源。作者指出,这两篇作品是据明宋懋澄的两个传奇故事敷演而成的。

11. 韩南著《中国短篇小说:时代背景、作者、成书时期探研》(The Chinese Short Story:Studies in Dating,Authorship,and the Formative Period),1973 年由哈佛大学出版社出版。

12. 克恩(Kernn,J.E.)的哲学博士论文《中国白话短篇小说、中的个人与社会:今古奇观》("The Individual and Society in the Chinese Colloquial Short Story:The Chin-ku-chi-kuan"),1974 年发表于印第安纳大学。作者认为,《今古奇观》是一部反映了明末个人与社会关系的小说,反映了儒家伦理道德统治下的个人,同时也反映了明代社会生活中民主因素的增长以及儒家学说的发展。

13. 陈著文(Chen,Tsu-wen)著《哈姆莱特与蝴蝶梦》("Hamlet and The Butterfly Dream"),载《淡江评论》。此文是以《庄子休鼓盆成大道》改编的戏剧《蝴蝶梦》与莎士比亚的《哈姆莱特》进行比较研究。

14. 杨力宇、李培德、内森茅著（Winston L. Y. yuang, Peter Li, Nathan K Mao）合编的《中国古典小说》(Classical Chinese Fiction：A Guide to Its Study and Appreciation Essays and Bibliographies)一书，1978年由伦敦 G. K. 霍尔公司出版，此书有关于"三言二拍"及《今古奇观》西文翻译研究情况的介绍。

15. 范宁（Fan Ning）著《早期白话故事》("Early Vernacular Tales")，载《中国文学》第3辑 此文论述了明代白话小说的主题及特性，介绍了杨宪益、戴乃迭合译的《名妓的宝箱》一书，文章强调明代白话短篇小说具有同情孤儿、寡妇、妓女、农民、小商人、工匠、社会流浪汉等各种人物的倾向。

16. 劳（J. M. Lau）著《作为圣人的罪人："命定姻缘"中的爱与德的悖论》，载《通报》1970年4月号。

17. 罗宾森（L. S. Robinson）著《从〈醒世恒言〉选篇看爱情与性满足》，《淡江评论》1986年第16卷第4期。

18. 杨淑慧（Shuhui Yang）著《挪用与借代：冯梦龙与中国白话小说》(Appropriation and Representation：Feng Menglong and the Chinese Vernacular Stories)，1998年由密歇根大学中国学中心出版。

19. 苏丕清（Pi-ching Hsu）著《超越性欲：冯氏幽默的历史研读》(Beyond Eroticism：A Historian's Reading of Humor in Feng Menglong's Child's Folly)，2007年美利坚大学出版社出版。

二、俄文部分

苏联汉学家华克生评介韩南的文章《中国短篇小说：时代背景、作者、成书时期探研》("Hanan P. The Chinese Short Story Studies in Dating, Authorship and Composition")，载《亚非人民》，1976年第6号。

三、日文部分

1. 盐谷温著《关于明代小说"三言"》，载《斯文》第8期，1926年弘文堂出版。

2. 长泽规矩也著《论"三言二拍"》，载《三言版本续考》载《斯文》，1928年第10期与第11期。

3.青木正儿著《今古奇观与英草纸和蝴蝶梦》(1926)。

4.山口刚著《江户文学研究》,1933年东京堂出版。

5.石崎又造著《近世日本关于中国俗语文学史》,1940年弘文堂出版。

6.麻生矶次著《江户文学与中国文学》,1946年三省堂出版。

7.内田道夫著《关于〈古今小说〉的特性》,载《文化》(1953)。

8.仁井田升著《〈今古奇观〉与明代社会》,载《中国古典文学全集》第1期,1958年平凡社出版。

9.鱼返善雄著《关于〈今古奇观〉的文体》,载《中国古典文学全集》第1期,1958年平凡社出版。

10.小野四平著《冯梦龙之小说观——释"三言"成书的背景》,载《东洋学集刊》1961年9月号。

11.山口一郎著《〈今古奇观〉的时代背景》,收入《中国八大小说》,1965年东京平凡社出版。

12.尾上兼英著《〈今古奇观〉的文学》,收入《中国八大小说》,1965年东京平凡社出版。

13.望月八十吉著《今古奇观的语言》,收入《中国八大小说》,1965年东京平凡社出版。

14.桑山龙平与大村梅雄合著《〈今古奇观〉的研究与资料》,收入《中国八大小说》。

15.尾形幼著《中国白话小说与〈英草纸〉》,载《文学》,1966年第34期。

16.尾上兼英著《释明代白话小说——短篇小说"三言"》,载《东洋文化研究所纪要》,1967年第44期。

17.香坂顺一著《三言的语言》,载《人文研究》(1910)。

18.小野四平著《中国近世短篇白话小说中的公案诉讼——冯梦龙"三言"研究》,载《宫城教育大学纪要》,1970年第4期。

19.小川阳一著《通奸为什么有罪?——"三言二拍"中的情形》,载《东洋学集刊》,1973年第29期。

20.山口建治著《释〈戒指儿记〉和〈闲云庵阮三偿冤债〉——话本恋爱故事研究》,载《东洋学集刊》,1973年第29期。

21.山口建治著《"三言"所收短篇白话小说的形成要素》,载《东洋学集刊》(东北大学),1975年第33期。

22.荒木猛著《短篇白话小说的发展——以"三言"人生观为中心》,载《东洋学集刊》,1977年第37期。

23.小川阳一著《〈三言成立论考集录 —— 古今小说部〉》,载《山形大学纪要》,1977 年第 2 期。

24.庄司格一著《论明代公案小说中的有关僧尼的话本》,收入《中国文史哲学论集》,1970 年第 3 期。

25.泽田瑞穗著《李翠莲故事唱本考》,载《中国文学研究》,1977 年第 3 期。

26.小野四平著《中国近世短篇白话小说研究》,1978 年东京评论社出版。

27.井波津子著《中国奇怪的现实主义》,1999 年中央公论新社出版。

28.大木康著《冯梦龙"山歌"的研究:中国明代通俗歌谣》,2004 年劲草书房出版。

29.张轶欧著《明代白话小说"三言"中的女性观》,2007 年中国书店出版。

附录五　旅行家、传教士、外交官以及职业汉学家名录及著作

A

阿道夫·伯特格 Adolf Bottger
阿克顿 Harold Acton
阿罗本 Rabban
爱德华·凯夫 Edward Cave
艾克斯 Edward Erkes
艾儒略 Giulio Aleni
艾坡斯坦 Maram Epstein
艾士宏 Werner Eichhorn
埃文斯 Edwin Evans
安田朴 Rene Etiemble
安逊 Anson,G.

B

巴窦 Batteux, Charles
巴尼特 A.D.Barnett
巴赞 Antoine Bazin
白晋 Joach Bouvet
柏朗嘉宾 Jean de Plan Carpin
鲍吾刚 Wolfgang Bauer
贝尔弗 Frederk Henry Balfour
毕尔 Samuel Beal
毕诺 Virgile Pinot
裨治文 Elijah Coleman Bridgeman
毕方济 Francois Sambiasi
毕欧 E. Boit
薄伽丘 Giovanni Boccaccio
伯希和 Paul Pelliot
柏应理 Philippo Couplet
布林克 Jen Ten Brink
布鲁克斯 Brooks
布雷基尼 Brequigny
《不坚定的庄夫人及其他故事》*The Inconstancy of Madam Chuang and Other Stories from the Chinese*

C

陈陈 Chen Chen
晁德莅 Angelo Zottoli
西里尔·白之 Cyril Birch

D

《鞑靼战纪》*De Bello tartarico historia*

《大中国志》Imperio de la China
戴伯理 Dabry de Thiersant
戴遂良 Leon Wieger
戴闻达 J.J.Duyvendark
戴密微 Paul Demieville
戴乃迭 Gladys Yang
道格拉斯 R.K.Douglus
德比西 De Bussy
德福纳罗 Carlo de Fornaro
德韦理亚 Gabriel Deveria
德理文 Hervey de Saint-Denys
德庇时 Davis, Sir John France
邓玉函 Jean Terrenz
杜德美 Peter Jartoux
杜赫德 Du Halde
铎比 W. Dolby

E

鄂多立克 Odoric de Pordenone
俄理范 L. Olsphant

F

法兰西学院 French Academy
范礼安 Alexandre Valignani
方济各会 Franciscans
方济各·沙勿略 Francisco Xavier
费奇规 Gaspard Ferreira
费赖之 Le P. Louis Ptister
费正清 John King Fairbank
斐 L.M.F ay
冯秉正 Joseph de Mailla

《冯梦龙与〈古今小说〉》Feng meng-long and the Ku-chin Hsiao-shuo

《冯梦龙著"美女错"及其他故事》The Perfect Lady by Mistake and other Stories by Feng Meng-long

弗兰茨·库恩 Franz Kuhn

弗里茨·鲁舍 Fritz Ruesch

傅圣泽 Jean-Francois Foucquet

傅吾康 Wolfgang Franke

福兰阁 Otto Franke

佛尔克 Alfred Forke

福赫伯 Herbert Franke

福格斯 E.W.Foulgues

弗朗索瓦·魅奈 Francois Quesnay

伏尔泰 Voltaire

《夫人们:六个短篇历史故事》The Matrons:Six Short Histories

G

嘎伯冷兹 Georg Von Gabelentz

高一志 Alphonsus Vagnani

高本汉 Bernhard Karlgren

高罗佩 R. H. Gulik

郭弼恩 Le Gobien

歌德 Johann Woffgang von Goethe

格里泽巴赫 E. Grisebach

哥士 Alexandre Kleczhowski

戈德曼 Rene Goldman

哥尔德斯密司 Oliver Goldsmith

葛兰言 Marcel Granet

葛林 Tilemann Grimm

格赖纳 L. Greiner

戈蒂埃 Judith Gautier

龚当信 Cyr Contancin

顾赛芬 Seraphin Gouvreur

郭居静 P. Lazarus Cattaneo
《寡妇·尼姑·妓女》Widow, Nun and Courtesan
《关于中华帝国历史、地理和哲学的看法》A Historical, Geographical and Philosophical View of the Chinese Empire
《归还新娘及其他中国故事》The Restitution of the Bride and other Stories from the Chinese
《古今小说》Ku-chin Hsiao-shuo

H

哈德森 E. Hudson
《哈佛亚洲研究学报》Harvard Journal Asiatic Studies
韩百诗 Louis Hambis
韩南 Patrick Hanan
《汉语古文字典》Dictionnaire Classique de la Language Chinoise
《汉学书目》Bibliotheca Sinica
《汉语入门》Rudiments
《汉学论丛》Varietes Sinologiques
豪危尔 E. Butts Howell
亨宁豪斯 Father Henninghaus
黑尔斯 Hales
赫德逊 Hudson, G. F.
赫尔德 Johann Gottfried Von Herder
赫斯特 R. W. Hurst
亨利·考狄 Henri Cordier
洪若翰 Jean de Fontaney
洪德豪森 Vinzenz Hundhausen
《环球航行记》A Voyage round the World in the Years
霍夫曼 Alfred Hoffmann
赫斯特 R. W. Hurst
亨廷顿 S. Huntington

J

贾禄 Charles Carroll
《基督教远征中国史》*De Christiana expeditione apud Sinas buscepta ab Societate Jesu.Ex P.Mattaei Ricci*
《近代中国风俗志》*Folklore Chinois Moderne*
蒋友仁 P. Michel Benoist
金尼阁 Nicolas Trigault
嘉托玛 C. T. Gardner
《警世通言》*Stories to Awaken the World*
《胶与漆》*Glue and Lacquer*

K

卡塔林 kerneny katalin
克恩 Kernn, J. K.
科斯麻士 Cosmas

L

莱布尼茨 Leibniz
勒格朗 E. L. J. Legrand
雷慕沙 Abel Remusat
雷孝思 John Baptist Regis
黎玉范 Jean-Baps te Morales
李福清 B. Riftin
李明 Le Comete Louis Daniel
李约瑟 Joseph Needham
李田意 Li Tien-yi
利玛窦 Matteo Ricci
理雅各 James Legge
利奇温 Reichwein, Adolf

林秋生 Lin Tsui-sen
林乐知 Young John Allen
林语堂 Lin Yutang
刘应 Claudius Visdelou
龙华民 Nicolas Longobardi
鲁布鲁克 William of Rubruk / Guillaume de Rubruck
《鲁布鲁克行记》 *The Journey of William Rubruk to the Eastern Parts of the World*
鲁日满 Francois de Rougemont
鲁德尔斯贝格 H.Rudelsberger
罗宾逊 L. S. Robinson
罗明坚 Michele Pompilius Ruggieri
罗如望 Joannes de Rocha
罗耀拉 S. Ignatins de Loyola
罗伯茨 J. A. G. Roberts

M

玛格丽特 Lucie Paul Margueritte
马可·波罗 Marco Polo
《马可·波罗游记》 *The Journey of Marco Polo*
《卖油郎独占花魁》 *The Oil Vendor and the Courtesan*
马瑟斯 E. Powys Mathers
马顿斯 Frederick H. Martens
《明代短篇小说选》 *Stories from a Ming Collection*
冒顿 Kalisz Mirton
蒙的克拉特 Montuclat
孟德斯鸠 Baron de Montesquieu
孟德卫 Mungello，David
门多萨 Juan Gonzalez de Mendoza
莫朗 Soulie de Morant

N

南怀仁 Ferdinand Verbiest
尼科罗康弟 Nicolo Conti
聂思脱里派 Nestorians
《挪用与借代：冯梦龙与中国白话小说》*Appropriation and Representation：Feng Menglong and the Chinese Vernacular Story*

P

帕维 T. Pavie
庞迪我 Diego de Pantoja
培根 Francis Bacon
帕杜耶 Louis Patouillet
帕拉特 Johann Heinrich Plath
裴化行 Bernard，Henri
坡卡 Ervino Pocar

Q

钱德明 Joseph Amiot
钱钟书 Qian Zhongshu
契丹 Cathy
瞿雅各 James A. Jackson
屈内尔 P. Kuhnel

R

荣振华 Joseph Dehergne
儒莲 Stanislas Julien

附 录

S

沙畹 Edouard Chavannes
塞缪尔·约翰逊 Samuel Johnson
赛里斯 Sera / Serice
赛里斯人 Seres / Serians
施措达 Walter Von Strzoda
施密特 Gerhard Schmitt
《世界公民》The Citizen of the World
《世界基督教诸国风土记》Universal Topographia Christiana
施古德 G. Schlegel
斯洛斯 R. Sloth
《十日谈》The Decameron
《十八世纪中国与欧洲的文化接触》China and Europe Intellectual and Artistic Contacts in the Eighteenth Century
《四谕书》Four Cautionary Tales
苏慧廉 Willaim Edward Soothill
宋君荣 Antoine Gaubil
宋美龄 Chiang Kal-shek Madame
《宋明平话选》Selected Chinese Stories of the Song and Ming Dynasties
塞缪尔·白之 Samul Birch

T

汤若望 Jean Adam Schall Von Bell
汤因比 Arnold Joseph Toynbee
《通报》T'oung Pao
托马斯·斯丹东 Thomas Staunton
托马斯·蒂洛 Thomas Thilo
托马斯·帕西 Thomas Percy
托姆斯 P. P. Thoms

233

W

王惠民 Ted Wang
王际真 Wang, Chi-chen
韦伯斯特 Augusta Webster
卫方济 Francis Noel
卫匡国 Martino Martini
韦利 Arthur Waley
卫礼贤 Richard Wihelm
威廉·顾路柏 Wilhelm Grube
威廉·塔尔 Wilhelm Thal
维普勒尔 Jan Wypler
韦斯顿 Stephen Weston
卫三畏 Samuel Wells Williams
威妥玛 Martin Martini
《文学报》Garette Literaire
吴益泰 Ou Itai

X

西尔 H. C. Sirr
夏鸣雷 Henri Harrit
夏庞蒂埃 L. Charpentier
夏志清 Hsia, Chih-tsing
《夏志清论中国古典小说》C. T. Hsia on Chinese Literature
《新编汉语句法结构》Syntaxe Nouvelle de la language Chinoise, Fondee Sur la Position des mots
谢阁兰 Victor Segalen
谢和耐 Jacques Gernet
谢周康 Sie Cheou-kang
熊三拔 Sabbathin de Ursis

Y

颜当 Charles Maigrot
阳玛诺 Emmanuel Diaz
杨曙辉 Shuhui Yang
杨宪益 Yang Xianyi
杨韵琴 Yunqin Yang
耶稣会 Jesuits
《耶稣会士书简集》*Letters edifiantes et curieuses ecrites desmissions estrangeres*
耶稣会士总会长 General
伊宾·白图泰 Ibin-Battutah
殷弘绪 Franciscus Xaverius d'Entrecolles
殷铎泽 Perosper Intorcetta
玉尔 Henry Yule
于雅尔 Camille Imbault Huart
袁同礼 Tung-li Yuan
约翰·毕晓普 John Bishop
《亚洲杂志》*Journal Asiatique*
约翰纳·赫茨费尔特 Johanna Herzfeldt

Z

曾德昭 Alvare de Semedo
翟理斯 Herbert Allen Giles
翟林奈（小翟理斯）Lionel Giles
张诚 Jean Francois Gerbillon
张心沧 Chang, Hsin-chang
中国礼仪之争 Chinese Rites Controversy
《在华耶稣会士列传及书目》*Notices Biographiques et Bibliographiques Sur Les Jesuites de L'Ancienne Mission de Chine 1552-1773, Tome I, Tome II.*
《中国白话小说集》*The Chinese Vernacular Story*

《中国短篇故事集》Contes Chinois

《中国短篇小说中的个人与社会》Society and Self in the Chinese Short Story

《中国短篇小说：时代背景、作者、成书时期探研》The Chinese Short Story：Studies in Dating, Authorship, and the Formative Period

《中国故事集》Les Avadanas

《中国通俗小说评论》Notes on the History of Chinese Popular Literature

《中华大帝国史》The History of the Mighty Kingdom of China

《中华帝国全志》(1) The General History of China
　　　　　　　(2) A Description of the Empire of China and Chinese Tortary, together with the Kingdom of Korea

《中国丛报》Chinses Repository

《中国丛刊》或《中国传教士关于中国人历史、科学、艺术、习俗论丛》Memories Concernant l'Histoire, les Sciences, les Arts, les, Moeurs, les Usages, etc. des Chinouis：Par les Missionaires de Pekin

《中国上古史》Sinicae historiae decas prima

《中国通史》Histoire generate de la chine, ou Annales de cet Empire；traduit du Tong-kiere-kang-mou par de Mailla

《中国文学瑰宝》The Gems of Chiese Literature

《中国文学史》A History of Chinese Literature

《中国文学译作续编》More Translation from the Chinese

《中国现状新志》Nouveaux Memoires sur l'etat present de la chine

《中国小说选》(1) Chinese Novels
　　　　　　(2) Nouvelles Chinoises

《中国新图》Novus atlas Sinensis

《中国哲学家孔子》Confucius Sinarum Philosophus

《中国宗教信仰和哲学思潮史》Histoire des Croyances Religieuses et Opinions Philosophiques en Chine

《中国总论》The Middle Kingdom

周庭祯 T. C. Duncan Chou